사
무
라
이

SAMURAI

by Shusaku Endo

엔도 슈사쿠

송태욱 옮김

侍

사무라이

muſintree
뮤진트리

▪ 일러두기

– 이 책은 엔도 슈사쿠(遠藤周作)의 『侍』(新潮文庫, 1986)를 우리말로 옮긴 것
  이다.
– 옮긴이 주는 본문 하단에 번호를 붙여 각주로 달았다.

차례

제1장

눈이 내렸다.

저물녘, 구름 사이로 자갈투성이인 강가에 연한 빛을 비추던 하늘이 어두워지자 사위가 돌연 고요해졌다. 두 송이, 세 송이 눈발이 흩날렸다.

눈은 나무를 베고 있는 사무라이와 하인들의 일옷을 스치고, 덧없는 목숨을 호소하듯 그들의 얼굴이나 손에 닿았다가 사라졌다. 하지만 인간들이 묵묵히 손도끼만 움직이고 있으니 이제는 그들을 무시하듯 이리저리 주위를 날아다니기 시작했다. 저녁 안개가 눈과 섞여 퍼지자 시야는 온통 잿빛이 되었다.

얼마 후 사무라이와 하인들은 일손을 멈추고 나무 다발을 짊어졌다. 곧 찾아올 겨울을 대비하여 장만한 장작들이다. 개미처럼 일렬로 줄지어 강가를 따라 골짜기[1]로 돌아오는 그들의 이마에도 눈이 닿았다.

초목이 시든 구릉으로 둘러싸인 골짜기 안쪽에 세 개의 마을이 있다. 마을의 집들은 모두 언덕을 등지고 앞쪽으로 밭을 바라보고 있는데, 그것은 낯선 자가 골짜기로 들어왔을 때 집에서 살필 수 있게 하기 위해서다. 찌부러진 듯 늘어선 초가집들은 천장에 대나무로 엮은 발을 치고 거기에 장작이나 띠를 말리고 있다. 가축 움막처럼 냄새가 고약하고 어둡다.

사무라이는 세 마을을 훤히 알고 있었다. 아버지 대에 영주로부터 이 마을과 토지를 급전(給田)으로 받았기 때문이다. 일족의 총령(總領)[2]이 된 그는 부역 명령이 떨어지면 필요한 농민들을 모으고, 전쟁이 벌어지면 종자를 데리고 주군인 이시다(石田)의 저택으로 신속히 달려가야만 한다.

그의 집은 농민들 집보다는 나았지만, 그래 봐야 초가집 몇 채를 모아놓은 것에 지나지 않았다. 농민들 집과 다른 것

---

1) 원문의 야도(谷戸)는 주로 일본의 동북부 지방에서 많이 볼 수 있는 지형으로 구릉지가 침식된 골짜기의 형상을 하고 있다. 또한 그런 지형을 이용한 농업과 그것에 부수되는 생태계를 가리킬 때도 있다. 여기서는 사무라이가 살던 마을을 가리키는 것이므로 그냥 '골짜기'로 번역한다.

2) 가마쿠라(鎌倉) 시대, 장원(莊園)의 분할 상속으로 세분화한 여러 명의 소지두(小地頭: 장원에서 조세 징수, 군역, 치안 유지 등을 맡았던 관리자)를 지배한 사람. 각 지두(地頭)의 종가가 이에 임명되며 하급 무사의 봉공 의무 등을 관장했다.

은 헛간 몇 개와 큼직한 마구간이 있으며 주위를 토성으로 둘러친 점이다. 물론 집은 싸우기 위한 장소가 아니었다. 골짜기 북쪽 산에 옛날 이 지역을 지배하다가 영주에게 멸망한 토착 무사의 성채 터가 있지만, 일본 전역에서 전쟁이 끝나고 그들의 영주가 미치노쿠(陸奧)[3] 제일의 다이묘(大名)[4]가 된 지금은 사무라이 일족에게 그런 대비는 필요하지 않게 되었다. 게다가 이곳에서는 신분의 고하가 있지만 사무라이도 밭에서 일하고 산에서 하인들과 숯을 굽는다. 그의 아내도 여자들과 함께 소와 말을 돌본다. 세 마을에서 영주에게 바치는 연공은 총 65관(貫)[5], 그중 논에서가 60관, 밭에서가 5관이다.

이따금 눈보라가 쳤다. 사무라이와 하인들의 발자국이 길에 점점이 길게 얼룩졌다. 다들 군말 없이 얌전한 소처럼 걸었다. 니혼스기(二本杉)라 불리는 작은 나무다리까지 왔을 때 사무라이는 자신들과 마찬가지로 수염이 눈으로 하얗게 덮인 요조(与蔵)가 들판의 길가에 세워 놓은 불상처럼 서 있는 것을 봤다.

---

3) 이와키(磐城), 이와시로(岩代), 리쿠젠(陸前), 리쿠추(陸中), 무쓰(陸奧), 이 다섯 지방의 옛 명칭. 대체로 지금의 후쿠시마, 미야기, 이와테, 아오모리, 이렇게 네 현에 해당하는 지역.
4) 에도(江戸) 시대에는 봉록이 1만 석 이상인 무가(武家).
5) 244킬로그램.

"숙부님께서 오셨습니다."

사무라이는 고개를 끄덕이고 지고 있던 나무 다발을 요조의 발밑에 부렸다. 이 지역의 농민과 마찬가지로 그는 눈이 퀭하고 광대뼈가 튀어 나왔으며 흙냄새가 났다. 말수도 적고 감정을 겉으로 드러내는 일이 드물다. 일족의 총령이었지만 그는 분가한 어르신이라 불리는 나이 든 숙부를 만날 때면 여전히 마음이 무겁다. 아버지가 돌아가신 후 그가 하세쿠라(長谷倉) 본가를 물려받았지만 무슨 일이나 이 숙부와 의논해서 결정해왔다. 숙부는 영주가 치렀던 몇 번의 전쟁에 아버지와 함께 출진했다. 어렸을 때 숙부가 이로리[6] 옆에서 술에 불콰한 얼굴로,

"봐라, 로쿠."

하며 허벅지에 난 다갈색 흉터를 보여준 적이 있다. 그것은 영주가 벌인 아시나(葦名) 일족과의 스리아게하라(摺上原) 전투에서 입은 탄흔으로, 숙부의 자랑거리였다. 하지만 그런 숙부도 지난 4, 5년간 부쩍 노쇠하여 이따금 그의 집에 나타나서는 술을 마시며 자꾸만 푸념을 늘어놓았다. 그리고 다친 오른쪽 다리를 끌며 돌아간다.

---

6) 일본의 전통적인 난방 장치. 방바닥의 일부를 네모나게 잘라내고 난방이나 취사를 위해 재를 깔아 불을 피웠다.

하인들을 뒤로하고 사무라이는 혼자 집으로 가는 언덕길을 올랐다. 넓은 잿빛 하늘에 눈송이가 날리고 안채와 헛간 등의 건물이 검은 성채처럼 떠올라 있다. 마구간 앞을 지날 때 짚과 말똥이 뒤섞인 냄새가 코를 찌르고, 주인의 발소리를 알아들은 말이 바닥을 찼다. 안채의 입구에 이르자 사무라이는 멈춰 서서 일옷에 묻은 눈을 꼼꼼히 떨어내고 집으로 들어갔다. 정면의 이로리 옆에서 숙부가 불편한 오른쪽 다리를 쭉 뻗은 채 불에 손을 쬐고 있고, 열두 살짜리 장남이 그 옆에 무릎을 꿇고 앉아 있다.

"로쿠냐?"

숙부는 이로리의 연기에 숨이 막혀서인지 주먹을 입에 대고 기침을 하며 사무라이를 불렀다. 장남 간자부로(勘三郎)는 아버지를 보자 살았다는 듯 가볍게 인사를 하고는 부엌 쪽으로 달아났다. 연기는 이로리 위에 길게 내려 달린 갈고리를 따라 그을음이 잔뜩 낀 천장으로 올라간다. 잔뜩 그을린 이 이로리 옆은 아버지 대부터 다양한 일을 결정하는 의논 장소였고, 마을 사람들의 분쟁을 판가름하고 결정하는 장소이기도 했다.

"누노자와(布沢)에 가서 이시다 님을 뵙고 왔다."

숙부는 다시 살짝 기침을 하며 말을 이었다.

"이시다 님은, 성 안에서는 구로카와(黒川)의 땅에 대해 아직 아무런 답이 없다고 하시더라."

사무라이는 말없이 옆에 쌓여 있는, 이로리에 넣을 마른 가지를 꺾었다. 그 둔탁한 소리를 들으며 여느 때와 같은 숙부의 푸념을 견디고 있었다. 잠자코 있는 것은 그가 아무것도 느끼지 않고 아무것도 생각하지 않아서가 아니라, 흙냄새 나는 얼굴에 감정을 드러내는 것이 익숙하지 않고, 남에게 거스르는 것이 싫기도 해서였다. 하지만 무엇보다, 늘 그렇듯 지나간 일에 매달려 있는 숙부의 이야기가 그의 마음을 무겁게 하기 때문이다.

11년 전 새로운 성곽과 마을을 만들게 하고 봉토를 할당해준 영주[7]는 사무라이의 집에 조상 대대로 살아온 구로카와의 땅 대신 이 골짜기와 세 마을을 주었다. 예전의 땅보다 변변찮은 황무지로 옮기게 된 것은 황무지를 개간해야 한다는 영주의 방침이었지만, 사무라이의 아버지는 그 이유를 자기 멋대로 해석했다. 간파쿠(関白)[8] 도요토미 히데요시(豊臣秀吉)가 영주를 귀순시켰을 때 그 징계에 불만을 품은 이들이 가사이(葛西), 오사키(大崎) 일족을 중심으로 반란[9]을

---

7) 센다이번(仙台藩)의 초대 영주인 다테 마사무네(伊達政宗, 1567~1636)를 말한다.
8) 성인이 된 천황을 보좌하는 관직이다. 신설된 관직으로, 실질적인 조정의 최고 위직이었다.
9) 도요토미 정권의 오슈 징계(奥州仕置)에 반발하여 일으킨 반란. 다테 마사무네가 이를 진압했다.

　　　　　　　　　　　　　　　　　　　　사무라이

일으켰는데 먼 친척에 해당하는 사람 중 거기에 참가한 사람이 몇 명 있었다. 그래서 아버지는 자신이 전쟁에 패한 그들을 숨겨주고 도망치게 한 일을 영주가 기억하고 있어서 구로카와의 땅 대신 그런 황무지를 주었을지도 모른다고 생각한 것이다.

던져 넣은 마른 가지가 그 처사에 대한 아버지와 숙부의 불평이나 불만처럼 이로리 안에서 소리를 냈다. 부엌문을 열고 아내 리쿠가 술과 말린 후박나무 잎에 된장을 올려 두 사람 앞에 살짝 놓았다. 그녀는 숙부의 표정과 묵묵히 마른 가지를 꺾고 있는 남편을 보고 오늘 밤의 화제를 알아챈 모양이다.

"저기, 리쿠."

숙부가 그녀를 불러세웠다.

"앞으로도 이곳 야곡지(野谷地)에서 살아야 한다."

야곡지란 이 지역의 말로 버려진 황무지를 가리킨다. 돌투성이의 강이 흐르고, 얼마 안 되는 벼와 보리 외에 메밀과 피와 무밖에 나지 않는 밭이다. 게다가 이곳은 다른 곳보다 겨울이 빨리 오고 추위도 심하다. 머지않아 이 골짜기는 언덕도 숲도 순백의 눈으로 깊이 파묻히고, 사람은 어두운 집 안에서 숨을 죽이고 긴 밤 동안 바람이 으르렁대는 소리를 들으며 봄을 기다려야 한다.

"전쟁이 있으면 말이야, 전쟁만 있다면 공을 세워 땅도 늘릴 텐데."

야윈 무릎을 자꾸만 문지르며 숙부는 같은 푸념을 계속 늘어놓고 있었다. 하지만 영주가 전쟁에 몰두하던 시절은 이미 끝났다. 서쪽 지방은 모르겠으나 동쪽 지방은 도쿠가와의 위세에 굴복하여, 영주처럼 미치노쿠(陸奧)[10] 제일의 다이묘조차도 멋대로 병사를 움직일 수 없는 때였다.

사무라이와 아내는 마른 가지를 꺾으며, 어떻게 할 수 없는 불만을 술과 혼잣말과 자신의 공적 이야기로 달래는 숙부의 이야기를 언제까지나 듣고 있었다. 그 공적 이야기도 푸념도 이제까지 수없이 들었지만, 그것은 이 노인이 오로지 살기 위해 먹고 있는 곰팡이 낀 음식물 같았다.

한밤중이 다 되어 하인 두 명에게 숙부를 모셔다드리라고 했다. 문을 열자 희한하게 달빛에 물든 구름이 갈라져 있고 눈도 그쳐 있었다. 숙부의 모습이 보이지 않을 때까지 개가 짖었다.

골짜기에서는 싸움보다 기근을 두려워한다. 예전에 이곳

---

10) 현재의 후쿠시마현, 미야기현, 이와테현, 아오모리현, 아키타현의 일부에 해당한다.

을 덮친 냉해를 생생하게 기억하는 노인들이 아직 살아 있다.

그해 겨울은 기묘할 정도로 따뜻하고 봄 같은 기색이 이어져 북서쪽에 있는 산은 항상 안개가 끼어 있고 또렷이 보이지 않았다고 한다. 하지만 봄이 끝나고 장마철이 시작되어서는 비가 평소보다 길어졌고 여름이 왔어도 아침저녁에는 벌거벗고는 있을 수 없을 정도로 쌀랑했다. 밭의 모종은 자라지도 않고 말라버린 것이 많았다.

먹을 것이 없어졌다. 골짜기 사람들은 산에서 캔 칡뿌리나 말의 사료인 쌀겨, 짚, 심지어 콩깍지까지 먹었다. 그것마저 없어지자 무엇보다 중요한 말을 죽이고, 기르던 개를 죽이고, 나무껍질이나 잡초로 굶주림을 견뎠다. 모든 것을 다 먹은 후에는 부모 자식도, 부부도 마을을 버리고 먹을거리를 찾아 뿔뿔이 흩어졌다. 육친이나 친척이 길에 쓰러져도 보살필 수 없어 내버리고 갔다. 머지않아 들개나 까마귀가 그 시체를 헤적거리며 먹어댔다.

사무라이의 집안이 이곳을 봉토로 삼은 이후 그런 기근은 없었지만, 아버지는 마을 사람들에게 상수리나 졸참나무 열매, 이삭에서 떨어낸 피를 가마니에 넣어 대들보 위에 저장하도록 명했다. 이제는 모든 집에서 보관하고 있는 그 가마니를 볼 때마다 사무라이는 순진하고 외곬인 숙부보다는 좀 더 현명했던 아버지의 온화한 얼굴이 떠오른다.

하지만 그런 아버지조차,

"구로카와에서라면 흉년이 와도 견뎌낼 수 있을 텐데…"

하며 조상 대대로 물려받은 비옥한 땅을 그리워했다. 그 곳에는 가꾸기만 하면 보리를 풍성하게 수확할 수 있는 평 야가 있다. 하지만 이 야곡지에는 메밀·피·무가 주요 작물 이고, 그 작물도 매일 먹을 수 있을만큼 충분하지 않다. 연 공을 영주에게 바쳐야 하기 때문이다. 사무라이의 집에서도 보리나 피로 지은 밥에 무잎을 넣어 먹는 날이 있다. 농민들 은 달래, 골파 같은 것도 먹는다.

하지만 아버지나 숙부의 푸념에도 불구하고 사무라이는 이 야곡지가 싫지 않았다. 이곳은 아버지가 돌아가신 후 그 가 일족의 총령으로서 처음으로 다스리는 땅이었고, 눈이 퀭하고 광대뼈가 툭 튀어나온 농민들은 이른 아침부터 저 녁까지 소처럼 묵묵히 일하고 서로 싸우지도 다투지도 않 았다. 척박한 논밭을 열심히 경작하고 자신들의 먹을거리를 줄여서라도 연공을 늦지 않게 바쳤다. 그런 농민과 이야기 할 때면 사무라이는 신분의 차이를 잊고 자신과 그들을 묶 고 있는 뭔가를 느낀다. 자신의 유일한 장점은 인내심이 강 한 거라고 여기지만 농민들은 그보다 더 순종적이고 참을성 이 많았다.

이따금 사무라이는 장남 간자부로를 데리고 집의 북쪽에

있는 구릉에 오른다. 일찍이 이곳을 지배하던 토착 사무라이가 세운 성채 터가 잡초에 파묻혀 있고, 관목에 가려진 물 없는 해자나 낙엽을 뒤집어쓴 흙으로 쌓아 올린 작은 성채에서는 이따금 불에 탄 쌀이나 깨진 그릇이 나오기도 한다. 바람이 부는 산 위에서는 골짜기와 마을을 내려다볼 수 있다. 슬플 만큼 가련한 땅. 뭉개진 듯한 마을.

'여기가… 내 땅이다.'

사무라이는 마음속으로 이렇게 중얼거린다. 앞으로 전쟁이 없다면 나는 아버지와 마찬가지로 평생 여기서 살아갈 것이다. 내가 죽은 뒤에는 장남도 총령으로서 똑같은 삶을 살 것이니 우리 부자(父子)는 평생 이곳을 떠날 일이 없다.

그는 또 요조와 함께 산기슭에 있는 작은 연못으로 낚시를 하러 가기도 한다. 늦가을, 갈대가 무성한 그 어두운 연못에서 갈색 물새에 섞여 목이 긴 백조 서너 마리가 날갯짓을 하는 모습을 볼 때가 있다. 백조들은 추위가 심한 먼 나라에서 바다를 건너 찾아온 것이다. 봄이 되면 철새는 다시 크게 날갯짓을 하며 골짜기의 하늘을 날아 떠나간다. 그 새를 바라볼 때마다 사무라이는 자신은 평생 가볼 수 없는 곳을 그들은 알고 있겠구나, 하고 문득 생각하기도 하지만 그다지 부러운 마음은 들지 않았다.

주군인 이시다로부터 호출이 왔다. 이야기하고 싶은 것이 있으니 누노자와로 오라는 것이었다.

이시다 집안은 그 옛날 영주의 조상에게 종종 맞섰던 일족인데, 지금은 고이치몬슈(御一門衆)[11]로 취급되는 지체 높은 가문이다.

아침 일찍 요조를 데리고 골짜기를 떠나 정오 가까이에 누노자와에 도착했다. 돌담으로 둘러쳐진 저택의 수로에 진눈깨비가 내려 동그란 물무늬가 무수히 떠올랐다가 사라진다. 대기실에서 잠시 휴식을 취한 후 이시다를 만났다.

조금 살이 찐 이시다는 하오리[12]를 입고 자리에 앉더니, 검게 빛나는 마루에 두 손을 짚고 꿇어앉아 있는 사무라이에게 웃는 얼굴로 숙부의 안부를 물으며,

"저번에 여기서 여러 가지로 푸념을 늘어놓더군"

하고 유쾌한 듯 웃었다. 사무라이는 황공하여 고개를 숙였다. 아버지나 숙부가 지금까지 구로카와의 땅으로 급전을 변경해달라고 청원할 때마다 이 사람은 그 탄원서를 성안으로 보내주었다. 하지만 그 후 사무라이는 이시다로부터 각지에서 그런 탄원서가 이어져 들어와 평정소(評定所)[13]에

---

11) 센고쿠(戦国) 시대에 혼간지(本願寺) 종파의 수장인 잇케슈(一家衆, 서자들) 중에서 렌뇨(蓮如)와 지쓰뇨(実如)와 인척 관계였던 서자를 말한다.
12) 일본옷 위에 걸치는 짧은 겉옷.

산적해 있다는 말을 들었다. 어지간해서는 영주가 그 탄원을 받아들이는 일은 없을 것이다.

"노인의 마음은 잘 알지만."

이시다는 얼굴에서 웃음기를 싹 지우고,

"전쟁은 이제 없네. 도쿠가와 이에야스(德川家康, 1543~1616)님은 오사카를 소중히 여기시고, 영주님도 그 의향을 따르고 계시지."

하고 약간 강한 어조로 말했다. 이 말을 하려고 일부러 부른 것인가 하고 사무라이는 생각했다. 이시다는 더이상 탄원서를 내봐야 헛일이라는 것을 가르쳐주고 싶었을 것이다.

물이 흘러넘치는 것처럼 슬픔이 가슴속으로 퍼져나간다. 자신은 그 골짜기에 애착이 있지만, 그래도 조상의 땅과 추억이 깊이 스며 있는 땅을 하루도 잊은 적이 없었다. 방금 이시다로부터 포기하라는 말을 분명히 들었을 때, 돌아가신 아버지의 쓸쓸한 얼굴이 떠올랐다. 분한 듯한 숙부의 표정도 눈에 보이는 듯했다.

"번거롭겠지만 노인을 납득시키는 게 좋을 거네. 아무래도 노인은 세상의 변화를 받아들이기 힘든 법이니까."

이시다는 참으로 딱하다는 듯이, 머리를 숙이고 있는 사

---

13) 에도 시대에 설치된 최고 재판 기관. 정책을 입안하고 심의하던 곳.

무라이를 바라보며 말을 이었다.

"하지만 평정소에서는 자네 집안에게만 포기하라고 하는 것이 아니야. 메시다시슈(召出衆)[14] 중에는 마찬가지로 옛날 땅을 돌려달라고 청원하는 자가 많다네. 그 때문에 평정소의 중신들도 몹시 골머리를 앓고 있지. 하지만 한 사람 한 사람의 제멋대로 된 요구를 다 들어주어서는 일정한 봉토의 할당 자체가 차례로 흐트러지네."

두 손을 무릎에 두고 고개를 숙인 채 사무라이는 이시다의 말을 듣고 있었다.

"그런데 오늘 부른 것은 다른 일 때문이야."

이시다는 더이상 구로카와 땅 이야기를 계속하는 걸 피하려는 것처럼 갑자기 다른 화제를 입에 올렸다.

"조만간 부역 지시가 있을 거야. 그것에 대해 자네에게 특별히 전할 일이 있을지도 모르겠네. 그걸 잊지 말게."

왜 갑자기 이런 이야기를 하는지 사무라이는 도통 알 수가 없었다. 얼마 후 고개를 숙이고 물러나려고 하자 이시다는 아직 괜찮네, 하고 말하며 에도의 번창한 모습을 말해주었다. 작년부터 쇼군의 에도성 공사를 모든 다이묘가 떠맡

---

14) 에도 시대 각 번(藩)의 상급 번사(藩士) 가문의 하나로, 그 위로는 자쿠자케(着座家), 다치아게(太刀上)가 있다.

사무라이

왔기 때문에 영주도 그 일부를 맡아 요즘은 이시다, 와타리, 시라이시 같은 고이치몬슈가 교대로 에도로 올라가고 있다.

"에도에서는 기리시탄[15]의 색출이 심해졌다네. 이곳으로 돌아올 때 우연히 조리돌림을 하는 걸 봤지."

쇼군[16]의 아버지인 도쿠가와 이에야스가 올해 막부 직할령에서 기리시탄의 가르침을 금지했다는 사실은 사무라이도 알고 있었다.[17] 그 때문에 추방된 신도들이 아직 금지되지 않은 서쪽 지방이나 도호쿠 지방으로 이주하여 영주의 영내 광산 등에서 일하고 있다는 이야기들이 들려왔었다.

이시다가 본 수인들은 모두 종이를 잘라 만든 작은 깃발을 단 짐말에 태워져 큰길을 따라 동네 한가운데를 지나 형장으로 끌려가는 중이었다. 수인들은 구경꾼 중 안면이 있는 사람과 이야기를 나누기도 하는 등 죽음을 두려워하는 기색이 별로 없었다.

---

15) 포르투갈어로 '그리스도교도'라는 의미다. 원래는 그리스도교도 전반을 가리키지만 실제에서는 전국시대 이후 일본에 전래한 그리스도교(가톨릭)의 신자, 전도자 또는 그 활동을 가리킨다. 또한 무역에 관여한 네덜란드인은 그리스도교도라도 프로테스탄트이기 때문에 '기리시탄'이라고 지칭하지 않는다.

16) 도쿠가와 히데타다(德川秀忠, 1579~1632). 쇼군 재위는 1605~1623.

17) 1605년 도쿠가와 이에야스는 도요토미 히데요시를 비롯한 도요토미 가문의 위협 세력이 남아 있는 상황에서 도쿠가와 쇼군의 형식적인 지위를 안정적으로 굳히고자 쇼군 직위를 3남 히데타다에게 넘겨주었으나 여전히 실권을 장악했다. 이에야스는 비록 외국인을 적극적으로 수용하기는 했으나 그리스도교에 대해서는 강경한 탄압 정책을 전개했다.

"거기에는 남만(南蠻)[18] 신부도 섞여 있더군. 지금까지 기리시탄이나 신부를 만난 적이 있나?"

"없습니다."

사무라이는 이시다의 이야기를 들어도 기리시탄 수인에게 별 흥미가 생기지 않았다. 기리시탄 그 자체에도 관심이 없었다. 그들은 자신이 사는 눈 많은 골짜기와는 아무런 관계가 없는 사람들이었다. 골짜기 사람들은 평생토록 에도에서 도망쳐온 기리시탄을 한 명도 보지 못하고 죽는다.

"빗속이라 돌아가는 게 힘들겠군."

이시다는 물러나는 사무라이를 아버지처럼 자상하게 챙겼다. 저택 밖에서는 차가운 비에 다 젖은 도롱이를 걸친 요조가 개처럼 순종적으로 사무라이를 기다리고 있었다. 그보다 세 살 많은 이 하인은 태어날 때부터 사무라이와 같은 집에서 자라며 사무라이의 집안을 위해 일해 왔다. 사무라이는 말에 오르며 지금부터 돌아갈 밤의 골짜기를 떠올렸다. 며칠 전에 내린 눈이 길 위에 딱딱하게 얼어붙어 어둠 속에서 새하얗게 떠오르고 농부들의 집은 죽은 듯이 조용할 것

---

18) 처음에는 샴(타이), 루손, 자바 등에서 온 동양인을 지칭했지만 16세기 중엽부터는 포르투갈인, 이어서 스페인인을 남만인으로 불렀다. 그들이 타고 온 배를 남만선, 그들이 전한 종교를 남만종이라고 한다. 당시 유럽 전래의 문화를 남만 문화 또는 기리시탄 문화라고 했다.

이다. 아내 리쿠와 서너 명만이 잠을 자지 않고 자신을 기다리고 있을 이로리 곁. 주인의 발소리에 개가 짖고, 축축한 짚 냄새가 나는 마구간에서 잠을 깬 말이 발을 구를 것이다.

축축한 짚 냄새는 선교사가 앉아 있는 감옥에도 가득 차 있었다. 지금까지 이곳에 갇혀 있던 신도들의 체취나 오줌 냄새까지 섞여 있어 악취가 이따금 코를 찔렀다.

어제부터 선교사는 자신이 처형될 확률과 석방될 확률을 계산해봤다. 두 접시에 나눈 사금 중 어느 것이 무거운가를 조사하는 상인처럼 냉정한 마음으로 생각했다. 목숨을 건진다면 그건 아직 그가 이 나라의 위정자들에게 도움이 되기 때문이다. 지금까지 이 나라의 권력자들은 마닐라에서 사절이 올 때마다 그를 통역사로 써왔지만, 실제로 그만큼 일본어를 잘하는 선교사가 이제 에도에는 없었다. 탐욕스러운 일본인들이 앞으로 마닐라나 태평양 너머 멕시코와 유리한 무역을 계속하고 싶다면 그 교섭의 중개 역할을 할 수 있는 자신을 버릴 리는 없을 것이다. '주님이 바라신다면 죽게도 하시겠지요.' 선교사는 매처럼 거만하게 고개를 들었다. '하지만 제가 이 일본의 교회를 위해 필요하다는 것을 당신은 잘 아십니다.'

그렇다. 이 나라의 권력자와 마찬가지로 주님도 내가 필요하다. 그렇게 생각하자 득의양양한 미소가 저절로 얼굴에 떠올랐다. 선교사는 자신의 능력에 자신감을 지니고 있었다. 바울회[19]의 에도 관구장인 그는 지금까지 일본에서의 포교 실패는 자신의 회와 사사건건 대립해온 베드로회[20]의 과실 때문이라고 생각했다. 베드로회의 사제들은 사소한 일에 항상 정치적이면서도 실상은 정치라는 것을 잘 모른다. 그들은 일본에서 60년이나 포교한 끝에 나가사키에 시정권(施政權)과 재판권을 가진 교회령을 세웠는데, 그것 때문에 일본의 권력자들을 불안하게 하여 의혹의 씨앗을 뿌리고 말았던 것이다.

'내가 주교라면 그런 어리석은 짓은 하지 못하게 했을 것이다. 내가 일본의 주교라면….'

마음속으로 이렇게 말하며 그는 소녀처럼 얼굴을 붉혔다. 자신의 마음에 아직 세속적인 야심과 허영심이 형태만 바뀌남아 있다는 것을 깨달았기 때문이다. 로마 교황청에서 일본에서의 포교를 모두 위임받은 주교가 되고 싶다는 그 마음에는 역시 개인적인 야심도 포함되어 있었다.

그의 아버지는 세비야의 유력한 시 참사회 의원이었고,

---

19) 프란체스코회가 모델이다.
20) 예수회가 모델이다.

일족 중에는 파나마 제도의 총독도 종교재판소의 장관도 있었다. 조부 역시 서인도 제도의 정복에 종사했다. 그가 그런 정치가의 피를 이어받은 자신에게 보통의 사제와 다른 재능이 있다는 것을 발견한 것은 일본에 오고 나서였다. 도쿠가와 이에야스나 쇼군 앞에 나가서도 비굴하지 않고, 교활한 로주(老中)[21]들의 마음을 사로잡는 기술이나 설득력을 갖춘 데서도 알 수 있었다.

분한 것은 베드로회의 압박 때문에 자신의 일족이 가진 이 재능을 발휘할 큰 무대를 아직 만나지 못한 일이었다. 베드로회의 수도사들이 도요토미 히데요시나 도쿠가와 이에야스를 능숙하게 조종하지 못한 데다 에도성에 파고들어 있는 불교 고승들을 회유하지도 못하고, 반대로 그런 요직에 있는 자들에게 반감과 의혹의 씨를 뿌렸다는 것을 알고 있는 만큼, 그는 한편으로 자신의 야심을 부끄러워하면서도 주교가 되고 싶다는 마음을 억누를 수 없었다.

'이 나라에서의 포교는 전쟁이다. 지휘관이 무능하면 그만큼 병사들이 쓸데없는 피를 흘리게 된다.'

그러므로 이 나라에서 선교사는 살아남아야만 한다고 생각했다. 그가 숨어 있는 동안 다섯 명의 신도가 포박당한 일

---

21) 에도 막부에서 쇼군에 직속하여 정무를 총괄하고 다이묘를 감독하던 직책.

을 알고는 있었지만, 굳이 그자들과 같은 운명을 택하기를 피한 것도 그 때문이었다.

'하지만 만약 주님이 저를 필요로 하지 않으신다면' 저린 발을 문지르며 그는 중얼거렸다. '언제든지 불러주십시오. 제가 결코 저의 생명에 집착하지 않는다는 것은 당신이 제일 잘 아십니다.'

발 옆을 까맣고 부드러운 것이 지나갔다. 감옥 안에 사는 쥐다. 쥐는 그가 어젯밤 잠들어 있는 동안에도 조그만 소리를 내며 이 좁은 공간 한 귀퉁이를 갉아먹고 있었다. 그 소리에 눈을 뜰 때마다 그는 이미 처형장에서 죽임을 당했을 다섯 신도를 위해 작은 소리로 주기도문을 외웠다. 그렇게 외움으로써 그들을 버려두어야 했던 양심의 고통을 달래려고 했다.

멀리서 발소리가 들려와서 선교사는 내뻗은 다리를 서둘러 오므려 앉은 자세를 바로 했다. 식사를 가져오는 옥졸에게도 흐트러진 모습을 보이고 싶지 않았다. 이런 감옥 안에서도 일본인에게 무시당할 만한 태도를 보이지 말아야 했다.

발소리가 점차 다가온다. 웃는 얼굴을 보여주어야 한다고 생각하여 열쇠가 열쇠 구멍에 꽂히는 소리를 들으며 선교사는 볼에 미소를 지었다. 그는 죽기 직전에도 웃음을 보이겠다고 늘 생각하고 있다.

삐걱거리는 소리를 내며 문이 열리고 주석을 녹인 듯한 빛이 축축한 지면으로 흘러들었다. 눈을 깜박이며 웃는 얼굴을 문 쪽으로 향하자 옥졸이 아니라 검은 옷을 입은 관리 두 명이 내부를 들여다보고 있는 것이 보였다.

"나와!"

한 사람이 으스대는 목소리로 명령을 내렸을 때 석방이라는 말이 기쁨과 함께 선교사의 머릿속을 뛰어다녔다.

"어디로 가는 겁니까?"

선교사는 웃는 얼굴을 유지하며 여유 있는 목소리로 말했지만 다리가 약간 비틀거렸다. 관리들은 불쾌한 듯이 침묵한 채 양어깨를 흔들며 걷고 있었다. 일본인 특유의 거드름을 피우는 그 걸음걸이는 이제 석방 쪽으로 자신감을 가진 선교사에게는 어린애의 우스꽝스러운 몸짓처럼 생각되었다.

"봐라."

돌연 관리 중 한 사람이 멈춰 돌아보며 복도의 창으로 보이는 안뜰을 턱으로 가리켰다. 햇빛이 물러가기 시작한 안뜰에는 거적이 깔리고 물통이 놓이고 걸상 두 개가 나란히 놓여 있다.

또 한 관리가 무시하는 듯한 웃음소리를 내며 손가락을 뻗은 손으로 자신의 목을 긋는 흉내를 냈다.

"이거야."

그는 몸이 경직된 선교사를 즐기듯 바라보며,

"떨고 있어, 이 남만인"

하고 말했다.

선교사는 두 주먹을 꽉 쥐고 치밀어 오르는 수치와 분노를 견뎠다. 지난 이틀간 일본인 하급 관리의 이런 위협은 종종 그에게 상처를 주었다. 하지만 한순간이었을지라도 그들에게 방금 자신이 겁을 내는 표정을 보였다는 것이 자존심 강한 선교사는 견딜 수 없었다. 그럼에도 감옥 밖으로 끌려나가 건너편 건물에 들어설 때까지 계속 무릎이 떨리는 걸 감출 수 없었다.

저물녘의 건물은 텅 비었고 인기척도 없었다. 검게 빛나는 방의 차가운 바닥에 그를 꿇려 앉힌 관리가 사라지자 선교사는 석방의 기쁨을, 뭔가를 훔쳐 먹는 아이처럼 걸신들린 듯이 만끽했다.

'봐라. 내가 생각했던 대로가 아닌가.'

조금 전의 굴욕감은 사라졌고, 그 대신 자신의 예상이 틀리지 않았으므로 그는 타고난 자신감을 되찾고 중얼거렸다.

'일본인들의 생각은 손바닥 들여다보듯 알 수 있다.'

그는 이용 가치가 있는 자는 좋건 나쁘건 상관없이 살려두는 일본인의 습성을 알고 있었다. 무역의 이익에 눈이 먼 이 나라의 권력자들에게는 그의 통역 능력이 아직 필요하다는 것도 알고 있었다. 도쿠가와 이에야스도 쇼군도 기리시탄을 싫어하면서도 선교사를 이 도시에 살게 하는 것은 바로 그것 때문이다. 도쿠가와 이에야스는 먼 나라와 거래를 할 나가사키 못지않은 항구를 바라고 있었다. 특히 먼 바다 너머에 있는 멕시코와의 통상을 바라고 오늘날까지 수차례나 그 일을 위한 편지를 마닐라의 스페인 총독에게 보냈다. 선교사는 그 편지들을 스페인어로 번역하고 그쪽의 답장을 일본어로 번역하기 위해 이따금 에도성으로 불려갔다.

하지만 도쿠가와 이에야스를 본 적은 한 번밖에 없다. 에도성에서 마닐라에서 온 사절과 만났을 때였는데, 어두운 알현실에서 벨벳 의자에 나른한 듯이 앉아 있는 노인을 봤다. 노인은 입을 열지 않았고 로주들과 사절의 대화를 무표정하게 듣고만 있었다. 사절이 가져온 진기한 물품도 무표정한 눈으로 바라보았다. 그러나 그 무표정한 얼굴과 눈은 그 후에도 선교사의 기억에 남아 일종의 두려움 비슷한 감정을 불러일으켰다. 그 노인이 도쿠가와 이에야스이고, 그것이 정치가의 얼굴이라고 생각했다.

복도에서 발소리가 났고 고개를 숙인 선교사의 귀에 바스락거리는 옷 소리가 들렸다.

"벨라스코[22] 님."

얼굴을 들자 안면이 있는 통상 고문관인 고토 쇼자부로

가 상좌에 앉아 있고 조금 전의 두 관리가 마루에 나란히 서 있었다. 고토는 일본인 특유의 위엄 있는 얼굴로 그를 잠시 바라보더니 한숨을 내쉬며 말했다.

"나가도 좋소. 이건 관리의 착오요."

"알고 있습니다."

선교사는 득의양양했다. 그는 만족스러운 듯한 눈길로 자신에게 굴욕을 준 두 관리를 바라보았다. 그것은 신도들의 고해 성사를 듣고 용서를 해주는 신부의 몸짓과 많이 닮아 있었다.

"하지만 벨라스코 님."

고토는 다시 바스락거리는 옷 소리를 내고 일어나며 씁쓸한 얼굴로 내뱉듯이 통고했다.

"당신은 에도에 기리시탄 신부로서 사는 것은 아니지만, 이번에도 어떤 분의 중재가 없었다면 어떻게 되었을지 모르오."

통상 고문관은 암암리에 선교사가 은밀히 신도들을 찾아다니고 있는 것을 지적한 것이다. 다른 다이묘의 영지라면 모르겠지만, 올해부터 도쿠가와 이에야스의 직할령에서는 교회를 짓고 기리시탄을 받드는 일을 엄중히 금하고 있다.

---

22) 루이스 소텔로(Luis Sotelo, 1574~1624) 신부가 모델이다.

사무라이

그는 이 큰 도시에서 사제로서가 아니라 통역으로 살고 있는 것이다.

고토가 사라진 후 두 관리는 노골적으로 얼굴에 불만의 빛을 드러내며 선교사에게 턱으로 다른 출구를 가리켰다. 이미 밤이 되어가고 있었다.

가마를 타고 아사쿠사의 집으로 돌아왔다. 밤하늘에 검게 보이는 숲이 집의 표지다. 이 주위에는 나병 환자 무리가 마을을 이루고 있어서, 2년 전까지는 선교사가 소속된 바울회가 그 나병 환자들을 위해 지은 작은 병원이 있었다. 이제 병원은 헐렸지만 그는 남은 오두막에 연하의 사제 디에고와 한 조선인과 함께 사는 것을 허락받았다.

그의 갑작스러운 귀가를 놀란 표정으로 맞아준 디에고와 조선인에게 둘러싸여 그는 밥과 말린 생선을 게걸스럽게 먹었다. 가까운 숲에서 새가 날카롭게 울었다.

"당신이 아니었다면 일본인이 이렇게 빨리 석방하지 않았겠지요."

식사 시중을 하며 디에고가 이렇게 중얼거렸을 때 선교사는 얼굴에 미소를 띨 뿐이었지만 마음속으로는 만족감과 득의양양함을 천천히 음미했다.

"일본인이 나를 석방한 것이 아니네." 그는 겸허하다고도 오만하다고도 할 수 없는 표정으로 디에고에게 가르치듯 말했다. "주님은 내게 뭔가를 바라고 계시네. 그것을 하도록 주님이 나를 석방하신 거지."

'주여' 하고 선교사는 밥을 먹으며 입속으로 기도했다. '당신이 하시는 일에 쓸데없는 것은 없습니다. 그래서 당신은… 저를 살리셨습니다.' 그는 그 기도에 사제에게 합당하지 않은 교만한 마음이 포함되어 있다는 것을 깨닫지 못했다.

사흘쯤 지나 선교사는 석방 인사를 하기 위해 조선인을 데리고 통상 고문관의 저택을 찾았다. 일본인 고문관이 포도주를 좋아해서 미사 때 쓰는 포도주 몇 병을 챙겨갔다.

고문관에게는 마침 손님이 있었다. 하지만 그는 선교사를 다른 방에서 기다리게 하지 않고 곧바로 자기 방으로 안내하게 했다. 선교사를 보자 그는 가볍게 고개를 끄덕일 뿐 그대로 손님과 이야기를 계속했다. 그것은 명백히 선교사에게 그들의 이야기를 들려주겠다는 표시였다.

그 이야기에는 쓰키노우라라든가 시오가마라는 지명이 자주 나왔다. 고문관과 조금 살이 찐 손님은 쓰키노우라가 나가사키보다 나은 항이 될 텐데, 하고 느긋하게 이야기를 나누었다.

선교사는 아무렇지 않은 듯 방 앞의 뜰을 바라보며 주의 깊게 대화에 귀를 기울였다. 지난 3년간 통역을 하며 얻은 지식으로 이 화제의 배후에 있는 것을 어렴풋하게나마 알 수 있을 것 같았다.

도쿠가와 이에야스는 지난 몇 년 동안 일본 동쪽에 나가 사키 못지않은 좋은 항구를 만들고 싶어 했다. 내정의 측면에서 보면 나가사키는 도쿠가와 이에야스가 지배하는 동일본에서 너무 떨어져 있어 만일 규슈의 유력한 다이묘가 반란을 일으켰을 경우 쉽게 빼앗긴다. 게다가 그 유력한 규슈의 다이묘 중에는 시마즈(島津)와 가토(加藤)가 있는데, 그들은 도쿠가와 이에야스가 아직 손을 쓸 수 없는 오사카의 도요토미 가문에 호의를 가진 자들이다. 그런 이유로, 도쿠가와 이에야스는 외교적으로도 나가사키에만 마닐라와 마카오의 배가 모이는 것을 좋아하지 않았다. 그는 마닐라를 거치지 않고 그 무역의 배경인 멕시코와 직접 거래를 하고 싶어 했다. 그리고 멕시코와의 거래를 위한 좋은 항구를, 그의 세력이 미치는 동쪽 지방 어딘가쯤에 만들고 싶었다. 관동(關東)에는 우라가(浦賀)라는 항구가 있지만 조수의 흐름이 빠른 탓에 지금까지 여기에 다가오려고 한 배는 늘 난파했다. 그 때문에 도쿠가와 이에야스는 일본에서 구로시오(黑潮)에 가장 가까운 도호쿠의 어느 유력한 다이묘에게 항구를 찾도록 명한 일이 있다. 쓰키노우라나 시오가마는 그 후보에 오른 지명일지도 모른다.

'하지만 왜 고문관은 내게 이 대화를 듣게 하는 것일까.'

선교사는 눈을 치뜨고 두 일본인의 얼굴을 훔쳐보았다. 그 시선을 알아챈 것처럼 고토는 몸을 이쪽으로 향하고,

"이시다 님은 알고 있소? 통역으로 에도 체재를 허락받은 벨라스코 님입니다만…"

하며 통통한 사람에게 소개했다. 그 사람은 미소를 지으며 상체를 살짝 구부리고,

"도호쿠에 가본 적 있소?"

하고 물었다.

선교사는 손을 무릎에 놓은 채 고개를 가로저었다. 그는 이런 때 일본인의 예의나 예절을 일본에서 오랫동안 지내며 터득했다.

"이시다 님의 지역에서는 에도와 달리…" 고문관은 다소 빈정거리는 투로 말을 이었다. "기리시탄이 비난을 받지 않는다고 하오. 그곳이라면 벨라스코 님도 활개를 치고 다닐 수 있을 거요."

물론 선교사도 그 사실을 알고 있었다. 도쿠가와 이에야스는 자신의 직할령에서 기리시탄을 금지했지만 개종한 신도나 무사가 봉기를 일으킬까 두려워 다른 다이묘에게는 그것을 심하게 강요하지 않았고, 에도에서 쫓겨난 신도가 서쪽 지방이나 도호쿠로 도피하는 것도 묵인하고 있었다.

사무라이

"벨라스코 님, 시오가마나 쓰키노우라라는 지명을 들어본 적 있소?"

갑자기 고문관은 이야기를 처음으로 돌려 조금 전의 그 지명을 입에 담았다.

"도호쿠에서는 각별히 뛰어난 후미지."

"우라가 같은 항구로 만들려는 겁니까?"

"그런 이유도 있소. 그 후미에서 남만선과 같은 큰 배를 건조할지도 모르오."

선교사는 순간적으로 숨을 삼켰다. 그가 지금까지 알고 있는 한 이 나라에서는 기껏해야 샴(타이)이나 중국의 범선을 모방한 주인선밖에 갖고 있지 않다. 넓은 바다를 자유자재로 건너갈 수 있는 갤리언선을 건조할 장소도 없을 뿐 아니라 능력도 없다. 설사 그런 배를 건조할 수 있다고 해도 그것을 움직일 기술이 없을 것이다.

"일본인의 손으로 건조하시겠다는 겁니까?"

"어쩌면. 시오가마나 쓰키노우라는 바다에 면해 있고, 게다가 좋은 목재를 얼마든지 베어낼 수 있소."

선교사는 고문관이 자기 앞에서 이런 비밀을 분명히 말한 이유를 생각했다. 그는 재빨리 두 사람의 표정을 비교해 보며 대답할 말을 찾았다.

'그렇다면 그 배의 선원들을 이용할 것이다.'

작년에 그는 통역으로 간 에도성에서 마닐라에서 온 스페인 사절을 만났었다. 그들의 배가 도중에 폭풍을 만나 기슈에 표착하고 수리도 못한 채 우라가항에 억류되어있는 것이다. 사절도 선원들도 자신들을 태우고 갈 배가 도착할 때까지 에도에서 참을성 있게 기다리고 있다. 일본인은 그 선원들을 이용하여 갤리언선 같은 배를 건조할 생각인지도 모른다.

"그것은 이미 정해진 일입니까?"

"아니, 아니오. 그런 생각도 있다는 거지."

그러고 나서 고문관은 뜰로 시선을 돌렸다. 선교사는 이런 때 고문관의 심리를 알고 있었다. 그것은 그만 나가라는 신호이기도 했기 때문에 그는 곧 석방에 대한 감사의 말을 짧게 하고 방을 나섰다.

몸을 구부리고 대기실에 있는 가신들에게 인사하며 그는 일본인들이 결국 자력으로 태평양을 건너 멕시코로 갈 계획을 세우기 시작한 거라고 생각했다.

'개미 같은 인종이다. 그들은 뭐든지 하려고 든다.'

선교사는 이 순간 왠지 웅덩이를 만나면 그 일부가 자기 몸을 희생하여 다리가 됨으로써 동료를 건너게 하는 개미를 떠올렸다. 일본인은 그런 지혜를 가진 검은 개미떼다.

몇 년 전부터 멕시코와의 통상을 염원하는 도쿠가와 이

에야스의 제안은 마닐라의 총독으로부터 완곡하게 거절당했다. 스페인 사람들은 넓은 태평양에서의 무역을 자신들이 독점하고 싶어 했다.

하지만 만약 억류되어 있는 스페인 선원들을 배의 건조에 이용하려 한다면 일본인은 그 교섭의 통역을 위해 어쨌건 자신이 필요할 것이다. 선교사는 나흘 전 왜 자신이 고토의 손에 의해 석방되었는지 조금 알 것 같았다. 그때 고토는 어떤 분의 조언이 있었다는 것을 암시했는데, 그분이란 이 계획을 입안한 로주일지도 모른다. 어쩌면 조금 전의 이시다라는 그 노인일지도 모른다. 하느님은 누구든 쓰시지만 일본인은 철저하게 도움이 되는 자만 쓴다. 일본인은 선교사가 이 계획에 유용하다고 생각했기에 일단 위협해두고 다시 살려주었을 것이다. 이것도 일본인이 흔히 쓰는 수법이다.

그는 디에고에게도, 조선인에게도 오늘 이야기를 자세히 하지 않았다. 같은 성직자이고 함께 마닐라의 바울회에서 일본으로 건너온, 토끼 같은 붉은 눈을 가진 이 연하의 동료를 선교사는 은근히 무시하고 있었다. 신학생 시절에도 그는 순진하고 무능한 친구를 보면 마음속에서 경멸의 감정을 지울 수가 없었다. 그는 자신의 그런 성격이 싫었지만 고치기가 어려웠다.

"오사카에서 편지가 왔어요."

디에고는 낡은 수도복 주머니에서 묵주와 함께 개봉한 편지를 꺼냈다. 그러고는 울어서 부은 듯한 눈으로 말한다.

"베드로회가 또 우리를 비난하고 있어요."

선교사는 나방처럼 파닥거리는 촛불 아래에서 빗물 자국이 누렇게 남아 있고, 그 때문에 잉크가 번진 편지를 펼쳤다. 그것은 오사카에 있는 그의 상사인 무뇨스 신부가 20일쯤 전에 쓴 편지로, 이 상사는 오사카에서 에도의 도쿠가와 이에야스에 대한 증오가 점점 심해져 세키가하라 전투에서 패한 다이묘들의 가신들이 차례로 도요토미의 부하로 들어오는 정세를 전하고 있었다.

그런 서두를 깐 후 무뇨스 신부는, 베드로회의 긴키 관구장이 자신들 바울회의 포교 방법에 대해 비난하는 편지를 로마로 보낸 사실을 알려주었다.

"에도에서의 포교 금지령에도 불구하고 바울회가 일본인 신도와 계속 접촉하면 도쿠가와 이에야스나 쇼군의 쓸데없는 분노를 불러일으키고, 머지않아 현재 선교의 자유를 인정받고 있는 지역에까지 박해를 초래할 거라고 베드로회의 수도사들은 호소하고 있네."

선교사는 치밀어 오르는 불쾌감을 억누르고 편지를 디에고에게 돌려주었다.

"우쭐해있군그래."

감정이 흥분될 때 선교사의 목과 뺨은 늘 붉게 물든다. 자신들에 대한 베드로회의 비난은 이번이 처음은 아니었다. 그들은 늘 뒤에서 바울회에 대한 비난을 써서 로마에 보내왔다. 그것은 모두 질투에 의한 것이다. 프란시스코 사비에르가 63년 전에 처음으로 일본에 상륙하고 나서 이 나라의 전도는 모두 사비에르가 창설한 베드로회가 독점하게 되었다. 그런데 10년쯤 전에 교황 클레멘스 8세의 칙서에서 일본 내 다른 수도회에서 하는 포교도 인정하자 베드로회는 기를 쓰고 다른 수도회에 대한 험담을 하게 된 것이다.

"베드로회는 자신들로 인해 일본에서 그리스도교가 박해를 받게 되었다는 사실을 잊고 있네. 죽은 도요토미 히데요시를 누가 화나게 했는지를 생각해봐야지."

디에고는 벌게진 눈으로 주뼛주뼛 이쪽을 올려다봤다. 그 눈을 보며 선교사는 이 무능한 동료에게는 무슨 의논을 해도 소용없다고 생각했다. 일본에 온 지 3년이나 되었는데도 이 나라의 말을 만족스럽게 하지 못하고, 상사가 시키는 일만 양처럼 순종적으로 하는 것이 디에고의 하루하루였다.

수십 년 동안 베드로회는 나가사키에 거의 식민지나 다름없는 땅을 얻어 그 수익으로 포교 비용을 마련했다. 그들은 그 지역에서 군사권만 갖지 않았을 뿐 세금 징수권과 재판권까지 행사하고 있었다. 규슈를 점령한 도요토미 히데요시가 그 사실을 알고는 포교라는 이름을 빌린 침략이라고 격노하며 금교령을 내린 일은 누구나 알고 있다. 그것이 일본에서의 포교를 모조리 어둡게 하는 계기가 되었지만 베드로회는 지금 그 사실을 자기들 편리대로 잊고 있다.

"그런데 오사카에… 답장을 어떻게 쓰시겠습니까…?"

디에고는 당황하며 물었다.

"베드로회에는… 이제 나에 대해 걱정하지 말라고 쓰면 되겠지." 선교사는 어깨를 으쓱하며 내뱉듯이 대답했다. "나는 조만간 에도를 떠나 도호쿠로 갈 테니까."

"도호쿠로요?"

선교사는 놀란 동료에게 대답도 하지 않고 등을 돌려 방을 나갔다. 성실(聖室)이라 부르는 헛간으로 들어가 손에 든 촛불을 끄고 딱딱한 마룻바닥에 무릎을 꿇었다. 세비야의 작은 신학교를 다닐 때부터 자존심에 상처를 입고 끓어오르는 분노를 억제할 때 그가 늘 하는 고행의 자세다. 양초의 심 냄새가 코를 찌르고 어둠 속에서 바퀴벌레가 기어 다니는 희미한 소리가 났다.

'누가 저를 비난하든 당신은 저의 능력을 아십니다.' 그는 이마를 손으로 받치고 중얼거렸다. '그렇기에 당신은 저를 필요로 하시고 감옥에서 꺼내주셨습니다. 당신은 율법학자나 바리새인의 중상모략이나 험담에도 기가 꺾이지 않으셨

습니다. 저도 베드로회의 중상모략을 아무렇지 않게 생각할 것입니다.'

바퀴벌레는 흙탕물로 더러워진 그의 맨다리를 제멋대로 기어 다녔다. 숲에서 또 새가 날카로운 소리로 울고 조선인이 오두막의 문을 닫는 소리가 난다.

'일본인이 갤리언선을 건조한다.'

먹이를 찾아 웅덩이를 건너는 까만 개미떼 이미지가 다시 뇌리에 떠올랐다. 일본인은 멕시코와의 무역에서 이익을 얻기 위해 결국 까만 개미떼가 웅덩이를 건너듯 태평양을 건너려 하고 있다. 하지만 선교사는 포교를 위해 이런 일본인의 탐욕을 이용해야 한다고 생각했다.

'그들에게는 이익을 주고 우리는 포교의 자유를 얻는다.'

그 거래를 능숙하게 할 수 있는 것은 베드로회 사람들이 아니다. 도미니크회나 아우구스티누스회의 수도사들도 아니다. 디에고 같은 무능한 수도사들도 아니다. 선교사에게는 자신만이 그것을 할 수 있다는 자신감이 있었다. 그렇게 하기 위해서는 일본인들의 편견을 없애야 한다. 베드로회가 범한 잘못을 두 번 다시 되풀이해서는 안 된다.

'내가 만약 주교라면…'

늘 부끄럽게 생각하는 그 야심의 속삭임이 귓가에 들려온다. 자신이 만약 일본에서의 모든 포교를 입안하고 실행할 수 있는 주교에 임명된다면 지난 수십 년간 베드로회가 저지른 실패를 만회할 수 있을 것이다. 그는 부끄러워하면서도 그런 생각을 하지 않을 수 없었다.

화창한 날 나뭇잎들이 다갈색으로 시든 골짜기의 산에서 숯 굽는 연기가 피어올랐다. 긴 겨울을 앞두고 농부들은 온종일 일을 했다. 척박한 논밭에서 벼와 피를 거두어들이면 여자와 아이들이 두드려 탈곡하고 키로 친다. 그것은 연공을 바치기 위한 것이지 자신들이 먹을 것이 아니었다. 일하는 틈틈이 벤 풀들은 그 자리에 말려둔다. 마구간에 깔기 위해서이다. 이곳에서는 말리지 않은 볏짚이 기근 때 식량이 되기도 한다. 그것을 대비하여 잘게 썰어 절구에 찧어 가루로 만든다.

사무라이는 농민들과 마찬가지로 '한기리'[23]라 불리는 일옷을 입고 골짜기를 둘러보았다. 농부들에게 다가가 잠깐 이야기를 나누기도 하고, 함께 장작을 집 주위에 울타리처럼 늘어놓는 작업도 했다. 골짜기에서는 이렇게 늘어놓는 장작 울타리를 '기지마'라고 했다.

즐거운 일도 있고 슬픈 일도 있었다. 올가을에도 마을에

---

23) 소매가 넓고 기장이 짧은 윗옷.

서 두 노인이 세상을 떠났다. 가난한 농가이기에 죽은 사람을 산 가까운 전답에 묻고 그 위에 돌을 놓을 뿐이었다. 죽은 사람이 살아 있을 때 사용하던 오래된 낫을 손잡이째 땅바닥에 찔러 놓거나, 이 빠진 그릇을 돌 옆에 남겨두는 것도 이 골짜기의 풍습이었다. 사무라이는 이 빠진 그릇에 아이들이 화초를 꽂아두는 것을 이따금 봤다. 하지만 그렇게 전답에 묻는 것도 기근이 없는 해에나 가능했다. 흉년에는 노인이 갑자기 모습을 감추고 누구도 사라진 그 노인에 관해 묻지 않았다는 이야기를 그는 아버지에게 들은 적이 있다. 이 계절에는 소금기 없는 경단에 띠를 꽂고 냄비에 끓여 먹는 다이시코(大師講)라는 행사도 있다. 이날은 농민들이 차례로 집으로 찾아와 허리를 숙여 인사하고 대접하는 경단을 먹고 돌아간다.

화창한 날 이시다로부터 부역 지시가 내려왔다. 골짜기에서 두 사람을 차출하라는 것이다. 지시를 받은 사무라이는 요조를 데리고 숙부의 집으로 찾아갔다.

"들었다. 들어서 알고 있다."

숙부는 만면에 희색을 띠며 말했다.

"오가쓰(雄勝)의 산에서 삼나무를 베어내 군선을 건조한다고 하더라. 오사카와의 전쟁이 다가온 모양이다."

"군선을요?"

"그렇다는구나."

숙부에게는 아직 구로카와의 땅에 관한 이시다의 말을 전하지 않았다. 여느 때의 밤처럼 낙담한 숙부의 한없는 푸념을 들으면 또 마음이 무거울 것이기 때문이다. 하지만 이제 전쟁 같은 건 일어나지 않는 세상이라면 영주는 대체 뭣 때문에 군선을 만드는 것일까. 사무라이는 무척 이상하다고 생각하지 않을 수 없었다. 성의 평정소에서는 사무라이 같은 사람이 모르는 뭔가가 은밀히 궁리되고 있는지도 모른다.

"로쿠, 일단 오가쓰까지 가서 무슨 일이 시작되는지 듣고 와야 할 거다."

숙부는 곧 전쟁이 시작될 것처럼 들뜬 목소리로 말했다. 하루 반이나 걸리는 오가쓰까지 가는 건 내키지 않았으나 아버지에게처럼 이 숙부에게도 순종하는 사무라이는 그저 잠자코 고개를 끄덕일 뿐이었다. 자신의 눈으로 모든 것을 확인하고 오는 것이 시대의 변화를 받아들이지 못하는 노인을 체념하게 하는 방법일지도 모른다고 생각했다.

마을에서 부역에 차출할 두 젊은이를 뽑은 그는 이튿날 다시 말에 올랐다. 오가쓰는 리쿠젠(陸前)[24]의 바다를 따라 톱니처럼 움푹 팬 후미의 하나다. 이른 아침 골짜기를 떠나

---

24) 현재의 미야기현의 대부분과 이와테현의 일부.

저물녘에 바다 가까이 갔을 때 흐린 하늘에서 내린 눈이 뺨에 닿았다. 스이힌(水浜)이라는 쓸쓸한 어촌에서 숙소를 잡았다. 밤새 해명(海鳴)이 들려왔기 때문에 데려온 젊은이들은 불안한 듯이 사무라이의 얼굴을 쳐다봤다. 어부들 이야기로는 오가쓰의 산들에서는 이미 부역 인부들이 모여 나무를 베기 시작했다고 한다.

이튿날 아침, 스이힌을 출발했다. 화창하기는 하지만 바람이 세서 앞바다는 차가워 보였다. 파도가 하얗게 거품을 내뿜으며 거칠어 보였다. 말 뒤에서 젊은이들은 추운 모습으로 따라왔다. 얼마 후 그 바다가 섬에 가려지자 고요한 후미가 보였다. 그리고 한쪽 산에는 인부용 오두막이 이미 여러 개 만들어져 있고, 멀리서 나무를 벌채하는 날카로운 소리가 들려왔다. 거친 먼바다와 달리 섬과 산이 바람을 막고 있는 후미에는 이미 뗏목이 무수히 떠 있었다.

관리들의 파수막으로 가서 데려온 젊은이들의 이름을 적고 있으니 한 하인이 부산하게 달려와 중신(重臣)인 시라이시가 곧 도착한다고 알렸다. 파수막이 갑자기 소란스러워지고 관리들은 몸가짐을 단정히 하고 해변까지 마중을 나갔다.

그들에 섞여 사무라이도 일행을 기다리고 있으니 곧 말을 탄 십여 명의 행렬이 천천히 이쪽으로 다가왔다. 놀랍게도 그중에는 사무라이가 처음으로 보는 남만인 네다섯 명이 포함되어 있었다. 그는 머리를 숙이는 것도 잊고 오로지 그 이상한 인간들을 쳐다봤다.

남만인들은 모두 자신들과 같은 여행복을 입고 있었는데 아마도 일본에서 받은 듯했다. 얼굴은 술을 마신 것처럼 붉고 밤색 구레나룻을 기르고 있었는데 다들 신기하다는 듯 나무들이 쓰러지는 소리가 나는 산을 쳐다보았다. 그중 한 남만인이 일본어를 할 줄 아는지 좌우의 동행인에게 말을 걸고 있었다.

행렬이 관리들의 열 앞을 지나쳤을 때,

"아니, 고로자에몬(五郎左衛門)의 아들이 아닌가?"

하고 아버지 이름을 입에 담은 사람이 있었다. 시라이시였다. 사무라이가 황공해하며 고개를 숙였다.

"이시다 님으로부터 이야기 많이 들었네. 자네 아버지와는 고리야마나 구보타의 전쟁에서 같이 고생했지."

사무라이는 오로지 송구해하며 시라이시의 목소리를 듣고만 있었다. 관리들 절반이 행렬을 따라 산그늘로 사라지자 남아 있는 자들은 다들 시라이시로부터 각별한 말을 들은 사무라이를 부러워하는 것 같았다. 그것은 시라이시가 고이치몬슈였기 때문이다.

사무라이도 과분한 행운을 기쁘게 음미하며 돌아갈 준비를 했다. 이곳에 와서 알게 된 것은 후미에서 건조하는 대형 선박은 군선이 아니라 작년 기슈에 표착한 남만인 선원들을 고국으로 돌려보내기 위한 공식 해외 무역선이라는 사실이었다. 조금 전의 남만인들은 그 선원들이고, 그들의 지시에 따라 무역선은 이국풍으로 건조된다는 것이다.

올 때와 마찬가지로 스이힌에서 하룻밤을 자고 다음 날 골짜기로 돌아갔다. 잔뜩 기대하고 있던 숙부는 조카의 이야기를 듣고 야윈 얼굴에 실망의 빛을 드러냈다. 하지만 시라이시의 각별한 말에 다시 희망을 찾은 것인지 몇 번이고 그 상황을 이야기하게 했다.

이렇게 가을이 끝나고 겨울이 찾아왔다. 골짜기는 눈으로 덮이고 그 눈 위로 밤새 바람이 불었다. 낮에는 하인들이 이로리를 둘러싸고 앉아 새끼를 꼰다. '모토즈'라고 하는 말의 길마를 통과해 짐을 묶는 끈, 말의 복대, 고삐 줄 등을 만든다. 이 이로리 옆에서 아내 리쿠가 차남 곤시로에게 옛날이야기를 들려줄 때도 있다. 그런 때 사무라이는 마른 가지를 꺾으며 묵묵히 듣는다. 그도 어렸을 때 돌아가신 할머니나 어머니에게서 들었던 여우 퇴치 이야기나 여우에 홀린 남자 이야기다. 이 지역에서는 모든 것이 조금도 변하지 않는다.

설날이 왔다. 골짜기에서는 오곡의 수호신에게 떡을 바치고 평소에는 못 먹는 팥떡을 찐다. 올 설에는 눈이 내리지 않았으나 밤이 되자 바람이 슬픈 소리를 내며 부는 것은 다른 해와 마찬가지였다.

어둑한 큰 방의 상좌에 영주의 중신들이 일렬로 나란히 앉아 있었다. 위엄 있고 무표정한 이 일본인들의 얼굴은 예전에 교토의 사원에서 본 불상을 떠올리게 했다. 오랫동안 이 나라에서 살아온 선교사는 그 무표정한 얼굴이 아무것도 생각하지 않는 게 아니라 교활한 책략을 속에 숨기고 있는 거라는 것을 잘 알고 있었다.

옆에는 에도에서 온 스페인인 기술자 대표가 특별히 허락을 얻어 걸상에 앉아 있었다. 이 사내는 선교사와 달리 일본식으로 앉을 수가 없어서다. 두 사람으로부터 좀 더 떨어진 곳에는 성의 서기 담당이 두 손을 무릎에 올리고 앉아 꼼짝도 하지 않고 정면의 한 점을 응시하고 있었다.

서로 장황한 인사가 이루어지고 선교사가 그것을 통역한 후 이야기는 본론으로 들어갔다.

"우선 그 배의 길이는 33미터입니다. 폭은 10미터, 높이는 26미터입니다."

중신들은 무엇보다 머지않아 건조될 갤리언선의 모양을 알고 싶어 했다.

"큰 기둥은 두 개로 27.5미터, 작은 기둥은 23.8미터. 배의 동체에는 옻칠을 합니다."

기술자 대표의 말을 그대로 전하며 선교사는 일본인들이 이 배를 어떻게 이용할 것인지를 생각했다. 중신들은 다시 일본의 무역선과 이 갤리언선의 차이를 알고 싶다고 말했다. 갤리언선은 길이와 폭의 비율을 3.3대 1로 하는데 이는 돛을 달고 달릴 때 속도를 높이기 위해서이고, 돛도 가로돛 외에 삼각돛을 사용하는 것은 풍향에 따라 빨리 방향을 바꾸기 위해서다. 기술자 대표의 그런 대답이 하나, 하나 통역되면 중신들은—특히 한가운데에 앉아 있는 시라이시는—호기심에 사로잡혀 귀를 기울이고 있었는데 설명이 끝나면 그 얼굴은 다시 깊은 늪처럼 무표정해졌다.

　영주는 이미 이 큰 배를 건조하기 위해 2백 명의 목수, 백오십 명의 대장장이를 이 영내의 오가쓰에 모아두었지만, 완성을 서두르기 위해서는 그 두 배에 가까운 장인이 필요했다. 인부 수도 아직 부족하다고 기술자 대표는 호소했다.

　"가을에는 자주 폭풍이 불기 때문에 여기서 멕시코까지 두 달의 뱃길을 생각하면 초여름에는 출항하는 게 바람직하다는 겁니다."

　영주의 중신들은 대양의 넓이를 이해하지 못하고 있었다. 일본인에게 바다는 오랫동안 오랑캐로부터 섬을 지키는 커다란 해자였다. 멕시코가 어디에 있는지도 알지 못했다. 하지만 이제는 그들도 이 바다 너머에 넓고 풍요로운 땅이 있고 다양한 인간이 살고 있다는 사실을 알기 시작했다.

"영주님께는 잘 말해두지. 인원도 걱정할 것 없소."

다른 중신들은 침묵을 지키고 있었지만 시라이시는 관대하게 기술자 대표의 호소를 들어주었다. 기술자 대표가 그 호의에 깊이 감사한다는 말을 하자,

"감사할 것까지는 없소. 다만 진작 말한 대로 우리도 큰 배를 건조하는 이상 바라는 게 있지"

하며 시라이시는 빈정거리듯 웃었다.

그 바라는 것이란 영주의 영내에 앞으로 오랫동안 멕시코의 배가 오가는 것을 그들의 총독이 약속해주었으면 좋겠다는 것이었다. 영주는 도쿠가와 이에야스의 허가를 받아 규슈의 나가사키에 필적하는 무역항을 만들 생각을 하고 있다. 영주의 그런 의지를 멕시코의 총독에게 전하는 것이 귀환하는 스페인 선원들에게 부탁하는 단 하나의 조건이라고 했다.

기술자 대표는, 자신들은 기꺼이 알선하겠다고 대답했다. 그뿐 아니라 멕시코는 일본의 산물, 특히 구리나 은, 그리고 이 영내에서 채취할 수 있는 사금 같은 것을 좋아하고 그 것들을 실은 일본의 무역선이 오는 걸 환영할 것이라고 간살부리는 말을 했다. 다만 문제는 갤리언선을 정박할 수 있는 좋은 항구를 건설하는 것인데, 다행히 자신들이 지난 일주일에 걸쳐 측량한 게센누마, 시오가마, 쓰키노우라의 후

미는 충분히 그 요건에 부합한다고 설명했다. 시라이시뿐만 아니라 다른 중신들도 그 말에 무척 만족한 듯 고개를 끄덕였고, 이야기는 다시 멕시코의 기후나 인종에 이르렀다.

오늘도 또 눈이 내린다. 용건을 마친 기술자 대표가 걸상에서 일어나 일본식으로 깊숙이 고개를 숙이자 복도에서 대기하고 있던 시동이 미닫이문을 열었다.

"벨라스코 님은 잠시 남으시오."

기술자 대표가 시동을 따라 큰 방에서 사라지자 시라이시는,

"고생했네"

하고 선교사의 통역을 치하하고 조금 전과는 다른 관대한 미소를 보이며,

"그 말 정말인가?"

하고 말했다. 어떤 말인가 싶어 선교사가 대답을 못 하자,

"멕시코도 일본의 배가 오는 것을 바란다고 말했는데 그게 정말이라 생각하오?"

하고 이번에는 갑자기 얼굴에서 웃음을 지우고 거듭 물었다.

"시라이시 님은 어떻게 생각하십니까?"

선교사가 상대의 진의를 살피려고 되물었다.

"우리는 믿지 않소."

"왜 믿지 않으십니까?"

선교사는 일부러 의아하다는 듯이 중신을 올려다보았다. 일본인은 흥정할 때 본심과는 다른 표정을 짓는 걸 그는 잘 알고 있었다.

"당연하겠지만 그동안 벨라스코 님의 나라만이 많은 이익을 거둬온 것은 그 넓은 바다를 건널 배를 갖고 있고 그것을 움직일 기술을 알고 있어서일 거요. 그 이익을 이국인에게 쉽게 나눠줄 마음은 없겠지. 멕시코는 일본의 배가 넓은 바다를 건너가는 것을 기뻐하지 않을 거요."

거기까지 간파하면서도 조금 전에 기술자 대표가 마음에도 없는 입발림 소리를 했을 때 이 중신들은 모두 그 대답에 만족스러운 척했다. 그것이 일본인이 상대를 대하는 방식이었다.

"거기까지 아신다면 말씀드릴 것은 없습니다." 선교사는 자기도 모르게 쓴웃음을 지었다. "하지만 다 아시면서 왜 큰 배를 건조하시는 겁니까?"

"벨라스코 님, 우리는 정말 멕시코와 거래를 하고 싶소. 루손, 마카오, 남만의 나라에서 오는 배는 모조리 나가사키에만 모이고, 리쿠젠은 물론이고 도쿠가와 이에야스 님의 에도에도 오지 않기 때문이오. 영주님의 영지인 리쿠젠에는 좋은 항구가 무수히 많은데도 멕시코의 배는 루손을 거치지 않으면 일본으로 올 수 없소. 루손을 거치면 배는 조류 때문에 아무래도 규슈에 도착하게 된다고 들었소."

"그렇습니다."

"그럼, 어떻게 하지?"

시라이시는 난감한 듯이 오른쪽 손가락으로 천천히 자신의 왼손을 두드리며 말했다.

"리쿠젠과 멕시코가 장사를 하기 위한 좋은 방안이 없겠소, 신부?"

신부라는 의외의 말에 선교사는 무심코 눈을 돌렸다. 마음의 동요를 보이고 싶지 않았기 때문이다. 에도에서는 아무도 그를 신부로 부르지 않았다. 그를 에도에 거류하게 한 것은 사제로서가 아니라 통역으로서 일을 시키기 위해서였다. 하지만 지금 시라이시는 의도적으로 그를 신부라고 불렀다. 밖에는 눈이 내리고 사방이 고요했다.

중신들도 침묵한 채 가만히 그를 바라보았다. 선교사는 일본인들의 그 시선을 통렬하게 받으며 대답했다.

"방안 같은 건 없습니다. 저는… 에도에서도, 여기에서도… 통역에 지나지 않습니다."

"에도에서는 모르겠소. 하지만 여기서 벨라스코 님은 통역이기도 하고 또 신부이기도 하오." 시라이시는 조용히 대답했다. "영주님의 영지 내에서는 기리시탄이 금지되지 않았으니까."

그 말 그대로였다. 에도와 막부 직할령에서 추방된 무수한 신도들은 양식과 기도의 땅을 찾아 이곳 도호쿠나 홋카이도로 도망쳤다. 그들 대부분은 영주의 봉토인 광산에서도 일하고 있었다. 이곳 영지 내에서는 에도처럼 사제들이 몸을 숨길 필요가 없었다. 물론 신도들도 자신을 속일 필요가 없었다.

"자, 벨라스코 님, 멕시코에서 더 많은 신부를 이곳으로 불러오고 싶지 않소?"

이때 시라이시의 목소리는 부드럽고 유혹적이었다. 선교사는 그 부드러운 목소리에 지지 않으려고 땀이 밸 정도로 손을 꼭 쥐었다. 자존심 강한 그는 일본인으로부터 이런 식의 놀림을 받는 것이 늘 불쾌했다.

"놀리시는 겁니까? 믿을 수가 없습니다."

"허어, 왜 못 믿겠다는 거요?"

"언젠가는 도쿠가와 이에야스 님의 명령으로 이 영지 내에서도 기리시탄을 금지하시겠지요."

선교사의 화난 듯한 소리에 시라이시는 중신들과 함께 즐겁다는 듯이 웃었다.

"걱정할 거 없소. 도쿠가와 이에야스 님은 이 영지 내에서만큼은 계속 기리시탄을 허용해왔소. 우리가 말하는 것은 도쿠가와 이에야스 님과 영주님의 의향이기도 하오."

"영지 내에서는 기리시탄을 인정하고 신부들이 오는 것을 허락한다, 그 대신 멕시코는 거래를 승낙하라, 이런 의향인 셈이네요?"

선교사는 조금 전보다 쾌씸함을 느끼고 자리를 고쳐 앉았다. 쾌씸함은 이런 일본인들에게가 아니라 자신의 멍청함에 대해서였다. 그는 시라이시의 이 교묘한 말의 술책에 차례로 속아 넘어간 자신이 분했다.

"그 거래로는 멕시코가 납득하지 않으려나?"

"모르겠습니다."

선교사는 이 중신들의 눈에 불안한 빛이 도는 걸 보고 싶고 한순간이라도 그들을 당황하게 만들고 싶어서 일부러 고개를 가로저었다.

"아마 허사가 되겠지요."

선교사는 사원의 어둑한 본당에 있는 불상처럼 나란히 앉아 있는 중신들의 기분을 살피며 그들의 마음이 동요하는 것을 즐겼다.

"에도의 기리시탄들이 처형된 일은 베드로회의 입을 통해 이미 루손, 마카오, 멕시코에도 전해졌습니다. 이제 와이 영지 내에서만 기리시탄을 허용한다고 해도 그곳에서는 그것을 쉽게 믿지 않을 것입니다."

선교사는 베드로회에 대한 험담을 하는 것도 잊지 않았
다. 약점을 잡힌 일본인들은 입을 다물고 있었다. 조금 전의
침묵은 흥정을 위해서였지만 이 침묵은 느닷없이 일격을 당
한 자의 당황함이라고 선교사는 생각했다.

"다만 한 가지…."

그는 타격을 준 상대에게 다시 일어날 희망을 주는 것처
럼 말했다.

"본국인 스페인이 이 거래를 인정하게 하려면… 그 스페
인 왕을 움직일 사람은… 오로지 로마 교황님뿐입니다만…."

시라이시의 얼굴이 갑자기 굳어졌다. 이 도호쿠 지방에서
살아온 중신들에게는 그다지 인연이 없는 이야기다. 기리시
탄의 세계에 대해 무지한 그들은 로마 교황의 존재도, 그 교
황의 절대적인 권위도 알지 못한다. 선교사는 교황과 유럽
왕들의 관계가 교토의 천자와 제후의 관계와 비슷하거나 그
이상의 것이라고 설명하지 않으면 안 되었다.

"하지만 교토의 천자님보다… 우리는 교황님을 훨씬 더
우러러 받들고 있습니다."

설명을 들으며 시라이시는 오른쪽 손가락으로 왼손을 두
드리며 잠자코 눈을 감고 있었다. 바깥에서 내리는 눈이 큰
방의 정적을 더욱 깊게 하고, 중신들은 이따금 기침을 하며
묵묵히 시라이시의 결단을 기다리고 있었다.

선교사는 일본인들이 당황하는 모습을 가만히 즐기고 있었다. 자신을 마음대로 농락하려고 한 이 사람들이 지금 무척 당황하고 있다. 그렇게 당황하는 것을 이용하여 그도 유리한 카드를 내지 않으면 안 된다.

"우리 회는 현 교황님의 각별한 신뢰를 얻고 있습니다."

선교사는 자신 있게 말했다.

"그래서?"

"그러니까 우리 회를 통해 영주님의 서신을 보내는 것이 좋지 않을까요? 영주님의 영지에서만은 기리시탄을 친절하게 대하고 신부가 모이는 것을 기뻐하며 수많은 교회를 세우는 것을 인정하고…."

그리고 선교사는 자신을 일본의 주교로 만들어주기를 바란다고 말하고는 입을 다물었다. 순간적으로 그는 자신의 야심을 부끄러워했지만 동시에 무의식적으로 마음속에 타일렀다. 나는 사욕으로 지위를 얻고자 하는 건 아니라고. 나는 기리시탄을 금하려는 이 나라에서 최후의 강력한 방어선을 치기 위해 주교의 지위가 필요한 것이라고. 오직 나만이 이렇게 교활한 일본인들과 싸울 수 있다고….

제2장

3월 20일

날씨 나쁨. 비가 옴. 갑옷과 투구를 검사함. 매를 기르는 우리에서 화약을 챙김.

3월 21일

날씨, 비가 조금 내림. 성 안 세 건물의 공사가 있었음.

3월 22일

날씨 나쁨. 시라이시 님, 후지타 님, 하라다 사마노스케 님 오심. 남만국으로 배를 타고 가야 하는 일을 의논함.

3월 23일

시라이시 님, 후지타 님, 남만인 벨라스코, 큰 방에서 대면. 벨라스코는 키가 크고 얼굴이 붉고 코가 크고 마흔 살 남짓으로 보임. 이따금 하얀 비단 수건으로 입 주변을 훔침.

3월 25일

날씨 좋음. 아침에 목욕탕에 들어감. 회의가 있었음. 시라이시 님, 이시다 님 오심.

3월 26일

날씨 좋음. 이시다 님, 떠나심.

(성내 숙박기御城内泊記)

성의 회의에 참석한 이시다가 내일 돌아가는 길에 골짜기에 들러 휴식을 취할 거라는 소식이 급히 들어왔다. 그 소식을 받은 골짜기에서는 동네 사람들이 총출동하여 얼어붙은 눈 위에 흙을 뿌리고 진창을 메우고 집 안의 눈까지 열심히 치웠다. 사무라이의 아내 리쿠도 여자들을 지휘하여 방들을 청소하는 등 야단법석이었다.

이튿날은 다행히도 날씨가 화창하여 사무라이는 숙부와 함께 이시다와 일행을 맞이하러 골짜기 입구까지 나갔다. 이시다가 성에서 돌아가는 길에 사무라이의 봉토를 지나는 일은 아버지 대부터도 예가 없었다. 그런 만큼 사무라이는 무슨 일이 있는 게 아닐까 하여 이루 말할 수 없이 불안했다. 하지만 언젠가 오가쓰에서 시라이시가 조카에게 해준 말을 잊지 않고 있던 숙부는 봉토를 바꿔 달라는 바람을 들어주는 게 아닐까 하고 혼자 들떠 있었다. 사무라이는 그것이 원망스러웠다.

골짜기 입구에서 영접을 받은 이시다는 기분 좋게 숙부와 사무라이에게 말을 걸고 마중 나온 사람들을 앞세우며 집으로 들어왔다. 그런데 준비한 방이 아니라 이로리 가에 앉겠다고 하고는,

"불이 최상의 대접이지"

하며 모두의 긴장을 풀어주기 위해서인지 농담을 했다. 얼마 후 리쿠가 내온 뜨거운 물에 밥을 말아 맛있게 먹은 후 이 골짜기의 상황을 이것저것 물어보고는 남은 물까지 맛있게 후루룩거리며,

"오늘은 좋은 선물을 가져왔네"

하고 불쑥 말했다. 하지만 그 좋은 선물이라는 말에 눈을 빛낸 숙부에게,

"전쟁 소식은 아니네. 전쟁 같은 게 있을 거라고는 생각하지 말게. 전쟁에서 공을 세워 구로카와의 땅으로 돌아갈 꿈은 버리는 게 좋아"

하고 다짐한 후에는,

"하지만 말이야, 다른 봉공도 있다네. 전쟁보다 더 큰 공을 세울 길이 열려 있거든"

하며 사무라이를 지그시 쳐다봤다.

"영주님이 오가쓰의 후미에서 큰 배를 건조하고 있는 건

알지? 그 배는 기슈로 밀려온 남만인들을 태우고 멕시코라는 먼 나라로 갈 거네. 어제 성 안에서 시라이시 님이 문득 자네 이름을 입에 담으시면서 영주님의 사절들 가운데 한 명으로 멕시코까지 가라는 지시를 내렸다네."

사무라이는 이시다가 무슨 말을 하는지 이해할 수 없었다. 그저 그 얼굴을 멍하니 올려다볼 뿐이었다. 생각지도 못한 사건이 느닷없이 자기 몸에 덮친 것 같아 숨을 쉴 수 없고 말도 나오지 않았다. 멍하니 있던 숙부의 무릎이 조금씩 떨리기 시작했다. 그것만은 사무라이에게도 전해졌다.

"알았나? 멕시코라는 나라로 가는 거네."

사무라이는 마음속으로 멕, 시, 코, 하며 지금까지 들어본 적 없는 그 이름을 되뇌었다. 그 이름의 한 글자 한 글자가 굵은 붓으로 머리 안에 크게 쓰이는 것 같았다.

"일전에 시라이시 님이 오가쓰에서 자네한테 말했다고 하더군. 평정(評定) 때도 나쁘게는 하지 않을 거라고 하셨네. 그러니 만약 이번 일에 공을 세우고 귀국하면 어쩌면 봉토를 구로카와로 바꿔주는 것도 생각해줄지 모르지."

숙부가 떨고 있었다. 무릎이 떨리는 것으로 알 수 있었다. 사무라이도 두 무릎에 손을 올리고 고개를 숙인 채였다. 숙부의 무릎이 떨림을 멈췄을 때,

"꿈같겠지만"

소리를 내며 웃던 이시다가 갑자기 웃음을 거두며,

"꿈같은 일은 아니네"

하고 강한 목소리로 말했다.

큰 배, 멕시코에 대해 말하는 이시다의 목소리를 사무라이는 먼 세계에서 들려오는 소리처럼 듣고 있었다. 기억하는 것은, 큰 배에는 남만인 선원들 삼십여 명 외에 일본인 사절 네 명과 그 종자들, 그리고 일본인 뱃사람 등 십여 명, 상인들 백 명 이상이 탄다는 이야기였다. 대형 짐배보다 큰 배로도 멕시코까지는 두 달의 뱃길이다. 따로 통역으로 남만인 신부가 거기에 가세하여, 그 나라에 도착한 후에는 사절들을 위해 다양한 일을 준비한다. 멕시코는 스페인의 영지이고, 영주는 도쿠가와 이에야스의 허락을 얻어 그 나라와 무역을 해서 시오가마, 게센누마를 사카이, 나가사키에 못지않은 항구로 만들 생각이다.

사무라이는 나이 든 숙부가 이런 이야기를 어디까지 이해했는지 알 수 없었다. 또한 그에게도 그 이야기가 모두 꿈처럼 들렸다. 작고 좁은 이 골짜기에서 태어나 여기서 죽을 터였던 사무라이는 자신이 큰 배를 타고 긴 여행을 하고 남만인들의 나라로 간다는 것을 한 번도 생각해본 적이 없었다. 아무래도 실감이 나지 않았다.

얼마 후 이시다가 돌아가려고 일어섰다. 함께 온 사람들이 분주하게 말을 끌고, 다시 골짜기의 출구까지 배웅하는 동안 사무라이도 숙부도 거의 입을 닫은 채 망연히 따라가기만 했다. 이시다 일행의 모습이 시야에서 멀어진 후에도 두 사람은 말없이 집으로 돌아왔다. 조금 전 부엌에서 이야기를 듣고 있던 아내 리쿠도 새파래진 얼굴로 모습을 감췄다. 이시다가 앉아 있던 이로리 가에는 아직도 그 모습이 남아 있는 것 같았다. 숙부는 그곳 가까이에 책상다리를 하고 앉아 오랫동안 잠자코 있었는데 얼마 후에는 깊은 한숨인지 탄식인지 알 수 없는 숨을 내쉬었다.

"무슨 일인지, 도통 알 수가 있나, 이거…."

숙부가 툭 한마디 중얼거렸다.

사무라이도 도통 알 수가 없다. 먼 나라로 보내는 중요한 사절들이라면 성 안의 격식 있는 신하들이 무수히 많다. 영주의 신하로는 고이치몬슈, 고잇카(御一家)[25] 같은 지체 높은 사람을 선두로 하여 자쿠자케, 다치아게, 메시다시슈라는 서열이 있는데, 사무라이 집안은 메시다시슈라 불리는 신분에 지나지 않는다. 그런 격식 낮은 가신을 특별히 발탁하여 사절들 안에 넣은 이유를 그는 전혀 이해할 수 없었다.

---

25) 아시카가 쇼군 가문의 동족 중에서도 정이대장군 계승권을 갖고 무로마치 막부에서는 간레이(管領, 무로마치 막부에서 쇼군 다음의 최고 지위)와 동격 또는 위의 가문으로 취급받았던 기라(吉良), 시부카와(渋川), 이시바시(石橋) 가문을 말함.

'시라이시 님이 특별히 주선한 것일까.'

만약 그렇다면 그것은 시라이시가 고리야마와 구보타의 전쟁에서 아버지의 활약상을 기억해주었기 때문일 것이다. 사무라이는 새삼 아버지의 얼굴을 떠올렸다.

부엌에서 리쿠가 새파래진 얼굴로 다시 나타나 이로리 한쪽 구석에 앉더니 숙부와 사무라이의 얼굴을 쳐다봤다.

"로쿠가 먼 남만국으로… 간단다."

숙부는 리쿠에게가 아니라 자기 자신을 일깨우기 위해 말했다.

"황송한 일이지. 황송한 일이야."

그러고는 갑자기 자신의 불안을 부정하듯이 중얼거렸다.

"그런 큰 소임을 맡게 되면, 어쩌면 구로카와의 땅을 돌려줄지도 모른다고…, 이시다 님이 그렇게 말씀하셨으니까."

리쿠는 일어나 부엌으로 모습을 감췄지만, 사무라이는 아내가 울음을 애써 참고 있다는 것을 알 수 있었다.

사무라이는 어둠 속에서 눈을 떴다. 차남 곤시로와 리쿠가 숨소리를 내며 새근새근 자고 있다. 그는 조금 전에 꾼 꿈을 확실히 기억하고 있다. 겨울날 토끼몰이를 하는 꿈이다. 설원 위에서 요조가 쏜 총성이 차가운 대기를 가르고 잔물결처럼 천천히 퍼져나갔다. 철새 몇 마리가 파란 하늘로 날아오른다. 파란 하늘에서 철새의 날개는 하얬다. 겨울이 올 때마다 사무라이는 자신의 봉토로 찾아오는 백조를 봤지만 그 새가 어디서부터 찾아오는지는 알지 못했다. 알고 있는 것은 그 새가 먼 땅, 먼 나라에서 왔다는 것뿐이었다. 그 새는 어쩌면 자신이 갈 멕시코라는 나라에서 왔을지도 모른다.

하지만 자신이 왜 사절 중 한 명으로 뽑혔을까. 어둠 속에서 의문은 또 물거품처럼 머리에 떠오른다. 우리 집안은 메시다시슈라 불리는 토착 무사에 속하고, 영주의 아버지 대 무렵부터 봉공을 해왔지만 각별한 일을 한 것은 아니었다. 그런 집안의 총령이 다른 사람들을 제치고 선택된 이유를 도무지 알 수가 없었다. 단순한 숙부는 모두 시라이시의 주선이라고 생각하지만 재능도 없고 달변가도 아닌 자신이 그 큰 소임에 어울리는지 어떤지는 이시다가 잘 알고 있을 것이다. '내 장점은' 하고 사무라이는 멍하니 생각했다. '아버지나 숙부에 순종했다는 것뿐이다. 무슨 일에든 거스르지 않고 농민들처럼 인내할 수 있는 것이 유일한 재능이라고 늘 생각해왔다. 이시다 님은 인내심 강한 그 성격을 높이 사주었는지도 모른다.'

아이가 몸을 뒤척였다. 그는 가족이나 이 골짜기를 떠나는 것이 싫었다. 그에게 골짜기는 어느새 달팽이 껍데기 같은 것이 되어 있었다. 자신은 지금 그 껍데기에서 억지로 떼어내지는 것이다. 어쩌면—어쩌면 나는 그 긴 여행 중에 쓰러져 다시 이 골짜기로 돌아올 수 없을지도 모른다. 아이들이나 아내를 다시 볼 수 없을지도 모른다는 불안감이 별안간 그의 가슴을 스쳤다.

산 그림자를 비추는 아침의 잔잔한 후미에 무수한 뗏목이 떠 있다. 물가에도 엄청난 목재가 쌓여 있다. 여기저기서 말 울음소리가 들려온다. 뗏목이나 목재 중에는 후미의 배후에 있는 겐조산(硯上山)에서 베어온 느티나무가 있고, 오지카(牡鹿)반도에서 배에 실어온 삼나무도 있다. 느티나무는 큰 배의 용골에 쓰는데, 큰 기둥에 쓰는 노송나무는 에사시(江刺), 게센누마에서 가져온 것이다.

못을 박는 소리, 목재를 자르는 소리가 후미의 세 방향에서 쉴 새 없이 들려오고 배 허리에 칠하는 옻이 든 나무통을 실은 우마차들이 삐걱거리는 소리를 내며 선교사 앞을 지나고 있었다.

얕은 여울에서 풍화한 짐승 시체와 닮은 배의 골조에 목수들이 개미처럼 달라붙어 열심히 일하고 있다.

선교사는 지금 막 스페인인 선원과 일본인 뱃사람의 끝

없는 논쟁을 통역하고 온 참이다. 스페인인 선원들은 일본인 뱃사람들을 무시하며 그들의 의견을 처음부터 받아들이려고 하지 않는다. 배를 진수시키는 방식에 대해 일본인 뱃사람들은 사면(斜面)을 이용하여 인력으로 바다로 밀어내는 방법을 주장했다. 선교사는 일본어에 능숙했지만 이런 특수한 용어가 나오는 의논을 통역할 때면 그 용어를 몰라 애를 먹었다.

드디어 의견이 정해지고 몹시 지친 그는 혼자 오두막을 나왔다. 이제 곧 정오가 된다. 다른 사람들은 각자 양지쪽을 찾아 몸을 쉴 수도 있지만 선교사는 이 시간을 이용하여 하나하나의 작업장을 돌아다녀야 했다.

그렇다. 그 작업장에는 인부로 고용된 신도들이 열 명 이상이나 있다. 선교사가 그들을 위해 미사를 올리고 성체를 주고 고해 성사를 들어줄 수 있는 시간이 점심때였다. 신도들은 모두 기리시탄을 금하고 있는 에도의 주민이었으나 그곳에서 박해가 시작되자 이곳 도호쿠 지방으로 도망쳐 왔고 아무 연고도 없는 이 광산에서 일하는 것이다. 그들은 개미가 멀리서도 먹을 것 냄새를 맡는 것처럼 선교사가 왔다는 소문을 듣고 이곳 오가쓰로 모여들었다.

하늘은 맑지만 바람이 차다. 에도는 버드나무에 이미 푸른 움이 텄을 텐데 여기는 아직 먼 산에 잔설이 남아 있고 산림의 색도 생기가 없다. 아직 봄이 오지 않은 것이다.

선교사는 작업장 한 곳에서 신도 한 명이 일을 끝내기를 가만히 기다리고 있었다. 머지않아 수건으로 얼굴을 싸매고 대팻밥이 묻은 누더기를 걸친 사내가 다가왔다.

"신부님."

사내는 그를 이렇게 불렀다. 그렇다. 선교사는 지금 여기서 자신은 일본인들의 통역이 아니라 이 가엾은 신도들의 목자라고 생각했다.

"신부님, 고해 성사를 부탁드립니다."

목재들이 바람을 막아주었다. 선교사는 사내를 목재 뒤에 무릎 꿇고 앉게 하고는 라틴어로 고백 기도를 외고, 구취 나는 상대의 입에서 나오는 말을 눈을 감고 들었다.

"이교도 동료들이 기리시탄의 신심을 조롱하는 말을 들으면서 대꾸도 못 하고 모두가 하느님이나 기리시탄을 무시하도록 내버려 두었습니다. 그 이교도 동료들로부터 버림받고 싶지 않아서였습니다."

"자네는 어디서 왔나?"

"에도에서 왔습니다." 사내는 조심스럽게 대답했다. "에도에서는 이제 신심이 허락되지 않기 때문입니다."

선교사는 한 사람 한 사람의 기리시탄이 모두 하느님의 증인이 되어야 한다고 가르치기 시작했다. 하지만 사내는 슬픈 듯이 바다를 바라보며 그 말을 듣고 있었다.

"안심하게." 대팻밥이 묻은 사내의 남루한 옷에 손을 올리고 선교사는 격려했다. "이제 곧 누구도 자네의 신심을 비웃지 못하게 될 날이 올 거네."

통회 기도를 외워주고 선교사는 목재 뒤에서 일어났다. 사내는 예를 표하며 자신 없는 듯한 모습으로 떠나갔다. 그가 다시 같은 죄를 범하리라는 것을 선교사는 알고 있었다. 기리시탄 신도들은 이 지역에서도 역시 동료 인부로부터 백안시당하고 있는 것이다. 이 나라에서 무사나 상인까지 앞다투어 세례를 받던 시대는 진작 지나갔다. 그것은 모두 베드로회 탓이라고 그는 생각한다. 베드로회가 우쭐대며 일본의 권력자들에게 대드는 행동을 하지 않았다면 그 좋은 상황은 아직도 계속되었을 텐데….

'내가 만약 주교라면.'

선교사는 후미가 내려다보이는 돌에 앉아 다시 자신의 꿈을 음미했다. 그것은 숨겨 놓은 음식을 잠자리에서 천천히 맛보는 소년과 비슷했다. '내가 만약 주교라면 베드로회 사람들처럼 일본의 권력자들을 화나게 하지 않을 것이다. 그들이 기뻐하는 이익을 주고 그 대신 포교의 자유를 충분히 얻을 것이다. 이 나라에서의 포교는 고아(Goa)[26]나 마닐라에서처럼 단순하게 진행되지 않는다. 술책이나 흥정이 필요한 것이다. 가엾은 신도들에게 긍지를 주기 위해서라면 나는 무엇이든 기꺼이 할 것이다.' 그는 정치가나 추기경이 었던 백부, 친척을 떠올리고 긍지를 느꼈다. 선교사는 자신의 몸 안에도 일족의 그런 피가 흐르고 있는 것을 전혀 부끄럽게 생각하지 않았다.

'교활한 일본인들에게는….'

일본인을 상대하기 위해서는 포교 방법 또한 교활하지 않으면 안 되었다. 뗏목과 목재로 채워진 후미에 바닷새가 날카로운 소리를 내고 높이 날면서 수면을 스치고 지나간다. 선교사는 주교의 빨간 모자를 쓰고 빨간 제복(祭服)을 걸친 자신의 모습을 공상했다. 하지만 주교가 되려는 꿈은 결코 세속적인 야심에서가 아니라 모두 이 일본에 하느님의 가르침을 널리 알리기 위해 자신이 이루어야 할 의무라고 생각하려 했다. '주여, 만약' 하고 바닷바람을 들이쉬고 그는 눈을 감고 기도했다. '그것이 당신을 위해 도움이 된다면….'

이곳 오가쓰에서 선교사가 관리로부터 받은 거처는 목수나 인부들의 합숙소에서 꽤 떨어진 후미의 끝에 있었다. 다

---

26) 인도 서해안의 옛 포르투갈 식민지.

른 오두막과 마찬가지로 통나무를 쌓아 올리기만 한 것이었다. 헛간 같은 방은 그의 침실이자 혼자 기도하는 장소였다. 신학생 때부터 그는 잘 때 자신의 손목을 묶고 눕는 버릇이 있었다. 그것은 그의 건강한 몸을 덮쳐오는 강렬한 성욕에 굴복하지 않기 위해서였다. 평생 포기한다고 생각한 성욕이 젊었을 때만큼 그를 심하게 괴롭히지는 않았다. 하지만 지금도 언제 날뛸지 모르는 말을 묶듯이 선교사는 혼자 밤 기도를 마치고 바닥에 막대기처럼 눕기 전에 손목을 끈으로 묶는 습관을 버리지 않았다.

오늘 밤에는 해명이 평소보다 심하다. 선교사는 관리들의 파수막에서 건네받은, 에도에서 디에고 신부가 보낸 편지를 들고 깜깜한 해변을 따라 해명을 들으며 조금 전 오두막으로 돌아왔다. 부싯돌을 부딪쳐 양초에 불을 붙이자 불꽃이 흔들흔들 움직이고, 한 줄기 검은 연기를 내며 그의 커다란 그림자가 통나무에 비쳤다. 그 불꽃 아래에서 그는 묶인 손으로 디에고의 편지 봉투를 뜯는데 늘 울어서 눈이 부은 듯한 그 젊고 무능한 동료의 얼굴이 뇌리에 떠올랐다.

"당신이 에도를 떠난 지 한 달이 되었습니다. 정세는 나빠지지 않는 대신 전혀 좋아지지도 않고 있습니다." 디에고의 글씨는 마치 어린아이의 글씨처럼 서툴렀지만 그 단순한 성격을 드러내듯 종이 가득 빽빽이 적혀 있었다.

"포교의 자유는 여전히 인정받지 못하고 있고, 우리가 여기에 사는 것을 묵인받는 것은 나병 환자들을 보살필 사람이 우리밖에 없다는 것을 부교쇼(奉行所)[27]가 알기 때문이겠지요. 하지만 언젠가는 우리도 여기서 쫓겨나 당신처럼 도호쿠 지방으로 도망치지 않으면 안 되겠지요.

그런데 오늘도 결코 유쾌하지 못한 일을 알리지 않을 수 없습니다. 나가사키의 베드로회가 다시 당신을 비난하는 편지를 마닐라와 마카오에 보냈습니다. 그들의 말에 따르면 당신은 일본인들의 그리스도교 박해를 잘 알면서 우리의 로마 교황에게 일본과 멕시코의 무역을 촉진하도록 운동하고 있다, 그 운동은 일본의 포교에 너무나 위험한 모험이고, 그것이 지나치게 되면 이 나라에 대해 아무것도 모르는 마닐라나 마카오의 젊은 사제들을 부추겨 무수히 일본으로 가게 하여 도쿠가와 이에야스나 쇼군의 분노를 살 거라는 것입니다. 베드로회는 이미 당신에 대한 탄핵문을 마카오에 보냈습니다. 아무쪼록 그 점에 유의하셔서 신중히 행동하시기를…."

촛불의 불꽃이 선교사의 일그러진 얼굴을 더욱 추하게 만들었다. 그는 자신의 성욕은 억제할 수 있었지만 타고난

---

27) 행정 사무를 담당하는 관청.

격한 성격만은 지금까지 고치지 못했다. 일족이 지닌 강한 자존심은 때로 그를 힘들게 하고 상처를 준다. 마흔두 살이라는 나이보다 훨씬 젊어 보이는 그 얼굴은 분노로 붉게 물들었다.

'베드로회는 자신들이 도쿠가와 이에야스나 쇼군에게서 멀어지고 환심을 살 수 없기 때문에 나를 질투하고 있다. 그들은 이 나라에서의 포교 권리를 우리에게 빼앗기고 싶지 않은 것이다.'

그는 같은 하느님을 믿고 같은 교회에 속한 성직자이면서 단지 소속한 회가 다르다는 것만으로 추한 질투심을 품고 험담과 중상모략을 하는 것을 도저히 용서할 수 없었다. 베드로회가 자신이나 바울회에 취하는 방식은 남자답고 당당하게 싸우는 전사의 방식이 아니라 중상과 음모로 상대를 무너뜨리는 중국 환관의 방식과 비슷했다.

그의 분노를 부추기는 듯 해명이 조금 전보다 크게 들려온다. 선교사는 디에고의 편지 끝에 촛불의 불꽃을 댔다. 치졸한 그 내용을 쓴 종이가 불꽃에 타서 갈색으로 변하고 나방처럼 날개 치며 완전히 타버렸다. 분노를 일으키는 것을 이렇게 없애버려도 마음은 아직 평정을 찾지 못한다. 손을 깍지 끼고 기도하는 자세를 취하며 그는 '주여' 하고 중얼거렸다. '주여, 당신은 그들과 저 중 누가 이 나라에서 당신을 위해 도움이 될지 알고 계십니다. 가엾은 일본인 신도를 위해 저를 반석으로 만들어주십시오. 당신이 한 제자를 반석이라 불렀던 것처럼.' 그러나 선교사는 그건 기도가 아니라 자존심을 상하게 한 자에 대한 매도라는 것을 깨닫지 못하고 있었다.

"신부님."

어둠 속에서 그를 부르는 소리에 감았던 눈을 뜨자 오두막 입구에 한 사내가 그림자처럼 서 있었다. 걸치고 있는 남루한 옷이 눈에 익었다. 오늘 낮에 바람을 막아주는 목재 뒤에서 죄를 용서해주었던 그 사내였다. 그때와 마찬가지로 그는 슬픈 얼굴로 선교사를 가만히 쳐다보고 있었다.

"들어오게."

선교사는 무릎에 흩어진, 재가 된 편지를 떨어내며 일어났다. 사내의 슬픈 얼굴은 늘 울어서 부은 듯한 디에고의 눈을 떠올리게 했다. 입구에 기댄 채 사내는 만약 그 큰 배에 일본인이 탈 수 있다면 동료와 함께 자신을 잡역부로 써달라고 장황하게 부탁했다. 에도에서 쫓겨나 이 지역으로 왔지만 기리시탄이라고 모두로부터 조롱을 받고 일할 곳도 많지 않다고 호소했다.

"그것은 우리 모두의 마음에 있습니다."

선교사는 고개를 가로저었다.

사무라이

"배에 타는 것은 안 되네. 만약 자네들이 이 나라를 버린다면 곧 찾아올 사제들은 누구를 믿겠는가? 누가 사제들을 보살피겠나?"

"신부님들은 이제 오랫동안 이 나라에 올 수 없습니다."

"아니, 곧 수많은 사제가 멕시코에서 영주님의 영지로 올 거네. 자네들은 아직 모르겠지만 영주님은 반드시 그렇게 하실 거야."

'조만간 내가 이 사내와 나 자신을 위해 수많은 사제를 데리고 이 땅에 귀국할 것이다.' 하고 선교사는 마음속으로 중얼거렸다. '그때는 내가 주교로 임명되어 그 사제들 위에 있을 것이다.'

사내는 한 손으로 문기둥을 문지르며 조금 전보다 더욱 슬픈 듯이 선교사의 말을 듣고 있었다. 양초가 짧아지고 그 불꽃이 한층 강해져 뒤를 향한 사내의 등을 비췄다.

"돌아가게. 돌아가서 내가 그렇게 말하더라고 모두에게 말하게. 하지만 견디는 것도 곧 끝날 거야. 그건 내가 약속하지."

사내의 어깨와 등에는 여전히 작업장의 대팻밥이 묻어 있었다. 그 모습이 어둠 속으로 사라지자 선교사는 다시 정신을 차리고, 풀어놓은 자신의 두 손목을 꽉 묶었다. 설령 악마가 성욕을 부추기더라도 묶인 손이 그것에 응하지 못하도록….

    봉당에는 농민 몇 명이 사무라이가 모습을 드러내기를 기다리고 있었다. 그들은 골짜기에 있는 세 마을의 대표자들이었는데 이따금 기침을 하거나 코를 훌쩍거리며 참을성 있게 쭈그리고 앉아 있었다.

    얼마 후 안쪽에서 요조를 거느리고 숙부와 사무라이가 나타나는 기척이 들리자 기침 소리나 코를 훌쩍거리던 소리가 일제히 그쳤다.

    사무라이는 이로리 옆에 앉아 농민들을 바라보았다. 농민들의 얼굴은 그와 마찬가지로 눈이 쑥 들어가고 광대뼈가 튀어나왔으며 흙냄새가 깊이 스며들어 있었다. 오랜 세월 동안 눈바람과 거친 음식과 노동을 견뎌온 얼굴이었다. 인내하는 것과 포기하는 것에 익숙해진 얼굴이었다. 그는 이 농민들을 통해 큰 바다를 건너 꿈에서도 본 적 없는 멕시코로 데려갈 종자를 뽑지 않으면 안 되었다. 성 안에서 내려온 지시로는 사절들은 각자 종자를 네 명까지 데려갈 수 있게 허락되었다.

    "기뻐해 주었으면 하는 일이 있네."

    사무라이가 이야기를 시작하기 전에 숙부가 만족스러운 듯 말문을 열었다.

                  사무라이

"오가쓰의 큰 배에 관한 이야기는 다들 들어 대강 알고 있겠지. 그 큰 배가 영주님의 분부로 먼 남만의 나라로 가게 되었네."

그러고 나서 숙부는 득의양양하게 조카를 돌아보며 말한다.

"그 배에 로쿠에몬이 타게 되었네. 영주님의 사절로 말이야."

농민들은 감동하지도, 놀라지도 않는 둔감한 눈으로 두 사람을 올려다보고 있었다. 그것은 마치 인간들이 하는 일을 무관심하게 바라보고 있는 늙은 개 같았다.

"로쿠에몬의 종자로서."

숙부는 농민과는 별도로 봉당이 아니라 이로리가 있는 방의 구석진 자리에 앉게 한 요조를 턱으로 가리키며,

"요조한테는 이미 말해두었네. 나머지 세 명을 각 마을에서 한 명씩 데려가기로 했는데"

하고 말하자 쭈그리고 앉아 있던 농민들이 순간적으로 경직된 듯 얼굴이 굳어졌다. 그것은 오늘만의 일이 아니었다. 매년 부역을 위해 누군가를 차출해야 할 때도 여기에 모인 농민들은 사무라이가 부르는 이름에 순간적으로 몸이 굳어지곤 했다.

"긴 여행이라 아내와 아이가 있는 사람은 곤란하겠지. 그

걸 잘 감안하여 자네들이 뽑아주게."

숙부 옆에서 사무라이는 세 마을에서 뽑힐 세 사람의 괴로움을 생각했다. 자신과 마찬가지로 이 사람들도 달팽이와 그 껍데기처럼 골짜기와 단단히 결부되어 있었다. 하지만 그들은 얼굴을 숙이고 눈바람을 견디는 것처럼 역시 이 지시를 체념하며 받아들일 것이다.

농민들은 바구니 안의 메추라기 떼처럼 얼굴과 얼굴을 맞대고 작은 소리로 서로 의논하고 있었다. 억눌린 나직한 소리로 의논이 오래 이어졌다. 그러는 동안 사무라이는 숙부와 입을 다문 채 무표정하게 그들을 지켜보았다. 골짜기의 세 마을에서 각각 아내와 아이가 없는 세이하치(淸八), 이치스케(一助), 다이스케(大助)라는 세 젊은이가 뽑혔다. 숙부는 음음, 하고 고개를 끄덕이며 말했다.

"로쿠에몬이 돌아올 때까지 이 세 명의 가족은 우리가 든든하게 봐줄 거네."

농민들은 오히려 자신이 지명되지 않은 것에 안도하는 것 같았다. 그들은 다시 코를 훌쩍거리고 기침을 하며 각자 고개를 숙여 인사하고는 봉당에서 나갔다. 일옷에 배어든 흙과 땀이 섞인 냄새가 언제까지고 그 자리에 남았다.

"아이고, 참."

숙부는 일부러 쾌활함을 가장하며 주먹으로 어깨를 두드

사무라이

렸다.

"이런 말을 하는 건 힘들어. 하지만 이건 전쟁과 같은 일이야. 구로카와의 땅이 돌아오느냐 마느냐가 걸려 있으니까. 리쿠도 오늘부터 여행 준비와 짐 꾸리기로 힘들 거야. 사절들은 영주님의 성에 언제 모이는 거지?"

"열흘 후입니다. 여러 가지 지시를 들을 겁니다."

"저기, 로쿠." 숙부는 갑자기 숙연하게 말했다. "여행 중에 몸조심하거라."

사무라이는 고개를 숙이고 있었지만 숙부가 조금 원망스러웠다. 숙부의 염두에는 조상 대대로 내려온 잃어버린 땅밖에 없었다. 살아 있는 동안 그 땅을 다시 손에 쥐는 것만이 숙부의 사는 보람인 것이다. 하지만 사무라이 자신은 조금 전의 농민들과 마찬가지로 이제 와 새로운 장소를 얻어 그곳으로 옮겨갈 마음이 별로 없었다. 이 골짜기에서 이대로 살다가 이대로 죽고 싶었다.

"말 좀 보고 오겠습니다."

사무라이는 요조에게 눈짓을 하고 봉당으로 내려가 밖으로 나갔다. 마구간에서는 주인이 다가오는 기척을 느낀 말이 발을 쿵쿵 굴렸다. 축축한 볏짚 냄새를 맡으며 사무라이는 선반에 기대어 하인을 돌아보았다.

"수고스럽겠지만" 하고 사무라이는 차분하게 요조에게

말했다. "같이 가 주겠나?"

짚 부스러기 하나를 손가락 끝으로 만지작거리며 요조는 천천히 고개를 끄덕였다. 사무라이보다 세 살 위인 요조는 이미 흰머리가 섞이기 시작했다. 그 머리를 보고 있으니 어렸을 때 그가 사무라이에게 말 다루는 법이나 토끼 덫을 놓는 법을 가르쳐준 일이 문득 떠올랐다. 그러고 보니 전쟁 때 총의 손질법이나 헤엄치는 법을 기초부터 가르쳐준 것도 이 하인이다. 다른 농민과 마찬가지로 흙냄새가 나는 얼굴에 움푹 팬 눈과 뾰족한 광대뼈를 가진 요조는 어렸을 때 함께 풀을 베거나 겨울을 대비하여 숲의 나무를 벨 때도 늘 사무라이에게 이것저것 가르쳐 주었었다.

"내가 왜 사절로 뽑혔는지 아직 알 수가 없네."

사무라이는 얼굴을 내민 말의 코를 쓰다듬으며 중얼거렸다. 그것은 요조보다는 자신을 일깨우는 듯한 중얼거림이었다.

"얼마나 고생스러운 여행이 될지, 어떤 나라로 갈지도 모르네. 그래서… 자네가 같이 가주면 마음이 든든할 거야."

사무라이는 자신의 무기력한 말이 부끄러운 듯 웃었다. 요조는 복받치는 감정을 견디느라 눈을 옆으로 돌리고는 마구간으로 들어갔다. 그리고 말없이 지저분해진 짚을 구석에 모으고 마른 짚을 바닥에 깔며 몸을 움직였다. 마치 여행에 대한 불안이나 두려움을 달래려는 것처럼 보였다.

열흘 후 요조를 거느린 사무라이는 말을 타고 영주의 성으로 갔다. 시라이시가 사절로 정해진 사람들에게 내릴 지시가 있기 때문이었다. 골짜기에서 영주의 성까지는 하루 반이 걸리는 길이었다. 두 사람은 자신의 마을과 마찬가지로 가난한 여러 마을을 지나 널찍한 평야로 나갔다. 평야는 이미 봄기운으로 햇볕이 따뜻하고 잡목림에는 백목련 나무가 점점이 하얀 꽃을 피우고 있었다. 아직 갈지 않은 밭에서는 아이들이 자운영 꽃으로 꽃장식을 만들어 놀고 있었다. 그 광경을 보자 사무라이는 생판 모르는 먼 나라로 간다는 것이 비로소 실감되었다.

평야 너머로 영주의 성이 군선(軍船)처럼 까맣고 높고 날카롭게 솟아 있었다. 시로야마(城山) 기슭에 있는 성시(城市)도 봄 햇살에 희미하게 보였다. 성시의 입구로 들어가자 마침 장이 열려 있었다. 냄비, 솥, 기름에서부터 소금, 목화, 그릇까지 바닥에 늘어놓은 상인들이 모여든 사람들에게 큰소리로 외치고 있었다. 골짜기의 조용한 생활에 익숙한 사무라이와 요조는 그 인파에 놀랄 뿐이었다. 백로가 나는 강을 건너 시로야마로 들어서자 두꺼운 철로 된 성문 앞에 창을 든 병졸이 서 있었다. 거기서부터는 말에서 내려 들어가야만 한다.

메시다시슈에 지나지 않은 사무라이는 허락 없이 성의 본채에 들어갈 수 없다. 가르쳐준 대로 성 안의 건물로 가자 안뜰에 이미 사절들이 도착해 있었다. 걸상에 앉아 있던 마쓰키 주사쿠(松木忠作), 다나카 다로자에몬(田中太郎左衛門), 니시 규스케(西九助), 이 세 명은 모두 사무라이와 마찬가지로 메시다시슈다. 서로 통성명을 했는데 모두의 얼굴에 긴장과 불안한 기색이 역력했다.

뜰에는 여섯 개의 걸상이 더 늘어서 있었다. 일동이 기다리고 있자니 곧 발소리가 나고 관리가 이상한 복장을 한 남만인들 세 명을 데려왔다. 모두 까마귀처럼 검은 복장을 한 그들은 사절들과 마주하고 걸상에 앉았다. 이어서 시라이시가 건물 안에서 중신 두 명과 함께 나와 앉았다.

자리에 앉기 전에 시라이시는 단정히 앉아 있는 사무라이의 얼굴을 힐끗 보고 만족스러운 듯 고개를 끄덕였다. 그러고는 위엄 있게 일동에게 남만인들을 소개했다. 남만인들은 2년 전에 기슈에 표착한 스페인 선박의 주요 선원들이었는데 그들 중 끝에 앉은 남만인은 사무라이도 본 적이 있었다. 그날 오가쓰의 해변에서 시라이시 일행에 섞여 일본인과 이야기를 나누던 통역이었다.

"영주님의 체면을 손상하지 않기 위해 멕시코에는 보기 흉하지 않게 창, 깃발 같은 것, 종자의 의복까지도 충분히 지참해야 할 거네. 그 나라에 도착한 뒤에는" 하며 시라이시는 통역 쪽에 눈길을 주며 "항상 이 벨라스코 님의 지시에 따르도록 하게"라고 말했다.

벨라스코라 불린 남만인은 자신에 찬 미소를 띠고 사무라이 일행을 내려다보고 있었다. 그 미소는 이 사절들은 자기가 없으면 멕시코에서 아무것도 할 수 없다는 사실을 일본인들에게 가르쳐주는 것 같았다.

사절들과 종자들에게는 출발일인 5월 5일의 이틀 전까지 쓰키노우라에 모이라는 명령이 내려졌다. 대형 선박은 쓰키노우라까지 예항되어 거기서 출항할 예정이었다.

이렇게 하나하나의 지시를 들은 후 일동은 별실에서 술을 대접받게 되었는데, 시라이시는 일동이 안뜰에서 나가려고 하자,

"로쿠에몬"

하고 사무라이에게만 말을 걸고 혼자 남으라는 신호를 보냈다.

"로쿠에몬, 수고스럽겠지만 이 임무를 완수해주게. 자네를 사절로 뽑은 건 이시다 님과 내가 생각한 일이네. 구로카와의 땅에 대한 것도 있지. 사절의 소임을 다하고 돌아오면 평정소도 다시 생각해줄지도 모르네. 하지만 숙부한테는 노골적으로 말하지 말게."

사무라이는 공손하게 그 말을 들었다. 시라이시의 따뜻한 마음이 사무치게 고마워 두 손을 땅바닥에 짚고 예를 표하고 싶은 충동에 사로잡혔다.

"남만의 나라에서는" 하고 시라이시는 대뜸 이상한 말을 했다. "그 생활도 일본과는 다를 거네. 임무를 위해서라면 일본의 관습을 끝까지 관철하기 어려울 수도 있을 거야. 일본에서 하얀 것이 남만에서는 검은 것이라면 검다고 생각하게. 마음속으로 납득이 가지 않더라도 납득한 얼굴을 하는 것이 이번 소임이네."

그날 성에서 물러난 사무라이는 요조에게 느긋하게 성시를 구경시켜주었다. 성 근처에는 지체 높은 분들의 저택이 늘어서 있고 오마치(大町), 미나미마치(南町), 사카나마치(肴町), 아라마치(荒町)에는 상가가 모여 있으며 시내 곳곳에는 절들이 많았다. 요조는 그 절들에서 열심히 합장을 했다. 합장하고 있는 요조의 마음을 사무라이는 충분히 이해할 수 있었다.

아이들에게 줄 말 장난감과 아내에게 줄 빗을 샀다. 그 빗을 살 때 문득 리쿠의 얼굴이 선명하게 뇌리에 떠올라 요조 앞에서 사무라이는 자기도 모르게 얼굴을 붉혔다.

하루가 지나고 다음 날이 올수록 사무라이의 마음은 돌

사무라이

을 담은 듯 무거워졌다. 긴 뱃길, 생판 모르는 남만인의 나라로 건너가는 임무는 이제 피할 수 없는 일로서 가슴을 단단히 죄어왔다. 이곳 농민들과 마찬가지로 그 역시 이 골짜기를 떠나 사는 것은 무엇보다 괴로운 일이다. 하지만 그때마다 그는 시라이시의 말을 떠올리며 약해지는 마음을 다잡았다.

봄기운이 느껴졌다. 쇠뜨기가 흙 사이로 창처럼 싹을 틔우고 여기저기 머위 꽃대가 나오기 시작했다. 사무라이는 배 위에서 어릴 때부터 친숙한 이 골짜기의 하나하나를 그립게 떠올릴 거라고 생각했다. 앞으로 오랫동안 이 풍경을 볼 수 없을 것이다.

밤이 되어서도 이로리 옆에서 그는 아내와 아이의 얼굴을 보며 같은 생각을 했다. 차남 곤시로를 무릎에 올려놓고,

"아버지는 먼 나라로 간단다"

하고 말해주어도 어린아이는 아무것도 이해하지 못한다.

"멀고 먼 나라로 가서 간자부로에게도, 곤시로에게도 선물을 사서 돌아올 거야."

옛날에 어머니에게 배운 이야기를 무릎 위의 곤시로에게 들려준다.

"옛날에, 옛날에." 무릎을 흔들며 자기 자신에게 들려주는 듯 "이 마을의 개구리와 산그늘 마을의 개구리가 봄이

되어 눈이 녹으면 들놀이를 간다고 산꼭대기에 올랐단다. 산꼭대기에." 곤시로는 졸기 시작한다. 그래도 그는 이야기를 계속한다. "옛날에, 옛날에 어느 개구리가 교토에 가야 한다며 마소의 거간꾼 뒤를 따라갔단다…."

'매실(鷹の間)'이라 불리는 이 큰 방은 어둡고 춥다. 시선을 끄는 것이라면 날카로운 눈을 한 매가 그려진 네 장짜리 미닫이문뿐이다. 지금까지 선교사는 에도성이나 다른 권력자의 저택에서도 이곳과 마찬가지로 음침하고 음산한 큰 방으로 몇 번이나 안내되었는데, 늘 그 어둠의 그늘에는 뭔가 일본인의 음모가 깃들어 있는 것 같았다.

"온 세상의 성스러운 주인이신 로마 교황 바오로 5세 성하께 올립니다."

성의 서기를 맡은 노인이 서한의 초고를 읽었다. 그 노인은 상석에서 시라이시를 한가운데에 두고 앉아 있는 중신들과 달리 스님과 같은 검은 옷을 걸치고 머리를 삭발한 차림이었다.

"애초에 바울회의 성직자 벨라스코가 우리나라에 와서 예수교를 강술하고는 바로 우리 번을 방문하여 저를 설득할 때 예수교에 관한 비결을 활용했습니다. 그때 저는 처음으로 예수교의 취지를 깨닫고 결연히 이를 신봉하기로 했습니다."

서기는 자신이 준비한 그 서한을 이따금 더듬거리며 계속 읽어나갔다.

"생각건대, 저는 이 교회의 성직자를 경애하기에 교회를 설립하고 힘을 다해 인덕(仁德)을 베풀려고 합니다. 성하께서 만약 성무의 확대를 위해 필요하다고 단정한다면 다행스럽게도 이를 우리나라에 설치하고 시행할 수 있습니다. 그 비용과 교회의 소유지는 기꺼이 제가 기부하여 공급할 것이므로 성하께서는 우려하실 필요가 없습니다."

쉰 목소리로 낭독하는 것을 들으며 선교사는 시라이시나 다른 중신들의 얼굴을 살폈으나 그들의 위엄 있는 표정은 대체 무슨 생각을 하는지 전혀 알 수가 없었다.

"저는 또 멕시코가 우리나라에서 멀리 떨어져 있다 할지라도 교제하는 것을 간절히 바랄 뿐 아니라, 아울러 성하의 위세에 의해 그 뜻을 이룰 수 있기를 간절히 기원합니다."

서기는 천천히 서한의 초고를 무릎 위에 내리고 판결을 기다리는 피고처럼 고개를 들었다. 시라이시는 주먹을 입에 대고 두세 번 기침을 하고는 말했다.

"벨라스코 님은 이견이 없소?"

"훌륭합니다. 다만 두 가지만 말씀드리겠습니다. 하나는 교황님께 인사를 드릴 때는 관례적인 말을 붙여주어야 한다는 것입니다. 그건 교황님의 발에 삼가 입맞춤을 드립니다,

라고 써야 한다는 것이지요."

"영주님이 교황의 발에 입맞춤을 한다고 쓰라는 건가?"

"그것이 관례입니다." 선교사는 강하고 엄격한 목소리로 말했다. 중신들은 화가 난 듯이 얼굴을 들었는데 시라이시는 볼을 일그러뜨리며 쓴웃음을 지었다.

"신부를 영지 내로 들어올 수 있게 하는 부분에 대해서입니다만" 하고 선교사는 시라이시가 순간적으로 약한 모습을 보인 표정을 보고 다그쳐 말을 붙였다. "이건 바울회의 신부만이라고 덧붙였으면 합니다. 그렇지 않으면 우리 회는 이 서한을 교황님께 전할 수가 없습니다."

베드로회를 일본에서 내쫓고 이 나라에서의 포교는 바울회가 독점해야 한다고 말하고 싶었으나 선교사는 그렇게까지 노골적으로 말할 수는 없었다.

"이건 아주 중요합니다."

"덧붙이기로 하지."

시라이시는 고개를 끄덕였다. 다른 일본인과 마찬가지로 그에게는 베드로회 수도사도 바울회 수도사도 모두 기리시탄 신부들이므로, 그 차이에는 아무런 흥미도 없는 것 같았다.

"이 서한이 확실히 교황에게 전해지겠는가?"

시라이시는 선교사의 비위를 맞추려고 물었다. 이 선교사가 없다면 그 목적을 위해 중신들이 할 수 있는 것이 아무것도 없다는 것은 분명했다. 대형 선박이 멕시코에 도착한 후에도 말이 통하지 않고 관습도 다른 사절들만으로는 어떻게 해볼 도리가 없다. 선교사만이 그들을 도울 수 있는 것이다.

"전할 수 있습니다. 경우에 따라서는 제가 로마로 가서 교황님께 전하겠습니다."

"혼자 갈 수 있나?"

"사절 중 누군가를 데리고 가겠습니다."

"멕시코에서 말인가?"

"예. 그러는 편이 다들 안심할 수 있겠지요."

선교사는 이 서한을 자신이 소속한 바울회에서 교황청으로 보내는 것보다는 스스로 일본인들을 데리고 로마로 들어가는 것이 득책(得策)이라고 전부터 생각하고 있었다. 은밀히 생각하고 있던 것을 지금 입 밖에 내어보니 자신의 마음이 정해진 것 같은 기분이 들었다. 그렇다. 일본인을 데리고 로마로 가자. 시민들은 이 먼 나라에서 온 사람들을 보고 신기함에 눈이 휘둥그레질 것이다. 그것으로 자신이 일본에서 어떤 활동을 해왔는지가 교황청의 성직자들에게 입증될 것이다. 자신이 주교가 되기 위해서는….

"그런가?" 시라이시는 다시 주먹을 입에 대고 기침을 했다. 기침을 하며 그는 뭔가를 생각하는 것처럼 "그 경우에는… 사절들 중 하세쿠라 로쿠에몬(長谷倉六右衛門)[28]이라는 자를 데려가도록 하게."

"하세쿠라 님 말입니까?"

그때 선교사는 일전에 성의 안뜰에서 대면한 사절들 중 한 사람의 얼굴이 떠올랐다. 농민과 마찬가지로 눈이 움푹 들어갔고 광대뼈가 조금 튀어나왔으며 모든 것을 포기하고 받아들이는 듯한 인내심 강한 얼굴. 왠지 모르게 그 얼굴의 사내가 하세쿠라 로쿠에몬일 거라는 생각이 들었다.

시라이시는 다시 선교사에게 아첨하는 듯이 이미 완성에 가까워진 대형 선박의 대단함을 극구 칭찬했다. 그리고 자신도 젊다면 그 배를 타고 멕시코를 구경하고 싶다고 말하며 껄껄 웃었다.

이야기가 끝났다. 선교사가 복도에서 기다리고 있던 시동을 거느리고 사라지자 입가에 엷은 웃음을 머금고 가만히 지켜보던 시라이시가 서기에게 빈정거리는 눈빛으로 말했다.

"남만인의 몸은 냄새가 지독하군."

"먹는 것 때문인 것 같습니다."

"아니, 그건 색욕을 참고 있는 사내 냄새네. 저 사람은 일

---

28) 하세쿠라 쓰네나가(支倉常長, 1571~1622)가 모델이다. 처음에 그의 이름은 하세쿠라 로쿠에몬쓰네나가(支倉六右衛門常長)였다.

본에 몇 년 동안 살고 있지?"

"10년입니다."

서기가 공손히 대답했다.

"10년인가. 저 사람은 우리를 마음대로 조종하고 있다고 생각할까…?"

그는 잠자코 오른손으로 왼손 손바닥을 계속해서 쓰다듬 었다.

출발하는 날이 다가왔다. 며칠 전부터 골짜기는 예전에 아버지나 숙부들이 출진할 때처럼 분주했다. 총령인 그의 집 에는 골짜기에서 떨어진 마을에 사는 친척들까지 이별을 애 석하게 여기며 찾아오고, 농민들도 연달아 드나들며 준비하 는 일을 도와주었다. 여러 개의 짐이 꾸려져 봉당에 놓였다.

오늘 아침 일찍부터 집 마당에서는 시끄러운 소리가 났 다. 마구간에서 끌고 나온 말에 짐이 실려 묶이고, 설날처럼 마구간에도 문에도 소나무가 장식되고, 방에는 황밤[29])이 놓 였다. 모든 준비를 마친 사무라이는 이로리 옆에서 아내 리 쿠가 따른, 띠 잎을 곁들인 제주(祭酒)를 세 모금 마시고 그

---

29) 밤 열매를 껍질째 말리고 절구로 찧어 껍질과 속껍질을 제거한 것으로, 절구 (搗, 가치)가 승리(勝, 가치)와 같은 음이기 때문에 출진이나 승리를 축하할 때나 정초의 선물 등에 쓰였다.

잔을 숙부에게 건넸다. 숙부로부터 리쿠에게, 리쿠에게서 장남 간자부로에게 넘어간 그 잔을 숙부는 봉당에 던져 깨뜨렸다. 사무라이의 집에서는 출진 때 이렇게 하는 것이 관례였다.

말이 밖에서 소리 높이 울고 있다. 사무라이는 숙부에게 고개를 숙여 인사하고 리쿠의 눈을 가만히 응시했다. 그러면서 두 아이의 머리에 살짝 손을 얹었다. 바깥에서는 이미 여행 준비를 마친 요조가 사무라이의 창을 들고 서 있었다. 마을 대표들이 뽑은 세이하치, 이치스케, 다이스케, 이 세 명의 젊은이는 짐을 실어 묶은 세 필의 말 옆에 서 있고, 문밖에는 길까지 농민들이 전송하러 모여들어 있었다.

말을 탄 사무라이는 숙부에게 다시 고개를 숙였다. 뒤에는 복받치는 감정을 견디며 굳은 표정으로 서 있는 아내의 얼굴이 있었다. 사무라이는 하녀에게 안겨 있는 곤시로와 그 옆에 있는 간자부로에게 웃는 얼굴을 지어 보이며 크게 고개를 끄덕였다. 그 순간 먼 나라에서 골짜기로 돌아오는 날 두 아이가 얼마나 변해 있을까, 하는 생각이 문득 들었다. 몸조심하거라, 하고 숙부가 큰소리로 외쳤다. 사무라이는 고삐를 당겼다.

화창하다. 골짜기는 이미 봄이다. 잡목림에는 하얀 꽃이 피고 밭에서는 종다리가 울고 있었다. 앞으로 오랫동안 볼 수 없는 이 광경을 잊지 않으려고 사무라이는 말 위에서 물끄러미 바라보았다.

오가쓰에 갔던 그날과 같은 길로 갔다. 대형 선박이 출발한다는 것이 영지 내에 이미 널리 알려졌기 때문에 길 도중에도 차례로 사람들의 인사를 받았다. 따뜻한 물을 대접하고 노고를 치하하는 사람도 있었다. 지난번에는 아직 겨울색이었던 이 길이 지금은 도처에 꽃들이 피어 있고 논밭에서는 농민이 천천히 소를 움직이고 있다. 이튿날 멀리 봄 바다가 보였다. 바다에는 햇빛이 비치고 하늘의 구름도 솜처럼 부드럽게 떠 있었다.

얼마 후 사무라이 일행은 수평선에 큰 배가 떠 있는 것을 보았다.

"우와, 우와."

그들은 이렇게 소리치고 자기도 모르게 해변에서 발을 멈췄다. 배는 갈색이었는데 거대한 성을 연상케 했다. 두 개의 큰 기둥에는 쥐색 돛이 바람에 부풀어 있었다. 날카로운 창과도 비슷한 용골 끝은 파란 하늘을 찌르고, 배 주위에는 파도가 거품을 일으키고 있었다.

일동은 침묵한 채 오랫동안 큰 배를 바라보았다. 지금까지 알고 있는 영주의 어떤 군선보다도 강력하고 남자다운 배였다. 그 배가 모레 자신들을 태우고 자신들의 운명을 결정한다는 강렬한 느낌이 사무라이의 가슴을 덮쳤다. 골짜기에서의 조용한 인생이 막 떨어져 나가는 것을 강하게 느꼈다. 전쟁에 출진할 때와 마찬가지로 사무라이는 마음에 고양과 흥분을 느꼈다.

'용케, 정말 용케도… 이런 배를 건조했구나.'

메시다시슈인 사무라이는 성 안에 있는 영주를 멀리서 몇 번 봤을 뿐이다. 영주는 늘 그의 손이 닿지 않은 먼 곳에 있었다. 하지만 이 큰 배를 목격한 순간 봉공이라는 두 글자가 머리에 까맣게 떠올랐다. 사무라이에게 이 큰 배는 영주이고, 영주의 힘이었다. 순종적인 그에게는 영주에게 진력하는 기쁨이 복받쳐 올랐다.

쓰키노우라의 후미에는 언젠가 오가쓰에서와 마찬가지로 사람들이 모여 있었다. 세 면이 산으로 둘러싸인 작은 골짜기의 밑바닥 같은 해안에 인부들이 무수한 뱃짐을 작은 배로 옮기는 작업을 계속하고 있고, 몇 명의 관리가 지팡이를 들고 그들에게 지시를 내리고 있었다. 사무라이 일행이 그 인파 사이를 빠져나가자 관리들이 가볍게 인사하며 노고를 치하해 주었다.

사무라이의 숙소로 할당된 절은 병졸들이 경호하고 있었다. 이미 마쓰키 주사쿠, 다나카 다로자에몬, 니시 규스케 등 다른 사절들이 도착해 있고 스페인 선원들은 근처 마을의 절에 숙박하고 있다고 병졸들이 말해주었다. 사절들에게 할당된 방 바로 아래가 후미다. 큰 배는 산에 가로막혀 여기서는 보이지 않는다. 웅성거리는 후미에서는 짐을 실은 작은 배들이 차례로 큰 배가 숨어 있는 곳 끝으로 나아간다.

"엄청난 짐이네요."

가장 나이가 어린 니시 규스케가 말했다.

"이 배에는 상인, 광부, 장인 등 백 명이 넘는 일본인이 탄다고 들었습니다."

니시 규스케가 의기양양한 얼굴로 장거의 참뜻을 이야기하는 걸 사무라이와 다나카 다로자에몬은 주눅이 든 채 듣고 있었다. 마쓰키 주사쿠는 모두에게서 떨어져 팔짱을 낀 채 후미를 내려다보고 있었다. 상인들을 큰 배에 태우는 것은 그 나라에서 일본의 물건들이나 도구들을 팔고 앞으로 거래를 하기 위해서이며 광부나 대장장이, 주물공은 남만의 채광 기술이나 주조 방법을 배우게 하기 위해서라고 니시가 득의양양하게 말했다. 사무라이도 영지 내에 광산이 있고 광석이 묻혀 있다는 사실은 알고 있었지만 이 배에 그런 사람들을 태운다는 이야기는 금시초문이었다. 하지만 그는 자신의 목적은 그런 것과 관계없이 영주의 서한을 멕시코의 태수에게 전하는 일이라는 것을 마음속에 일깨우며 그날 밤은 잠자리에 들었다. 일렁이는 파도 소리와 흥분한 마음으로 좀처럼 잠이 들지 않았다.

출항하는 날 아침, 후미에 쳐진 문장(紋章)이 들어간 장막이 바닷바람에 소리를 내고 있었다. 사절들은 시오가마에서 군선을 타고 온 시라이시 외 두 명의 중신들에게 예를 표하고 작은 배에 올랐다. 자리에 앉은 시라이시는 한 사람 한 사람에게 격려의 말을 했는데, 마지막으로 사무라이가 요조 이하 네 명을 데리고 고개를 숙이자,

"로쿠에몬"

하며 걸상에서 일어나 비단으로 싼 상자를 두 손에 들고는

"서한이네"

하고 강한 목소리로 말하며 건넸다. 사무라이는 몸이 떨리는 것을 느끼며 묵직한 상자를 받았다.

사절들을 태운 작은 배가 천천히 물가를 떠나 후미가 끝나는 절벽을 따라 조용히 앞바다로 나아갔다. 비단 꾸러미를 안은 사무라이 이하 다섯 명은 아무 말도 하지 않고, 아니, 아무 말도 하지 못한 채 하얀 장막과 그 양쪽에 일렬로 늘어선 관리들, 병졸들을 바라보았다. 몇 년 후에 자신들이 살아 귀국하여 이 후미로 다시 돌아올 때 이 정도의 사람들이 마중을 나와줄까 하는 생각이 문득 들었다.

후미를 벗어난 순간 그제 처음으로 본 큰 배가 다시 시야로 뛰어들었다. 그것은 사무라이가 지금까지 본 어떤 일본

배와도 비교할 수 없이 웅장했다. 성채의 돌담처럼 뱃머리가 눈앞에 우뚝 솟아 있고, 뱃머리 끝에 창 같은 용골이 파란 하늘을 찌르고 있었다. 무수한 아딧줄을 달고 십자가 모양으로 짜인 큰 기둥에 커다란 돛이 단단히 감겨 있었다. 갑판 위에는 먼저 승선한 스페인인 선원이나 일본인 뱃사람들이 일렬로 서서 모여드는 작은 배들을 내려다보고 있었다.

일동은 흔들리는 줄사다리를 타고 차례로 갑판으로 올라갔다. 갑판은 3개 층으로 되어 있는데, 상갑판에서는 일본인 뱃사람들이 개미처럼 움직이고 있었다. 이층 갑판에는 선체 중앙부의 선실로 들어가는 입구가 있었다. 거기에서 다들 각자에게 할당된 선실로 내려가는 것이다. 사절들에게는 뱃머리에서 가까운, 바탕을 빨갛게 옻칠을 한 다음 그 위에 투명한 칠을 해서 나뭇결이 보이도록 마무리한 작은 선실이 할당되었다. 방에서는 옻칠 냄새가 강하게 났다. 종자들은 상인들이 기거하는 큰 방으로 가야 한다. 그곳은 뱃짐을 쌓아놓는, 천장의 기둥이 그대로 드러난 장소였다.

방으로 들어간 사절들은 한동안 말없이 갑판에서 나는 소리를 듣고 있었다. 이어 어젯밤 오지카(牡鹿)에서 묵은 상인들이 떠들며 올라탔다. 선실의 조그만 창으로 작은 섬이 보였다. 다시로지마(田代島)와 아지시마(網地島)다. 여기서 후미는 보이지 않는다.

"중신들은 이미 돌아간 걸까요?"

니시가 작은 창에 얼굴을 대고 물었다. 그리고 니시가 갑판으로 나가려고 하자 다른 세 명도 서둘러 그의 뒤를 따랐다. 모든 게 처음인 선내에 홀로 남아 있기가 불안해서였다.

사무라이도 상인들에 섞여 요조, 세이하치, 이치스케, 다이스케 등 종자들과 어깨를 나란히 하고 곧 헤어져야 하는 오지카의 산들을 바라보았다. 5월의 수목은 이미 짙은 색으로 산을 뒤덮고 있었다. 이것이 당분간 그가 볼 수 없는 최후의 일본 풍경이다. 돌연 뇌리에 골짜기의 구릉, 마을들, 그리고 자신의 집, 마구간, 리쿠의 얼굴이 하나하나 되살아났고, 아이들은 지금 무얼 하고 있을까 하고 애달픈 생각이 들었다. 상갑판에서 커다란 술렁거림이 일어났다. 스페인인 선원들이 묘한 가락으로 노래 같은 것을 불렀다. 일본인 뱃사람 몇 명이 큰 기둥에 올라가 스페인인 선원의 지시를 받아 큰 깃발과도 비슷한 돛을 내리는 순간이었다. 아딧줄이 삐걱거리고 하얀 괭이갈매기가 고양이 같은 소리를 냈다. 얼마 후 아무도 눈치채지 못하는 사이에 큰 배는 천천히 방향을 바꾸었다. 파도가 배의 허리에 부딪히는 소리를 들으며 사무라이는 이제 운명이 시작되었다고 생각했다.

제3장

5월 5일 오지카의 작은 항인 쓰키노우라를 출항했다. 일본인들이 '무쓰마루'라 칭하고 스페인 선원들이 '산 후안 바우티스타(San Juan Bautista)'호라 부르는 이 갤리언선은 차가운 태평양을, 북동쪽을 향해 흔들리며 나아가고 있다. 돛은 활모양으로 부풀어 있다. 출항하는 날 아침 나는 갑판에서 10년간 정든 일본의 섬들을 언제까지고 물끄러미 바라보았다.

10년─분하지만, 하느님은 일본에 끝내 뿌리를 내리지 못했다. 내가 아는 한 유럽의 어떤 국민에 못지않을 만큼 지혜와 호기심이 풍부한 일본인이지만 우리의 하느님과 관련되면 눈을 감아버리고 귓구멍에 손가락을 집어넣는다. 때로 내게는 이 나라가 '불행한 섬'으로 보이는 일조차 있었다.

하지만 나는 기세가 꺾이지 않았고, 일본에 하느님의 가르침이라는 씨앗은 뿌렸는데 키우는 방법이 잘못되었다고 생각했다. 오랜 세월 동안 포교할 권리를 독점해온 베드로회는 이 나라의 토질을 살피지 않았고 적절한 비료도 쓰지 않았다. 나는 베드로회의 그 실패에서 역으로 교훈을 얻었고 무엇보다도 일본인을 잘 알게 되었다. 내가 만약 주교가 된다면 그런 실패를 다시는 되풀이되지 않을 것이다.

사흘 전부터 일본의 섬 그림자는 보이지 않았다. 하지만 신기하게도 어디서랄 것도 없이 괭이갈매기가 날아와 파도를 스치고 돛대에 앉았다. 배는 북위 40도선을 향해 나아가고 있지만 아마 아직은 일본의 홋카이도에서 그리 멀지 않을 것이다. 바람의 방향은 순조롭고 조류가 산 후안 바우티스타호의 여행을 도와주고 있다.

먼 바다로 나가자 과연 바다가 다소 거칠어졌다. 그렇다고 해도 13년 전 내가 동양으로 향할 때 덮쳐온 폭풍이나 인도양의 사나움에 비하면 대수롭지 않다. 하지만 선실에 있는 일본인들은 모두 뱃멀미로 괴로워하고 불쌍하게도 식사도 못하고 있다. 사면이 바다로 둘러싸여 있는데도 일본인들은 이 바다를 일본을 지켜주는 물의 요새로만 생각하고 자신들은 흙의 인간으로 살아온 것이다. 그들이 알고 있는 바다는 가까운 근해뿐이다.

사절들 중에도 뱃멀미로 고생하는 사람이 있었다. 하세쿠라 로쿠에몬과 다나카 다로자에몬, 이 두 사람은 지금까지 바다에 나간 경험이 없는 것으로 보인다. 내가 그들의 선실을 방문하자 고통스러운 데도 억지로 얼굴에 미소를 짓는다.

사절들은 영주의 가신 중에서 중급 사무라이들이지만 각자 산간 지역에 작은 봉토를 가진 지주들이기도 하다. 영주가 성의 유력한 중신들 대신 이들 중급 무사를 사절로 뽑은 것은 사절을 중시하지 않는 일본 귀족들의 관행 때문일지도 모른다. 하지만 나에게는 오히려 그것이 더 유리했다. 모든 것에 귀족들의 지시를 받을 필요 없이 내 생각대로 행동할 수 있기 때문이다. 예전에 베드로회의 발리냐뇨 관구장이 거지나 다름없는 소년들을 귀족 아이로 잘못 알고 사절로서 로마로 보냈지만[30] 그쪽에서는 아무도 수상히 여기지 않았다. 나중에서야 사람들은 그것을 비난했지만 나는 발리냐뇨 관구장의 그런 재능을 오히려 좋게 평가한다.

앞으로 내게서 벗어날 수 없는 이 사절들의 이름을 적어 두자. 니시 규스케, 다나카 다로자에몬, 마쓰키 주사쿠, 하세

---

30) 1582년 2월 예수회 신부 발리냐노는 일본인 소년 네 명을 데리고 나가사키항을 떠나 포르투갈로 향했다. 네 명의 소년은 로마의 교황과 스페인, 포르투갈 왕을 알현하고 일본 선교를 위한 정신적·경제적 지원을 요청했다. 발리냐노 신부의 발안과 규슈 지역의 유력 기리시탄 다이묘의 후원으로 파견된 유럽 방문 사절단이었다. 나가사키를 떠날 때 13, 14세였던 소년들이 8년 후 다시 일본 땅을 밟았을 때는 스무 살을 훌쩍 넘은 청년이 되어 있었다. 이 소년들 이야기는 뒤에 다시 나온다.

쿠라 로쿠에몬, 이 네 명이다.

니시 규스케를 제외한 세 명은 출항 이후에도 나와 친해
지려고 하지 않았다. 일본인 특유의 이국인에 대한 경계심
과 낯가림 때문일 것이다. 젊은 니시만이 어린아이 같은 호
기심을 보이며 첫 배 여행에 설레는 마음으로 내게 배의 구
조나 나침반의 기능을 묻기도 하고 스페인어를 가르쳐달라
며 말을 걸어왔다. 연장자인 다나카 다로자에몬은 그런 니
시의 거리낌 없는 행동을 대단히 못마땅한 눈으로 보고 있
다. 좀 뚱뚱한 이 사람은 만사에 근엄하게 보여 스페인 사람
앞에서 일본인의 위엄을 잃지 않겠다는 생각에 급급한 것
같았다.

마쓰키 주사쿠는 마르고 얼굴에 어두운 그늘이 있다. 나
는 그와 서너 번밖에 이야기를 나누지 않았는데, 네 명 중
에서 특히 머리가 잘 돌아가는 사람이라는 것을 알 수 있었
다. 때때로 갑판으로 나가 혼자 뭔가를 생각하는 그는 다른
사절들과는 달리 이번 임무에 뽑힌 것을 명예롭게 생각하
지 않는 것 같았다. 하세쿠라 로쿠에몬은 사무라이라기보
다는 농부라고 하는 게 나을 것 같은 사람이다. 사절들 중
에서 돋보이는 사람은 아니다. 로마까지 갈지 어떨지 아직
결정하지는 않았지만, 중신인 시라이시가 내게 로마로 떠
날 때 하세쿠라와 동행하라고 한 이유를 도저히 이해할 수

없다. 이 사람은 풍채도 변변찮고 마쓰키처럼 머리가 좋은 것도 아니다.

사절들의 방에서 떨어진 곳에 일본인 상인들이 함께 머무는 큰 방이 있다. 그들의 머릿속에는 거래와 그것에 따른 이익이 있을 뿐으로, 그 탐욕스러움에는 놀랄 만한 점이 있다. 몇 명의 상인은 승선하자마자 곧 내게 멕시코에서는 일본의 어떤 물품을 팔 수 있는지 물어왔다. 내가 견직물이나 병풍, 무구, 날붙이 등의 이름을 대자 만족스러운 얼굴을 보이더니, 이번에는 멕시코에서 생사, 벨벳, 상아를 중국에서보다 싸게 입수할 수 있느냐고 물었다.

"하지만 멕시코에서는 기리시탄만이 신용을 받습니다. 신도라는 이유만으로 거래하기에 신용할 만한 상대가 되는 것이지요."

나는 빈정거리듯이 이렇게 대답했다. 그러자 일본인이 당황했을 때 보이는 반응처럼 그들은 볼에 엷은 웃음을 띠었다.

오늘도 어제와 마찬가지로 단조로운 날이 이어진다. 바다도 수평선에 떠오른 구름도, 그리고 아딧줄의 삐걱거리는 소리도 변함이 없다. 산 후안 바우티스타호는 순조롭게 항해를 계속하고 있다. 아침 미사 때마다 나는 이토록 평온한 여행이 기적적으로 주어진 것은 주님이 이번 나의 의도를 도와

주시기 때문이라고 생각한다. 주님의 뜻은 헤아리기 힘들지만, 주님 또한 나와 마찬가지로 포교하기 힘든 일본이 주님의 가르침을 받는 나라가 되기를 바라시는 거라고 말이다.

하지만 선장 몬타니오도, 부선장 콘트레라스도 나의 이 의도에는 호의를 보이지 않았다. 노골적으로 말하지는 않지만 그들이 내 의도에 대해 반감을 지닌 것만은 분명하다. 그것은 이 두 사람이 일본에 억류된 동안 일본과 일본인에 대해 좋은 인상을 받지 못했기 때문이다. 그들은 필요한 것 이외에는 사절들이나 다른 일본인과 접촉하려고 하지 않고 스페인인 선원과 일본인 뱃사람이 서로 이야기를 하는 것도 좋아하지 않았다. 나는 사절들을 식탁에 초대하는 것을 선장에게 두 번 제안했지만 거절당했다.

"일본에 억류된 동안 저는 일본인의 오만함이나 성급함이 견디기 힘들었습니다." 선장은 이틀 전 식탁에서 이렇게 말했다. "그 국민만큼 솔직하지 못하고 자신의 마음을 타인에게 보여주지 않는 것을 미덕으로 여기는 사람들은 없을 것으로 생각합니다."

내가 그 나라 정치 질서의 뛰어남은 이것이 이단의 나라인가 하고 생각될 정도였다고 변호하자 부선장은 바로 그런 이유로 그런 나라는 만만치 않다, 머지않아 태평양을 독점하려고 할 것이다, 만약 그리스도화하려고 한다면 말이 아

　　　　　　　　　　　　　사무라이

니라 무력으로 정복하는 것이 간단한 방법이다, 라고 주장하기 시작했다.

"무력으로 말인가요?" 나는 나도 모르게 큰 소리로 물었다. "두 분은 그 나라를 아무래도 너무 안이하게 보는 것 같습니다. 그 나라는 멕시코나 필리핀 같은 나라가 아닙니다. 전쟁에 익숙하고, 전쟁에 아주 강합니다. 예전에 베드로회가 그런 생각을 품었다가 실패한 것을 아십니까?"

그들이 흥이 깨진 얼굴을 했는데도 나는 베드로회의 포교 실패를 하나하나 열거했다. 예컨대 베드로회의 코엘료 신부나 프로이스 신부가 일본을 스페인 식민지로 만들어 그리스도교를 포교하려고 계획을 세웠기 때문에 그것을 알게 된 일본 권력자가 분노한 일 등을 말이다. 베드로회 이야기만 나오면 나는 아무래도 억제력이 없어지는 것 같다.

"그래서 일본에 신의 가르침을 널리 알리기 위해서는" 하고 나는 격정에 사로잡혀 결론을 내렸다. "하나의 방법밖에 없습니다. 그들을 구워삶는 것이지요. 스페인은 일본인과 태평양 무역의 이익을 나누고 그 대신 포교의 대폭적인 특권을 받아내야 합니다. 일본인은 이익을 위해서라면 그 어떤 것도 희생하니까요. 만약 내가 주교였다면…."

그러자 선장과 부선장은 서로 얼굴을 쳐다보고는 갑자기 입을 다물었다. 그것은 동의의 침묵이 아니라 나를 성직자에게 있을 수 없는 책략가라고 느꼈기 때문일 것이다. 세속적인 인간 앞에서는 이런 발언을 삼가야 함에도 불구하고 내가 깜빡했던 것이다.

"신부님은 스페인의 국익보다는" 하고 선장이 빈정거리는 목소리로 말했다. "일본에서의 포교가 중요한 것 같네요."

그는 이렇게 말하고 입을 다물었다. 이 두 사람은 "내가 주교였다면"이라고 말한 조금 전의 그 희망을 천박한 출세욕으로 받아들인 것이 분명했다. '하지만 주님만이 인간의 마음을 간파하시고 그것을 심판하십니다. 당신은 제가 개인적인 헛된 허영심에서 그렇게 말한 것이 아니라는 것을 잘 아십니다. 저는 제가 죽을 장소로 그 나라를 선택했습니다. 그리고 그 나라에서 당신을 찬양하는 노랫소리를 듣기 위해서는 제가 필요하다고 생각하고 있을 뿐입니다.'

재미있는 일이 있었다. 내가 갑판에서 신부의 의무인 성무일도를 하며 걷고 있으니 일본인 상인 한 사람이 슬쩍 다가왔다. 그리고 기도를 중얼거리고 있는 나를 신기한 듯 바라보며,

"통역님, 뭘 하고 계십니까?"

하고 이상한 물건이라도 본 것처럼 물었다. 어리석게도 나는 그 사내가 기도에 흥미를 품은 것으로 알았는데 그건

아니었다. 그는 일단 아첨하는 듯한 웃음을 지은 후 갑자기 목소리를 낮추더니 멕시코에서 자신에게만 거래의 특권을 주도록 조처해달라고 말하기 시작했다. 고약한 입김이라도 내뿜은 것처럼 나는 얼굴을 돌리고 그 말을 듣고 있었는데 그는 웃으며 중얼거렸다.

"그때는 충분한 사례도 하겠습니다. 저도 득을 보고 당신도 득을 볼 수 있습니다."

나는 노골적으로 얼굴에 경멸을 드러내며 내가 지금은 통역이지만 속세를 버린 신부이기도 하다고 분명히 대답하며 내쫓았다.

나는 두 달이나 이어질 이 배 여행을 신부로서 아무것도 하지 않고 보내는 것이 염려되었다. 스페인인 선원들을 위해 식당에서 매일 미사를 드리는데 일본인들은 한 명도 들여다보지 않았다. 그들에게 행복의 의미란 현세의 이익을 얻는 것밖에 없는 것 같다. 일본인은 현세의 모든 이익을— 부를 얻는 것, 전쟁에서 승리하는 것, 병이 낫는 것—목적으로 한 종교라면 달려들지만, 초자연적인 것과 영원에 대해서는 전혀 무감각한 것처럼 보일 때도 있다. 그렇다고 해서 이 배 여행 동안 선내의 백 명 이상의 일본인에게 하느님의 가르침을 전하지 못하는 것은 태만일 것이다.

뱃멀미가 무척 힘들었다. 니시 규스케와 마쓰키 주사쿠는 그리 심하지 않았지만 다나카 다로자에몬과 사무라이는 쓰키노우라를 출항하고 나서 며칠간은 그저 죽은 사람처럼 엎드려 아딋줄이나 돛대의 울적한 소리만 듣고 있었다. 지금 어디를 지나고 있는지도 모르고 관심도 없었다. 배는 끊임없이 흔들리고 아딋줄 소리도 온종일 단조롭고 나른하게 들리고, 이따금 시간을 알리는 종소리만이 그것을 깼다. 눈을 감고 있어도 자신이 끊임없이 큰 힘에 천천히 들어 올려졌다가 천천히 가라앉는 기분이 들었다. 구역질과 불쾌감과 무력감을 동시에 맛보며 사무라이는 때때로 자고, 때때로 멍하니 아내 리쿠의 얼굴과 아이들의 모습이나 이로리 옆에 앉은 숙부를 생각했다.

식사를 가져다주는 것은 각 사절의 종자가 해야 할 일인데, 비틀거리며 밥상을 가져오는 요조도 뱃멀미로 새파래지고 의기소침한 몰골이었다. 무엇을 가져와도 식욕이 없었지만 사무라이는 중요한 소임을 다하기 위해서는 먹지 않으면 안 된다며 자신을 독려했다.

"걱정할 것은 없습니다."

선실로 찾아온 벨라스코가 사무라이와 다나카를 가여워하며 위로했다. 벨라스코가 옆으로 다가오니 그 몸에서 강한 체취가 나와 뱃멀미를 더 느끼게 했다.

"뱃멀미는 익숙해지는 겁니다. 사오일 지나면 큰 파도에도 폭풍에도 아무렇지 않게 되겠지요."

사무라이는 그 말이 믿기지 않았다. 젊은 니시 규스케가 벨라스코에게 이국의 말을 묻기도 하고 배 안을 돌아다니며 감탄해 마지않는 것이 부럽기만 했다.

하지만 신기하게도 사흘이 지나고 나흘이 지나자 벨라스코가 말한 대로 괴로움은 조금씩 줄어들기 시작했다. 닷새째가 되는 날 아침 사무라이는 처음으로 옻칠 냄새와 비릿한 악취가 자욱한 방을 나와 갑판으로 올라가 보았다. 아무도 없는 갑판으로 나갔을 때 강풍이 느닷없이 이마를 때렸다. 숨을 삼킨 사무라이의 눈에 돌연 사방에 미쳐 날뛰고 있는 물마루가 펼쳐진 풍경이 들어왔다.

처음으로 보는 대해. 육지도 섬 그림자도 없었다. 무수한 병사가 뒤섞여 있는 것처럼 파도가 부딪치고 북적거리고 함성을 지르고 있었다. 뱃머리가 창처럼 잿빛 하늘을 찌르고 선체는 높은 물안개를 올리며 바다의 골짜기로 처박히나 싶더니 다시 떠올랐다.

사무라이는 현기증이 났다. 이마를 때리는 바람에 숨을 쉴 수도 없었다. 동쪽도 파도가 미쳐 날뛰는 바다. 서쪽도 파도가 싸우는 바다. 남쪽도 북쪽도 보이는 거라고는 바다뿐. 난생처음 사무라이는 바다가 얼마나 광대한지를 알았다. 그 바다를 앞에 두고 있으니 그가 살던 골짜기는 한 알의 겨자씨에 지나지 않는다는 사실도 깨달았다. 우와, 우와, 하고 그는 소리쳤다.

발소리가 들렸다. 마쓰키 주사쿠가 갑판으로 올라왔다. 마르고 음침한 이 사내도 그 장관을 가만히 바라보고 있다.

"정말 크네요, 세계란."

하지만 바람은 사무라이의 목소리를 잘게 찢어 바다 멀리 종이처럼 날려버렸다.

"이런 바다가⋯ 그냥 멕시코까지 쭉 펼쳐져 있다는 게 믿을 수가 없네요."

그 목소리가 들리지 않았는지 마쓰키의 등은 이쪽을 향한 채 움직이지 않았다. 오랫동안 바다를 응시하던 그가 돌아보았다. 돛대가 그 얼굴에 그림자를 드리웠다. "이 바다를 두 달 동안이나 건너는 거요." 마쓰키가 말했다. 바람이 마쓰키의 목소리를 날려버려 사무라이는 다시 물어야 했다.

"하세쿠라 님, 이 소임을 어떻게 생각합니까?"

"소임이요? 황공하게 생각합니다."

"그런 게 아니오." 마쓰키는 화가 난 듯 고개를 가로젓고 "우리 같은 메시다시슈한테 이런 큰 소임을 맡긴다는 걸 어떻게 생각합니까? 나는 배가 일본을 떠나고 나서 그 생각만 했습니다."

사무라이는 입을 다물었다. 그 자신도 문벌이 낮은 자신이 왜 이런 사절로 뽑힌 걸까, 출발 때부터 납득할 수 없었다. 고이치몬슈는 고사하고 중신 한 명도 수석 사절로서 이 여행에 가세하지 않은 것도 기묘한 일이었다.

"마쓰키 님은⋯."

"버리는 돌이지요, 우리는." 마쓰키는 바다에 눈길을 준 채 자조하듯이 "평정소의 버리는 돌이 된 겁니다."

"버리는 돌?"

"원래 중신 중 누군가가 이 큰 소임을 맡아야 하는데 메시다시슈인 우리가 뽑힌 것은―신분이 낮은 메시다시슈라면 도중에 바다에 빠지고 생판 모르는 남만의 나라에서 병들어 쓰러져도 영주님께도 평정소에도 전혀 지장이 없기 때문일 겁니다."

사무라이의 안색이 변한 것을 보고 마쓰키는 그 동요를 즐기듯 말했다.

"우리는 말이 통하지 않으니 사절이라고 해도 그저 벨라스코 한 사람을 의지하고 서한을 전해야 하는 파발꾼에 지나지 않습니다. 영주님이나 중신에게는 멕시코와의 교역을 성취하고 남만의 배가 시오가마, 게센누마의 항구에 들어오기만 한다면 우리가 어느 바다, 어느 땅에서 헛되이 죽든 상관없는 거 아니겠습니까?"

바람이 실어오는 비말이 두 사람의 발밑을 적셨다. 머리 위에서 아딧줄이 삐걱거리는 소리를 냈다.

"시라이시 님은… 그렇게 말하지 않았습니다."

사무라이는 신음하듯 중얼거렸다. 말주변이 없는 그는 마쓰키의 말에 당당히 반박할 수 없는 것이 답답했다. 하지만 만약 자신들이 버리는 돌이라면 시라이시나 이시다가 왜 몸조심해서 귀국하라, 귀국하면 구로카와의 땅으로 봉토를 바꿔주는 것도 생각해보겠다, 고 말한 것일까.

"시라이시 님이 그렇게 말씀하실 리가 없습니다." 마쓰키는 코웃음을 치며 "잘 생각해보시오. 12년 전 영주님이 봉토를 할당할 때 대대로 내려온 옛 영지를 빼앗기고 대신 평정소가 정해준 척박한 황무지를 받은 토착 무사는 많습니다. 옛 영지를 돌려받기를 바란다고 말해도 좋은 답변을 받지 못한 것에 대한 불만이 메시다시슈들에게는 아직 남아 있습니다. 나도 하세쿠라 님도, 다나카, 니시도 마찬가지입니다. 그래서 그런 불만을 가진 자들 중에서 우리 네 명을 뽑아 이 힘든 여행을 명하고 도중에 죽으면 그 집안의 신분을 빼앗습니다. 사절로서 결과를 내지 못하면 처벌하겠지요. 불만 많은 메시다시슈들 모두에 대한 본보기로 말이지요. 어쨌든 평정소에는 손해날 것이 없는 일입니다."

"믿을 수가 없습니다."

"믿지 않는 것은 자기 마음이지만, 하세쿠라 님은 이 큰 배를 출항시킬 때까지 평정소의 의견이 둘로 나뉘었다는 것을 알고 있습니까?"

마쓰키는 중앙 선실로 내려가는 계단에 발을 올리며 수수께끼 같은 말을 했다.

"아뇨, 이제 됐습니다. 어쨌든 나는 그렇게 추측하고 있습니다."

마쓰키의 모습이 사라진 후에도 사무라이는 미쳐 날뛰는 바다를 바라보며 혼자 갑판에 서 있었다.

'이 소임은 전쟁과 같다. 전장에서 메시다시슈는 잡병인 병졸들을 이끌고 화살과 총알이 쏟아지는 곳을 뛰어다녀야 한다. 하지만 중신들은 막을 둘러친 후방의 진영에서 전군을 움직인다. 중신이 사절을 맡지 않은 것은 전장의 경우와 같은 일이라고 생각하면 된다.' 사무라이는 이렇게 생각하고 우울한 마음을 가라앉히려고 했지만 마쓰키의 말은 가슴 밑바닥에 음울하게 남았다.

중앙 선실로 내려가자 그토록 무시무시했던 바닷바람 소리, 큰 파도가 사납게 날뛰는 소리가 전혀 들려오지 않았다. 사무라이는 사절들 방으로 돌아가고 싶지 않았다. 기둥이 그대로 드러나 있는 중앙 선실은 옻칠 냄새가 고약했다. 그는 상인들이 기거하고 있는 큰 방을 들여다보았다. 그 한구석에 그의 종자인 요조, 세이하치, 이치스케, 다이스케가 있기 때문이다.

큰 방에는 뱃짐을 싼 명석 냄새가 땀내 나는 체취와 뒤섞여 있었다. 백 명 이상이나 되는 상인들은 각자 드러누워 있거나 일부는 동그랗게 모여 주사위 놀이를 하고 있었다. 뱃짐 옆에서 아직 괴로운 듯 드러누워 있던 요조 일행이 머리맡에서 주인의 기척을 느끼고 서둘러 일어나려고 했다.

"상관없네, 그대로 있게."

사무라이는 단정하게 앉은 네 명을 위로하며 말했다.

"힘들지, 뱃멀미가? 골짜기에서 자란 우리한테 바다는 한층 더 힘들 거야."

언젠가 귀국하면 서로 이 뱃멀미로 인한 꼴사나운 몰골을 남들에게 말하지 않겠지, 하고 말하자 요조 등도 비로소 웃는 얼굴을 보였다. 이 네 명만이 앞으로의 길고 괴로운 여행에서 둘도 없이 소중한 동료라고, 사무라이는 초췌한 그들의 얼굴을 보며 절실히 생각했다. 자신에게는 귀국하면 뭔가의 은상(恩賞)이 있을 것이다. 하지만 이 사람들에게는 다시 괴롭고 고생스러운 생활만 기다리고 있지 않은가.

"골짜기에는 지금쯤 비가 오겠군."

이 시기면 골짜기에는 날마다 잠시도 멎지 않고 계속 비가 내린다. 그 빗속에서 농민들은 발가벗은 채 흙투성이가 되어 일한다. 하지만 그런 괴로운 풍경도 지금 사무라이 일행에게는 그리운 것으로 생각되고 있다….

"소모스 하포네세스(Somos japoneses). 우리는 일본 사람입니다, 라는 뜻입니다."

방으로 돌아온 니시 규스케는 제각각의 자세로 여행 일기를 쓰고 있던 다나카 다로자에몬과 사무라이에게 묘한 말로 말을 걸었다. 사무라이가 의아한 듯 고개를 들었다.

"가보지 않겠습니까? 통역인 벨라스코 님이 상인들한테 남만의 말을 가르쳐주고 있습니다."

다나카는 몹시 불쾌하다는 듯이,

"니시, 사절이 상인들과 섞이면 언젠가 스페인 사람들이 얕잡아볼 거네"

하고 잔소리를 했다. 꾸중을 들은 니시는 살짝 안색을 바꾸고 말했다.

"하지만 그곳에 가서 말 하나도 통하지 않으면…."

"통역이 있잖은가, 통역이."

꾸중을 듣고 있는 니시를 바라보며 사무라이는 누구에게라도 금방 친숙해지고 어디에도 금방 동화되는 이 젊은이가 내심 부러웠다. 골짜기에서 자란 그는 다나카와 마찬가지로 낯가림을 하는 성격이다. 하지만 니시는 매일 배 안을 구석

구석 돌아다니며 배의 구조나 장치에 왕성한 호기심을 보인다. 스페인인 선원이 쓰는 말을 종이에 적어 선장을 카피탄(capitán), 갑판을 쿠비에르타(cubierta), 돛을 벨라(vela)라고 한다고 모두에게 알려준 것도 그였다.

"하지만 마쓰키 님도 그 상인들에 섞여 배우고 있습니다만…."

니시가 볼을 붉히며 이렇게 말하자, 다나카는 불쾌한 듯한 표정을 지었다. 연장자인 이 사내는 늘 자신들 일본 사절의 위엄이 조금이라도 손상되는 것을 염려했다. 그러므로 처음 접한 배 안의 다양한 사항에도 남만인 앞에서는 놀라워하는 모습을 보이지 않으려고 했다.

"마쓰키 님도 말인가?"

사무라이는 깜짝 놀라 니시에게 물었다.

"예."

그 음침한 안색의 창백한 사내가 무슨 생각을 하는지 알 수가 없었다. 오늘도 그는 이쪽으로 등을 돌리고 깊은 생각에 빠져 있었다. 그 사내는 자신들은 영주와 평정소의 버리는 돌이라고 내뱉듯이 말했다. 평정소는 메시다시슈의 새로운 봉토에 대한 불만을 억제하기 위해 자신들을 이 힘든 여행에 내보낸 거라고 말했다. 그런 마쓰키의 말을 사무라이는 다나카에게도, 니시에게도 전하지 않았다. 왠지 전하는 것이 불안했기 때문이다.

마쓰키의 말을 쫓아버리듯 사무라이는 자리에서 일어났다. 중앙 선실의 통로는 길고 한쪽은 활처럼 휜 배허리다. 반대쪽에는 무수한 짐을 넣은 방, 상인들의 큰 방, 그리고 식량 보관실이나 일본인용 주방이 늘어서 있다. 짐에서는 먼지와 멍석 냄새, 주방에서는 된장 냄새가 났다.

"하세쿠라 님."

뒤쫓아 온 니시가 뒤에서 소년처럼 하얀 이를 드러내며 불렀다.

"스페인 말을 배워도 상관없습니까?"

사무라이는 위엄 있는 얼굴로 고개를 끄덕였다.

큰 방을 들여다보자 짐을 앞에 두고 네 줄로 늘어선 상인들이 각자 붓과 종이를 들고 통역이 가르치는 스페인어를 열심히 적고 있었다.

"'얼마입니까'는 '쿠안토 쿠에스타'(Cuánto cuesta)라고 합니다."

벨라스코는 이 말을 천천히 세 번 발음했다. 쿠안토 쿠에스타. 상인들은 누구 한 사람 게을리하지 않고 진지하게 붓을 움직이고 있다. 한편 종자들은 엷은 웃음을 띠고 이 기묘한 광경을 바라보고 있다.

"다시 한번 말하겠습니다. 쿠안토 쿠에스타."

니시는 사무라이 옆에서 그 말을 조그만 소리로 따라 했다. 지금 여기에서는 골짜기와는 전혀 다른 세계가 펼쳐지고 있었다. 고개를 숙인 상인들의 까만 머리들 속에서 팔짱을 낀 마쓰키의 야윈 목도 움직이고 있었다. 간단한 인사를 대충 가르친 후,

"하지만 말만 기억한다고 멕시코에서 거래를 할 수는 없습니다"

하고 벨라스코는 손수건을 꺼내 입을 훔치며 말했다.

"저번에 말했듯이 그 나라에서는 기리시탄의 소양이 없으면 무슨 일이든 원활하게 진행되지 않습니다. 예를 들어 주위를 둘러보는 게 좋습니다. 이 배에서도 스페인인 선원들은 각자의 신호를 기도의 노래로 하고 있습니다. 매일 갑판에서 들리는 그 목소리는 기리시탄의 하느님을 찬양하는 노래이고, 그것이 일의 신호가 되고 있다는 것을 알았습니까?"

그러고 보니 그랬다. 출항 때 남만인 선원들은 묘한 가락을 붙인 노래로 서로에게 신호를 보내고 있었는데, 그 신호가 매일 갑판에서 이뤄지고 있었다.

"특별히 기리시탄의 가르침을 배우라고 하지는 않겠습니다. 하지만 여기에 주 예수의 생애를 말한 이야기가 있습니다."

상인들 사이에 소곤거리는 소리가 퍼져나갔으나 곧 그쳤

다. 마쓰키가 일어나 열에서 나왔다. 그는 사무라이와 니시를 발견하고 다가와 말했다.

"보시오. 상인들이 귀를 기울이고 있어요. 저 사람들은 거래의 이익을 위해서라면 기꺼이 기리시탄이 될 생각일 거요. 벨라스코도 상인들의 그런 탐욕을 알고 기리시탄의 가르침을 주입하고 있소. 상당히 교활한 사람이오, 저 통역이란 사람."

오른쪽 어깨를 추켜세우며 선실로 돌아가는 마쓰키의 야윈 등을 보며 소박한 사무라이는 솔직히 불쾌한 기분을 느꼈다. 무슨 일에나 악의를 갖고 보는 마쓰키를 사무라이는 건방진 사람이라고 생각했다.

산 후안 바우티스타호는 보름 동안 섬 하나 보이지 않는 대해에서 동쪽으로 계속 나아갔다. 고맙게도 바람이 잔잔해지지 않고 큰 폭풍도 오지 않았다. 하지만 이 북방 항로는 적도 부근처럼 바람이 잔잔해지는 일은 적지만 종종 폭풍이 덮친다. 그러므로 선장 몬타니오는 이렇게 운 좋은 항해는 아주 드문 일이라고 말했다. 그러고 보니 이전에 일본으로 건너오는 배에서 바람이 잔잔할 때 선원들은 휘파람을 부는 걸 아주 싫어했다. 휘파람은 잔잔한 바람의 괴로움을 더욱 크게 한다는 미신 때문이다. 산 후안 바우티스타호의 아침은 갑판 청소로 시작한다. 갑판 청소나 낮에 아딧줄을 점검하고 닻줄의 녹을 떨어내고 삭구를 만드는 허드렛일은 일본인 뱃사람들이 했다. 하지만 파수나 조타, 선장, 부선장의 명령 전달, 게다가 조종실 일은 모두 스페인인 선원이 담당했다.

매일, 매일, 아니 하루의 아침과 낮과 저녁에도 바다의 색은 다양하게 바뀐다. 미묘한 구름의 모습, 햇빛의 반짝임, 기압의 변화로 어떤 화가라도 혀를 내두를 만큼 깊이 있는 색, 경사스러운 색이 바다를 물들인다. 그것을 보는 것만으로도 이 바다를 만든 창조주의 지혜를 찬양하고 싶어지는 것은 나뿐일까. 이미 바닷새도 뒤를 따르지 않는 여행이지만, 그 대신 파도에서 파도를 스치는 은색 날치 떼가 눈을 달래 준다.

오늘 아침 미사에―놀랍게도 일본인 상인들 몇 명이 살짝 보러와 있었다. 마침 성찬식 때 성배를 들고 무릎을 꿇은 스페인인 선원들의 입에 성스러운 빵을 주고 있던 나는 일본인들이 주뼛주뼛하기는 했지만 신기하다는 듯 이 모습을 바라보고 있는 것을 알아차렸다. 배 안의 지루한 일상에 지쳐 미사를 훔쳐보러 온 것일까. 아니면 6일 전부터 내가 스페인 말을 가르쳐준 후 짧게 일본어로 번역해주는 성서 이야기에 마음이 움직인 것일까. 아니면 내 협박을―멕시코에서는 기리시탄이 아니면 거래의 신용을 얻을 수 없다고 한 말을 진실로 받아들인 것일까.

어쨌든 이것은 내게 기쁜 결과였다. 미사가 끝나고 제복과 성배를 선반에 정리하고 나는 서둘러 아직 복도 근처를 어슬렁거리고 있는 그들에게 이야기하러 갔다.

"어떻게 생각합니까? 미사의 깊은 의미를 알고 싶지 않습니까?"

그들 중에는 언젠가 갑판에서 내게 거래를 위한 특별 권리를 달라고 애원하던 이가 누런 사내도 섞여 있었다. 그가 엷은 웃음을 띠며 대답했다.

"통역님, 일본 상인은 도움이 되는 거라면 뭐든지 받아들입니다. 그러니까 이 여행에서 기리시탄의 가르침을 알아도 손해는 나지 않겠지요."

나는 노골적인 이 대답에 무심코 웃음을 터뜨렸다. 이는 무척이나 일본인다운 대답이었다. 하지만 아무리 그렇더라도 너무 솔직한 말이었다. 그들은 더욱 알랑거리듯이 앞으로도 진기한 그리스도의 일대기를 좀 더 이야기해달라고 부탁했다.

기리시탄의 이야기를 알아도 손해는 가지 않는다. 이가 누런 사내의 대답은 종교에 대한 일본인의 속마음을 잘 보여주는 것이라고 생각한다. 일본에서의 오랜 생활 동안 나는 일본인이 종교 안에서조차 얼마나 현세의 이익을 찾는지를 내 눈으로 봐왔다. 다시 말해 현세의 이익을 더 많이 획득하기 위해서라면 그들이 말하는 신심이 있다고 해도 좋을 정도인 경우도 있다. 병이나 재해에서 벗어나기 위해 그들은 신불(神佛)에 빈다. 영주들은 전쟁에서 승리를 얻기 위해 신사나 절에 봉납을 약속한다. 스님들도 그것을 잘 알고 있어서 신자들에게 약보다 더 효험이 있는 약사여래라는 악마의 상에 절하게 한다. 그 여래만큼 일본인에게 숭상을 받는 불상도 없다. 병이나 재해에서 벗어나기 위해서만이 전부는 아니다. 일본인의 종교에는 부를 늘리고 재산을 지켜준다는 요사스러운 종교도 많다. 거기에도 수많은 신자가 모여든다.

　종교에서 현세의 이익만을 추구하는 일본인. 그들을 볼 때마다 나는 그 나라에는 그리스도교처럼 영원이라든가 영혼의 구제를 찾는 진정한 종교는 생겨나지 않을 거라고 생각했다. 그들의 신심과 우리 그리스도교도가 신앙이라 부르는 것 사이에는 너무나도 큰 거리가 있다. 하지만 나는 독으로 독을 치는 방법을 사용하지 않으면 안 된다. 종교에서 현세의 이익을 찾는 것이 일본인이라면 그 일본인의 현세적인 욕망을 어떻게 하느님의 가르침으로 이끄느냐가 중요한 것이다. 베드로회는 한때 그런 점을 잘 해냈다. 베드로회는 영주들에게 총 같은 새로운 무기나 남방의 다양하고 진기한 물건들을 주는 대신 포교를 허락받았다. 하지만 그 후 그들

　　　　　　　　　　　　사무라이

은 일본인을 화나게 하는 행위를 지나치게 많이 했다. 일본인들이 절대적으로 믿는 절이나 신사를 파괴하고, 자신들의 특권을 확보하기 위해 서로 싸우고 있는 영주의 약점에 파고들어 자신들의 특권을 확보하기 위해 작은 식민지를 만들기도 했다.

일본을 떠나기 전 몇 통의 편지를 썼다. 백부 돈 디에고 카바예로 몰리나, 돈 디에고 데 카브렐라 신부, 세비야의 바울회 수도원장에게 보내는 편지다. 어쩌면 내가 멕시코에서 일본인을 데리고 세비야로 갈지도 모른다고 알려두었다. 그 경우 하느님의 영광이 동양의 작은 나라에까지 이르고 있다는 것을 스페인 사람들에게 증명하기 위해 되도록 화려한 연출을 해주면 좋겠다고 의뢰했다. 세비야 사람들이 일본인을 보는 것은 더할 나위 없이 진기한 일이기 때문에 많은 사람이 구경하러 모일 거라는 것은 충분히 예상된다. 하지만 효과를 더 크게 만들지 않으면 안 된다. 그 효과는 모두 하느님의 영광과 일본에서의 포교로 이어질 거라고 말했다. 그리고 그 편지는 아카풀코에서 특별히 준비한 마차로 베라크루스로 보내고, 속달로 세비야까지 되도록 빨리 보낼 생각이었다.

어제도 당장 필요한 회화나 간단한 단어를 가르친 후 나는 큰 방의 일본인들에게 예수의 생애를 약간 이야기했다.

"네 믿음이 너를 살렸다."[31] 나는 예수가 갈릴리의 병자들을 차례차례 낫게 한 이야기를 열성적으로 전달했다. 앉은 뱅이가 걷고 맹인이 눈을 뜨고 나병환자의 몸이 깨끗해진 것을 큰 소리로 이야기했다. 일본인들은 무척 감동한 얼굴로 듣고 있었다. 그들이 종교에서 기대하는 것이 늘 병의 치유이기도 하다는 것을 잘 알고 있는 나는 일부러 이 기적 이야기를 강조했다.

"하지만 주님의 힘은 몸의 병만 낫게 하는 게 아닙니다. 마음의 병도 치유합니다."

나는 이렇게 말하며 오늘 이야기를 맺었다. 나는 일본인들에게 그 이야기를 잘했다고 생각한다. 하지만 솔직히 말해서 모든 것은 앞으로가 문제다. 길은 아직 멀다. 왜냐하면 일본인들은 기적이나 자신들이 어떻게 해볼 수 없는 업보 같은 주제에는 관심을 보이지만, 그리스도교의 본질인 부활이나 자신의 모든 것을 희생하는 사랑에 관해 이야기하면 그 즉시 납득하지 못하고 흥이 깨진 얼굴을 하는 것을 나는 오랜 경험으로 알고 있기 때문이다.

저녁 식사 자리에서 몬타니오 선장은 기압이 낮아져 염려하고 있는 폭풍이 남쪽에서 조금씩 접근하고 있다고 했

---

31) 「마르코의 복음서」 제5장 34절.

다. 그러고 보니 오후부터 파도가 높아지는 기미가 느껴졌다. 어제는 아름다운 감색을 띠던 바다가 점차 차가운 검은색으로 변했고, 서로 부딪치는 파도도 하얀 엄니를 드러내며 뱃머리에서 비말을 날려 갑판을 씻어내기 시작했다. 선장은 폭풍 권역에서 벗어나기 위해 배를 우현으로 한껏 돌릴 거라고 말했다.

한밤중에 폭풍이 급속도로 다가왔다. 처음에는 흔들림이 그렇게까지 심하지 않아서 나는 부선장 콘트레라스와 같이 쓰는 이 방에서 일기를 쓰고 있었다. 콘트레라스는 모든 스페인인 선원들, 일본인 뱃사람들과 함께 비상경계에 들어가 갑판에서 구명삭을 매고 대기하고 있었다. 얼마 후 흔들림이 조금씩 심해졌다. 책상 위의 촛대가 큰 소리를 내며 쓰러지고, 선반 위의 책이 미끄러졌다. 불안해진 나는 방에서 나가 갑판으로 올라가려고 했지만 계단에 발을 올려놓는 순간 배가 엄청난 충격을 받아 크게 기울었다. 나는 그대로 계단에서 나뒹굴었다. 첫 번째 큰 파도가 덮친 것은 그때였다.

격류가 계단을 타고 흘러들었다. 일어서려던 나는 그 격류에 밀려 엉덩방아를 찧고 말았다. 허리에 차고 있던 묵주를 잃어버리고 물속에서 일어나 벽에 몸을 기대고 간신히 몸을 지탱했다. 옆으로 흔들리는 것이 심해졌다. 큰 방에도 물이 흘러 들어갔는지 외침이 들리고, 열 명쯤 되는 일본인들이 앞을 다투어 방에서 뛰쳐나왔다. 어둠 속에서 나는 갑판으로 나가서는 안 된다고 소리쳤다. 구명삭도 없이 그대로 갑판으로 올라가면 뱃전을 넘어오는 파도에 떠밀려 망망대해로 빠질 것이 분명하기 때문이다.

내 목소리를 듣고 다나카 다로자에몬이 방에서 칼을 차고 복도로 달려 나왔다. 나는 그에게 상인들을 말리라고 외쳤다. 다나카는 칼을 뽑아 들고 계단을 향해 몰려오는 상인들을 큰 소리로 질타했다. 상인들은 멈칫하며 발을 멈추었다.

배가 좌우로 흔들리고 위아래로 흔들려서 나는 간신히 벽에 몸을 지탱하고 있었다. 갑판에서는 파도가 부딪치는 소리가 대포 소리처럼 무시무시하게 났다. 배 안에서는 물건들이 떨어져 부서지는 소리가 울려 퍼지고 사람들의 비명이 끊임없이 들려왔다. 방으로 돌아가려고 했지만 더이상 걸을 수도 없었다. 나는 물에 잠긴 복도를 개처럼 기어 간신히 방 앞까지 갔다. 문을 가까스로 열자 선반에서 떨어진 물건에 발이 걸려 넘어지고 말았다. 그대로 드러누운 채 벽에 달린 손잡이를 붙잡고 몸을 지탱했다. 배가 흔들릴 때마다 선반 위의 물건들이 좌우로 이동했다. 그 소리는 아침까지 계속되었다. 해가 뜰 무렵 드디어 배 안에서도 소리가 잦아들고 흔들림도 점차 가라앉았다.

여명이 창으로 들어오자 바닥에 책과 고리짝들이 흩어져

있는 것이 보였다. 다행히 일본인들보다 한 층 아래에 있는 우리 방은 침수되지 않았는데, 그것은 하느님 덕분이다. 피해를 본 것은 상인들의 큰 방으로, 특히 짐 옆에 있던 자들의 잠자리는 물에 잠겨 쓸 수가 없게 되었다. 식량 보관실에도 물이 들어왔다고 한다.

나는 약간의 옷과 침구를 들고 가서 큰 방 밖에서 어쩔 줄 모르고 당황해하는 한 사내에게 주었다. 사내는 상인이 아니라 사절의 종자였는데 하세쿠라 로쿠에몬과 마찬가지로 흙냄새가 나는 농부의 얼굴을 하고 있었다.

"쓰게."

이렇게 말하자 그는 내 말을 믿을 수 없다는 표정으로 나를 쳐다보았다.

"자네 물건이 마르면 그때 돌려주면 되네."

이름을 묻자 주뼛주뼛 요조라고 대답했다. 하세쿠라의 종자인 모양이었다.

정오가 지나 드디어 갑판에서 부산하게 내려온 콘트레라스를 붙들었다. 어젯밤의 폭풍으로 보조 기둥이 부러져 일본인 뱃사람 두 명이 바다로 떨어져 행방불명이 되었다고 한다. 물론 우리에게는 갑판으로 나가는 것이 금지되어 있었다.

높은 파도가 여전히 계속되었지만 오후가 되자 배가 드디어 폭풍 권역을 벗어난 모양이었다. 배 안은 오물 냄새와 뱃멀미를 한 일본인들의 토사물 악취가 뒤섞여 견디기 힘들 정도였다. 콘트레라스의 허락을 받아 갑판의 출구까지 올라 가자 파도는 물보라를 일으키며 거칠고, 바다의 색은 여전히 시커맸다. 갑판에서는 일본인 뱃사람들이 필사적으로 아 덧줄을 고치고 부러진 보조 기둥을 수리하고 있었다.

저녁 식사 시간이 되어서야 몬타니오, 콘트레라스와 느긋하게 이야기를 나눌 수 있었다. 온종일 한잠도 자지 못한 두 사람의 눈가는 거무스름하고, 얼굴에는 피로한 기색이 완연했다. 그들에 따르면 바다에 빠진 일본인 뱃사람은 도저히 구할 수 없었다고 한다. 빠진 사람들은 불쌍하지만, 그것도 하느님이 내린 운명이다.

흔들림이 잦아진 갑판으로 나가 성무일도를 외고 있을 때, 나흘 전 폭풍 때 옷과 침구를 빌려준 그 사내가 나타났다가 금방 모습을 감추더니 곧 주인인 하세쿠라를 데리고 갑판으로 올라왔다. 하세쿠라는 허리를 굽히며 자신의 종자를 측은하게 여겨줘서 감사하고 배 안에서는 충분한 사례를 할 수 없는 것이 유감이라며 일본 종이와 붓 몇 자루를 내게 내밀었다. 열심히 감사를 표하는 이 말주변 없는 사내의 흙 냄새가 배어든 듯한 얼굴을 보며 나는 이런 사내가 아무리 영주의 명령이라 하더라도 먼 나라로 가게 된 것을 가엾게 생각했다. 요조라는 종자도 주인에게서 조금 떨어져 서서 내내 고개를 숙이고 있다. 스페인의 소박한 시골 기사를 떠올리게 하는 이 주인과 종자는 나를 웃음 짓게 했다.

그들이 떠나고 잠시 후 이번에는 마쓰키 주사쿠가 갑판에 나타나 바다를 물끄러미 바라보았다. 그가 늘 하는 습관이었다. 갑판에서 나와 얼굴을 마주해도 가볍게 고개를 숙일 뿐 결코 말을 걸지 않았다. 하지만 오늘은 성무일도를 외며 갑판을 왕복하고 있는 나를 멀리서 바라보고 있었다. 나는 그의 시선에서 뭔가 강한 증오와 적의 같은 것을 느꼈다.

"사절들이 무사히 멕시코에 도착하기까지는 마음을 놓을 수 없습니다."

그래도 마쓰키가 돌처럼 입을 다물고 있어서 다시 성무일도를 외려고 하자,

"벨라스코 님"

하고 그는 나를 타박하는 듯한 목소리로 말했다.

"묻고 싶은 게 있습니다. 벨라스코 님은 정말 우리의 통역으로 이 배에 탄 겁니까? 아니면 다른 생각이 있는 겁니까?"

"물론 통역으로 도움이 되기 위해섭니다." 나는 의아하다는 듯이, "그걸 왜 묻는 거죠?" 하고 물었다.

"그렇다면 배 안의 상인들한테 기리시탄 이야기를 하는

것도 통역의 임무입니까?"

"여러분을 위해서입니다. 멕시코에서는 설령 이국인이라고 해도 기리시탄이라면 형제처럼 맞아줍니다. 하지만 기리시탄이 아닐 때는 거래 하나도 무척 꺼립니다."

"그렇다면 일본 상인들이 그저 장사를 위해서만 기리시탄에 귀의해도"라고 마쓰키는 놀리듯이 "벨라스코 님한테는 지장이 없는 거겠네요" 하고 말했다.

"그렇게 생각합니다." 나는 고개를 끄덕였다. "산에 오르는 길은 하나만 있는 게 아닙니다. 동서로도 길이 있고 남북으로도 길이 있습니다. 어느 길로 오르든 정상에 도달할 수 있습니다. 하느님에게 도달하는 길도 그와 같겠지요."

"책사로군요, 벨라스코 님은. 그자들의 탐욕스러움을 이용하여 기리시탄으로 만드는 건가요? 벨라스코 님은 평정소의 중신에게도 그런 술책을 썼다면서요. 멕시코와의 무역을 돕는 대신 사람들이 기리시탄으로 귀의하는 것을 허락해달라고 거래를 했다더군요."

나는 그의 눈을 쳐다보았다. 그 눈빛은 어린애 같은 호기심에 가득 찬 니시의 그것과는 달랐다. 다나카의 완고한 눈과도, 순종적으로 보이는 하세쿠라의 눈과도 달랐다. 나는 이 일본인 사절이 바보가 아니라는 것을 깨달았다.

"그렇다면 마쓰키 님은." 나는 평정심을 갖고 대답했다.

"어떻게 할 겁니까? 사절 임무를 그만둘 겁니까?"

"그만두지는 않을 겁니다. 다만 말해두겠지만 우리 배 안의 상인들은 멕시코로부터 이익을 거둘 수 있다면 기리시탄이라도 되겠지만 이익이 되지 않는다는 것을 깨달으면 곧바로 돌아설 겁니다. 마찬가지로 평정소가 기리시탄의 가르침을 허락한 것도 멕시코와의 거래가 이루어지는 한에서지요. 거래가 끊기고 남만선이 영지 내의 항구로 들어오지 않게 되면 기리시탄은 금지될 겁니다. 벨라스코 님은 그것도 알고 있습니까?"

"잘 알고 있습니다. 그렇다면 이익이 생기도록, 거래가 계속되도록 모든 일을 진행하면 되는 거 아니겠습니까?"

나는 농담으로 얼버무리듯 웃고 나서 말했다.

"하지만 멕시코와의 거래가 끊겨도 한 번 뿌린 씨앗은, 뿌린 씨앗입니다. 하느님의 가르침은 우리 인간으로서 내다볼 수 없습니다."

"벨라스코 님."

마쓰키는 지금까지처럼 힐난하는 듯한 어조가 아니라 진지한 목소리로 말했다.

"나는 잘 모르겠습니다. 나한테 벨라스코 님은 만만찮은 책사로 보입니다. 그런데 그런 책사가 만 리의 파도를 넘어 일본에까지 와서 하느님을 위해 자신을 괴롭히고 있습니다.

벨라스코 님은 정말 하느님이 있다고 믿습니까? 왜 하느님이 있다고 생각하는 겁니까?"

"하느님이 있다는 걸 이치로 설명할 수는 없습니다. 하느님이 있다고 생각하는 것은 하느님이 인간 한 사람 한 사람의 생애를 통해 자신이 존재한다는 것을 보여주기 때문입니다. 어떤 사람의 생애에도 하느님이 존재한다는 것을 증거하는 것이 있습니다. 만약 제가 마쓰키 님의 눈에 책사로 비친다면 하느님은 어쩌면 책사로서의 내 삶의 방식에도 자신이 존재한다는 것을 보여주고 있는 건지 모릅니다."

그렇게 말하고 나자 나는 나 자신의 입을 통해 나온 말에 스스로도 약간 놀랐다. 마치 어떤 힘에 의해 움직인 것처럼 말한 것이다.

"그럴까요?"

마쓰키는 다시 조소하는 듯한 표정을 되찾았다.

"저 일본 상인들의 생애에는 하느님도 자신이 존재하는 것을 보여줄 수 없습니다."

"왜 그렇지요?"

"저 사람들은 하느님이 있든 없든 아무래도 좋기 때문이지요. 아니, 저 사람들만이 아닙니다. 일본 사람들은 대체로 그럴 겁니다."

"그렇다면 마쓰키 님은 어떻습니까?" 내가 따지고 들었다. "그런 미지근한 생활 방식을 바라십니까? 나는 사는 건 치열한 일이라고 생각해왔습니다. 그건 남자와 여자의 관계와 비슷합니다. 여자가 남자의 열렬한 애정을 요구하는 것처럼 하느님도 우리에게 열렬함을 요구합니다. 사람은 두 번 살 수 없습니다. 뜨겁지도 않고 차갑지도 않고 그저 미적지근한… 마쓰키 님은 그런 것을 바라십니까?"

마쓰키는 나의 날카로운 목소리와 시선에 비로소 주춤했다. 그는 당황한 자신의 표정이 부끄러운 듯 머뭇거렸다.

"어쩔 수 없는 것 아닐까요? 저는 일본에서 자라서… 일본은 격렬한 것을 좋아하지 않습니다. 저한테는 벨라스코 님 같은 분은 기괴하게 보이기조차 합니다."

하지만 나는 그 순간 마쓰키의 얼굴에서 이루 말할 수 없는 초조함이 떠오르는 것을 보았다. 그것은 통역이라는 것을 잊고 집요하게 반론한 나에 대해서가 아니라 그 자신에 대한 조바심처럼 느껴졌다. 어쩌면 이 사내는 나를 싫어하지만 내가 가진 뭔가를 동경하고 있을지도 모른다고 생각했다.

고래 떼가 보였다. 배 안이 쥐 죽은 듯 조용한 오후다. 사절들 방에서도, 큰 방에서도 일본인들은 모두 낮잠을 자고 있었다. 나른한 정적을 깨는 것은 아딧줄이 삐걱거리는 규칙적인 소리와 시간을 알리는 종소리뿐이었다.

"고래가 보인다!"

돛대에서 파수를 보던 뱃사람이 외쳤다. 어렴풋이 그 소리를 들은 몇 명이 모두를 깨웠다. 배 안의 모든 사람이 갑판에 모였다.

고래 몇 마리가 어두운 파도 사이로 가라앉았다가 떠오르며 먼바다로 일직선으로 나아갔다. 파도의 골짜기로 가라앉으면 순간적으로 모습이 사라졌다가 곧 기름을 바른 듯 검게 빛나는 등이 나타나 물을 아주 높이 뿜어댔다. 한 마리가 바다에 숨으면 옆에서 다른 고래의 등이 물보라를 일으키며 떠오른다. 고래들은 배 같은 건 무시하고 흥겹게 놀고 있었다. 그 모습이 보일 때마다 구경하는 스페인인도 일본인도 똑같이 우와, 하고 떠들썩하게 소리를 질렀다.

"생전 처음 보는 것들뿐이네요."

사무라이 옆에서 니시 규스케가 즐거운 듯 웃었다.

사무라이는 고래가 머지않아 수평선으로 모습을 감출 때까지 꼼짝도 하지 않았다. 구름 사이로 화살 다발처럼 햇살이 새어 나와 고래가 사라진 그 바다를 한층 더 은빛으로 빛나게 했다. 생판 모르는 것이 이토록 많다는 것을 사무라이는 생각해본 적이 없었다. 세계가 이토록 넓다는 것도 알지 못했다. 작은 골짜기에서 나고 자란 그에게는 그곳만이 살아갈 장소였다. 영주의 영지만이 생각할 수 있는 세계의 전부였다. 하지만 지금 사무라이의 마음속에서는 조금씩 미묘한 변화가 시작되었다. 그것은 막막한 불안과 희미한 공포를 가져다주었다. 새로운 세계에 발을 들여놓는다. 그리고 지금까지 자신의 마음을 지탱하고 있던 것에 금이 가고, 모래가 떨어지는 것처럼 그것이 무너지는 게 아닐까 하는 불안이었다.

고래 떼가 시야에서 멀어지자 갑판에 모인 일본인들은 다시 큰 방으로 돌아갔다. 시간을 알리는 종소리가 울렸다. 이제 낮잠 자는 시간도 끝나고, 하는 일 없이 나른한 시간이 밤까지 이어질 것이다.

"큰 방으로 가시지요." 계단을 내려가며 니시가 사무라이에게 권했다. "스페인 말을 배우지 않겠습니까?"

벨라스코가 여느 때처럼 미소를 띤 채 일본인들이 웅성거리고 있는 큰 방에 모습을 드러냈다. 그 미소는 아무것도 할 수 없는 어린애를 바라보는 어른의 자신에 찬 미소와 비슷했다. 벨라스코는 여행 동안 배 안의 일본인들이 자신을 빼놓고는 아무것도 할 수 없다는 것을 항상 그 미소로 보여주었다.

"마스 바라토 포르 파보르(Más barato por favor)."[32]

---

32) "좀 더 싸게 해주세요"라는 뜻.

짐 하나에 손을 얹고 그가 발음하자 붓을 든 상인들은 그 것을 충실히 종이에 적었다.

"노 키에로 콘프라를로(No quiero comprarlo)."[33]

기묘한, 그러나 열성적인 수업은 오늘도 한 시간쯤 이어 졌다. 그것이 끝나면 언제나처럼 벨라스코는 모두에게 그리 스도의 일대기를 이야기하기 시작했다.

"한 여자가 있었습니다. 오랫동안 하혈병을 앓아 여러 의 사에게 보이느라 가산마저 탕진했는데도 아무 효험이 없고 병은 더욱 심해지기만 했습니다. 그 무렵 예수께서 배를 타 고 호수를 건너오자 많은 사람이 모여들었습니다. 여자가 예수의 소문을 듣고 군중 속에 끼여 따라가다가 뒤에서 예 수의 옷에 손을 댔습니다. 그 옷에 손을 대기만 해도 병이 나을 것으로 생각한 겁니다. 예수가 돌아보며 그 여자에게 '여인아, 네 믿음이 너를 살렸다. 병이 완전히 나았으니 안 심하고 가거라'라고 말했습니다."

사무라이는 벨라스코의 목소리를 멍하게 듣고 있었다. 지 금까지 기리시탄의 가르침 같은 것은 먼 세상의 것이었고, 지금 이런 이야기를 들어도 아무 상관이 없는 일처럼 생각 되었다. 사무라이는 벨라스코가 하는 이야기를 들으면서 문

---

33) "사고 싶지 않습니다"라는 뜻.

득 골짜기의 여자들을 떠올렸다. 뭉개진 듯한 골짜기의 마을들. 거기에는 그 병든 여자보다 더 참혹하고 비참한 사람들이 많다. 아버지는 늘 그에게 기근 때 길가에 버려져야 했던 노파나 여자들 이야기를 해주었다.

상인들은 웃지도 않고 아주 얌전하게 벨라스코를 올려다보고 있었는데, 사무라이는 그들이 본심으로 귀를 기울이고 있는 게 아니라는 것도 알고 있었다. 마쓰키 주사쿠가 말한 것처럼 상인들은 기리시탄의 이야기를 알아두는 것이 머지않아 멕시코에서의 장사에 유리하다고 생각할 뿐이다.

성서를 덮은 벨라스코는 들려준 이야기가 일본인들에게 준 감명을 확인하는 듯 다시 미소를 띤 채 상인들을 둘러보았다. 그는 얌전한 표정들 중에서 단 한 사람, 화난 것처럼 자신을 응시하고 있는 사내를 발견했다. 그것은 사무라이의 종자인 요조였다.

벨라스코가 큰 방에서 나가자 붓통에 붓을 넣으며 상인들은 하품을 하고 주먹으로 지친 어깨를 두드렸다. 조금 전의 자못 심각했던 표정은 완전히 사라지고 의무를 다한 후의 칠칠치 못한 분위기가 큰 방에 퍼져나갔다. 벨라스코가 서 있던 짐 옆에서 주사위놀이를 하기 시작하는 사람도 있었다.

"이 여행 동안 스페인어를 충분히 배울 생각입니다."

니시는 사무라이와 어깨를 나란히 하고 큰 방을 나가며 누가 묻지도 않았는데 자신의 생기발랄한 희망을 이야기했다.

"머지않아 영지의 항구에 남만선이 올 때는 성이나 중신들에게 통역이 필요하겠지요. 저는 그 일을 하고 싶습니다."

여느 때처럼 사무라이는 이 젊은이에게 선망과 가벼운 질투를 느꼈다. 하지만 이국의 말을 배우기에 자신은 니시보다 나이도 많고 머리도 둔해져 있었다.

각자의 종자가 가져온 아침을 들면서 다나카 다로자에몬이 니시 규스케에게 다시 잔소리를 했다. 니시가 벨라스코의 통역으로 부선장에게서 나침반 사용 방법을 배웠다고 아주 즐겁게 이야기하자 대뜸 그것을 책망한 것이다.

"좀 위엄 있게 행동할 수 없나? 남만인들한테 가볍게 보이면 우리 사절들이 체면을 상하게 되네."

니시는 놀란 듯이 순간적으로 입을 다물었으나 이내 "왜 그렇죠?" 하고 대꾸했다. "비록 남만인이라도 배워야 할 것은 많습니다. 활과 화살만 다루고 살아온 우리한테 총과 화약을 전해준 것도 남만인입니다. 사절로서 가는 이상 그 나라의 장점을 알고 좋은 지혜를 배워도 좋다고 생각합니다."

"나쁘다고는 말하지 않았네." 연하의 사람이 생각지도 못한 대꾸를 하자 다나카는 노골적으로 불쾌한 빛을 드러냈다. "하지만 자네처럼 배 안을 돌아다니며 남만인의 도구에 호들갑스럽게 놀라는 것은 경박하다는 걸세."

"신기한 것을 보면 놀랍습니다. 남만인의 뱃기구 같은 것도 번으로 가져가면 도움이 될 거라고 생각합니다."

"새로운 것을 도입할지 말지는 정치와 관련된 거네. 평정소가 생각하겠지. 젊은 자네가 언제부터 그렇게 정치에 참견하는 사람이 되었나? 새로운 것이라면 뭐든 좋다고 생각하는 것은 아직 어리다는 증거네."

정색한 다나카의 옆얼굴이 사무라이에게 이로리 옆의 숙부를 떠올리게 했다. 무엇보다 체면을 중시하고 타인으로부터 경시당하는 것을 더할 나위 없는 치욕으로 생각하며 낡은 관습을 언제까지고 고치려고 하지 않은 채 새로운 바람을 싫어하는 것은 번 내 토착 무사의 특징이다. 그중 숙부나 다나카는 그런 특징이 유독 강한 사람들이다. 사무라이에게도 그와 똑같은 생각이 있다. 하지만 사무라이는 이 배 안에서조차 그런 생각을 하는 촌스러운 자신이 때로는 싫고, 호기심에 가득한 니시가 부럽기도 했다.

"니시."

그때 사무라이 맞은편에서 밥을 다 먹고 도시락의 뚜껑을 덮은 마쓰키가 니시에게 말을 걸었다.

"자네는 남만인들이 있는 안쪽 방에 가본 적 있나?"

"예."

"남만인의 고약한 체취를 어떻게 생각하나?"

"체취, 말입니까?"

"나는 이 배에 탄 이후로 그 역한 체취가 견딜 수 없이 싫네. 예컨대 벨라스코가 이 방에 올 때도 이따금 역한 체취가 떠돌지. 남만인의 고약한 체취네."

갑판에서 이야기를 나눈 날 이후로 사무라이는 마쓰키의 똑똑한 체하는 말투가 불쾌했다. 기리시탄에게도, 기리시탄 선교사에게도 관심은 없지만 요조에게 부족한 의류와 침구를 빌려준 벨라스코를 보고 자신이 부끄러웠다. 자신에게 요조는 하인이고 종자였지만, 벨라스코에게는 그런 차별이 없는 것 같았다.

"뭐든지 나쁘게 보면 뭐가 되겠습니까?" 사무라이가 옆에서 말참견을 했다. "나도 좋아하지는 않지만…."

"벨라스코의 고약한 체취는 남만인의 지독함이네." 마쓰키가 억누르듯이 "그렇게 고약한 체취를 내뿜는 사람이니까 먼 일본에까지 왔을 거네. 벨라스코만이 아니야. 남만인이 큰 배를 건조하고 세계 각국을 돌아다닌 것도 그 지독함 때문일 거네. 니시, 남만인의 지독함을 알아채지 못하고 그자들이 만들어낸 것만 훔쳐봤자 흉내를 내는 것에 지나지 않아. 게다가 그 지독함은 우리한테 독이 된다는 것도 잊지 말게."

"하지만 벨라스코 님은" 니시는 당황한 듯이 중얼거렸다. "온화한 분이라고 생각합니다만…."

"자신의 지독함을 숨기려고 온화한 체하는 거지. 나한테는 그 사람이 기리시탄을 믿는 것도 자신의 욕망을 억제하기 위한 거라는 생각이 드네. 낮에 햇볕 속에서 그 사람이 혼자 걷고 있는 것을 보면 뭔가 무서운 것이 느껴지거든."

마쓰키는 자신의 큰 목소리를 깨닫고 쓴웃음을 지으며 말했다.

"벨라스코는 평정소를 위해 우리의 통역으로 일하는 게 아니네. 자신의 격렬한 마음을 채우기 위해 이 배에 탄 것이겠지."

"뭔가를 꾸미고 있다는 겁니까?" 다나카가 물었다.

"아직은 모르겠소. 어쨌든 그 사람한테 휩쓸리지 않는 것이 중요하겠지요."

"임무를 방해하는 일이 있다면." 다나카는 칼에 눈길을 주었다. "통역이라고 해도 벨 것이오."

"그런 당찮은." 마쓰키가 웃었다. "통역을 베고 말도 통하지 않는 멕시코에서 어떻게 사절의 소임을 다하겠습니까?"

며칠 전부터 배는 안개 속으로 들어갔다. 이 대해의 북쪽을 지나는 배가 반드시 만나게 되는 짙은 안개였다. 광대하게 펼쳐진 물결은 이제 회색 안개에 희미하게 보이고 갑판에 서면 앞쪽에 얇은 막을 쳐놓은 것처럼 어슴푸레해서 그저 선원이나 뱃사람들의 움직이는 모습이 망령처럼 보일 뿐이다. 파수가 치는 종소리가 2분마다 어디선가 들려온다. 배 안은 쥐 죽은 듯 조용하고 큰 방도, 사절들 방도 계단에서 흘러드는 안개 때문에 침구는 물론이고 의복도, 매일 적고 있는 여행 일기 종이도 축축해져 기분이 나빴다.

하루에 한 번 배급되는 물의 양이 며칠 전부터 줄었다. 사절 네 명에게는 지금까지 두 통의 물이 배급되었는데 이제 한 통이 되었다. 다행히도 두 번째 폭풍이 오지 않고, 바람이 멎어서 바다가 잔잔해지는 일도 없어 배는 안개 속을 단조롭게 동쪽으로 나아갈 뿐이었다.

단조로운 시간을 찢어놓은 사건이 발생했다. 선장 몬타니오의 방에 있던 시계와 금화 몇 개를 스페인인 선원이 훔친 것이다. 선장은 벨라스코를 데리고 사절들의 방에 나타나 얼굴을 붉히며 이 도둑에게는 형벌을 내려야 한다고 설명했다.

배에서의 형벌은 규칙이 정해져 있는데, 그것을 실행하는 것은 선장의 의무라고 몬타니오는 말했다. 예컨대 당직인 자가 졸았을 경우 손을 묶고 물을 끼얹는다. 그래도 버릇이

고쳐지지 않을 때는 채찍으로 때리는 벌을 주는 것이 오랫동안 이어져 온 배에서의 관습이라고도 말했다. 범인은 배에 탄 모든 사람 앞에서 벌을 받아야 한다. 그러므로 일본인들도 갑판으로 나와 주었으면 한다고 몬타니오는 부탁했다.

안개가 자욱한 갑판에서 형벌이 집행되었다. 일본인들은 뱃사람과 상인 모두 갑판에 모였고 스페인인 선원들은 일본인들과 떨어진 구역에서 끌려 나온 동료가 아딧줄에 손이 묶이는 것을 바라보고 있었다. 통증이 심해 혀를 깨물지 않도록 입에 천을 물린 범인은 무릎을 꿇은 채 등의 옷이 벗겨졌다. 안개는 이따금 바람에 흘러가 희미해졌다가 다시 짙어졌다. 벨라스코도 선장 옆에 서서 이 형벌을 가만히 지켜보고 있었다. 까만 입상 같았다.

안개 속에서 채찍 소리가 울리고 신음이 들려왔다. 여러 차례의 채찍 소리가 끝나고 얼마 후 안개가 바람에 흘러갔을 때 벌을 받은 사내가 누더기처럼 웅크리고 있는 게 보였다. 모두의 시선 속에서 벨라스코만이 사내 옆으로 달려가 끌어안고 그의 피를 자신의 옷으로 닦았다. 그리고 그를 부축하여 선실로 데려갔다.

사무라이는 이루 말할 수 없는 혐오감을 느꼈다. 그에게 그런 기분을 느끼게 한 것은 채찍이 아니었다. 형벌이 집행되는 동안 갑판에 서서 안개 속에서 채찍 소리가 울릴 때마다 태연하게 응시하고 있던 벨라스코의 입상 같은 모습이 뇌리에 남았다. 그리고 벌이 끝나자 기절하기 직전인 사내의 피를 자신의 옷으로 닦고 선실로 데려간 이 남만인의 얼굴이 마쓰키가 말한 것처럼 섬뜩했다. 사무라이에게는 그런 벨라스코와 요조에게 의복을 준 벨라스코가 도저히 같은 인물이라고 여겨지지 않았다.

안개는 닷새가 지나도 엿새가 지나도 걷히지 않았다. 돛도 갑판도 모두 습기 때문에 썩은 듯한 불쾌한 냄새를 발산하고 종소리가 2분마다 그 유백색 막 안에서 들려온다. 이따금 하얀 원반 같은 태양이 나타났다가 이내 다시 찾아오는 짙은 안개에 사라지고 만다. 해가 비치면 스페인인 선원들은 서둘러 육분의로 위치를 재곤 했다.

안개 속으로 들어간 지 일주일째에 북동쪽에서 다가오는 넘실거리는 파도가 점차 높아졌다. 바람이 불어가는 쪽으로 기울어진 배의 흔들림도 심해졌다. 다시 폭풍우가 다가오고 있다는 것을 알려주는 신호였다. 스페인인 선원과 일본인 뱃사람들이 갑판을 분주하게 뛰어다니며 선수와 선미의 보조 돛을 펼치는 작업을 했다.

기압이 점차 낮아졌다. 안개가 걷히자 사방에서 높아진 새까만 파도가 나타났다. 바람 때문에 돛에서 소리가 나고,

일하는 사람들 몸에 비가 옆으로 들이쳤다. 저번 폭풍에 질렸던 큰 방의 상인들이나 사절들은 서둘러 선반에 있는 고리짝을 짐 위에 올렸다. 침구나 의복도 침수되지 않도록 짐 위에 단단히 묶어 폭풍우에 대비했다.

머지않아 파도가 물보라를 일으키며 갑판을 넘어오기 시작했다. 기울어진 배허리에 파도가 격렬하게 부딪치고 선골이 삐걱거렸다. 사절들은 만일의 경우를 대비하여 기둥마다 붙잡을 수 있는 줄을 묶었고, 사무라이도 영주의 서한이 든 상자를 등에 묶고 칼을 허리에 단단히 꽂았다. 화재를 막기 위해 종유를 쓰는 등불은 모두 껐으므로 아직 밤이 되지 않았는데도 방은 어둑했다.

좌우의 흔들림이 심해졌다. 뱃짐까지 조금씩 그 위치를 바꾸기 시작했다. 큰 방에서는 물이 흘러든 듯 상인들이 소리치며 물러나 있었다. 뱃짐의 밧줄에 달라붙어 용왕님께 비는 나직한 소리가 여기저기에서 들려왔다. 사무라이들은 배가 기울어질 때마다 밧줄을 잡아 옆으로 쓰러지는 것을 피했다. 방 안에 점차 어둠이 짙어지기 시작했다. 큰 방 쪽에서도 용왕님께 비는 소리가 나직하게 흘러나왔는데, 그것이 그치고 잠시 후 갑자기 비명인지 고함인지 알 수 없는 큰 소리가 들려왔다. 배허리의 창이 깨지고 파도가 들이친 것이다. 파도는 창가에 있던 두 사내를 쓰러뜨리고 뱃짐에 부딪쳤다. 휩쓸린 자가 필사적으로 손을 뻗어 뱃짐을 붙잡은 순간 방의 물은 배가 기울어짐에 따라 복도 쪽으로 흘러나갔다. 사람들도 서로 부딪치고 뱃짐에 몸을 부딪치거나 옆으로 쓰러졌다. 그때 통로 안쪽에서 무시무시한 소리가 울렸다.

이제 선장이나 부선장의 지시도 들리지 않았다. 파도는 산처럼 솟아올라 배를 덮쳐왔다.

격류가 갑판의 모든 것을 휩쓸고, 돛대를 치고, 소용돌이를 만들어 배 아래 칸으로 내려가는 계단으로 미친 듯이 흘러들었다. 파도에 삼켜진 뱃사람이 구명삭의 도움을 받아 간신히 일어서자 또다시 성난 파도가 덮쳐왔다. 그 순간 그의 머리는 노도 안으로 사라졌다.

사절들 방에서도, 큰 방에서도 일본인들이 무릎까지 밀어닥친 물속에 넘어지고 기어가고 다시 일어나며 소리를 질렀다. 무거운 짐이 마치 악마에 들린 것처럼 좌우로 움직였다. 그들은 선장의 금지령도 잊고 갑판으로 도망치려고 계단까지 나갔지만 폭포처럼 쏟아져 들어오는 바닷물에 금세 고꾸라졌다.

네 시간이 지나고서야 배는 가까스로 폭풍 권역 밖으로 빠져나왔다. 파도는 여전히 거칠지만 이제 갑판을 넘어오지는 않았다. 갑판에는 흘러온 선구나 무참하게 꺾인 기둥이 손을 댈 수 없을 만큼 흩어져 있었다. 뱃사람 몇 명이 행방

불명되었고 배 안 여기저기에서 신음이 새어 나왔다. 큰 방은 물을 퍼내기 전에는 쓸 수 없어서 힘이 다 빠진 상인들은 물에 빠진 생쥐처럼 한 층 아래 스페인인 선원의 짐 넣는 방이나 식당, 복도에서 포개진 듯 쓰러져 밤을 보냈다. 모두가 동료를 도울 기력조차 없이 각자 죽은 사람처럼 벽에 기대거나 엎드려 있는데 벨라스코 혼자 걸어 다니며 상처 입은 사람을 처치하고 있었다.

드디어 아침이 밝았다. 폭풍우가 지나간 후 수평선은 기적처럼 장밋빛에서 금색으로 바뀌었다. 그 하늘빛이 점차 퍼져가자 바다도 온통 환해졌다. 배허리에 부딪치는 파도 소리 외에는 아무 소리도 들리지 않았다. 아침 햇빛 속에서 돛 하나가 찢긴 산 후안 바우티스타호는 표류하는 유령선처럼 사람 그림자도 보이지 않고 시간을 알리는 종도 울리지 않은 채 아직 파도가 넘실거리는 바다를 떠돌고 있었다. 모든 선원과 뱃사람이 기진맥진하여 저마다 여기저기서 꼼짝도 하지 않고 잠들어 있었다.

정오 전에 사무라이는 남은 힘을 다해 일어나 요조 이하 네 명의 종자를 찾으러 기듯이 젖은 방을 나섰다. 사절들의 방은 큰 방과 달리 계단에서 떨어져 있고 통로보다 한 단 높은 곳에 만들어져서 침수되기는 했어도 물이 금세 빠져나가 피해를 많이 입지 않았다. 영주의 서한이 젖지 않은 것도 천

우신조였다. 아직 발목이 잠길 만큼의 물이 남아 있는 통로를 지나 한 층 아래로 내려가자 발 디딜 곳이 없을 만큼 상인들이 쓰러져 있었다. 그들은 사무라이를 보고서도 자세를 바로 하고 인사할 힘이 없었다. 정신없이 자고 있는 자도 있고 실눈을 뜨고 멍하니 한 점을 바라보고 있는 자도 있었다.

뱃짐을 둔 방도 사람들로 가득했다. 그 안에서 사무라이는 요조 일행이 엎드려 있는 모습을 발견했다. 사람들의 머리나 몸을 넘어가 말을 걸자 요조, 이치스케, 다이스케는 괴로워하며 몸을 일으켰지만 세이하치만은 엎드린 채 움직이지 않았다. 어젯밤 짐에 가슴을 강하게 맞고 한때 탁류 속에서 정신을 잃은 것을 셋이서 끌어냈다고 했다.

"벨라스코 님이 처치를 하고." 요조는 이렇게 말하는 것이 주인에게 미안한 것처럼 고개를 숙이고 "아침까지 세이하치 옆에서 돌봐주었습니다" 하고 말했다.

저번 폭풍 때 벨라스코가 요조에게 옷을 빌려준 일을 사무라이는 기억하고 있었다. 요조 역시 알지도 못했던 이 남만인이 자신 같은 사람에게 베풀어준 애정을 절실히 느끼고 있는 것 같았다. 사무라이는 이때도 자신이 부끄러웠다. 주인인 그가 마음을 써야 했던 일을 벨라스코가 해준 것이다.

요조 옆에 작은 염주 같은 것이 있었다. 벨라스코가 어젯밤 잊고 놓고 간 기리시탄의 염주라고 요조가 설명했다.

"벨라스코 님은 이것으로 세이하치, 그리고 그 밖의 사람들을 위해 빌어주었습니다."

요조는 나쁜 짓을 하다 들킨 것처럼 주뼛주뼛 말했다.

"말해두겠는데" 하고 사무라이가 약간 강한 목소리로 말했다. "벨라스코 님을 고맙게 생각하는 건 좋지만, 그렇다고 기리시탄의 가르침에 귀를 기울여서는 안 돼."

요조 일행이 잠자코 있었으므로 사무라이는 주위에 자고 있는 상인들에게 들리지 않도록 말했다.

"상인들이 기리시탄 이야기를 듣는 것은 멕시코에서의 거래를 위해서일 거야. 이 사람들은 거래를 위해 기리시탄의 가르침도 알아두어야 하니까. 하지만 자네들은 상인이 아니야. 하세쿠라의 종자인 한 기리시탄의 가르침을 따르면 안 돼."

이렇게 말했을 때 그는 갑자기 마쓰키 주사쿠의 말이 떠올랐다. 마쓰키는 벨라스코의 마음에 뭔가 무서운 격렬함이 있다고 했다. 그 격렬함을 숨기기 위해 온화한 척하는 거라고 말했다. 그리고 그 남만인에게는 휩쓸리지 말라고도 했다. 그 의미를 잘 알지는 못했으나 사무라이는 자신의 종자가 벨라스코에게 마음이 기울어지는 것이 두려웠다.

"세이하치를 잘 보살펴줘. 나는 걱정하지 말고."

세이하치에게 두세 번에 걸쳐 말을 걸었지만 대답하기도

힘든 것 같았다. 사무라이는 사람들의 몸을 넘어 통로로 나가 햇살이 강하게 내리쬐는 갑판으로 올라갔다.

바다는 이제 잔잔했다. 돛대의 그림자가 까맣다. 미풍이 얼굴에 닿자 나른한 몸에 무척 상쾌하게 느껴졌다. 스페인인 선원의 지시로 겨우 일어난 뱃사람들이 끊긴 아딧줄을 고치고 찢어진 돛을 갈고 있었다. 파도가 눈부시게 빛나고, 이따금 그 파도 사이로 날치가 나는 것이 보였다. 사무라이는 그 돛대 그림자 안에 앉아 있다가 자기도 모르게 염주를 가져온 것을 깨달았다. 나무 열매를 무수히 연결한 염주 끝에 십자가가 묶여 있고 그 십자가에 야윈 사내의 나체가 새겨져 있다. 힘없이 두 팔을 벌리고, 힘없이 고개를 숙인 그 사내를 보며 사무라이는 벨라스코를 비롯하여 남만인 모두가 이런 사람을 '주님'이라고 부르는 이유를 이해할 수 없었다. 사무라이가 주라고 부르는 사람은 영주뿐이었다. 하지만 영주는 이렇게 볼품없는 존재가 아니고 무기력한 분도 아니다. 이렇게 말라비틀어진 자에게 배례하는 것만으로도 사무라이에게는 기리시탄이 기괴하기 짝이 없는 사교처럼 생각되었다.

부끄러운 꿈을 꾸었다. 골짜기의 습하고 어두운 방에서 자고 있는 아이들에게 들키지 않으려고 애쓰며 아내와 잠자리를 하는 꿈이었다. '이제 떠나지 않으면 안 되는' 사무라이는 내일이 평정소가 정한 출항일인데도 사절들 중 자신만이 아직 골짜기에 남아 아내의 벗은 몸을 떠나지 못하고 있는 것이 한심하다고 생각했다. "이제 가지 않으면 안 돼" 하고 그는 조금 전부터 그 말만 되풀이하고 있었다. 하지만 가슴 아래에서 리쿠는 땀이 밴 얼굴을 그에게 밀어붙였다. "여행을 떠나도" 하고 아내는 숨을 헐떡이며 중얼거렸다. "아무 소용이 없는데. 구로카와의 땅을 되돌릴 수 없는데." 그는 아내에게서 몸을 떼고 서둘러 물었다. "숙부님도 그걸 알아?" 그리고 리쿠가 고개를 끄덕이는 걸 보고 허둥지둥 일어났다. 그때 잠에서 깼다.

몸이 더러워져 있었다. 폭풍우 때문에 바닷물의 습기가 남아 있는 선실 구석에서 코고는 소리가 낮게, 높게 들려왔다. 다나카가 코를 고는 소리다. 꿈이었나, 하고 사무라이는 한숨을 내쉬었다. 이런 꿈을 꾼 것은 언젠가 마쓰키가 했던 말이 역시 의식 밑바닥에 있기 때문이라는 걸 알고 있었다. 사무라이는 마쓰키의 이야기를 지금 편안히 코를 골고 있는 다나카에게도, 니시에게도 하지 않았다. 그 이야기를 하면 마쓰키의 말을 인정하는 것 같았기 때문이다. '시라이시 님, 이시다 님이 그런 일을 할 리가 없다.' 사무라이는 더러워진 속옷을 갈아입으며 자신에게 타일렀다.

다시 눈을 감았지만 잠들지 못했다. 마당에서 놀고 있는 아이들의 모습과 천을 널고 있는 리쿠의 옆얼굴이 선명하게 떠올랐다. 집의 구석구석이 되살아났다. 잠들기 위해 골짜기의 풍경을 하나하나 떠올려봤다. 잔설로 뒤덮인 산이며 밭을….

　두 번째 폭풍으로 산 후안 바우티스타호는 꽤 심각한 타격을 입었다. 하나의 돛과 한 쌍의 보트를 잃었고 배 안에 상당한 물이 침수하여 갑판에는 파괴된 선구들이 흩어져 있었다. 나도 이마에 상처를 입었지만 대단한 것은 아니었다. 스페인인 선원들과 일본인 뱃사람들은 온종일 물을 퍼내느라 정신이 없었다. 하지만 93년 전에 페르디난드 마젤란 선장과 그 배가 우리와 같은 태평양에서 겪은 괴로움에 비하면 대수로운 일이 아니다. 마젤란 일행은 식량도 없고 물도 부패하여 배 안의 쥐를 잡아먹고 나무 부스러기까지 입에 넣었다고 들었다. 다행히 우리는 아직 물통이 있고 먹을거리도 부족하지 않다. 다만 어젯밤의 폭풍으로 일본인 뱃사람 몇 명이 바다에 빠졌고 큰 방에서는 부상당한 사람이나 병자가 나왔다. 아침까지 나는 통역으로서가 아니라 신부로서 신음하는 일본인들을 처치하며 돌아다녔다.
　부상당한 사람들 가운데 특히 중태인 것은 야헤이라는 나이 든 상인과 하세쿠라의 종자 세이하치, 두 사람이다. 둘다 가슴이 짐에 눌렸는데 야헤이는 피를 토했다. 세이하치는 틀림없이 늑골이 부러졌을 것이다. 나는 두 사람에게 포도주를 마시게 하고 따뜻한 찜질을 했지만, 그들은 거의 말도 하지 못하고 쇠약해져 가기만 한다. 그들이 멕시코에 도착할 때까지 버틸지 걱정이다.

일본에서 출발한 지 한 달밖에 지나지 않았는데 이미 몇 달이나 배 여행을 하고 있는 듯하다. 13년 전 처음 동양으로 왔을 때의 배 안 생활에 비해 크게 달라진 것도 없는데 마음이 진정되지 않는 것은 내 계획을 하루라도 빨리 실현하려고 초조해하고 있기 때문인지도 모른다.

밤에 파도가 잔잔한 갑판에서 기도를 마친 후 평소처럼 내가 왜 일본에 다시 돌아가고 싶은지, 그 나라에 왜 이렇게 집착하는지를 마치 타인의 신기한 마음을 들여다보듯 음미했다. 그것은 일본인들이 동양의 다른 민족들보다 신심이 깊고 진리를 깨닫는 이해력을 갖고 있어서가 아니다. 그것과는 반대로, 일본인만큼 타국인들보다 뛰어난 이해력과 호기심을 가졌으면서도 현세에 도움이 되지 않는 것, 무용한 것을 거부해온 민족은 세계에 없을 것이기 때문이다. 그들은 우리 주님의 가르침에 한때 귀를 기울이는 척했어도, 그것은 다만 전쟁이나 부(富)에 도움이 되기를 원했기 때문이다. 나는 그 나라에서 몇 번이나 절망을 느꼈는지 모른다.

일본인은 현세적인 이익에 대한 감각은 지나칠 정도로 예민하지만 영원에 대한 감각은 눈곱만큼도 없다. 그런데도 그런 일본과 일본인은 오히려 내 포교 욕망을 자극한다. 내가 다시 일본으로 돌아가는 것을 사명으로 삼는 것은 다루기 힘든 맹수를 길들이는 것처럼 그 나라에서 겪는 그런 어려움을 하나하나 정복하고 싶기 때문일 것이다. 내 몸 안에는 서인도제도의 정복에 종사하고 돈 카를로스 왕자의 총애를 받은 조부의 피가 흐르고 있다. 어머니 쪽의 종조부이고 파나마제도의 총독이 된 바스코 발보아의 피도 이어받았다. 일족의 명예인 조상은 배와 검으로 그런 섬들을 지배했으니 나는 주님의 가르침으로 일본을 정복하고 싶다. 조부나 종조부로부터 이어받은 그 피는 내 몸 안에 있고, 주님은 그 피를 일본을 위해 쓰려 하는 것이다….

달이 환하다. 밤바다가 빛나고 있다. 10시 이후로는 필요한 장소 이외의 등은 모두 끄게 되어 있는데, 달빛에 비친 갑판에서는 선구 하나하나가 또렷이 드러나 보인다. '주여, 저를 그 나라를 위해 필요한 지휘관으로 삼아주소서. 주님이 인간을 위해 그 피를 흘린 것처럼 제 피를 일본을 위해 써주소서.'

부상당한 두 사람의 용태가 한밤중에 더욱 나빠졌다. 침수한 큰 방의 절반을 간신히 배수하고 기거할 만하게 되자

가운데 층의 복도에서 생활하던 일본인들 절반이 돌아갔지만 그 두 사람은 움직일 수가 없었다.

　정오가 지나 상인 야헤이가 세상을 떠났다. 그리고 그를 뒤따르듯이 하세쿠라 로쿠에몬의 종자 세이하치도 숨을 거두었다. 일본인들은 죽어가는 사람을 둘러싸고 주위에서 경문을 읊으며 우리의 천국에 해당하는 극락의 모습을 임종 전 그의 귓가에 들려주었다. 이것이 그들의 관습이다. 세이하치 곁에서 수발을 들던 동료 종자들은 보는 것만으로도 가여울 정도로 침울한 상태였고, 주인인 하세쿠라는 눈물이 글썽한 채 솜을 넣은 무명옷을 죽은 자의 몸에 입히고 계속해서 경문을 외웠다. 사절들 중 볼품없는 이 사내는 종자들에게 자상한 주인인 듯하다.

　선장의 지시로 두 사람의 사체는 바다로 떠내려 보내게 되었다. 얼마 전 형벌 때와 마찬가지로 일본인들 모두가 갑판에 모였고 스페인인 선원들도 줄을 섰다. 오후의 바다는 너무나 잔잔해서 울적할 정도였다. 보통이라면 선장 또는 동승한 신부가 기도를 하겠지만 배의 일본인들은 모두 그리스도교도가 아니기 때문에 몬타니오도 나도 그들에게 의식의 진행을 맡겼다.

　상인 한 사람이 불교에 대한 지식이 있는 듯 내가 모르는 주문 같은 경문을 읊고 일동이 그것에 동조하여 두 사람의 사체가 바다로 던져졌다. 사체는 파도 사이로 빨려 들어가 사라졌고, 울적한 바다는 아무 일도 없었다는 듯 침묵했다. 사람들이 갑판에서 사라진 후에도 하세쿠라와 그의 종자들은 오랫동안 배 끝에 서 있었다.

사무라이와 두 명의 종자도 배 밑으로 내려가자, 혼자 남은 요조가 호기심에서 그들을 쳐다보고 있던 내게 다가왔다.

"세이하치를 위한 염불을 부탁합니다." 요조는 겁먹은 듯 작은 소리로 말했다.

"기시리탄의 기도는 기리시탄을 위해 있는 것이라 당신들한테 그 기도는 폐가 될 텐데." 놀란 나는 이 사내의 진의를 살피느라 일부러 그렇게 말했다.

요조는 쓸쓸한 듯 나를 응시했다. 나는 그가 뭔가를 말하려다가 하지 못하는 것을 알아차리고 라틴어로 죽은 자를 위한 기도를 시작하자 이 사내도 깍지를 끼고 바다를 바라보며 입을 움직였다.

죽은 자에게 평안한 휴식을 주시기를,
주님이 그대와 함께, 그대의 영혼과 함께하시길 바라옵니다.
그에게 영원한 안식을 주시옵소서.

죽은 자들을 삼킨 바다는 아무 일도 없었다는 듯 조용하
고 날치가 파도 사이를 날아다녔다. 아딧줄 소리가 단조롭
게 울리고 수평선 너머로 가장자리에 금색이 둘린 구름이
퍼져나가고 있었다.

　　"저는 기리시탄 이야기를 듣고 싶습니다." 요조가 중얼거
렸다.

　　깜짝 놀란 나는 그의 얼굴을 쳐다봤다.

　　그날 우리의 배는 드디어 그 항해의 절반을 마치고 있었다.

제4장

배는 난파선처럼 타격을 받았고 일본인들은 지쳐 있었다. 물이 부족하고 채소 결핍으로 괴혈병에 걸리는 자도 나왔다.

60일이 지났을 무렵 도요새를 닮은 새 두 마리가 날아와 돛대에 앉았다. 스페인인 선원이나 일본인 뱃사람들은 환성을 질렀다. 새가 날아왔다는 것은 육지가 가까이에 있다는 의미이기 때문이다. 부리가 노랗고 깃털이 갈색과 하얀색인 이 새는 다시 배 끝을 스치며 모습을 감췄다.

저녁 무렵 왼쪽에 산 그림자가 점점이 보였다. 멘도시노 곶이다. 곶에는 항구가 없기에 배는 앞바다 멀리에 정박하고, 다섯 명의 스페인인 선원과 다섯 명의 일본인 뱃사람이 보트를 타고 가서 음료수와 식량 보급을 했지만 몬타니오 선장은 위험하다는 이유로 다른 일본인들의 상륙은 허락하

사무라이

지 않았다.

　이튿날 다시 남하했다. 물과 채소를 확보하자 사람들은 되살아난 것처럼 기운을 차렸고 오랜만에 파도가 잔잔한 배 여행도 즐길 수 있었다. 멘도시노곶을 떠나 열흘째 되는 날 아침, 멀리 나무들로 뒤덮인 해안이 눈에 들어왔다. 그것이 일본인들이 처음 본 멕시코의 육지였다. 갑판에 모인 일본인들은 소리를 질렀고 그중에는 눈물을 흘리는 자도 있었다. 일본을 떠난 지 아직 두 달 반밖에 지나지 않았는데도 오랫동안 여행을 해온 자들 같은 감개가 그들의 가슴에 차올랐다. 일동은 서로 어깨를 두드리며 힘든 항해를 해낸 것을 기뻐했다.

　다음 날 배는 육지에 접근했다. 더위가 상당히 심했다. 강렬한 햇볕이 내리쬐는 새하얀 모래사장이 아름답게 빛나고, 모래사장 배후의 구릉에는 본 적 없는 나무가 정연하게 늘어서 있었다. 스페인인 선원들에게 나무 이름을 물어보니 올리브라는 나무이고 과실은 기름을 짜서 식료로 쓴다고 한다. 햇볕에 그을린 상반신을 드러낸 원주민 남녀가 올리브 숲에서 뛰어나와 소리치고 있었다.

　작은 섬이 조그맣게 보였다. 다가감에 따라 울창한 나무들로 뒤덮인 섬의 벼랑에 파도가 부딪쳐 부서지는 것이 보인다. 바닷새가 날아왔다. 천천히 그 섬을 우회하자 그 배후에서 곶이 나타났다. 곶에도 올리브 나무가 무성하다.

"아카풀코."

미친 듯이 기뻐하는 외침소리가 돛대 위에서 울려 퍼졌다. 돛대에 올라가 있던 스페인인 선원이 후미를 가리켰다. 그 순간 갑판에 모인 스페인인도 일본인도 일제히 기쁨의 소리를 질렀다. 그 소리에 놀라 바닷새 떼가 하늘로 날아올랐다. 사절들은 일렬로 서서 후미와 좌우의 곶을 응시하고 있었다. 난생처음 보는 이국의 항구다. 태어나 처음으로 상륙하는 이 국땅이다. 다나카 다로자에몬과 사무라이의 얼굴은 긴장으로 굳어져 있고 니시 규스케는 눈을 빛내고 있으며 마쓰키 주사쿠는 팔짱을 낀 채 화난 듯한 표정을 짓고 있었다.

후미는 조용했다. 파도는 없었다. 출발한 쓰키노우라보다 넓은 만이지만 왠지 다른 배는 보이지 않았다. 후미 건너편에 모래사장이 펼쳐져 있고 그 안쪽에 하얀 건물 하나가 있다. 하얀 건물은 총안이 있는 벽으로 둘러싸여 있는데 사람의 모습은 보이지 않았다. 배가 정지했다.

스페인인 선원들이 무릎을 꿇었다. 벨라스코가 상갑판으로 올라가 그들을 향해 십자를 그었다. 일본인 상인 중에도 그것을 배워 깍지를 끼는 자가 있었다.

호산나! 주님의 이름으로 오시는 분, 축복 있으라.

벨라스코의 기도하는 목소리에 바닷새의 날카로운 울음소리가 섞였다. 해풍이 사람들의 볼에 상쾌하게 닿았다. 기도가 끝나자 선장, 부선장, 벨라스코, 세 사람은 상륙 허가를 받기 위해 보트를 내려 해변으로 향했다.

그들이 돌아오는 동안 배에 있는 사람들은 숨 막힐 듯 더운 풍경을 멍하니 바라보고 있었다. 햇빛이 후미와 해변을 묵직하게 누르고 있었다. 정적이 일본인들을 몹시 불안하게 했다. 왠지 자신들이 환영받고 있지 못한 것처럼 느껴졌다.

선장 일행은 오랫동안 배로 돌아오지 않았다. 두 명의 선원이 다른 보트를 타고 상황을 알아보러 갔다. 햇볕이 갑판에 쨍쨍 내리쬐어 더이상 견딜 수 없게 되자 일본인들은 다시 배 안으로 들어갔다. 세 시간쯤 지나 스페인인 선원만 상륙이 허락되었다는 소식이 들어왔다. 아카풀코 요새 사령관은 갑작스럽게 방문한 이 일본 배에 상륙 허가를 줄 권한이 없어서 메히코(멕시코시티)에 있는 멕시코 총독에게 사자를 보냈다고 했다.

일제히 불만의 목소리가 일었다. 사절들도, 상인들도 여행하는 동안 이 나라에 오면 모든 준비가 갖춰져 있고 기쁘게 환영해주는 등 모든 일이 순조롭게 진행될 거라고 믿고 있었다. 그들은 왜 일본인만 배에 남아야 하는지 그 이유를 알 수 없었다.

저녁 무렵, 더웠던 해가 기울었다. 드디어 갑판에 미풍이 불어 작은 새떼가 한데 모여 날아다닐 무렵에야 선장 일행이 돌아왔다. 일본인들은 사절들을 대표로 내세워 벨라스코에게 사정 설명을 요구했다.

"걱정할 건 없습니다." 벨라스코는 예의 미소를 지었다. 걱정할 건 없습니다, 라는 말도 그의 입버릇이었다. "내일이면 여러분 모두 상륙할 수 있을 겁니다."

"영주님은 스페인 사람들을 위해 큰 배를 건조하여 여기까지 보냈소." 다나카 다로자에몬은 승복하지 않았다. "우리를 소홀히 대하는 것은 그런 영주님과 평정소를 얕보는 것으로 알겠소."

벨라스코는 미소를 거두지 않고 말했다.

"하지만 영주님과 평정소는 여러분께, 멕시코에 도착하고 나서는 저의 지시를 따르라고 했습니다."

이튿날 스페인인 선원들이 먼저 상륙했다. 그리고 사령관이 원주민 인디오에게 보트를 젓게 하여 일본인과 뱃짐 들을 해변으로 옮긴 것은 정오가 지나서였다. 해변에는 총을 지닌 요새의 병사들이 늘어서서, 이상한 모습의 상인과 사절 들이 차례로 내리는 것을 두려운 듯 지켜보았다.

사절들 네 명은 몸가짐을 바로 하고 선장, 부선장, 벨라

사무라이

스코를 따라 올리브 나무로 둘러싸인 요새로 향했다. 요새는 회반죽으로 다져져 있고, 총안이 뚫린 담장으로 둘러싸여 있었다. 그 담장의 움푹 팬 곳에는 화분이 놓여 있고 불꽃 같은 빨간 꽃이 화려하게 피어 있었다.

병사가 지키는 문을 지나자 안뜰이 나왔다. 안뜰을 둘러싸고 건물이 네 방향으로 늘어서 있고 요소요소에 경비병이 둘씩 서 있었다. 사절들은 잠자코 돌이 깔린 통로를 걸었는데 어디에선가 꽃향기가 떠돌고 벌의 날갯짓 소리가 들려왔다. 물론 영주의 성에 비하면 너무나도 빈약하여 성채라기보다는 요새 같은 느낌이었다.

사령관은 상당한 노인으로, 사절들을 집무실 앞까지 마중 나왔다. 그는 네 명의 일본인이 알아들을 수 없는 말로 오랫동안 말을 했고, 그것을 벨라스코가 통역하는 동안 무례한 눈빛으로 네 일본인을 빤히 쳐다봤다. 벨라스코가 통역한 그 사람의 인사는 과장된 감사의 말을 늘어놓은 것이었지만, 그의 당혹스러운 시선에서 사무라이는 자신들이 환영받고 있지 않다는 사실을 확실히 알 수 있었다.

인사가 끝난 후 점심식사에 초대받았다. 식당에는 사령관 부인과 몇 명의 부관들이 기다리고 있었는데, 그들은 선장이나 벨라스코를 따라온 일본인들을 마치 진기한 짐승이라도 보듯 쳐다보고 자기들끼리 눈빛을 주고받았다. 다나카 다로자에몬은 부끄러움을 숨기려고 화가 난 것처럼 어깨를 으쓱거렸고 니시 규스케는 처음 쓰는 나이프와 포크를 바닥에 떨어뜨렸다. 벨라스코의 통역으로 네 명의 사절들에게 일본이라는 나라에 대해 의례적으로 물었던 사령관 부부도 잠시후에는 자신들끼리만 대화를 계속했다. 그러는 동안 아무 말도 알아들을 수 없는 네 명은 오도카니 남겨져 있었다.

기진맥진하여 배로 돌아왔다. 아카풀코에는 일본인들이 머물 숙소도 수도원도 없었으므로 상륙해 있던 상인들도 배로 돌아왔다. 사절들은 자존심이 상했고 불쾌했다. 선실 창으로 석양이 강하게 들어와 방이 무척 더웠다. 방으로 들어오자마자 다나카는 일단 니시가 경망스러웠다고 질책한 후자신들이 남만인들로부터 소홀히 취급받았다는 말을 되풀이하고 그 책임은 벨라스코에게 있다고 욕을 퍼부었다.

"벨라스코는 평정소의 의향, 영주님의 마음을 확실히 전하지 않았을 거요."

"벨라스코를 비난해도 아무 소용이 없어요." 마쓰키가 여느 때와 마찬가지로 잘 안다는 듯한 얼굴로 "처음부터 알고 있었던 일이오"라고 말했다.

"뭘 알고 있었는데요?"

"벨라스코의 마음이지요. 생각해보시오. 일이 순조롭게 진행되면 그 사람한테는 불리하오. 통역으로서의 일이 적어지기 때문이지. 하지만 모든 일이 어려워지면 그만큼 벨라스코가 나설 일이 많아지는 겁니다. 벨라스코 덕분에 사절들의 소임도 완수할 수 있게 되면 평정소도 그 사람의 요구를 딱 잘라 거절할 수 없게 되겠지요. 그 사람은 책사입니다."

다나카가 마구 화풀이를 하는 것도, 이루 말할 수 없는 불안을 억누를 수 없기 때문이다. 사무라이도 다나카와 마찬가지로 그 불안한 마음을 느끼고 있었다. 이곳 사령관에게는 영주의 서한을 수령하고 일본 상인과의 거래를 허가할 권한이 없다는 것을 알게 되었고, 오늘 한나절의 분위기로 보아 이곳 멕시코라는 나라는 자신들 일본인이 바다를 건너온 것을 기뻐하지 않는다는 것도 충분히 추측할 수 있었다. 이 상태라면 총독이 있는 멕시코시티라는 도시로 간다고 해도 오늘과 같은 취급을 받을 것이다. 영주의 서한은 반려되고 상인들은 다시 배에 짐을 싣고 귀국하지 않으면 안 될지도 모른다. 그렇게 되면 사절들은 면목을 잃고 옛 봉토를 돌려받는 희망 같은 것은 도저히 이룰 수 없게 될 것이다. 아니, 그보다 마쓰키가 말한 것처럼 이것을 이유로 메시다시슈 전체에게 가혹한 처분이 내려질 수도 있다.

다음 날이 되었다. 정오가 되기 전에 벨라스코와 선장, 부선장, 그리고 사절들은 사령관이 준비해준 말을 타고, 종자들은 창과 깃발을 들고, 걸어가는 상인들은 짐을 실은 마차를 거느리고 아카풀코를 출발했다. 이 이상한 행렬은 전송하는 요새의 병사들이 공포를 쏘는 가운데 나아가기 시작했다.

처음 보는 멕시코의 풍경은 눈부시고 덥고 하얬다. 멀리에 소금을 뿌려놓은 것처럼 화강암으로 덮인 산이 이어지고, 눈앞에는 거대한 선인장이 자라는 드넓은 황야가 펼쳐져 있었다. 흙을 이겨 만들고 나뭇잎과 가지로 지붕을 이은 초라한 농가가 보였다. 원주민 인디오의 집이다. 거의 벌거벗은 듯한 소년이 행렬을 보자 서둘러 집으로 숨었다. 그 소년이 끌고 있던 검은 털이 긴 짐승 몇 마리에 일본인들은 깜짝 놀랐다. 그들은 그런 동물도 선인장도 본 적이 없었다.

화강암 산이 이어졌다. 햇살은 언제까지고 강렬하다. 말에 흔들리며 사무라이는 골짜기를 떠올렸다. 골짜기도 가난하지만 이곳의 가난은 각별하다. 골짜기에는 녹음이 있고 밭이 있으며 개울이 흐른다. 하지만 이곳은 물이 없고 가시가 많은 흑투성이 식물만 자라고 있을 뿐이었다. 니시가 옆에서 말을 걸었다.

"이런 경치는 처음 봅니다."

사무라이는 고개를 끄덕였다. 자신은 한없이 광대한 바다를 건넜다. 그리고 이 낯선 황야를 여행하고 있다. 모든 것이 꿈만 같다. 정말 자신은, 아버지도 모르는, 숙부도 모르는, 아내도 모르는 나라에 온 것일까. 꿈이 아닐까, 하는 생각에 가슴이 복받쳤다.

　열흘째가 되는 날 정오 무렵 마을이 보였다. 산의 경사면에 쌀을 뿌린 듯이 회반죽을 칠한 집들이 흩어져 있고, 한가운데에는 교회의 첨탑이 우뚝 솟아 있었다.

　"저 마을은 하느님의 뜻을 따르는 마을입니다."

　벨라스코가 말 위에서 손으로 가리키며 말했다.

　벨라스코의 이야기에 따르면 그것은 원주민인 인디오들을 위해 세워진 새로운 마을로, 인디오들은 스페인인 사제에게서 그리스도의 가르침을 배우고 땅을 비롯해 모든 것을 공유하며 생활한다고 한다. 멕시코에는 레두시온 (reduccion)[34]이라고 부르는 이런 마을이 여기저기에 무수히 세워지고 있다고 한다.

　"촌장도 마을 사람들이 정하고, 부역도 군역도 없습니다. 신부들이 이따금 찾아가 하느님의 말씀 외에 소와 말을 키우는 방법, 베틀로 옷감을 짜는 방법, 스페인 말 등 다양한 것을 가르치지요."

　벨라스코는 일본인들의 반응을 살피듯 모두를 둘러보았

---

34) 라틴아메리카 식민지에 가톨릭으로 개종한 인디오들을 위해 세운 정착촌. 1610~1767년에 약 70만 명의 인디오를 개종시켰다.

다. 이런 마을은 벨라스코가 멕시코에서 일본인에게 보여주고 싶은 것들 중 하나였다. 벨라스코는 지배자를 위한 부역도 군역도 없고 그저 하느님의 가르침을 지키고 청빈하게 노동하며 살아가는 마을을 언젠가 일본에도 만들고 싶기 때문이다. 하지만 아침부터의 여행으로 기진맥진한 상인들은 그 하얀 마을에는 흥미도 호기심도 없다는 표정이었다. 얼마 후 마을로 들어가자 변발을 어깨까지 늘어뜨린 마을 사람들이 겁이 난 얼굴로 돌바닥 구석에 서서 침입해온 일본인을 바라보았다. 개가 짖고 염소떼가 울음소리를 내며 도망쳤다. 광장의 샘에서 일본인들이 물을 마시고 땀을 닦고 있으니 한 노인이 벨라스코를 따라와 인사를 했다.

"촌장을 데려왔습니다."

벨라스코는 그 인디오 노인의 어깨를 밀어 일본인들 앞으로 내보냈다. 그는 다른 마을 사람들과 달리 챙이 넓은 밀짚모자를 썼고 긴장한 아이처럼 몸이 경직되어 있었다.

벨라스코는 아이들에게 교리문답을 복송하게 하는 신부처럼 물었다.

"이 마을 주민 모두가 신도입니까?"

"예, 신부님."

"당신들은 조상의 잘못된 사교를 버리고 진정한 하느님의 가르침을 받아들인 것이 행복합니까?"

"예, 신부님."

벨라스코는 자신의 질문과 촌장의 대답을 하나하나 일본어로 통역하며 문답을 계속했다.

"당신들은 여기에 온 신부들에게서 무엇을 배웠습니까?"

"예, 신부님. 읽는 것과 쓰는 것을 배웠습니다. 스페인어로 말하는 것도요." 촌장은 눈을 감은 채 암송한 말을 중얼거리듯 대답했다. "그리고 씨를 뿌리고 밭을 일구는 방법, 가죽을 무두질하는 방법도요."

"당신들 모두가 그것을 기뻐하고 있습니까?"

"예, 신부님."

마을 어딘가에서 닭이 울고 벌거벗은 아이들이 광장 구석에 서서 심판 비슷한 그 광경을 쭈뼛쭈뼛 지켜보고 있었다.

"우리는 멕시코에 이런 하느님의 마을을 무수히 만들었습니다. 기리시탄이 된 인디오들은 모두 행복해합니다."

벨라스코는 일본인들 쪽으로 방향을 바꾸었다. 그러자 그의 겨드랑이에서 시큼하고 역한 체취가 베어 나왔다. 하지만 벨라스코는 그것을 알아차리지 못했다.

그러고 나서 자신들의 우애와 자비를 보여주는 듯 노인의 어깨에 손을 올리고 말했다.

"일본인을 보는 것은 처음인가요?"

"아닙니다. 신부님."

웅성거림이 일었다. 벨라스코의 통역을 거치지 않아도 일본인들은 '노, 파드레'라는 말을 알아들었다. 자신들보다 먼저 이 먼 나라에 일본인이 왔다니 믿기지 않았다. 몸을 씻고 있던 자도, 물을 마시고 있던 자도 일제히 벨라스코와 노인의 경쟁하는 듯한 대화에 귀를 기울였다.

"촌장은 중국인과 일본인을 구별하지 못합니다. 중국인일지도 모릅니다." 벨라스코는 어깨를 으쓱해 보였다. "하지만 2년 전에 이 마을에 스페인 신부와 일본인 수도사가 찾아왔다고 말하고 있습니다. 그 일본인은 자신들에게 벼를 심는 방법을 가르쳤다고…."

"이름을 물어보면 일본인인지 중국인인지 알 수 있을 텐데요."

누군가가 이렇게 말했다.

꾸중을 들은 아이처럼 촌장은 고개를 가로저었다. 그 이상은 물어도 소용이 없었다. 노인은 그 일본인 수도사가 어느 수도회에 속했는지, 멕시코시티에서 왔는지 어땠는지도 기억하지 못했다.

해가 저물기 전에 출발해야 했다. 촌장은 토르티야라고 불리는 전병 같은 모양을 한 옥수수빵에 두부 같은 치즈를 끼운 음식을 일본인들에게 대접했다. 하지만 이상한 냄새가 나서 삼키기도 힘들었다.

다시 행렬을 지어 산길을 내려갔다. 조금 전과 마찬가지로 단조로운 풍경이 다시 시작되었다. 버려진 묘표처럼 용설란이나 선인장이 강렬한 햇볕 속에서 바짝 마른 땅바닥에 똑바로 서 있다. 멀리 민둥산이 희미하게 보인다. 땀이 난 얼굴에 날벌레가 소리를 내며 달라붙는다.

"정말 일본인이 어딘가에 있는 걸까요?"

손으로 벌레를 쫓으며 니시 규스케는 사무라이와 다나카 다로자에몬에게 물었다.

"만나보고 싶군." 사무라이는 드넓은 대지를 둘러보며 덧붙였다. "하지만 이 여행은 관광 유람이 아니네. 그러니 길을 돌아갈 수는 없는 노릇이지."

두 시간쯤 나아가자 바로 가까운 민둥산에서 검은 연기가 똑바로 올라왔다. 선장과 벨라스코는 손을 들어 행렬을 멈추게 하고 잠시 그 연기를 바라보았다. 그러자 다른 한쪽에서도 똑같이 연기가 올라왔다. 번발에 상반신을 벌거벗은 인디오 한 사람이 짐승처럼 바위에서 바위로 도망치는 것이 조그맣게 보였다.

행렬이 다시 느릿느릿 움직이기 시작했다. 민둥산을 한 바퀴 돌자 지붕은 불타고 흙을 이겨 만든 벽만 남아 있는 오두막 십여 채가 나타났다. 화재라도 난 것인지 벽은 그을리고, 불에 탄 나무가 새까맣게 남아 있었다. 사람 그림자는 하나도 보이지 않았다.

"타스코라는 마을로 갈 생각이었습니다만, 오늘 밤에는 다음 레두시온에서 묵기로 하겠습니다." 벨라스코는 이 황량한 광경을 바라보며 일본인들에게 말했다.

그리고 그는 예의 그 자신 있는 듯한 미소를 띠었다. 그 몸에서 다시 강렬한 체취가 났다.

"조금 전의 그 연기는 스페인인과 어울리지 못하는 인디오들의 신호로 보입니다. 일주일 후에는 멕시코시티에 도착할 수 있겠지요."

하룻밤을 이구아라 마을에서 보냈다. 도중에 산 위에서 인디오의 연기 신호를 봤기 때문이다. 그 인디오들은 우리 스페인인을 미워하고 하느님을 모르는 야만적인 부족이다. 만약을 위해 경계하며 타스코에는 들르지 않았고, 일주일 후에 우리는 비가 그친 멕시코시티로 들어갔다.

언덕 위에서 멕시코시티라는 도시가 보였을 때 일본인들은 아무런 반응을 보이지 않았다. 호기심 강한 상인들도 떠들지 않았다. 나는 아카풀코에서 받은 냉대로 인해 그들이 기운을 잃었고 불만이 많다는 것을 느꼈다. 그래도 사절들은 종자에게 창과 깃발을 들게 하여 다시 행렬을 지었다.

비가 그치고 성문으로 들어갔을 때 문 앞의 광장에 마침

장이 열려 물건을 사고파는 남녀가 모여 있었다. 그들은 처음 보는 일본인 행렬에 깜짝 놀라며 사고파는 일을 잊고 우리 뒤를 따라왔다.

우리는 마중 나온 우리 수도회 형제들을 만나 그들과 함께 산 프란시스코 수도원에 도착했다. 더운 저지대에서 이곳 고지대까지 올라온 일본인들은 기진맥진하여 힘들어했다. 산소가 희박한 멕시코시티의 공기 때문에 호흡 곤란을 호소하거나 현기증을 일으키는 사람도 있었다. 식사(일본인들은 스페인 음식이 입에 맞지 않은 듯 불교에서 금하는 고기는 피하고 생선과 야채만 먹었다)가 끝난 후 일찌감치 침소로 물러났다. 사절들도 피곤한 기색이 역력하여 저녁을 먹은 후에는 과달카사르 수도원장이나 우리 형제에게 공손히 고개를 숙이고는 방으로 돌아갔다.

"자아, 할 이야기가 있소."

그들이 사라지자 수도원장이 재빨리 눈짓을 했다.

기도대와 짚 매트와 벽에 십자가가 걸렸을 뿐인 방으로 들어가자 그는 비로소 숨겨두고 있던 곤혹스러운 표정을 드러냈다.

"우리는 당신을 위해 가능한 일을 할 것이오. 하지만 아쿠냐 총독은 아직 일본 사절과의 접견을 승낙하지 않았소."

그는 아카풀코의 사령관에게 맡긴 내 편지를 받고 일본

의 사절이 적절한 대우를 받을 수 있도록 의원이나 멕시코 시티의 유력자에게 선을 댔다. 하지만 총독은 아직 사절과의 공식적인 접견을 망설이고 있다는 것이다.

"그건…" 하고 수도원장은 깊은 한숨을 내쉬었다. "당신 생각에 반대하는 자가 있기 때문이오."

"알고 있습니다."

반대하는 자가 누구인지는 묻지 않아도 분명했다. 마닐라의 스페인인 상인들과 거래하는 이곳 귀족과 무역업자들이다. 그들은 일본이 마닐라를 경유하지 않고 직접 멕시코와 무역을 하면 자신들이 이익을 거둘 수 없게 될 것을 염려하고 있다. 아니, 그 배후에는 우리 회의 일본 진출을 달가워하지 않는 베드로회가 있다는 사실을 수도원장도 이미 알고 있을 것이다.

"그들은 당신이 제출한 청원서는… 거짓으로 가득 찬 것이라고 말하고 있소."

"어떤 점에서…."

"당신은 일본의 왕이 기꺼이 선교사를 환영할 거라고 썼소. 하지만 마닐라에서 보내온 보고에 따르면 일본인은 그리스도교를 좋아하지 않고 당신은 사실을 왜곡하여…."

"그 나라의 정세가 불안한 것은 맞습니다." 나는 나도 모르게 큰 소리를 냈다. "큰 내란이 있었고 조선까지 원정 간

사무라이

권력자 일족[35]이 세력을 잃고 새로운 쇼군이 지금 힘을 갖기 시작했습니다. 하지만 그 쇼군의 보증이 없었으면 우리가 이렇게 힘든 항해를 해서 멕시코시티까지 올 수도 없었겠지요."

"일본에 대해서는… 우리보다 당신이 더 잘 알고 있소. 당신이 그렇게 말한다면… 우리는 그걸 믿을 수밖에요." 수도원장은 나를 위로하듯 미소를 띠며 말했다.

사람 좋은 수도원장은 내가 웃음거리가 되어 조롱당할까 봐 걱정했다. 마음 약해 보이는 그 얼굴은 일본에 남은 동료 디에고 신부를 떠오르게 했다. 늘 울어서 눈이 빨개진 것 같은 디에고 신부는 지금도 에도에 남아 있을까.

수도원장의 방을 나와 나는 내게 주어진 방으로 돌아가 촛불을 켜고 육욕에 지지 않기 위해 손목을 묶었다. 반대파의 모략은 나도 예상했던 일이다. 모든 것이 처음부터 원활하게 진행될 거라고는 생각하지 않았다. 확실히 일본에서는 베드로회 사람들이 말하는 것처럼 그리스도교도에 대한 박해가 있고, 도쿠가와 이에야스나 쇼군은 포교를 달가워하지 않는다. 그렇다고 해서 우리가 후퇴하고 그 나라를 악마나 사교에 맡겨두는 게 좋을 리는 없다. 포교는 외교와 같다.

---

35) 임진왜란, 그리고 도요토미 히데요시와 그의 일족을 말한다.

타국을 정복하는 것과도 비슷하다. 포교도 외교처럼 술책을 부리고 흥정을 하고 위협을 하고 때로는 타협도 해야 한다. 나는 하느님의 가르침을 널리 알리기 위해서라면 그러는 것이 꼭 꺼림칙하고 지저분한 행위라고는 생각하지 않는다. 포교를 위해서라면 눈을 감아야 하는 일도 있다. 이곳 멕시코에서도 1519년에 정복자 코르테스가 상륙하여 소수의 병사로 무수한 인디오를 잡아 죽였다. 그 행위가 하느님의 가르침에서 볼 때 옳은 행위라고는 아무도 생각하지 않는다. 하지만 그런 희생이 있었기에 수많은 인디오가 우리 주님의 가르침을 접하고 그 야만스러운 풍습에서 구원받아 새로운 길을 걷게 된 사실도 잊어서는 안 된다. 악마의 풍습에 빠져 사는 인디오들을 그대로 내버려 둘지, 다소의 악에 눈을 감고 하느님의 가르침을 그들에게 전할지는 아무도 경솔하게 판단할 수 없는 문제다.

총독이 내 청원서 내용을 의심하고 일본 사절들과의 접견을 주저한다면, 우리는 그를 안심시킬 술책을 쓰지 않으면 안 된다. 배에서 비장의 카드 하나를 준비해왔다.

나는 계략을 썼다. 지난 사흘 동안 나는 사절을 데리고 멕시코시티의 유력자들을 찾아다녔는데, 마치 구걸하는 일 같기도 했다. 좋은 음식을 먹어 아주 뚱뚱한 대주교는 우리를

붙임성 있게 맞이하고는 일본인 특유의 지르퉁한 얼굴로 잠
자코 있는 사절 네 명을 호기심 가득한 눈으로 바라보았다.
심장이 안 좋은지 때때로 살집이 두툼한 손으로 가슴을 누
르며 일본에 대해 형식적인 질문을 했으나 이 동방의 나라
에 관해 전혀 관심이 없는 것이 분명했다.

　말을 할 수 없는 일본인을 대신하여 나는 대변자처럼 그
나라와의 무역이 멕시코를 위해 얼마나 유익한지를 역설하
지 않으면 안 되었다. 예컨대 세비야에서 매년 아카풀코로
보내는 선구(船具), 탄약, 못, 철, 구리는 일본에서 무척 염가
로 구할 수 있고, 일본인은 멕시코에서 가격이 싼 생사, 벨
벳, 양털을 좋은 가격에 구입하고 싶어 한다. 그리고 멕시코
의 광산에서 필요한 주석은 일본의 나가사키, 히라도, 사쓰
마에서 다량으로 얻을 수 있고 또 만약 멕시코와의 통상이
좌절되면 일본과의 무역은 네덜란드나 영국이 독점하게 되
는 불리함도 차례차례 역설했다.

　"하지만 일본에서는 17년 전 그리스도교도를 박해하기
시작했지. 그건 지금도 계속되고 있다고 하는데, 그런 나라
에 스페인인 선교사를 보낼 수 있을까?"

　대주교는 얼굴에서 웃음을 지우고 손으로 가슴을 누르며
말했다.

　1598년 나가사키에서 26명이 순교했다는 소식이 이곳 멕

시코에도 전해졌다는 것은 나도 알고 있었다.

"사태는 개선되고 있습니다." 나는 변명했다. "일본의 새로운 권력자는 무역과 포교를 분리한 잘못을 깨닫고 이 사절들의 주인에게 명해 그 영내에서만은 그리스도교를 인정하는 승인도 내렸습니다. 그 영내에서 무역이 활발해지면 다른 귀족들도 그것을 모방하여 선교사를 환영하겠지요. 사실 저와 함께 바다를 건너온 일본 상인들은 기꺼이 하느님의 가르침에 귀를 기울이고 있습니다."

나는 이렇게 말하며 대주교의 반응을 슬쩍 살폈다.

"그들은 세례를 받을 생각인가?"

내가 꺼낸 비장의 카드에 대주교는 비로소 흥미를 느낀 듯 의자에서 일어났다.

"받을 거라고 믿고 있습니다."

"어디서, 언제?"

"이곳 멕시코시티에서 곧 받을 겁니다."

우리의 대화를 알아듣지 못하는 네 명의 사절들은 여전히 무표정한 얼굴로 서 있었다. 그들이 우리의 스페인어 대화를 이해할 수 없는 것이 내게는 다행이었다.

"아무쪼록 이 사절들에게도 축복을 내려주십시오."

대주교는 두툼한 손을 들어 일본인들에게 축복을 내려주고 사절들은 아무것도 모른 채 그 축복을 받았다. 나는 이 대주교가 내일이라도 멕시코시티의 유력자들에게 이들 일본인의 세례 이야기를 하도록 노린 것이다. 이야기가 퍼져 나가면 일본에 대한 나쁜 평판은 완화될 것이 틀림없다. 그런 의미에서 그것은 내가 의도적으로 깔아 둔 복선이었다.

방문을 마치고 수도원으로 돌아오고 나서 상인들을 모이게 했다.

"아카풀코까지 운반된 자네들의 짐은 머지않아 멕시코시티에 도착할 거네."

기뻐하는 그들에게 나는 그 짐을 판매하는 것은 어렵다고 분명히 알려주었다. 그것은 일본에서의 기리시탄 박해를 이 지역 사람들도 알고 있어서 이곳의 유력자들은 일본인에게 좋은 마음을 갖고 있지 않기 때문이라고 설명했다. 그리고 동요하는 그들에게 등을 돌리고 방으로 돌아갔다.

내가 떠난 후 상인들은 서로 뭔가를 의논했다. 그 의논이 어떤 것일지 나는 이미 알고 있었다. 나는 기도하며 그들의 답을—그렇다, 기도하며 가만히 기다리고 있었다. 머지않아 이가 누런 상인이—그는 배 안에서 자신에게만 멕시코에서 거래할 특권을 달라고 말한 사내인데—몇 명의 동료와 주뼛주뼛 방으로 찾아왔다.

"신부님." 이가 누런 사내가 알랑거리는 듯한 엷은 웃음을 띠며 말했다. "신부님, 모두 기리시탄에 귀의하고 싶다고 합니다."

"뭐 때문이오?" 내 목소리는 차가웠다.

"기리시탄의 가르침이 고마운 것이라는 걸 알았기 때문입니다."

그는 머뭇거리며 장황하게 자신들의 마음을 설명했다. 내 생각대로 되었다. 내가 취한 술책이 수많은 선량한 그리스도 교도로부터 비난받는다는 것은 알고 있다. 하지만 일본을 하느님의 나라로 만들려면 보통의 수단으로는 안 된다. 설사이 상인들이 이익을 위해, 거래와 장사를 위해 주님과 세례를 이용했다고 해도 하느님은 세례를 받은 그들을 내버리지 않을 것이다. 한번 주님의 이름을 입에 담은 사람을 주님은 결코 내버려 두지 않기 때문이다. 나는 그렇게 믿고 싶었다.

예상했던 대로 아니, 내가 계산했던 대로 일본인들이 세례를 받는다는 소식은 대주교로부터 수도사의 입으로 또 유력자에게, 그리고 멕시코시티 시중으로 확산되었다. 지난 며칠 동안 만나는 사람마다 내게 그 질문을 했다. 소문이 총독의 귀에까지 들어가기를, 나는 지금 거미가 거미줄에 먹이가 걸리는 것을 기다리듯 가만히 기다리고 있었다. 그리고 이곳 멕시코시티 사람들의 호기심과 만족 안에서 일본인들은 훌륭하게 세례를 받을 것이다. 그리고 더욱⋯ 사람들에게 그런 업적을 보인 내가 일본의 주교에 어울리는 인물이라는 것도 깨닫지 않을 수 없을 것이다.

　'주여, 제가 선택한 이 행위가 비열한 걸까요? 언젠가 그 나라에 당신을 찬양하는 노래가 흐르고 신앙의 꽃이 피게 하려고 저는 그런 거짓말을 하고 계략을 썼습니다. 하지만 그런 술책을 쓰지 않으면 안 될 만큼 일본이라는 땅은 당신의 씨앗이 싹트기에는 너무 단단합니다. 누군가의 손을 더럽히지 않으면 안 됩니다. 손을 더럽히는 자가 달리 없는 이상 저는 당신을 위해 제 손이 흙투성이가 되는 것을 마다하지 않겠습니다.' 하지만 왜 나는 이렇게까지 그 나라와 그 나라 사람들에게 집착하는 걸까. 이 세계에는 포교하기 좀 더 쉬운 나라들이 있다. 그런데도 내가 일본에 집착하는 것은 먼 섬, 먼 대륙을 정복하려는, 우리 일족의 야망과 같은 피가 내 몸 안에도 흐르고 있기 때문일까. '일본이여, 네가 내게 벅찬 나라일수록 내 투지는 끓어오르고, 이 세계에는 너밖에 없다고 생각할 만큼 나는 너에게 집착하고 있다.'

　그렇다면 하느님의 나라와 그 의(義)를 구하라. 성 미카엘의 일요일, 이곳 멕시코시티의 산 프란시스코 수도원 부속 교회에서 일본인 38명이 과달카사르 수도원장에게 세례를 받았다. 오전 10시, 종루의 종이 소리 높이 울려 퍼지고 그 소리는 멕시코시티의 파란 하늘로 퍼져나갔고, 사람들이 그

의식을 보기 위해 모여들었다. 두 열로 늘어선 일본인들은
각자 손에 촛불을 들고 수도원장 앞에 나가,

"너는 우리 주님과 교회, 한없는 생명을 믿는가?"

라는 질문에

"믿습니다"

하고 소리 내서 맹세했다.

성당에 가득 찬 사람들은 그 소리를 듣고 어떤 자는 무릎
을 꿇고 어떤 자는 눈물을 흘렸다. 모두가 이들 이방인에게
쏟아진 하느님의 사랑에 감사하고 주님을 찬양했다. 그때
다시 종루의 종이 소리 높이 울려 퍼졌다. 수도원장의 부제
(副祭)를 했던 나도 이루 말할 수 없는 감격에 가슴이 죄어왔
다. 이들 38명의 일본인 상인들이 세례를 받은 동기가 비록
이익을 위한, 거래를 위한 것이라고 해도 세례라는 성사(聖
事)는 그들의 마음을 넘어 작용할 것이 분명했다. 일본인들
은 수도원장 앞에 한 사람 한 사람 무릎을 꿇고 이마에 세례
의 물을 받은 후 얌전한 얼굴로 자리로 돌아갔다. 나는 그들
을 위해 진심으로 기도했다.

과달카사르 수도원장은 그들을 위해 다음과 같은 설교를
했다. 이곳 멕시코에서 수많은 인디오가 지금 스페인의 보
호 아래 야만스러운 풍습과 사악한 종교를 버리고 하느님의
길을 걷고 있다. 마찬가지로 이 38명의 일본인이 그 사악한

종교를 버리고 거룩한 손에 의해 받아들여졌다. 성당을 메운 사람들과 함께 일본이 하루빨리 하느님의 나라가 되기를 빌고 싶다고 말했다. 그가 십자를 긋자 성당의 웅성거림이 사라지고 모든 참석자는 무릎을 꿇고 고개를 숙였다.

제단에서 나는 사절들을 살폈다. 그들은 제단에서 세 번째 줄에 자리가 배정되었지만 마쓰키의 모습이 보이지 않았다. 니시는 호기심과 흥미를 갖고 식의 진행을 바라보고 있었고, 다나카와 하세쿠라는 팔짱을 낀 채 나의 움직임을 눈으로 좇고 있었다. 마쓰키의 자리만이 비어 있고, 그 빈자리는 분명히 이 세례 의식을 거부한 마쓰키 주사쿠의 의지를 드러내 주었다.

식이 끝난 후 나는 다나카와 하세쿠라에게,

"당신들은 저 상인들을 아주 불쾌하게 생각하십니까?"

하고 물었다. 그리고 군중에 둘러싸여 꽃다발을 받는 상인들을 가리키며 덧붙였다.

"하지만 저분들은 멕시코시티 사람들로부터 친구로 받아들여지고 있습니다. 앞으로 저분들의 거래는 순조롭게 진행되겠지요."

두 사람은 입을 다물고 있었다.

"그것만이 아닙니다. 멕시코의 총독에게 일본과의 통상을 승인받기 위해서도 오늘의 이 의식이 허사가 아니어야 한다고 생각합니다만…."

나의 빈정거림에 다나카는 눈길을 돌리고 하세쿠라는 당황한 표정을 보였다.

일본인의 세례에 기분이 좋아진 대주교의 조언으로 아쿠냐 총독과 사절들의 회담이 생각보다 빨리 결정되었다. 그 소식을 전하자 사절들은—마쓰키까지도 내게 처음으로 서툰 웃음을 보였다.

회견이 예정된 월요일, 사절들은 총독이 보낸 마차를 타며 각자의 종자에게 창과 깃발을 들게 했다. 나도 마차로 수도원에서 총독 관저까지 따라갔다. 지난번의 세례 의식 이야기가 멕시코시티 시중에 널리 퍼졌기 때문에 길을 걷는 사람들이 손을 흔들며 환영의 소리를 질러주었다. 그러나 사절들은 너무 긴장한 탓인지 그 환성 속에서도 일본인 특유의 화난 듯한 얼굴을 누그러뜨리지 않았다.

그들의 긴장감은 멕시코시티 중심에 있는 총독 관저의 문을 지나 삼엄한 위병이 정렬한 가운데 마차를 대는 곳으로 들어갔을 때 한결 더 높아졌다. 젊은 니시의 무릎이 조금씩 떨리는 것이 보일 정도였다. 검게 빛나는 갑주와 창으로 장식된 접견실에서는 스페인 귀족답게 키가 큰 총독이 두 명의 비서관과 함께 우리를 기다리고 있었다. 그는 야윈 얼굴에 콧수염을 기르고 있었는데 자신이 내민 손을 알아차리지 못한 일본인이 일본식으로 고개를 숙이자 난감한 듯 어깨를 으쓱해 보였다.

그건 그렇다 치더라도 사절들의 일본식 인사와 총독의 스페인풍의 호들갑스러운 연설의 교환은 우스꽝스러운 볼거리였다. 이 두 나라의 국민성은 근본적으로 매우 달랐지만 형식의 존중이나 과장된 인사는 서로 비슷했다. 총독은 일본에 표착한 스페인인 선원을 보호하고 송환해준 일본 왕의 후의에 감사를 표하고 일본 배가 무사히 멕시코에 도착한 것을 축하하며 일본과 멕시코가 함께 번영하기를 바란다고 장황하게 이야기했다. 그러자 사절 중 하세쿠라가 정중하게 영주의 서한을 머리 위로 올리며 총독 앞으로 나아갔다. 양자 모두 자신들의 우스꽝스러움을 알아채지 못하고 아주 진지했다.

"우리는 일본 사절들이 멕시코시티에서 충분히 쉴 수 있도록 힘을 다하고 싶소."

총독은 내게 이렇게 말했지만 정작 중요한 문제에 대해서는 언급을 피했다. 시간이 지남에 따라 과연 사절들도 당황스러운 표정을 보였고, 두뇌가 예리한 마쓰키가 견디지 못하고 영주의 서한에 대한 답을 듣고 싶다고 압박했다.

"나한테는 이 서한에 답할 권한이 없습니다. 물론 그런 희망을 마드리드에 전하는 것은 굳게 약속합니다만."

총독은 당황하며 이렇게 말했다.

깜짝 놀란 사절들이 일제히 내 얼굴을 쳐다봤다. 그들은 마치 어른에게 도움을 청하는 아이들 같은 불안감을 얼굴 가득 드러내고 있었다.

"일본인들은 마드리드에서 그 대답이 언제 도착하는지 알고 싶어 합니다."

내가 사절들을 대변해서 물었다.

"문제가 문제인 만큼 협의할 시간을 생각하면 반년은 걸리겠지요." 총독은 어깨를 으쓱해 보였다. "신부님은 물론 알고 있겠지만 멕시코의 동양 무역은 포교와 불가분의 관계가 있어 그것에 대해서는 로마 교황청의 생각도 고려해야만 합니다."

그런 것은 물론 나도 알고 있었다. 멕시코의 총독이 일본과의 무역을 승인할 권한이 없다는 것도 숙지하고 있었다. 그렇기에 일본 사절들과 함께 멕시코로 온 것이다. 하지만 나는 그것을 처음으로 안 것처럼 과장되게 경악하는 모습을 보이며 일본인들에게 전했다. 나의 노림수는 일본인들을 당황하게 하고 어쩔 줄 모르게 하여 내 의향대로 하게 하는 데 있었다. 그래서 나는 이렇게 거짓말을 했다.

"총독은 스페인 본국에서 답변이 오려면 1년이 걸릴 거라고 합니다."

사절들은 큰 타격을 입은 것 같았다.

"1년이나? 1년이나 기다려야 한다고?"

그것을 무시하고 나는 총독에게 몹시 난처한 듯이 말했다.

"사절들은 반년이 길다고 합니다. 그렇다면 오히려 그들은 이곳 멕시코시티에서 스페인으로 건너가 스페인 국왕에게 일본 국왕의 희망을 전하고 싶다고 합니다만….."

"그거야 상관없소만….."

총독의 본심이 이 성가신 일본 사절을 멕시코시티에서 떠나보내는 것임을 간파하고 나는 마중물을 넣었다.

"그 주선을 부탁할 수 있을까요? 그들이 스페인으로 건너가기 위해서요."

"사절들이 희망한다면 거부할 생각은 없습니다. 하지만 멕시코시티에서 멕시코 동쪽으로 가는 것은 굉장히 위험하다는 것도 전해주었으면 합니다."

"위험하다니요?"

"모르고 있었습니까? 베라크루스 근처에서 인디오의 반란이 일어났습니다. 게다가 우리한테는 일본 사절들에게 붙여줄 호위병의 여유가 없습니다."

금시초문이었다. 멕시코에서 대서양을 건너 스페인에 도착하기 위해서는 일단 베라크루스의 항구까지 가지 않으면 안 된다. 그런데 베라크루스 부근에서 인디오 부족이 마을을 불태우고 지주의 저택을 부수며 성직자까지 살상하고 있다는 것은 처음 알았다.

"우리는 1년이나 머물 수 없습니다. 평정소에서는 겨울에라도 돌아오라고 했습니다."

"총독에게 그렇게 말할까요?"

물론 다나카의 그런 말을 나는 총독에게 통역하지 않았다. 나는 재빨리 생각했다. 이 여행의 목적은 일본에서의 포교 권리를 베드로회가 아니라 우리 회가 독점하는 것과 내가 그 주교로 임명되는 것이었다. 그렇게 하기 위해서는 아무리 위험을 무릅쓰고서라도 나는 스페인까지 갈 필요가 있다. 나를 주교로 임명할 수 있는 사람은 스페인 추기경뿐이기 때문이다.

"위험을 각오하고 베라크루스로 가려고 합니다. 그들은 그 책임도 자신들이 지겠다고 말하니까요."

나는 총독에게도 거짓말을 했다.

"하지만 부탁이 있습니다. 멕시코시티에 일본과의 무역에 대해 반대하는 자가 있더라도 멕시코와 일본의 무역은 결코 의미 없는 일이 아닙니다. 우리의 적인 영국과 네덜란드가 계속 일본과의 통상을 노리고 있기 때문입니다."

대주교에게 이야기한 것과 같은 내용을—일본에서 다량

사무라이

으로 나오는 주석이나 은이 아주 저렴해서 신교도인 영국과 네덜란드가 지금 눈독을 들이고 있다는 것, 그러나 일본의 왕은 스페인령 마닐라와의 무역보다는 이곳 멕시코와의 무역을 바라고 있다는 것, 마닐라와의 무역은 베드로회가 참견하기 때문에 앞으로는 우리 회가 중개하는 것이 유리하다는 것—나는 총독에게 역설했다.

"그리고 이곳 멕시코시티에서 우리 수도회가 일본인들에게 세례를 받게 한 것도 본국에 서둘러 알려주었으면 합니다."

지금까지 냉랭했던 그의 눈이 비로소 약간 빛나기 시작했다.

"나쁘게 보고하지는 않겠습니다." 그는 내 어깨를 가볍게 두드리기까지 했다. "신부님은 직업을 잘못 고른 게 아닌가 싶소. 선교사가 되기보다는 외교관을 택하는 것이 좋았을 듯싶네요."

완전히 기가 죽어 관저를 물러난 사절들에게는 안됐지만 나는 하느님에게 감사했다. 그리고 충분히 만족했다. 가없게도 일본인들은 멕시코에 도착하면 자신들이 기꺼이 환영받고 영주의 서한 내용은 흔쾌히 수락될 것으로 생각했을 것이다.

정오 가까운 시간, 멕시코시티의 거리에서 통행인들이 다시 사절들과 내가 탄 마차에 환성을 질러주었다.

"달리 방법이 없으니 저 혼자 스페인으로 가서 좋은 답변을 받아 돌아오겠습니다."

풀이 죽어 있는 사절들에게 나는 이렇게 말했다.

그들은 잠자코 있었다. 화가 나 있는 것이 아니라 어떻게 해야 할지를 모르는 것이다. 한 발, 한 발 그들은 내 생각대로 따라오고 있다….

기력을 잃은 사절들이 총독 관저에서 수도원으로 돌아와 마차에서 내렸을 때 환성을 지르고 있는 구경꾼들 속에서 한 인디오가 앞으로 나와 사무라이의 소매를 세게 끌어당겼다. 변발을 등까지 늘어뜨리고 눈만 이상하게 빛나는 사내였다. 깜짝 놀라 멈춰 선 사무라이에게 그는 빠른 말로 뭔가 속삭였다. 군중의 떠들썩한 소리에 그 말을 알아들을 수 없었던 사무라이에게 사내가 다시 한번 되풀이했다.

"일본 사람… 입니다."

너무 놀란 나머지 사무라이는 말도 나오지 않았다. 아카풀코에서 멕시코시티로 오는 도중 들른 마을에서 일본인이 있다는 말을 들었지만 이런 곳에서 이렇게 빨리 만나리라고는 생각도 하지 못했기 때문이다. 사무라이의 얼굴, 사무라이의 의복에서 일본 냄새를 맡듯 사내는 소매를 세게 움켜 쥐고 움직이지 않았다. 얼마 후 오우, 오우, 하고 신음하는 듯한 소리를 내고 그 눈에 눈물이 고이더니 볼을 따라 흘러 내렸다.

"테칼리라는 마을에 있습니다." 사내는 다시 빠른 말투로 말했다. "하지만 이건 신부님께는 비밀로 해주십시오. 저는 기리시탄을 버린 전(前) 수도사니까요."

그러고 나서 그는 나중에 걸어서 돌아온 벨라스코를 보자 서둘러,

"테칼리라는 마을, 푸에블라 근처의 테칼리라는 마을입니다"

하는 말을 남기고 군중 속으로 모습을 감췄다. 멍한 사무라이가 간신히 정신을 차리고 그를 찾았더니 눈물범벅이 된 그의 얼굴이 군중들 사이에서 가만히 이쪽을 응시하며 미소를 띠고 있었다.

방으로 돌아온 후 사무라이로부터 이 이야기를 들은 니시 규스케는 눈을 빛냈다.

"테칼리라는 마을로 가보지요. 어쩌면 우리한테 도움이 되는 통역이 될지도 모릅니다."

"벨라스코한테 말하지 않고 갈 수 있을까?" 여느 때처럼 다나카 다로자에몬은 코웃음을 쳤다.

"우리는 벨라스코 없이 아무것도 할 수 없어요. 그놈 생

각대로지요."

"그렇다면 벨라스코 외에 우리만의 통역도 필요하다고 생각합니다."

"도움이 안 됩니다." 마쓰키 주사쿠도 고개를 가로저었다. "기리시탄을 버렸으니까 신부들에게 비밀로 하라고 당사자가 말했다지 않습니까?"

여느 때처럼 이런 의논이 한탕일 때 사무라이는 구석에서 잠자코 있었다. 말주변이 없기 때문이기도 하고 골짜기 사람 특유의 소심함 때문이기도 했다. 그는 누군가와 말다툼을 하고 상대와 계속 서먹서먹하게 있는 것은 손해라고 생각한다. 자신의 감정이나 생각은 부득이한 경우가 아니면 입 밖에 내지 않는다. 그것이 골짜기 농민들의 성격이었는데 사무라이도 그런 농민들과 마찬가지였다.

"그렇다면 이대로 팔짱을 끼고 벨라스코 님의 말만 들어야 하는 건가요?"

니시의 질문에 다나카도 마쓰키도 입을 다물었다. 어떻게 해야 할지, 누구도 결정할 수 없는 일이었다.

"그때까지 우리는 이곳 멕시코시티에 머무는 건가요?"

다나카에게 늘 꾸중만 들은 것에 대한 화풀이인지 니시가 놀리듯 같은 질문을 되풀이했다.

"벨라스코 님은 혼자 스페인에 간다고 했습니다."

"벨라스코는 혼자 스페인에 갈 생각이 없어." 마쓰키가 고개를 가로저었다. "그 사람은 우리가 따라올 거라고 내심 생각하고 있는 거야."

그런 마쓰키를 다른 세 사람이 주목했다. 사무라이는 남을 깔보는 듯한 마쓰키의 말투와 빈정거림이 늘 불쾌했지만 날카로운 두뇌만은 인정하지 않을 수 없었다.

"그걸 어떻게 알지?" 다나카가 물었다.

"벨라스코의 입장이 되어 봅시다. 일본인 사절을 스페인까지 데리고 가 아주 화려하게 입성해서 상사, 동년배들한테 자신의 공적을 보이는 것이 득책이겠지요. 이곳 멕시코 시티에서도 상인들을 기리시탄으로 만들어 자랑스럽게 행동하는 것을 결부시켜 생각해보면 그 사람의 의도를 추측할 수 있습니다. 스페인은 벨라스코가 태어난 나라입니다. 자기가 태어난 나라의 수도에서 우리 일본인 사절들을 왕이나 고관, 기리시탄 성직자들에게 보여주면 존경받겠지요. 그게 그 사람의 노림수입니다."

"그렇다면 우리는 벨라스코의 감언이설에 넘어가 스페인에 따라가는 것을 하지 않는 것이 좋겠네요."

니시는 모두의 얼굴을 둘러보았다.

"하지만 스페인에 가는 것이 평정소와 멕시코의 거래에 도움이 된다면…."

이런 때 평소 말수가 적은 사무라이가 자기 자신을 타이르듯이 말했다.

팔짱을 끼고 있던 다나카도 고개를 끄덕였다.

"하세쿠라 님이 말하는 대로입니다. 벨라스코가 무슨 생각을 하든 소임을 완수하는 것이 제일 중요하니까요."

"그건 깊이 생각해볼 만한 문제지요." 마쓰키는 볼에 엷은 웃음을 띠었다. "우선 평정소는 되도록 빨리 소임을 완수하고 귀국하라는 명령을 내렸습니다. 스페인에 가면 귀국은 아주 늦어집니다."

"귀국이 늦어지더라도… 설사 2년이 걸리더라도 소임을 완수하는 것이 제일 중요하겠지요."

"그렇다면 다나카 님은 벨라스코의 말대로 임무를 위해서라면 스페인에서 기리시탄이 될 수도 있다는 거요?"

마쓰키는 기리시탄을 싫어하는 다나카에게 빈정거리는 말을 퍼부었다.

"그러면 안 되는 건가요?" 니시가 끼어들었다. "상인들도 장사를 위해 기리시탄이 되었습니다. 그게 소임을 완수하는 데 도움이 된다면…."

"어리석은 말은 하지 말게."

마쓰키가 모두가 놀랄 만큼 소리를 질렀다. 그의 볼에서 비웃는 듯한 엷은 웃음이 사라졌다.

"니시, 방편이라도 기리시탄이 되어서는 안 되네."

"어째서입니까?"

"자네는 아무것도 모르네." 마쓰키는 니시를 가엾게 여기는 듯 바라보았다. "자네는 평정소의 분쟁을 몰라서 그래. 이 여행에서 우리 메시다시슈를 사절로 뽑은 경위를 생각해본 일이 없을 거야."

"잘 모르겠습니다. 마쓰키 님은 알고 있습니까?"

니시도 다나카도 마쓰키를 응시한 채 대답을 기다렸다.

"나는 배 안에서 그 생각만 하고 있었소. 그래서 짚이는 것이 몇 가지 있었지."

"무엇입니까?"

"하나는 옛 봉토를 돌려달라는 우리 메시다시슈의 청원을 막기 위해서지. 그 힘든 여행에 메시다시슈 몇 명을 보내놓고, 도중에 바다에 빠져 사라지면 그걸로 좋은 거고, 또 어려운 소임을 제대로 수행하지 못했을 때는 충실하지 못했다는 명목으로 우리를 처벌하여 메시다시슈의 본보기로 삼는 거네. 그게 평정소의 생각이야."

"말도 안 돼." 다나카는 두 무릎을 짚고 침대에서 일어났다. "시라이시 님은 이 사절 임무를 완수하면 옛 봉토 건을 고려해보겠다고 나한테 확실히 말씀하셨네."

"시라이시 님 말입니까?" 마쓰키는 다시 볼에 비웃음을 띠었다. "하지만 평정소는 시라이시 님 혼자가 아닙니다. 아니, 시라이시 님 등의 움직임을 달갑게 보지 않는 중신들도 있지요. 아유가이 님 등이 그런 사람들입니다. 시라이시 님 등과 달리 아유가이 님은 벨라스코도 기리시탄도 싫어하십니다. 벨라스코를 통역으로 쓰는 것에도 처음부터 이의를 제기했어요. 아유가이 님은 영내에 기리시탄을 늘리는 것은 장래의 화근이 될 거라고 생각하고 있거든요."

"그렇다면 왜 도쿠가와 이에야스 님이나 쇼군까지 이번 일을 허락했단 말인가?"

"아유가이 님은 그것을 영주님에 대한 쇼군 가문의 함정으로 생각하고 있습니다. 에도에 붙은 다른 큰 번들만큼 얕잡아보기 힘든 세력을 가진 영주님을 언젠가 제거하기 위해 함정을 판 것으로 생각할 수 있지요. 그래서 아유가이 님 등은 에도에서 쫓겨난 벨라스코를 등용하는 것에 반대하셨습니다. 하지만 시라이시 님의 의견이 통과되어 의논한 끝에 적어도 중신을 사절로 보내는 것은 그만둔 거지요. 그 대신 우리처럼 신분이 낮은 메시다시슈를 뽑은 겁니다."

마쓰키는 마치 자신이 평정소의 내분을 목격하고 온 것처럼 명확하게 일의 경위를 말했다. 논리정연한 이치에 사무라이는 물론이고 말주변이 없는 다나카도, 젊은 니시도 아무런 참견을 할 수가 없었다. 하지만 놀라움을 느끼면서도 세 사람의 목구멍에는 승복할 수 없는 뭔가가 걸려 있었다.

"그건 자네 한 사람의 추측이겠지…."

다나카는 더이상 참지 못하고 말했다.

"물론 내 추측입니다."

"그건 생각할 수 없어."

"동의하건 안 하건 자기 마음이지요." 마쓰키는 정색을
하고 나섰다. "하지만 하세쿠라 님과 니시한테는 말해야겠
어. 벨라스코의 그 격렬함에 이용당하지 말게. 소임이라고
해도 놈의 술책에 넘어가면 귀국해서 신세를 망칠 수도 있
으니까. 귀국할 때 시라이시 님이 평정소에서 권세를 잃고
그 대신 아유가이 님 같은 사람이 필두에 나서게 되면 우리
에 대한 취급도 달라질 거네. 우리는 이 여행 중에 영내의
변화 양상에도 대처하지 않으면 안 되는 거지."

머리가 아프다. 마쓰키와 다나카의 논쟁이 계속되었다.
사무라이는 혼자 있고 싶었다. 방을 살짝 빠져나가 낮잠 자
는 시간(시에스타)이 아직 끝나지 않은 수도원의 쥐 죽은 듯
조용한 복도를 지나 안뜰로 나갔다. 연못 배후에는 말라빠
진 사내가 십자가에 매달려 고개를 늘어뜨리고 있다. 분수
에서 물이 희미한 소리를 내며 흘러나오고 있고, 그 주변에
는 일본에서 본 적 없는 꽃이 불꽃처럼 피어 있다.

골짜기에서 자라고 그 좁은 곳을 단 하나의 세계로 삼고 살아온 메시다시슈인 그는 마쓰키가 말하는 정치를 알 수 없었다. 평정소 안에 그가 모르는 복잡한 암투가 있다는 건 생각해본 적도 없었다. 그는 단지 시라이시의 말에 따라 이 여행을 계속하고 있을 뿐이다. 하지만 마쓰키는 자신들 메시다시슈가 사절로 뽑힌 것은, 하나는 메시다시슈들의 봉토 교체의 불만에 종지부를 찍기 위해서이고, 또 하나는 시라이시나 아유가이 같은 중신들 간의 갈등 때문이라고 한다.

손가락으로 눈꺼풀을 비비고 불꽃과도 같은 안뜰의 꽃을 멍하니 바라보며 가냘픈 분수 소리를 들었다. '멕시코에서… 먼 스페인으로 갈지도 모른다' 하고 그는 아내 리쿠의 얼굴을 떠올리며 중얼거렸다. '하지만 나는 시라이시 님의 말을 믿는 것 외에 다른 방법이 없다.'

하지만 그것만도 아니었다. 마음속에는 약삭빠른 마쓰키에 대한 반발심이 있었다. 평정소의 의도에 대한 마쓰키의 상상을 거스르고 싶은 감정도 일었다.

등 뒤에서 발소리가 들렸다. 니시가 한숨을 내쉬며 서 있었다.

"지쳤습니다."

"마쓰키는 늘 사물을 나쁘게만 생각하지. 나는 그게 싫네."

사무라이는 고개를 끄덕이며 이렇게 말했다.

"마쓰키 님은 사절들 중 한 사람은 상인들과 함께 귀국해서 평정소에 일의 형편을 보고하고 다른 자들은 멕시코시티에 남아야 한다고 했습니다. 서한을 멕시코의 총독에게 건넨 것만으로 소임은 완수했다, 나머지는 이 땅에 머물며 스페인으로 가는 벨라스코의 소식을 기다리는 것이라고 했습니다."

"완수하지 못했지. 시라이시 님도 결과를 내라고 하셨네. 나는 그 말을 기억하고 있지. 나는 마쓰키의 생각에는 가담할 수 없네."

"그렇다면 스페인에 가는 겁니까? 저도 가고 싶습니다. 임무도 그렇지만 지금은 낯선 나라, 낯선 도시가 마음을 자극합니다. 세상이 얼마나 넓은지 알고 싶거든요."

파도가 서로 다투는 바다, 눈이 미치는 한 육지의 그림자도 보이지 않는 광활한 바다가 뇌리에 떠올랐다. 젊은 니시는 아직 그런 드넓은 세계를 보고 싶다고 한다. 하지만 사무라이는 넓은 세계로 들어가는 것은 내키지 않았다. 그 역시 지쳐 있었다. 골짜기로 돌아가고 싶은 마음이 갑자기 가슴을 죄어와 니시를 부러운 듯 쳐다봤다.

다나카가 안뜰에 모습을 드러냈다. 노여움이 아직 진정되지 않는지 자갈을 연못으로 차며,

"약아빠진 놈이⋯."

하고 마쓰키에게 욕을 퍼부었다. 하지만 그도 결심이 서지 않는 듯 안뜰의 의자에 힘없이 앉더니 사무라이와 니시가 있는 것을 보고 말했다.

"하세쿠라, 마쓰키가 무슨 말을 하든 우리한테 이 소임을 완수하는 것 외에 출세할 가망이 어디 있겠나? 나는 평정소의 속사정 같은 건 전혀 모르네만⋯ 메시다시슈인 몸으로 옛 봉토를 돌려받기 위해서는⋯ 이 여행에 나설 수밖에 없었지."

고개를 숙인 다나카의 얼굴에 슬픔이 스치고 그 목소리가 우는 것처럼 떨려 나왔다.

저녁 무렵, 사무라이는 요조 등 세 명의 거처로 찾아갔다. 거처라고는 해도 상인이나 종자들은 이 수도원에서 방 대신 복도에 짚 매트를 깔고 지내고 있었다.

사무라이를 보고 일어난 세 명을 손짓으로 불러 복도 끝으로 데려갔다. 주인의 굳은 표정에 뭔가를 느낀 그들은 개처럼 가만히 주인의 말을 기다리고 있었다.

"여행을 계속하지 않으면 안 되게 되었어." 사무라이는 눈을 깜박거렸다. "다시 바다를 건너 먼 나라로 갈 거야."

사무라이는 이치스케와 다이스케의 몸이 떨리는 것을 알

아차렸다.

"마쓰키 님과 상인들은 이곳에 남았다가 연말에 큰 배를 타고 쓰키노우라로 돌아가게 되었어."

종자들에게 가장 괴로운 이 말을 사무라이는 단숨에 말했다.

"하지만 우리와 두 사절은… 스페인으로 갈 거야."

요조는 잠자코 사무라이를 쳐다보고 있을 뿐이었다. 사무라이는 이치스케와 다이스케는 모르겠지만 요조는 자신을 버리지 않을 거라고 생각했다. 사무라이는 자신과 마찬가지로 요조 역시 운명에 거역한 적이 없다는 것을 알고 있었다.

제5장

해야 할 일은 모두 했다. 이제 멕시코시티에는 여한이 없다. 우리 바울회 수도원장은 물론이고, 사람 좋은 대주교는 나의 포교 공적과 수많은 일본인 상인이 나의 교화로 세례를 받은 사실을 마드리드로 보내는 편지에 써주었다. 그리고 아쿠냐 총독은 일본과의 무역이 신교도 국가들의 선점을 막기 위해서도 의미 있는 일이라고 왕실 보좌관에게 보고해주었다. 이 두 통의 편지야말로 베드로회의 책동을 막기 위해 어떤 추천장보다 더 중요했다. 나의 멕시코시티 체재는 성공했다고 봐도 좋을 것이다.

출발이 가까이 다가온 나날, 쾌청한 날이 계속되었다. 나는 수도원에서 미사를 드리고 이제 막 세례를 받은 일본인 상인들에게 성체를 주었다. 그들은 확실히 이익을 위해 기리시탄이 되었다. 하지만 그 동기가 무엇이든 그들은 하느님과 관계를 맺은 것이다. 일단 하느님과 관계를 맺은 자는 하느님에게서 도망칠 수 없다. 이들 일본인 상인들은 그들이 가져온 짐을 그 세례 의식 덕분에 이 지역 업자에게 다 팔았다. 그리고 멕시코의 양털이나 모직물을 충분히 매입했다. 4개월 후 그들은 이 물품을 배에 싣고 일본으로 돌아가 큰돈을 벌 것이다.

"신부님이 성시로 돌아오실 때는 신부님의 교회를 지어 놓고 기다리고 있을 겁니다."

상인들은 얼굴에 웃음을 보이며 감사를 표했다.

좋은 이야기다. 특히 누런 이의 사내는 나를 슬쩍 끌고 가 속삭였다. 만약 멕시코의 양털 거래를 독점하게 해주면 그 이익의 1할을 언제든 우리 회에 기증하겠다는 것이다. 나의 계획은 틀리지 않았다. 그 성시가 나가사키보다 화려한 기리시탄의 도시로 바뀌는 모습을 떠올리자 기뻤다.

하지만 모든 것이 아주 순조롭게 진행된 것은 아니었다. 내가 예상했던 대로 사절들은 나를 따라 먼 스페인까지 가겠다고 말했지만 마쓰키 주사쿠라는 사람만은 멕시코시티에 머물다가 일본인 상인들과 함께 귀국하겠다고 했다. 그가 다른 사절들에게 나에 관한 험담을 한 것은 예상했지만 그가 동료들과 헤어지고 사절로서의 소임을 도중에 포기하는 것은 기괴한 이야기다. 그 행위는 평정소의 문책을 당할 일인데도 굳이 귀국을 서두르는 것은 틀림없이 뭔가 이유가 있을 것이다. 나는 마쓰키가 실은 사자로서 온 것이 아니라 평정소에서 내 행동을 감시하고 그것을 보고하는 임무를 맡은 것이 아닐까 하는 생각까지 했다. 일본인은 모든 점에서 그만큼 교활한 수를 쓰는 것이다.

하지만 마쓰키가 빠지는 것은 생각하기에 따라 유리하기도 하다. 성실하고 정직한 하세쿠라 로쿠에몬, 수탉처럼 거만하게 구는 마쓰키처럼 예리하지 않은 다나카 다로자에몬, 젊은 니시 규스케만이라면 앞으로의 여행에서 내 의지를 관철하기가 쉬워진다. 그렇게 생각하기에 나는 다나카가 마쓰키에게 분개하는 것을 보고도 달래려고 하고 있다.

걱정되는 점은 그런 것이 아니다. 베라크루스까지 가는 도중에 맞닥뜨릴지도 모르는 아즈텍족의 반란이다. 총독은 우리에게 호위병을 붙여줄 수 없다고 했다.

반란은 어리석은 스페인 농장주들의 잘못 탓이다. 이곳 멕시코로 이주해온 스페인인 지주들은 귀족과 마찬가지로 농지나 목초지를 사유하는 것을 국왕으로부터 허락받았는데, 그들은 그 특권을 이용하여 소작인으로서 인디오들에게 가혹한 노동을 강제하고 그 노동자의 협소한 토지까지 약탈했다. 우리 회는 계속해서 그 지주들에게 반대해왔는데 이

번 반란도 그들의 횡포가 원인이었다. 아즈텍족은 원래 온화한 부족이었고 무기도 돌밖에 없었지만 지금 그들은 총까지 갖고 있다고 한다.

어떤 정복지에도 그런 농장주와 같은 어리석은 자가 있다. 이곳 농장주들은 인디오에게도 적당한 이익을 주고 자신들도 이익을 얻는 지혜를 갖고 있지 않았다. 극단적인 표현을 쓰자면 일본에서의 포교 실패와 판박이다. 자신들의 의지만을 밀어붙이고 일본인의 입장이나 마음을 무시하는 포교의 결함이 이곳 멕시코에서도 형태만 바꿔 농장주와 인디오의 분쟁이 되었다.

불행하게도 우리는 그 반란 지역을 통과해야만 한다. 그러나 나는 일본 사절들에게 이 이야기를 하나도 전하지 않았고, 수도원의 수도사들에게도 그 일에 대해서는 침묵을 지켜달라고 부탁해두었다. 만약 사절들이 그 때문에 꽁무니를 빼기라도 하면 곤란하기 때문이다.

며칠 전부터 나는 「고린토인들에게 보낸 둘째 편지」를 펼치고 성 바울이 전도 여행 때 겪은 재난을 생각했다. "자주 여행을 하면서 강물의 위험, 강도의 위험, 동족의 위험, 이방인의 위험, 도시의 위험, 광야의 위험, 바다의 위험, 가짜 교우의 위험 등 온갖 위험을 다 겪었습니다"[36]라고 성서에는 적혀 있다. 그것은 모두 이방인들에게 하느님의 가르침을 전하기 위해서였다. 바울처럼 나도 "수많은 밤을 뜬눈으로 지냈고 주리고 목말랐으며 여러 번 굶고 추위에 떨며 헐 벗은 일"[37]을 마다하지 않았다. 왜냐하면 내게는 일본이 있기 때문이다. 그 작은 일각수 같은 섬이야말로 주님이 내게 주신 정복지이고 싸워야 할 전장이라는 감정이 멕시코에 오고 나서도 기도할 때마다 더욱 강하게 느껴진다.

출발이 모레로 다가온 날 밤, 선량한 우리 수도원장이 송별 잔치에 일본인들을 초대해주었다. 가나의 혼인 잔치[38]처럼 상인들은 포도주를 마시고 노래를 불렀다. 우리 귀에는 억양 없는, 그리고 어딘지 느슨한 음곡으로 들리는 일본인의 노랫소리가 동석한 수도사들에게는 인디오의 노래 같다고 한다. 다소 취한 일본인들은 이 자리에서 처음으로 고지인 멕시코시티에서 숨쉬기 힘들었던 것이나 음식 냄새와 올리브기름을 먹는 게 고통스러웠다는 것을 털어놓으며 웃었다. 사절들 중 다나카는 특히 술이 셌지만 조금도 흐트러지지 않았고 사절들은 끝까지 일본의 예절을 지키며 식사를 해서 수도사들을 무척 감탄하게 했다.

잔치가 끝났다. 식당에서 수도사들과 밤 기도를 하러 손

---

36) 「고린토인들에게 보낸 둘째 편지」 제11장 26절.
37) 「고린토인들에게 보낸 둘째 편지」 제11장 27절.
38) 「요한복음」 제2장 1절.

을 모으고 성당으로 향하는 나를 마쓰키가 붙잡았다. 우리 두 사람은 서로의 마음을 살피며 표면에는 아무것도 드러내지 않고 작별 인사를 나누었다.

"신부님, 두 번 다시 만나지 못하겠군요."

그는 침울하게 말했다.

"왜 그렇지요? 이 소임이 끝나는 대로 저도 돌아갑니다…."

"아뇨, 이제 일본에는 갈 수 없을 겁니다."

"어째서 그렇지요?"

나는 강한 어조로 고개를 가로저었다.

"신부님, 신부님은 왜 그렇게 우리 영내를 시끄럽게 하고 싶은 건가요?"

고개를 숙인 마쓰키는 얼굴을 들고 애원하듯 말했다.

"시끄럽게 하다니요? 납득이 안 됩니다."

"우리는… 아니, 우리만이 아닙니다. 일본은 오늘날까지 조용히 살아왔는데 신부님들은 왜 그걸 흐트러뜨리려 하나요?"

"흐트러뜨리려고 간 것이 아닙니다. 진정한 행복을 전하고 싶었을 뿐입니다."

"진정한 행복인가요?" 마쓰키는 울었다 웃었다 하는 것처럼 얼굴을 일그러뜨렸다. "신부님들의 진정한 행복이란

게 일본에는 지나치게 독합니다. 강한 약은 어떤 사람의 몸에는 독으로 변합니다. 신부님이 말하는 더없는 행복은 일본에 그런 독입니다. 멕시코로 와서 잘 알 수 있었습니다. 이곳 멕시코도 스페인 배가 찾아오지 않았다면 조용히 살았을 텐데 말이지요. 신부님들의 더없는 행복이 이 나라를 흐트러트렸습니다."

"이 나라를⋯."

나는 마쓰키가 말하려는 것을 추측할 수 있었다.

"확실히 많은 피를 흘린 것은 부정할 수 없습니다. 하지만 우리는 그 보답도 했습니다. 인디오들은 많은 것을 배우고⋯ 특히 더없는 행복에 이르는 길을 알게 되었습니다."

"그렇다면 신부님은 일본도 이곳 멕시코와 마찬가지로 할 생각입니까?"

"제가요? 저는 그렇게 어리석지 않습니다. 저는 일본에도 이익을 주고 기리시탄의 가르침을 확대하는 걸 허락받고 싶을 뿐입니다."

"일본은 신부님들의 나라에서 뛰어난 지혜와 기술은 기꺼이 배웁니다. 하지만 그 밖의 것은 필요 없습니다."

"기술만 흉내 내서 뭐가 되겠습니까? 지혜만을 받아 뭐가 되겠습니까? 기술과 지혜를 만들어낸 것은 주님의 더없는 행복을 찾는 마음입니다."

"신부님이 말하는 더없는 행복은, 작은 우리 섬에는 폐가 되는 겁니다."

우리는 언제까지고 서로의 주장을 양보하지 않았다. 마지막에 입을 다문 마쓰키는 나를 증오하듯 쳐다보고 뒤를 향해 가버렸다. 그가 말한 것처럼 우리는 왠지 앞으로 두 번 다시 만나지 못할 것 같은 기분이 들었다.

출발하는 날은 쾌청했다.

수도원 출구에 모인 상인들은 작별을 아쉬워하며 우리에게 아무 탈 없는 여행을 빌어주었다. 세 명의 사절은 각자 고향으로 보내는 편지와 선물을 자신들보다 한발 앞서 돌아가는 그들에게 맡겼다. 사무라이도 어젯밤 숙부와 장남에게 보내는 편지를 썼다.

"몇 자 적겠다. 일단 내가 있는 곳은 아무 일 없으며 요조와 이치스케, 다이스케도 건강히 잘 지내고 있다. 하지만 세이하치는 불쌍하게도 배 안에서 세상을 떠났다. 어머니께는 두루 공손해야 한다. 자세히 말할 수도 있지만 급한 소식이라 겨우 쓴다."

사무라이는 만감이 교차하는 생각의 만분의 일도 쓰지 못한 이 붓을 원망했다. 그리고 간자부로에게 쓴 이 편지를 틀림없이 몇 번이고 다시 읽을 아내의 애달픈 얼굴을 떠올렸다.

사절들과 벨라스코는 말을 타고 종자는 짐을 실은 당나귀를 끌었다. 상인들에 섞여 수도원장과 수도사들이 손을 흔들며 전송했다. 하지만 사무라이가 밝은 햇볕 속에서 등자에 발을 올렸을 때 마쓰키 주사쿠가 갑자기 옆으로 달려왔다.

"잘 듣게." 그는 사무라이의 바지를 세게 붙잡았다.

"몸을 지키게, 몸을 지키는 걸 잊지 말게."

마쓰키는 놀라고 있는 사무라이에게 말을 덧붙였다.

"평정소는 메시다시슈 같은 건 지켜주지도 비호해주지도 않을 거네. 사절이 된 그때부터 우리는 그 정치의 소용돌이에 휩쓸린 것이거든. 소용돌이 속에서는 자기밖에 믿을 게 없는 거네."

사무라이는 그런 약아빠진 말투에 반발심을 느꼈다. '나는 평정소를 믿네.' 이렇게 소리치고 싶었으나 꾹 참았다.

말 위에서 사무라이는 손을 흔들고 있는 수도사와 상인들에게 고개를 숙였다. 그들 속에서 마쓰키도 팔짱을 끼고 서 있었다. 그들이 한발 앞서 일본으로 돌아갈 것을 생각하니 부러움에 가슴이 죄어왔다. 하지만 지금까지 골짜기에서도 모든 일에 순종했던 사무라이는 지금 자신에게 주어진 운명을 금세 받아들였다. 뒤에서 요조와 이치스케, 다이스케가 당나귀를 끌고 묵묵히 따라왔다.

아카풀코에서 멕시코시티로 올라올 때와 마찬가지로 이번에도 다시 용설란과 선인장이 자라고 있는 황야가 일행 앞에 펼쳐졌다. 멕시코시티라는 고지대에서 다시 평원으로 내려옴에 따라 더위는 점점 심해졌다. 밭을 경작하고 있던 인디오는 일손을 멈추고, 양이나 염소를 쫓고 있던 아이들은 발을 멈추고 언제까지고 일본인들의 이상한 행렬을 바라보고 있었다.

파란 하늘이라기보다는 강렬한 햇볕 때문에 운모 색으로 빛나고 있는 하늘에서는 새 한 마리가 천천히 기류를 타고 이리저리 날고 있었다. 처음으로 보는 독수리다. 황야는 메마른 옥수수밭이나 올리브밭으로 바뀌고 그것이 한동안 이어지더니 다시 선인장이 자라고 있는 황야가 된다. 밭이 있는 곳에 나뭇잎과 가지로 지붕을 이고 진흙으로 벽을 바른 인디오의 오두막이 몇 채 세워져 있고 그 지붕에는 독수리 몇 마리가 앉아 있었다.

일본인들은 화강암이 흩어져 있는 구릉 한구석에 돌담이 남아 있는 폐허가 된 마을 몇 군데를 지났다. 마을에는 텅 빈 광장만 남아 있었다. 일행이 폐허 옆을 걸어갈 때면 꼭 건조한 바람이 돌이 깔린 광장 안에서 소리를 내고 있었다. 그 소리를 들으며 사무라이는 갑자기 마쓰키가 호소하듯 외친 말을 떠올렸다. "정치의 소용돌이 속에서는 자신밖에 믿을 게 없는 거네."

폐허가 된 마을은 기근 때문이려나, 하고 다나카 다로자에몬이 물었다.

"기근 때문이 아닙니다." 벨라스코는 오히려 자랑스럽게 "우리의 선조인 코르테스라는 사람이 백 명이 안 되는 병사로 이들 인디오의 땅을 모조리 빼앗았지요"라고 말했다.

'걱정한다고 뭐가 되겠는가.' 사무라이는 말에 흔들리며 자신을 타일렀다. '지혜가 없는 나는 소임을 완수하는 것만 생각하면 된다. 아버지가 살아 계셨다면 틀림없이 그렇게 말씀하셨을 것이다.'

강이 나타났다. 강물은 말라붙어 있었다. 화강암이 흩어져 있는 민둥산이 나타났다. 그 민둥산 정상까지 올라가자 지평선 너머로 하얀 구름을 뒤집어쓴 거대한 산이 거만하게 나타났다. 그 산은 사절들이 영주의 영지로 알고 있는 그어떤 산과도 비교할 수 없을 만큼 높고 거대했다. 젊은 니시 규스케는 말 위에서 우와, 하고 소리쳤다.

"후지산보다 높습니까?"

벨라스코는 가엾다는 듯 미소를 짓고 그 젊은이를 돌아보았다. "물론입니다. 산 이름은 포포카테페틀[39]입니다."

"정말 세계는 넓네요." 니시는 감개무량하다는 듯이 언젠

사무라이

가와 같은 말을 되풀이했다.

거대한 산은 개미처럼 언덕을 내려가는 일본인들 행렬 앞에 언제까지고 사라지지 않았다. 그 산은 그들이 아무리 걸어도 가까워지지 않았다. 마치 인간 세계를 가만히 응시하고 있는 것 같았다. 그 높은 산을 바라보며 사무라이는 마쓰키의 생각 따위는 이 넓은 세계 안에서 하찮은 것 같다는 마음마저 들었다. 자신은 이제 그 넓은 세계를 향해 걸어가고 있다. 앞으로 무슨 일이 일어날지, 마쓰키가 모르는 세계로 걸어가기 시작한 것이다.

그리고 닷새째가 되는 날 저녁 무렵, 땀투성이가 되어 기진맥진한 일본인들은 한 도시에 도착했다. 도시 성벽이 멀리서 떠올랐다. 성벽 가까이 다가갈 무렵 드디어 대기가 시원해졌다. 그 안에는 수목 냄새, 꽃향기, 생활 냄새가 섞여 있었다. 오랫동안 해가 내리쬐는 사람 없는 황야를 걸어온 사절들은 마치 물이라도 마시듯 그 냄새를 가슴 깊이 빨아들였다.

"푸에블라라는 도시입니다."

성문을 지키는 병사들은 일본인들을 보자 당황하며 모습

---

39) 멕시코에서 두 번째 높은 화산으로 해발 5426미터다. 참고로 후지산은 해발 3776미터다.

을 감췄다. 벨라스코는 손을 들어 행렬을 멈추게 하고 병사에게 총독의 허가증을 보여주기 위해 말에서 내렸다. 그는 세 명의 사절이 얼굴을 마주 보는 것을 눈치채지 못했다. 푸에블라. 그들은 이 도시의 이름을 들은 적이 있다. 인디오와 너무나 흡사한 그 일본인이 입에 담은 이름이었다. 테칼리라고 하는 마을. 푸에블라 근처의 테칼리라는 마을. 그 사내는 빠른 말투로 그 이름을 거듭 말했었다.

드디어 허락을 얻어 일행이 성문을 통과하자 멕시코시티와 마찬가지로 여기서도 시장이 열려 있었다. 변발을 늘어뜨린 인디오 남녀가 무릎을 안고 땅바닥에 앉아 있는 모습이 석상 같았다. 그들은 채소나 과일이나 타라베라라는 도기, 긴 사라페, 차양이 넓은 솜브레로를 늘어놓고 팔고 있었다. 그 사이를 염소떼가 방울 소리를 울리며 지나간다. 인디오들은 일본인을 어딘가 산악 시대에서 온 종족이라고 생각한 모양인지, 특별히 놀라지도 않았다. 사무라이는 문득 가슴이 아플 만큼 골짜기에 대한 향수를 느꼈다. 아내와 아이들은 지금 무엇을 하고 있을지 생각했다. 그것은 오랫동안 아무도 없는 황야를 지나다가 드디어 인간 냄새가 나는 장소에 도착했기 때문인지도 모른다.

일본인들은 벨라스코를 따라 푸에블로의 산 프란시스코 수도원으로 향했다. 멕시코시티에서의 생활을 경험한 일본인들은 마중 나온 수도사와 악수를 하고, 말은 알아듣지 못하지만 볼에 웃음을 띠고 고개를 끄덕였다. 일동은 창이 열려 있는 큰 방 하나를 할당받았는데 창으로 꽃향기가 흘러들었다.

"어떻습니까?" 먼지투성이인 잠방이를 벗으며 니시 규스케가 사무라이에게 조그만 목소리로 "그 일본인을 찾아가시겠습니까?" 하고 물었다.

"찾아가고 싶지만 소임을 지닌 몸이네." 사무라이도 벨라스코에게 들리지 않도록 목소리를 죽였다. "하지만 그 사람도 우리가 이곳 푸에블라에 도착했다는 것을 알고 있겠지. 다시 나타날 것 같은 생각이 드네."

밤이 되었다. 저녁을 마치고 잠자리에 눕자 멕시코시티와 마찬가지로 여기서도 종소리가 들린다. 도시 광장에 30년 전에 세워진 대성당의 종소리를 들으며 황야의 여행에 지친 일본인들은 깊은 잠에 빠져들었다. 얼마 후 복도에서 발소리가 들리고 촛대를 든 벨라스코가 방을 들여다보러 왔다. 일동이 조용히 자고 있는 것을 확인한 그는 다시 발소리를 죽이며 떠나갔다.

꿈속에 다시 골짜기가 나타났다. 가랑눈이 날릴 것 같은 낮은 은빛 하늘이 늪 위를 뒤덮고 있었다. 사무라이와 요조는 골짜기에서 '게라'라고 하는 도롱이로 몸을 감싸고 짚신을 신은 채 여기저기 딱딱하게 얼어붙은 눈이 남아 있는 물가에서 숨을 죽이고 있었다. 마른 갈댓잎 뒤로 검은 수면과 그 수면에 모여 있는 쇠오리 떼가 보인다. 요조가 사무라이의 어깨를 두드리며 늪 깊숙한 나무 밑에서 긴 목을 물속에 처박고 있는 백조 한 마리를 가리켰다. 농민들이 흰새라고 부르는 철새다.

사무라이가 고개를 끄덕이며 불씨를 후후 불고 있는 요조의 숨소리를 듣고 있었다. 그 백조는 어느 나라에서 건너왔을지 멍하니 생각한다. 매년 겨울이 되면 그 새떼가 겨울 하늘을 날아 반드시 골짜기로 찾아온다. 바다를 건너 먼 낯선 나라에서 온 새였다.

요조의 신호로 사무라이는 서둘러 귓구멍을 손가락으로 막았다. 하지만 총성은 컸다. 수십 마리의 쇠오리가 날아올랐다. 도약한 백조는 일단 수면에 부딪친 후 날갯짓을 하며 활주한다. 수면에는 몇 개의 파문이 일고 그 파문처럼 총성도 차가운 공기 속을 퍼져나갔다. 맞히지 못해 다행이라고 사무라이는 생각했다. 귓속에서 총성의 여운이, 코에는 화약 냄새가 언제까지고 남아 있다….

사무라이의 예상은 적중했다. 그 이튿날 저녁, 사절들이 종자들과 함께 수도원 근처에 선 인디오 장을 구경하고 있을 때 그 일본인이 바로 가까이에서 그들을 보고 있었던 것이다.

푸에블로시의 인디오들은 스페인인을 흉내 내어 솜브레로를 쓰고 가죽 샌들을 신고 있는 자도 있었다. 하지만 대체로 상반신은 벌거벗었고 그 두툼한 어깨에 긴 머리가 걸쳐져 있었다. 땅바닥에 늘어선 물품도, 짐을 꾸려 돌아갈 준비를 하는 그들의 기묘한 목소리도 일본인에게는 신기했다. 익살을 떤 다이스케가 솜브레로를 머리에 쓰고 모두를 웃게 했을 때 얼굴을 든 사무라이는 조금 떨어진 먼지투성이의 큰 플라타너스 나무 옆에서 그 일본인이 부러운 듯한 눈으로 이쪽을 가만히 지켜보고 있는 것을 알아차렸다.

"오오, 역시 와 있었군. 왜 우리 숙소로 오지 않았소?"

사무라이는 빠른 걸음으로 다가가 말했다.

"찾아갈 수 없는 몸입니다. 그래서 정오가 지나서부터 여기서 기다리고 있었습니다."

다나카도 니시도 사무라이와 전 수도사 옆으로 다가왔다.

"테칼리는 이 근처요?"

"도시 변두리의 늪 옆입니다."

그는 지난번과 마찬가지로 사무라이나 니시의 의복을 매만지며 뭔가를 떠올리는 듯 눈을 감았다.

교회의 종이 울리기 시작했다. 그것은 안젤루스의 종이었지만 일본인에게는 저녁 준비가 다 되었다는 알림이기도 했다. 벨라스코가 종이 울리면 돌아오라고 했었다.

"돌아가야 하네." 다나카가 모두에게 말했다. "늦으면 예의도 모른다는 소리를 들을 거야."

"일본에 관해 이야기 좀 해주시지요? 이곳은 언제 떠나십니까?"

"내일, 정오 지나서라고 들었소."

"테칼리는 바로 근처입니다. 내일 아침, 이른 시간부터 이 광장에 안내인 인디오를 기다리게 해놓겠습니다."

"그건 불가능하오." 다나카는 인정사정없이 고래를 가로저었다. "우리는 임무를 띠고 이 나라에 왔소. 낯선 땅에서 무슨 일이 일어나면 임무에도 지장이 있으니까."

전 수도사는 쓸쓸한 듯이 고개를 끄덕였다. 그리고 일본인들이 수도원으로 물러나는 것을 플라타너스 나무 옆에서 가만히 지켜보고 있었다.

냉기에 잠에서 깼다. 달빛 속에서 니시 규스케가 주위의 기색을 살피며 각반을 차고 있었다. 사무라이의 시선을 느낀 그는 부끄러운 듯 하얀 이를 드러냈다. 그 웃음으로 사무라이는 이 젊은이가 어디로 가는지 알 수 있었다.

"폐는 끼치지 않겠습니다. 아침 일찍 돌아오겠습니다."

"말도 알아듣지 못하는데 어떻게 하려고?" 사무라이는 아직 잠들어 있는 다나카 다로자에몬을 살짝 쳐다보았다.

"그 사내가 안내인을 붙여주겠다고 했습니다."

일본에 관해 이야기해달라고 말하며 자신들의 옷을 매만지던 전 수도사의 모습이 사무라이의 눈에 선했다. 그렇다고 하더라도 무엇보다 임무가 중요하다는 다나카의 마음도 사무라이는 충분히 이해할 수 있었다.

"눈감아주십시오."

니시는 살짝 일어났다.

사무라이는 니시의 강한 호기심과 두려워하지 않는 성격이 부러웠다. 그것은 이 임무를 위해 파란이 없기만을 바라고 있는 다나카나 자신이 갖지 못한 것이었다.

"꼭 가야겠나?"

"예."

"기다리게." 사무라이는 몸을 일으키고 코를 골며 자고 있는 다나카를 살폈다. 그리고 다나카나 자신 안에 있는 것을 거스르고 싶은 충동에 사로잡혔다.

"가지."

그가 일어났다.

살그머니 몸차림을 갖추고 발소리를 죽이며 방을 나섰다.

둘 다 촛대를 들지 않았다. 그 대신 복도 창들로 쏟아져 들어오는 달빛이 안뜰로 나가는 문을 가르쳐주었다. 수도원은 쥐 죽은 듯 조용하고 안뜰은 파르스름한 달빛에 젖어 있으며 남국의 꽃향기로 가득 차 있었다.

아무에게도 들키지 않고 수도원을 빠져나오자 도시는 아직 죽은 듯이 잠들어 있었다. 당나귀를 매어놓은 나무 밑동에 넝마처럼 몇 명의 인디오들이 아무렇게나 드러누워 있었다. 그중 한 사람이 눈을 뜨고 영문을 알 수 없는 말로 말을 걸어왔다.

"테칼리." 니시는 이 사람에게 인롱을 보여주며 거듭 말했다. "테칼리, 테칼리."

그 사람은 인롱을 받아들더니 어쩐 일이지 그 냄새를 맡고는,

"바모스(vamos)[40]"

하며 나무에 매어놓은 당나귀 세 마리의 고삐를 풀었다. 당나귀 세 마리는 모두 잠들어 조용한 푸에블라 시내를 지나 검고 높은 성벽을 빠져나갔다.

당나귀가 마른 강을 건넜을 때 드디어 밤의 어둠이 갈라지기 시작하며 지평선이 장밋빛으로 물들었다. 그리고 그

---

40) "(자, 어서) 갑시다"라는 뜻.

사무라이

장밋빛 선이 점차 크게 퍼졌을 무렵 늪이 나왔다. 늪의 수면이 피처럼 붉어지고 여기저기 갈댓잎에서 날갯짓 소리를 내며 물새가 날아올랐다. 그리고 그 너머로 금색의 햇빛을 받은 산들이 쭉 이어져 있었다.

"파레 아키(Pare aquí),"[41] 인디오는 하얀 숨을 토하고 있는 당나귀를 세웠다. "테칼리."

갈댓잎으로 지붕을 인 오두막 열 채쯤이 아침 햇살을 받고 있다. 그 한 집의 문간에서 변발을 늘어뜨린 들창코인 인디오 여자가 통에 든 물로 몸을 씻고 있었는데 "하포네스(일본인)"라고 니시가 크게 소리치자 얼굴을 이쪽으로 향했다. "하포네스." 하지만 태고 시대에나 살았을 것 같은 그 여자는 무표정한 채 아무 대답도 하지 않았다. 얼마 후 강한 햇살이 오두막 뒤에 있는 말라비틀어진 사탕수수나 옥수수 경작지에 내리쬐어 오늘의 더위를 예감하게 했다. 여기저기의 오두막에서 상반신을 벌거벗은 인디오들이 나타났고 그중 한 사람이 소리를 질렀다. 전 수도사였다.

"잘 오셨습니다. 잘 오셨습니다."

그는 달려와 입에 침을 머금고 이야기했다. 오랜 세월 말하는 것을 금지당한 사람이 간신히 허락받기라도 한 듯 쉴

---

41) "여기 서"라는 뜻.

새 없이 말을 했다.

그는 히젠(肥前) 요코세우라(橫瀬浦)에서 태어났다고 했다. 어렸을 때 전쟁으로 아버지와 어머니를 잃고 그 지역에서 포교하고 있던 신부에게 거두어졌고 그의 하인이 되어 규슈 각지를 따라다녔다. 기리시탄이 박해를 받고 선교사들이 일본에 잠복하기로 결정했을 때 신부는 그를 마닐라의 신학교에 넣기 위해 동료에게 부탁하여 배에 태웠다. 그는 수도사 자격을 얻었지만 그 무렵부터 점차 성직자들에게 싫증이 나기 시작했다. 알고 있던 뱃사람의 권유로 멕시코로 가는 배를 탔다. 멕시코가 신천지처럼 생각되었기 때문이다. 그는 길고 힘든 여행 끝에 도착한 멕시코시티에서 한동안 수도원의 허드렛일을 했으나 그곳에서도 역시 신부들과 어울리지 못하고 모든 것에 환멸을 느꼈다. 인디오 무리에게로 도망을 쳤고, 그리고 지금은 이 마을에서 그들과 함께 살고 있다고 자신의 처지를 단숨에 이야기했다.

"이제 일본 고향으로는 돌아가지 않는 건가?" 사무라이가 물었다.

"친척도 없습니다. 돌아가도 환영해줄 사람도 없지요. 게다가 기리시탄은…."

전 수도사는 쓸쓸하게 웃으며 말했다.

"기리시탄은 버린 거 아니었나?"

사무라이

"아뇨, 아닙니다. 여전히 기리시탄입니다. 다만⋯."

다만, 이라고만 말하고 그는 입을 다물었다. 그리고 자신의 마음을 어떻게 말해도 이해받을 수 없을 거라는 체념이 그 눈에 비쳤다.

"다만⋯ 저는 신부님이 말하는 기리시탄은 믿지 않습니다."

"왜?"

"신부님들이 멕시코로 오기 전에 이 나라에는 참혹한 일이 있었습니다. 이 인디오들은 남만인에게 땅을 빼앗기고 고향에서 쫓겨나고 처참하게 살해당하고 살아남은 사람은 팔려갔습니다. 도처에 그런 사람들이 버리고 떠나지 않을 수 없었던 마을들이 있습니다. 지금은 아무도 살지 않고 그저 돌집, 돌담만 남아 있지요."

사무라이와 니시는 아카풀코에서 멕시코시티까지, 멕시코시티에서 푸에블라까지 가는 황야에서 목격한 돌로 된 폐허를 떠올렸다. 모래가 쌓이고 잡초가 자라 폐허가 된 마을 광장에서 그저 바람만이 슬픈 소리를 내며 불고 있었다.

"하지만 전쟁이란 그런 거지." 사무라이가 중얼거렸다. "어떤 나라든 전쟁에 패했을 때는 그렇거든."

"전쟁 같은 걸 말하는 게 아닙니다." 사내는 얼굴을 일그러뜨렸다. "다만 나중에 이 나라에 온 신부님들이 그런 수많은 인디오의 고통을 잊고… 아니, 잊고 있는 게 아닙니다. 그분들은 모르는 체하고 있습니다. 모르는 체하며 진심인 듯한 말투로 하느님의 자비, 하느님의 사랑을 이야기하는 것이 정말 역겨웠습니다. 이 나라 신부님들의 입술에서는 늘 아름다운 말만 나옵니다. 신부님들의 손은 절대 흙으로 더럽혀지지 않습니다."

"그래서 기리시탄을 버린 건가, 자네는?"

"아뇨, 아닙니다."

전 수도사는 뒤를 돌아보았다. 등 뒤 오두막 앞에서 인디오들 몇 명이 서서 이쪽을 응시하고 있었다.

"신부님들이 어떻든 저는 저의 예수님을 믿고 있습니다. 그 예수님은 그런 금전옥루(金殿玉樓) 같은 교회에 있지 않고 이 비참한 인디오 안에 살고 있다, —그렇게 믿고 있습니다."

오랫동안 묵묵히 담아두고 있던 것을 한꺼번에 내뱉는 이 전 수도사를 사무라이는 마치 먼 곳에 있는 것을 보듯 바라보았다. 그는 쓰키노우라를 떠나고 나서 지금까지 매일 기리시탄의 말만 들어왔다고 멍하니 생각했다. 이곳 멕시코에 상륙하고 나서도 도처에서 교회에 무릎을 꿇는 남녀나 촛불에 비친 추하고 말라빠진 사내의 나상을 보았다. 난생처음 접한 넓은 세계는 마치 그 추한 사내를 믿는가 안 믿는가 하는 기준으로만 사는 것 같았다. 하지만 작은 골짜기에서 자란 일본인인 그는 예수라는 사내에게 흥미도 관심도 일지 않았다. 그것은 평생 인연이 없는 나라의 풍습에 지나지 않았다.

말을 끝낸 사내는 니시의 옷에 손가락을 대고 몇 번이고 문지르며 소리쳤다.

"아아, 일본 냄새가 나네요."

"저기, 돌아가지 않겠나?"

사무라이는 인디오인지 일본인인지 구별하지 못하게 된 이 사내가 가여웠다.

"동행한 상인들은 연말에 일본으로 돌아가는 배를 타네. 거기에 가세하여 돌아갈 생각은 없나?"

"돌아가기에는 이미 나이를 너무 많이 먹었습니다." 전 수도사는 땅바닥으로 시선을 떨어뜨렸다. "저는… 인디오들이 가는 곳으로 가고, 머무는 곳에 머물겠습니다. 그 사람들에게도 병들었을 때 그 땀을 훔쳐주고, 죽을 때는 손을 잡아주는 저 같은 사람이 필요하겠지요. 인디오도 저와 함께 고향을 잃은 처지니까요."

"그렇다면 이제 두 번 다시 만날 수 없나?"

"이 인디오들은 언제까지고 여기에 있을 수는 없습니다. 땅이 척박해지면 다른 곳으로 옮겨가야 합니다. 모두 주님의 뜻이라면 또 뵐 수 있을지도 모르지만요."

전 수도사는 사무라이와 니시에게 앞으로 어디로 가느냐고 물었다.

"베라크루스." 니시는 천진난만하게 동해안의 목적지를 말해주었다. "거기서 다시 배를 탄다고 들었네."

"베라크루스는 위험합니다." 사내는 의아한 얼굴로 말했다.

"위험하다…."

"그 근처의 아즈텍족이 스페인인 마을을 불태우고 집에 불을 질러 난을 일으킨 것을 모르십니까?"

"봉기인가?"

"그만큼 학대를 당하면… 얌전한 인디오도 견디지 못하게 되는 거지요."

벨라스코는 아무것도 알려주지 않았다. 처음 듣는 이야기다. 사무라이는 니시의 아연실색한 얼굴을 보고 땀이 밴 손을 꽉 쥐었다. 멕시코시티를 떠나고 나서도 벨라스코는 말 위에서 늘 자신 있는 듯이 말하고, 사람을 얕보는 듯한 미소를 지었다.

"정말인가?"

"누구나 다 알고 있습니다. 아즈텍족은 총, 화약도 씁니다. 베라크루스까지 가는 것은 다시 생각해보시기 바랍니다."

사무라이

"가지 않으면 안 되네."

사무라이는 자신을 격려하듯 강하게 되풀이했다. "가지 않으면 안 되네." 신기하게도 멕시코시티로 돌아갈 생각은 전혀 들지 않았다. 마쓰키 주사쿠가 말한 일로 종종 동요하던 마음이 지금 확실히 매듭지어진 듯한 기분이었다.

"니시는 돌아갈 건가?"

"하세쿠라 님이 간다면 저도 이의 없습니다."

전 수도사는 경작지의 경계까지 두 사람을 전송해주었다. 먼지로 더럽혀진 옥수수 잎이 늪에서 불어오는 바람에 나른하게 흔들렸다. 밭의 경계에는 이 마을의 수호신 같은 목각한 사내의 십자가상이 서 있었다. 앙상한 그 사내는 스페인인에게 팔려가는 인디오처럼 변발에 들창코인 얼굴과 어둡고 인내하는 눈빛을 지니고 있었다. 그 발밑에는 양초의 촛농이 사내의 눈물처럼 흘러 있었다.

"저녁이 되면 인디오는 여기에 와서 기도합니다. 남자도 여자도 그 슬픔을 예수님께 이야기하고 호소하는 겁니다."

그는 더럽혀진 가슴팍에 손을 넣어 나무 열매로 만든 기리시탄의 염주와 함께 끝이 찢어진 작은 책을 꺼냈다.

"드릴 것이 없습니다. 이거라도 받아주십시오. 제가 쓴 주님의 이야기니까요."

거절할 이유가 없었다. 늪의 갈대 옆에서 두 사람을 여기까지 데려온 사내가 당나귀와 참을성 있게 기다리고 있었다. 당나귀의 눈은 어쩐 일인지 이 전 수도사의 눈과 닮은 것 같았다. 전 수도사는 사무라이가 알아듣지 못하는 말로 사내에게 뭔가를 지시했다.

푸에블라로 돌아갔을 때는 해가 이미 환했다. 당나귀에서 내린 두 사람을 알아보고 길에 멈춰선 인디오 남녀가 이쪽을 주시했다. 들키지 않도록 수도원 안뜰로 들어가 침소로 주어진 방을 들여다보자 다나카가 멍하니 칼집을 닦고 있었다.

"테칼리에 다녀온 건가? 가지 말라고 했는데."

니시만이 아니라 사무라이에게도 비난의 눈길을 보냈다. 니시는 전 수도사에게서 들은 인디오의 반란 이야기를 해주었다.

"벨라스코 님은 우리가 두려워할 거라고 생각한 걸까요?"

그 말에 다나카가 분개하고는,

"인디오 같은 놈들한테 꽁무니를 뺄 거라고 생각한 거야? 벨라스코한테 따지고 오겠네"

하며 칼을 두고 일어섰다.

"그만두시지요." 사무라이는 고개를 가로저었다. "벨라스코 님이라면 교묘한 말로 해명할 겁니다. 그 사람이 뭐라고 말하든 가야만 하는 여행입니다."

사무라이는 조금 전과 마찬가지로 이 여행이 자신의 운명에 도전하는 듯한 기분이 들었다. 골짜기밖에 몰랐을 때는 거기서 살아가는 것밖에 생각하지 않았는데, 그는 이제 자신이 변한 것을 깨달았다. 작은 골짜기, 숙부, 이로리 옆에서 되풀이되는 숙부의 말, 평정소의 지시. 그는 멕시코시티에서 출발한 후 처음으로 움직일 수 없는 것으로서 주어진 그런 운명에 거역하고 싶은 마음이 일었다.

일본인들은 먹이를 옮기는 개미처럼 나아가고 있었다. 하지만 그것은 나아간다기보다 언제까지고 변하지 않는 광활한 고원 안에서 천천히 움직이고 있다고 하는 편이 더 적절할 것이다. 여러 짐을 짊어진 몇 필의 당나귀를 에워싸고 벨라스코와 세 명의 사절이 말을 타고 종자들은 묵묵히 다리를 끌며 걷고 있었다.

벨라스코도 세 명의 사절도 인디오의 반란 지역이 여기서는 멀다는 것을 알고 있었다. 희읍스름한 바위투성이의 구릉이나 햇볕에 타서 갈라진 대지, 고목이 백골처럼 나뒹굴고 있는 강바닥, 그런 바짝 마른 풍경이 끝나자 먼지를 뒤집어쓴 옥수수밭이 나타났다. 그것들은 모두 일본의 부드럽고 온화한 풍경과는 달랐다. 논의 물이 시원하고 물레방아가 도는 골짜기가 사무라이의 뇌리에 떠올랐다. 그만

이 아니라 다른 사절들도, 각자의 종자들도 같은 생각을 품고 있겠지만 그들은 그것을 입에도 표정에도 드러내지 않았다. 더위와 피로 때문에 모두 입을 다물고 있고 짜증이 나 있었다.

하지만 푸에블라를 떠난 지 닷새째가 되는 날 오후, 화강암질의 작은 구릉을 간신히 넘었을 때 바로 밑에 생각지도 못한 풍경이 나타났다. 이 나라에 와서 처음으로 보는 솔밭이 진흙을 굳혀 만든 인디오의 오두막을 에워싸고 있고 그 옆에는 잘 경작된 밭이 펼쳐져 있었다. 소나무는 일본 소나무와 달리 침엽이 부드러운 종류였지만 소나무는 소나무였다.

"우와!"

일본인들은 일제히 소리치며 솔밭으로 달려가 솔잎을 따서 탐하듯 냄새를 맡았다. 땀이 밴 손에 솔잎을 쥐고 감촉을 즐기는 자도 있었다. 소나무에서는 잊을 수 없는 일본 냄새가 났다.

"골짜기에서는 지금쯤 무시오쿠리(虫送り)를 하겠구나."
이치스케가 다이스케에게 소리쳤다.

그 소리를 들은 사무라이도 먼 데를 보는 듯한 눈빛을 했다. 무시오쿠리란 골짜기에서 역병을 쫓아내는 축제로, 사내들이 한밤중에 횃불을 들고 마을의 서쪽에서 동쪽까지 걸어 다니는 풍습이었다.

"돌아가고 싶다." 다이스케가 이치스케에게 속삭였다. "빨리 돌아가고 싶다."

요조가 그 소리를 듣고 타박하며 꾸짖었다. "이 얼간이 같은 놈." 하지만 사무라이는 그들에게 다가가 고개를 가로저었다.

"돌아가고 싶겠지. 언제 돌아갈 수 있을지, 앞으로 가는 스페인이 어떤 나라인지 나도 모르지만 자네들의 수고는 허사로 돌리지 않겠네."

사무라이가 쑥 들어간 눈으로 이렇게 타이르자 세 종자는 고개를 숙인 채 끄덕였다. 그들은 하나의 석상처럼 마주 보며 움직이지 않았다. 요조의 눈에서 돌연 눈물이 흘렀지만, 그는 그것을 보이지 않으려고 얼굴을 돌렸다.

이레째 되는 날 처음으로 읍내다운 읍내로 다가갔다. 코르도바라는 마을이다. 마침 소나기가 지나간 직후로, 스페인인 집과 그 하얀 울타리 덕분에 불꽃처럼 보이는 꽃들이 시원한 공기를 담은 바람에 흔들리고 하늘에는 밀짚 색의 구름이 천천히 흘러가고 있었다. 아이들이 알렸는지 사람들이 읍내 입구에 모여 있었다.

작은 광장에 도착했을 때 소식을 들은 읍장이 한 유력자와 함께 모습을 드러냈다. 이 지역의 농장주 중 한 사람인

읍장은 벨라스코와 악수를 하고 나서 먼지투성이인 일본인들을 인디오가 팔러 온 양을 살펴볼 때와 같은 시선으로 바라봤다. 하지만 그는 일단 그 스페인풍의 과장된 몸짓을 섞어 환영 인사를 했다.

"신부님." 읍장은 여전히 일본인들을 빤히 쳐다보며 벨라스코에게 물었다. "이 동양인들이 왜 이곳에 왔는지 우리한테 알려주신다면….

"멕시코시티 총독으로부터 연락을 받으셨지요?" 자신이 상처를 받은 것처럼 벨라스코는 분연히 "그들은 일본의 외교 사절이고, 여기서도 외교 사절로서의 대우를 당연히 받아야 한다고 생각합니다."

하지만 외교 사절이라고 하기에 이 일본인들의 행색은 너무나도 비참한 몰골이었다. 의복도 각반도 긴 여행으로 먼지투성이가 되었고, 게다가 붙임성이라고는 보이지 않고 언짢은 얼굴로 입을 꾹 다물고 있었다.

"우리는 저녁식사에 초대하고 싶습니다만."

읍장은 동료인 유력자와 작은 소리로 의논하고 나서 간신히 하나의 결론을 내렸다. 그들 중 아무도 일본이 어디에 있고 어떤 나라인지 아는 사람이 없었다.

사무라이도 다른 사절들도 식사보다는 그저 빨리 자고 싶었다. 스페인인들의 식사에는 니시를 제외하고 사무라이도 다나카도 식욕이 일지 않았다. 하지만 벨라스코는 그런 감정을 무시했다.

"사절들은 기꺼이 참석하지요."

종자들만 숙소가 된 읍의 집회장으로 안내되었고 세 명의 사절과 벨라스코는 읍장과 그의 저택까지 걸어갔다. 그러고는 기진맥진한 상태로 의미를 알 수 없는 장황한 인사말을 듣고 나자 음식이 나왔다.

"일본인들은 고기를 먹지 않습니다."

벨라스코의 설명에 읍장이나 유력자들은 다시 가축의 가격을 결정하는 듯한 시선으로 사무라이 일행을 바라보았다.

식사가 끝난 후 읍장이 하인에게 서재의 지구의를 가져오게 했다. 일본이라는 나라가 어디에 있는지 벨라스코에게 묻기 위해서다. 타조 알 같은 지구의에는 인도도 중국도 조잡한 모양으로 그려져 있을 뿐이었다. 그리고 일본은 중국의 동쪽 끝에 조그만 물방울 같은 반도로 이어져 있었다.

"잘못되었네요." 동포의 무지와 지구의의 조잡함에 견딜 수 없다는 듯 벨라스코는 어깨를 크게 으쓱해 보였다. 벨라스코에게도 일본을 깔보는 것은 자신의 인생을 건 일을 무시당하는 일이었다.

"이건 일본이 아닙니다."

"신부님, 크기는요?"

"작은 섬나라입니다. 멕시코의 5분의 1 크기도 안 됩니다."

"그렇다면 우리 스페인 전 영토의 5분이 1인가요?" 읍의 유력자 중 한 사람이 웃었다. "이 섬나라를 필리핀 총독은 왜 점령하지 않은 겁니까? 그렇게 하면 신부님의 포교도 편해질 텐데요. 우리도 거기에 새로운 농장을 만들 수도 있고요."

"일본은 작지만 전쟁에 관해서는 어떤 나라에도 뒤지지 않습니다. 이곳 인디오를 제압한 것처럼은 되지 않을 겁니다."

말을 알아듣지 못하는 사절들은 대화 밖에 놓여 하품을 참으며 지구의를 바라보고 있었다. 일본에 대한 벨라스코의 이야기를 아직 의심스러운 듯 듣고 있던 유력자 중 한 사람이 그들에게 스페인 본국과 수많은 식민지를 차례로 가리키며 말했다.

"스페인, 예, 스페인(España, sí, España)."

어린아이에게 가르치듯이 되풀이하고 마지막으로 중국과 땅이 이어져 있는 작은 방울을 가리키며,

"하폰(Japón)"

하고 낮은 목소리로 말했다.

"당신은 모르고 있네요." 벨라스코는 그 유력자에게 날카로운 눈빛을 보냈다. "그 일본에 기항지를 세운다면 태평양을 독점할 수 있습니다. 그래서 영국, 네덜란드의 신교도들은 지금 일본과 우호 관계를 맺으려고 필사적입니다. 그들

보다 먼저 스페인이 손을 쓰지 않으면 안 됩니다. 멕시코시티의 아쿠냐 총독이 이 사절들을 위해 국왕 폐하의 알현을 신청한 것도 그 때문입니다."

그러자 식당에 한순간 침묵이 퍼져나갔다. 멕시코시티의 총독이 국왕의 알현을 신청했다는 것은 물론 벨라스코의 거짓말이었지만 이 말은 효과가 있었다. 멕시코의 농장주들에게 국왕이라는 말은 무엇보다 중대했다.

"여러분이 스페인 왕을 만날 거라는 말을 듣고… 이 어리석은 자들이 깜짝 놀라고 있습니다."

의기양양해진 벨라스코는 기진맥진한 일본인들을 바라보며 다정하게 천천히 이야기했다.

"왕… 왕이라뇨?" 다나카가 물었다.

"왕이란 황제를 말합니다. 예컨대 일본이라면 도쿠가와 이에야스 님이 왕이겠지요."

"우리가 그 스페인의 왕이라는 분을 만날 수 있습니까?"

"안 됩니까?" 벨라스코는 예의 자신에 찬 미소를 지었다. "여러분은 일본의 사절 아닌가요?"

여행의 피로로 맥이 풀린 세 명은 불의의 습격을 당한 듯 얼굴에 깜짝 놀란 기색을 보였다. 영주님 배알도 할 수 없는 메시다시유인 자신들이 스페인 왕을 만난다.

"정말입니까?"

"맡겨주십시오."

벨라스코는 언젠가 자신의 거짓말이 실현될 거라는 생각을 하고 있었다. 아니, 그것은 거짓말이 아니었다. 그것은 그가 실행하지 않으면 안 되는 목적이자 목표이기도 했다.

"사절들은 지쳐 있습니다." 그는 읍장에게 말만으로 예를 표했다. "여러분의 후의에 감사드립니다."

하지만 읍장은 불안한 듯이 그런 벨라스코를 붙잡고 말했다.

"신부님, 내일 떠나십니까?"

"그럴 생각입니다."

"베라크루스까지 가는 길이 위험하다는 것은 아시나요?"

"아즈텍족은 당신들 스페인 농장주에게 적의를 품고 있겠지만, 당신들과는 멀 뿐만 아니라 작은 섬나라 사절들에게는 원한을 품지 않을 것입니다."

벨라스코는 빈정거리는 눈으로 상대를 쳐다봤다.

숙소가 된 읍의 집회소로 돌아온 사절들은 몸은 피곤했으나 흥분이 가시지 않았다. 왕을 알현한다. 사절들이 예상도 하지 못했던 일을 벨라스코는 예의 자신 있는 듯한 미소를 지으며 입에 담았다.

"왕을 알현할 수 있는 이상에는."

촛대의 불을 끄고 난 후 어둠 속에서 니시는 들뜬 목소리

사무라이

로 말했다.

"소임을 완수할 거라고 생각해도 지장이 없겠네요."

"왕을 직접 알현할 수 있다면 말이지." 사무라이는 니시 쪽으로 몸을 돌리며 대답했다.

"하지만… 벨라스코 님이 하는 말이 진짜인지 어떤지는 알 수 없어."

"나도 하세쿠라와 같은 생각이네."

열어둔 창 가까운 쪽에서 다나카의 목소리가 들렸다. 그 후 입을 다문 채 세 사람은 어둠 속에서 눈을 뜨고 생각을 했다. 한편으로는 벨라스코를 의심하며 또 한편으로는 왕을 알현할 자신들의 모습을 떠올렸다. 하찮은 토착 무사인 자신들이 바다를 건너가 한 나라의 왕을 알현한다는 것은 에도로 가서 도쿠가와 이에야스나 쇼군을 알현하는 것과 마찬가지인, 생각해본 적도 없는 사건이었다. 기쁨은 파문처럼 온몸 구석구석까지 퍼져나갔다. 벨라스코에 대한 의혹도 불신감도 그 때문에 사라질 정도였다. 하지만 하루의 피로가 그들을 깊은 잠으로 몰아넣었다.

그 기쁨 때문에 이튿날 아침 구름 한 점 없는 코르도바를 떠났을 때 당나귀나 종자들에 둘러싸인 사절들의 발걸음은 가벼웠다. 인디오의 반란이라는 불안도 잠시 그들의 염두에서 사라졌을 정도였다. 말을 타고 나아가며 벨라스코만이 이따금 망원경으로 가루를 묻혀놓은 듯한 구릉 지대를 바라 보았다. 구릉 지대 위에는 금빛으로 띠가 둘린 소나기구름 이 보였다.

기와 조각이나 자갈이 많은 평원이 나왔다. 구름 그림자 가 그 평원에 천천히 흐르고 있다. 언짢은 노인들처럼 직립 한 선인장이 일행을 감시하고 날벌레는 소리를 내며 그들의 땀이 밴 얼굴을 스쳤다.

사무라이는 광활한 평원의 눈부신 지평선을 바라보며 그 너머에 있을 바다를 생각했다. 그리고 그 바다가 끝나는 곳 에 존재하는 스페인이라는 나라를 생각했다. 본 적 없는 바 다와 나라. 생각조차 하지 않았던 자신의 이 운명. 하지만 골짜기에서도 주어진 것에 순종했던 그는 새로운 운명도 받 아들일 마음이 되어 있었다.

이따금 여기저기서 그들은 인디오가 내버린 제단의 폐허 를 보았다. 벨라스코의 설명에 따르면 이 주변의 인디오는 일 본인과 마찬가지로 오랫동안 태양을 숭배했다고 한다. 불그 스름한 화산암을 포개어 쌓은 받침대나 땅바닥에 내팽개쳐져 나뒹굴고 있는 돌기둥의 잔해에 기괴한 선이 새겨져 있고 그 선 사이를 등이 반짝이는 도마뱀이 재빠르게 기어갔다.

오후에 그런 폐허에서 일행은 잠시 휴식을 취했다. 나른하게 대나무 통에 든 물을 마시고 멍하니 평원을 바라보며 얼굴로 달려드는 날벌레를 귀찮다는 듯 내쫓았다.

앞쪽에는 여전히 구름 그림자가 드리운 기복 있는 평원이 펼쳐져 있다. 오늘은 저녁때까지 이 평원을 가로질러 오늘 밤의 숙소가 될 한 농장으로 향할 계획이다. 평원 너머에서 회오리 같은 모래 먼지 한 줄기가 천천히 떠올랐다. 얼마 후 일동의 지친 눈에도 그것은 모래 먼지가 아니라 노란 연기라는 것을 알 수 있었다.

"봉화처럼 보이는데….'

다나카 다로자에몬이 앉아 있던 폐허의 돌기둥에서 벌떡 일어나 이마에 손을 대고 쳐다봤다.

"봉화로 보이지는 않는데요.'

니시 규스케가 고개를 가로저었다. 일본인들은 언젠가 이구아라 직전에 민둥산에 오른 인디오의 봉화를 기억하고 있다. 하지만 봉화치고는 연기가 두껍고 그것에 반응하는 다른 봉화도 보이지 않았다.

"불이 움직이고 있습니다."

벨라스코는 모두에게서 떨어져 혼자 망원경으로 살피고 있었고, 세 명의 사절들은 그런 모습을 가만히 주목하며 그의 말을 기다리고 있었다.

"아마 농장 사람들이 숲을 태우는 것이겠지요. 이 나라에서는 자주 숲을 태워 밭을 만듭니다." 아무 일도 아니라는 듯 벨라스코가 망원경에서 눈을 떼며 말했다.

"벨라스코 님, 이제 와 숨길 일은 아닐 겁니다. 우리는 이미 알고 있습니다."

허를 찔린 벨라스코가 얼굴을 붉히고 더듬거리며 변명했다.

"다나카 님, 나쁜 뜻으로 숨긴 것은 아닙니다."

"이젠 됐습니다. 괜한 배려는 오히려 폐가 됩니다. 우리는 여자나 어린애가 아닙니다. 고작해야 농민의 봉기가 아닙니까? 뭔가 보였습니까?"

"농장이 불타고 있습니다."

베라크루스로 가기 위해서는 태양이 내리쬐는 이 평원을 똑바로 가로질러 가는 것이 최선이고, 산악 지대를 크게 우회하면 시간이 많이 걸린다. 벨라스코는 오늘 밤에는 노숙하고 내일 아침에 출발하자고 주장했지만 다나카는 짐짓 고개를 가로저었다.

"인디오들은 일본 사람에게 원한이 있을 리 없습니다. 우리와 관련이 없는 봉기지요."

"쓸데없는 재난은 피하고 가야 합니다. 임무가 중요하니까요."

"우리는 벨라스코 님보다 싸움에 소양이 있습니다. 여기서부터는 우리한테 맡겨두시지요."

다나카는 의기양양하게 웃었다.

"하세쿠라도 니시도 이견 없겠지?"

다나카의 어린애 같은 강경함에 사무라이는 불안했다. 마쓰키 주사쿠가 있었다면, 하고 그는 생각했다.

"이견은 없지만 우리가 싸움을 걸 것까지는 없겠지요." 사무라이는 이렇게 상대를 좋은 말로 타일렀다. "벨라스코 님의 말에도 일리가 있습니다. 임무가 중요하지요."

당나귀에 실은 짐에는 스무 정의 총밖에 없었지만 그 총을 꺼내 벨라스코와 당나귀 떼를 지킬 수 있도록 에워싸고 세 명의 사절이 정찰을 겸해 선두에 섰다. 모두 다나카의 지시에 의한 것이었다.

멀리서 연기가 하늘을 엷은 노란색으로 물들이고 있었다. 나아감에 따라 그 연기 안에서 주황색 불꽃이 나방의 날개처럼 작게 흔들리는 것이 보였고 이따금 콩이 튀는 듯한 소리도 희미하게 들렸다.

"총인가?"

다나카는 손을 들어 행렬을 멈추게 하고 잠시 귀를 기울였다. 그러고는 지휘관답게 위엄 있는 자세로 고개를 끄덕이며,

"겁먹지 말게. 총이 아니네. 저건 불이 타오르는 소리야"

하고 일동에게 알려주었다. 사무라이나 니시와 달리 어렸

을 때 영주의 전쟁에 나갔던 다나카는 역시 소양이 있었다.

경작지로 들어서자 옥수수밭이 무참하게 짓밟히고 바나나 숲 안의 초가로 된 오두막이 반쯤 불에 타 있었다.

바나나 숲에서 연기가 어슴푸레한 안개처럼 흘러왔다. 눈는 냄새가 났다. 연기 안쪽에 인디오들이 숨어 있을지 모를 상황이었으나 다나카는 말에서 내려 종자로부터 총을 받아 들더니 자신의 대담함을 보여주려는 것처럼 혼자 가슴을 펴고 걸어갔다. 연기 속에서 그의 기침 소리가 들리고 얼마 후,

"걱정할 것 없네" 하는 소리가 들려왔다. "헛간이 타고 있을 뿐이야."

커다란 헛간이 불타고 있었다. 내부는 완전히 재가 되었고 지금은 검게 그을린 기둥과 지붕의 가로목에 소인들이 춤을 추듯 불꽃이 열을 지어 움직이고 있었다. 이따금 무너져 내리는 가로목의 울림이 쓸쓸한 느낌을 주었다.

전투에 익숙한 듯 다나카는 땅바닥을 유심히 살피더니 흐트러져 있는 족적을 발견하고,

"토착인들은 이미 이곳을 지나갔네"

하며 사무라이와 니시에게 알려주었다. 그러고는 말의 고삐를 잡은 채 멍하니 주위를 둘러보고 있는 벨라스코에게,

"왜 그러십니까? 겁을 먹었습니까, 벨라스코 님?"

하고 놀렸다. 벨라스코는 쓴웃음을 지을 뿐이었지만, 그

모습은 그때까지 이 선교사에게서 볼 수 없던 나약한 태도였다.

"자, 가자. 날이 저물겠다." 다나카는 이제 지휘관은 벨라스코가 아니라 자신이라는 듯 일행을 재촉했다.

등 뒤에서 헛간이 무너지는 소리를 들으며 일본인들은 주위에 귀를 쫑긋 세우고 어둑한 바나나 숲을 지나갔다. 희읍스름한 줄기와 줄기 사이로 숨 막힐 듯 더운 하늘과 올리브 나무가 늘어선 둥그런 고양이를 닮은 언덕이 보였다. 숲을 빠져나갔을 때 햇빛이 일동의 이마에 부딪혔다. 그때 갑자기 올리브 나무 밑동에 있던 누더기 같은 사람 덩어리가 도망치려고 했다. 변발의 인디오 여자와 세 아이다.

"신부다." 벨라스코가 큰 소리로 말했다. "나는 신부다. 도망칠 필요 없다."

여자도 아이도 동물처럼 겁먹은 눈으로 이쪽을 돌아보았다.

"스페인어를 모르는 거냐?"

새처럼 날카로운 목소리로 여자가 뭐라고 외쳤지만 벨라스코도 그 의미를 알 수 없었다.

"조용히."

그때 다나카가 귀를 기울이며 벨라스코를 제지했다. 그만이 뭔가를 들은 것이다. 더위와 정적 속에서 일동은 꼼짝도 하지 않고 언덕 한 귀퉁이를 가만히 쳐다봤다.

잡초를 짓밟는 발소리가 희미하게 들려온다. 그리고 경계하듯 하나의 검은 머리가 나타났다. 햇볕에 탄 얼굴에 피가 흐르고 있었다. 무장한 스페인인이 일제히 풀숲에서 일어났다. 그들도 일본인 무리를 보고 경계하는 것처럼 이쪽을 응시하다가 드디어 벨라스코를 발견했다.

"나는 신부다."

벨라스코는 손을 들어 올리브 나무 사이로 그들에게 다가갔다. 그리고 볼에 꽃잎 같은 피를 흘린 사내와 뭔가 이야기를 하고 나서 일본인 쪽으로 향해 말했다.

"걱정하지 마시오. 우리를 맞으러 온 농장주와 종자들입니다."

그는 농장주에게 정세를 물었다.

"여기까지 온 건가요, 아즈텍족이?"

"아닙니다, 신부님." 농장주는 고개를 가로저었다. "반란 소식을 듣고 이 부근의 인디오들까지 여기저기서 소란을 피우고 헛간을 불태웠습니다. 경작지에 불을 놓고 지금은 가까이에 숨어 있습니다."

"우리는 베라스쿠스까지 가야 하는데…."

"우리가 따라가겠습니다. 일본인은 총을 다룰 줄 압니까?"

"그들은 당신들보다 총을 더 잘 쏠 겁니다. 전쟁에는 익숙한 국민이니까요."

농장주는 의아해하는 눈빛을 했지만 아무 말도 하지 않았다. 올리브 나무의 밑동에 웅크리고 있던 인디오 여자가 얼굴을 들고 아이들을 두 손으로 감싸고는 다시 새처럼 날카로운 소리를 질렀다. 농장주는 그녀를 꾸짖었다.

"무슨 말을 하는 겁니까?"

"저 여자의 남동생이… 우리가 쏜 총에 맞아 죽어가고 있답니다." 농장주는 어깨를 으쓱하며 "참 태평하다니까. 그런 주제에, 당신이 신부라면 동생한테 병자 성사와 기도를 해주었으면 한다고 합니다."

그는 땅바닥에 침을 뱉고 훈장처럼 뺨에 묻어 있는 피를 닦았다.

"반항하면서도 자신에게 불리해지면 우리한테 뭘 달라고 조른다니까요. 인디오들은 늘 그렇습니다. 내버려 두시지요."

"죽어가는 그 사람은 어디에 있는 거요?"

"말도 안 됩니다. 가면 인질이 되거나 죽임을 당할 겁니다. 인디오가 흔히 쓰는 수법입니다. 여자, 아이를 도구로 써서 우리를 안심시키지요. 그리고 의표를 찔러 기습합니다."

"나는 신부입니다." 벨라스코는 조용히 대답했다. "당신도 신자라면 알고 있겠지요. 신부한테는 반드시 해야 하는 의무가 있습니다. 설령 상대가 인디오라도….”

“응석을 받아주면 안 됩니다. 신부님, 인디오는 신용할
수 있는 상대가 아니거든요.”

“나는 신부입니다.”

갑자기 벨라스코의 얼굴과 목이 붉게 물들었다. 분노나
격렬한 감정을 억누르려고 할 때 그의 얼굴은 늘 그렇게 되
었다.

“신부님, 그만두십시오.”

벨라스코는 그 말을 뿌리치듯이 언덕을 오르기 시작했다.
인디오 여자는 그것을 알고 아이들을 남겨두고 맨발인 채
먹이를 쫓아가는 짐승처럼 뒤를 따라 달려갔다. 아무것도
모르는 사절들도 마찬가지로 움직이기 시작했다.

“남아 있으세요.” 벨라스코는 언덕 중턱에서 소리쳤다.
“나는 지금 통역이 아닙니다. 기리시탄 신부 일을 하고 오
겠습니다.”

여자와 벨라스코는 다시 어둑한 바나나 숲으로 들어갔다.
바나나 잎 썩은 냄새가 숲속에 가득 차 있고 어딘가에서 새
가 우는 소리가 들려왔다. 벨라스코에게 그 소리는 죽은 동
물을 먹이로 하는 독수리의 불쾌한 울음소리처럼 여겨졌다.
여자는 바나나 나무와 나무 사이를 달려 빠져나가다가 이따
금 뒤처져서 오는 선교사를 돌아보았다. 이상하게도 마음에

공포도 불안도 없었다. 무성한 바나나 나무 뒤에 들창코에 상반신을 벌거벗은 인디오가 어두운 눈으로 서 있었다. 여자가 그에게 말을 걸고 나서야 벨라스코는 숲속으로 안내되었다.

움푹 팬 곳에 마찬가지로 상반신을 벌거벗은 젊은 인디오가 입으로 숨을 쉬며 하늘을 보고 누워 있었다. 젊은 여자가 옆에서 멍한 듯이 앉아 있었다. 바지를 입고 있는 걸 보면 그도 농장에서 일하던 소작인이 틀림없었다. 하지만 그 목에 들러붙은 흙과 핏덩어리는 확실히 탄흔이었다.

"스페인어를 할 수 있나?"

벨라스코가 물었지만 사내는 벌린 입으로 거친 숨만 쉴 뿐이고 열린 동공도 엷은 막이 쳐진 듯 초점이 흐렸다. 저녁 어둠처럼 죽음이 이 젊은 인디오의 육체를 침범하고 있었다.

"영원한 안식을 주시옵소서."

흙과 피로 더럽혀진 젊은이의 손을 잡고 벨라스코는 중얼거렸다. 그때 그는 일본에서 포교하던 야망에 사로잡힌 선교사가 아니라 조그만 마을에서 숨을 거두는 노파를 보살피는 신부 같았다.

"죽은 자에게 평안한 안식을 주시옵소서."

인생의 마지막 문을 닫는 것처럼 벨라스코는 손가락으로 얼어붙은 듯이 크게 뜬 눈을 감겼다. 그때 그는 그 쓸쓸한 듯한 얼굴에서, 그렇다, 오가쓰의 목재 적치장에서 자신에게 죄에 대한 용서를 구하러 온 일본인 기리시탄의 얼굴을 떠올렸다. 누더기를 걸친 어깨에 대팻밥이 묻어 있던 그 일본인의 얼굴을….

바람은 베라크루스를 빠져나가 회반죽을 칠한 집들의 벽이나 회색 길에서 나뒹구는 마른풀 더미를 공처럼 굴리며 거친 앞바다를 진흙 빛으로 물들이고 있었다.

베라크루스는 바람의 계절이었다. 기진맥진한 일본인 행렬은 발을 질질 끌며 바람 속으로 들어섰다. 도시 입구에는 멕시코시티나 푸에블라에 도착했을 때와 마찬가지로 두건을 쓰고 팔짱을 낀 두 수도사가 동상처럼 서서 그들을 기다리고 있었다. 사절들 중 한 명은 발이 부러진 채 간신히 말을 타고 있었고, 그 종자 한 명도 당나귀가 끄는 짐수레에 눕혀 있었다. 도중에 인디오들에게 기습을 당한 것이다.

숙소인 수도원 창으로 하얀 엄니를 드러내며 거칠어져 있는 바다가 보였다. 이 바다는 그들이 두 달 넘게 걸려 건너온 그 드넓은 바다와는 달랐다. 하지만 그 드넓은 바다와 마찬가지로 크고, 그것을 건너면 유럽이라는 대륙이 있으며, 거기에 스페인이나 포르투갈이나 영국·네덜란드라는 다양한 나라가 있다는 것을 사무라이는 알고 있었다.

사무라이는 바다를 바라보며 생각했다. 이 세계에 비하면 자신이 살던 영주의 영지는 얼마나 작은 것인가. 그리고 그 영지 안의 골짜기도 구로카와의 땅도 한 알의 모래 같은 것이었다. 그런데도 자신들 일족은 그 한 알의 모래를 위해 출진하고 싸우며 지금까지 살아온 것이다.

쓰키노우라를 출항한 그 날, 아딧줄이 삐걱거리는 소리와 바닷새가 우는 날카로운 소리를 들으며 사무라이는 자신이 새로운 운명으로 흘러간다고 느꼈다. 그리고 그 바다에서도 멕시코에서도 마음에 눈에 보이지 않는 변화가 생겨나는 것을 느꼈다. 변화하는 그것이 무엇인지는—입 밖으로 내서 말할 수는 없지만—적어도 지금의 자신이 골짜기에서 살았던 자신과 다르다는 것만은 분명했다. 그리고 이 운명이 자신을 어디로 데려가고 결국 어떻게 변하게 할지 공포 비슷한 것을 느꼈다.

그날 밤 바람이 수도원 창을 밤새 울렸다. 한밤중부터 비도 내리기 시작했다.

우리는 계절풍이 부는 베라크루스에 도착했다. 그리고 지금 이곳 산 프란시스코 수도원에 묵고 있다.

걱정했던 아즈텍족의 습격에서 그럭저럭 무사히 탈출할 수 있었던 것도 전적으로 내가 달성하려는 일본에서의 포교를 위해 주님이 일행을 지켜주신 거라고 생각하지 않을 수 없다. 왜냐하면 주님은 내게 위험을 벗어날 절호의 기회를 주셨기 때문이다.

코르도바를 출발한 날, 나는 농장 근처에서 아즈텍족에 호응하여 폭동을 일으킨 인디오 소작농 한 사람에게 병자성사를 해주고 임종 기도를 해주었다. 스페인인 농장주들의 총탄에 깊은 상처를 입은 그 인디오 젊은이는 바나나 숲의 움푹 팬 곳에서 내게 손을 잡힌 채 숨을 거두었다. 주님이 그에게 영원한 생명을 주시기를. 나는 신부로서 당연한 의무를 했을 뿐이었다.

하지만 그것을 목격한 인디오 소작농들 중 두 사람이 그 사례로 우리를 베라크루스 근처까지 바래다주었다. 그들은 우리에게 그 누구보다 강력한 우군이었다. 그리고 사실 그 두 사람의 도움이 있었기에 우리는 아즈텍족의 습격을 가까스로 모면할 수 있었다.

베라크루스에 도착하기 하루 전날이었다. 우리는 습격의 대상이 된 농장이 있는 곳을 피해 길을 우회하고 있었다.

여느 때처럼 햇볕은 강하고 사람도 말도 몹시 지쳐 소금을 뿌린 듯한 바위산들 사이를 일렬로 걷고 있었다. 현기증이 나는 듯한 감각 속에서 무리지어 서 있는 선인장이 이따금 사람 무리처럼 보일 때도 있었다.

사무라이

잠시 휴식을 취했다. 나는 바위산 위를 선회하던 독수리 한 마리의 움직임을 멍하니 바라보고 있었다. 골짜기가 너무 조용해서 불안함이 느껴질 정도였다.

돌연 한쪽 바위산에서 뭔가 까만 것이 날아왔다. 처음에 그것은 새처럼 보였다. 하지만 새가 아니었다. 바위 위에 손에 그물을 든 변발의 아즈텍족이 열 명쯤 나타났다. 그들은 멀리서 우리를 발견하고 잠복해 있다가 그물에 넣은 돌을 던졌다.

인디오는 그물에 싼 돌을 날린다는 이야기를 나도 들은 적이 있다. 우리의 조부들이 이곳 멕시코를 정복했을 때 인디오는 그 무기로 저항했다. 우뚝 선 말을 진정시키려고 나는 필사적으로 노력했고, 일본인들은 다나카의 날카로운 명령으로 선인장 뒤에 몸을 숨기려고 했다.

도망치지 못한 한 사람이 쓰러졌다. 다나카의 종자다. 그 종자를 구하기 위해 다나카가 몸을 숨기고 있던 선인장 뒤에서 달려나갔다. 나는 키가 큰 아즈텍족 사내가 그와 종자를 노리고 그물을 흔들고 있는 것을 햇볕 속에서 보았다. 그들 창코도, 하얀 이도, 어깨에 닿는 변발도 확실히 보았다. 머리통만큼이나 되는 하얀 돌이 두 사람을 향해 날아오는 것도 목격했다.

우리를 바래다주느라 함께 온 인디오 소작인 두 사람이

동시에 다나카 뒤를 따라 달리기 시작했다. 돌은 그들 옆에 떨어졌다. 그들은 바위 위의 아즈텍족에게 비명 같은 소리로 애원했다. 아마 그 일행이 스페인인이 아니라 일본인이라고 알렸을 것이다. 그러자 기적처럼 아즈텍족 사내들은 증발하듯이 바위산에서 모습을 감췄다.

모든 것이 꿈같았다. 골짜기는 다시 정적을 되찾았고 태양은 하얗게 타오르고 있었다. 나도 일본인들도 선인장 뒤에서 뛰어나가 종자 주위를 에워쌌다. 다나카는 오른쪽 다리가 골절되었을 뿐이지만 종자는 무릎이 석류처럼 갈라지고 그 상처에서 피가 흘러 다리를 새빨갛게 물들이고 있었다. 관절이 부서졌을지도 모른다. 일어나려고 해도 일어날 수 없는 이 사내는 당나귀가 끄는 짐수레에 태워진 후에도 신음을 내고 있었는데 이따금 "정말 죄송합니다"라고 주인에게 사죄했다. "목에 줄을 매서라도 동행하게 해주세요. 그렇지 않으면 고향에 돌아갈 수 없습니다."

다나카도 자신의 고통을 참으며 그에게,

"그럼, 데려가지. 데려갈게"

하고 거듭 위로했다.

일본인 사무라이와 종자는 마치 로마 시대의 귀족과 노예 같은 관계지만 거기에는 이해관계를 넘어선 결속과 정이 깊은 가족 같은 애정이 있다. 나는 일본에 있을 때 나도 이런 일본인 종자처럼 하느님을 모셔야 한다고 종종 생각한 적이 있다.

하지만 생각해보면 인디오 소작인들 덕분에 우리는 이 정도의 피해만 보고 아즈텍족의 공격에서 벗어날 수 있었다. 그것도 주님이 힘을 빌려주신 거라고 생각하지 않을 수 없다. 우리는 참담한 모습으로 베라크루스로 들어갔지만 내 불안은 이미 끝났다.

우리가 도착한 베라크루스는 때마침 계절풍이 지나가는 항구 도시였다. 도착한 이틀 후, 나와 하세쿠라와 니시는 그 바람 속을 지나 도시의 외항이라고 할 만한 산 후안 데 울루아 요새의 사령관을 방문했다. 마침 이곳에 정박하고 출항 준비를 하고 있는 스페인 함대 한 척에 승선을 요청하고 그 배의 훌륭한 군의에게 다나카와 그 종자의 치료를 부탁하기 위해서였다. 전자에 대해서 나는 이미 멕시코 총독의 명령서를 지참하고 있었기에 문제는 없었다.

산 후안 데 울루아항에 도착하자 숨을 쉴 수도 없을 만큼의 강풍이 불어 바다도 진흙 빛으로 흐려지고 세 척의 배가 겁먹은 듯 방파제 안에 대피하고 있었다. 아카풀코의 요새와 비슷한 이 요새는 쥐색 성벽으로 둘러싸였는데, 아주 뚱뚱하고 대머리인 사령관이 기분 좋게 우리를 기다리고 있었다. 그는 총독으로부터 이미 연락을 받았다며 명령서를 한

번 읽기만 하고 책상 서랍에 넣었다.

"그런데 신부님의 백부님께서 보낸 편지가 여기로 와 있습니다만…" 마치 명령서의 답변처럼 같은 서랍에서 편지 한 통을 꺼내며 말했다. "저는 당신 백부님을 알고 있습니다."

그리운 백부 돈 디에고 카바예로 몰리나가 아카풀코에서 내가 급히 보낸 편지에 이렇게 빨리 답장을 보낼 거라고는 생각하지 못했다. 방수지에 싸인 그 편지를 나는 소중히 호주머니에 넣었다.

사령관은 사절들이 선물한 일본도를 아이처럼 기뻐하며 이 강한 계절풍이 잦아지면 출항할 예정인 산타 베로니카호에 승선하는 것을 허락해주었다. 그리고 하세쿠라와 니시에게 일본인이 당한 재난에 대해 사죄했다.

수도원으로 돌아간 나는 밤이 되어서야 백부의 편지를 뜯었다. 백부는 세비야에서 이 편지를 받았다는 것, 조카인 나의 바람을 들어주기 위해 일족 전체가 노력할 생각이라고 썼다.

"하지만 너는 큰 장애를 만나는 것도 각오하지 않으면 안 된다. 그것은 우리 일족이 어떤 수단으로 입수한 일본 베드로회가 국왕에게 보낸 요청서를 보면 분명하다. 그 사본을 여기에 동봉하는데, 거기에는 너에 대한 베드로회의 중상과 비난이 지독하게 쓰여 있다.

다음으로 이것도 우리 일족이 입수한 정보인데 베드로회에서는 너희가 마드리드에 도착한 후 일본 사절의 목적이 실패로 끝나도록 주교회의를 개최하는 것을 사전에 획책하고 있는 모양이다. 그 주교회의에서 너는 일본에 30년을 있었던 유명한 발렌테 신부와 대결하게 될 것이다. 물론 너한테는 설명할 필요도 없겠지만, 그 신부는 관구장이었던 발리냐노 신부의 친구이고 오른팔이기도 하며 역사학자이고 그 지역에서도 고관이나 귀족에게 존경을 받는 인물이다. 그러니 그와 대결하기 위해서는 너도 충분한 준비를 해두지 않으면 안 될 것이다."

　강풍은 저녁이 되어도 여전히 가라앉지 않고 내 방의 창을 두드리고 있었다. 나는 일어나 방의 창에 이마를 대고 수도원 옆 광장을 내려다보았다. 광장에는 사람이라고는 그림자도 없었다. 바람에 날려간 마른풀 덩어리만 여기저기 굴러다니고 있을 뿐이었다. 백부가 동봉해준 베드로회의 요청서는 다음과 같았다.

　"일본 사절의 멕시코 방문에 대하여 이미 폐하께 보고서를 제출했습니다만, 결론을 먼저 말씀드리자면 희망하는 통상에 대해서는 신중한 태도가 바람직하지 않을까 생각합니다. 베드로회 수도사들의 보고에 따르면, 사절과 동행하는 바울회의 벨라스코 신부는 사려 깊지 못하고 행동도 필요 이상으로 주제넘은 인물로 생각됩니다. 일본에서는 황제가 그리스도교의 박해를 계속하고 있고 이 선교사가 말하는 포교의 목적이 인정될 가능성은 희박하다는 것이 우리 베드로회의 판단입니다. 그뿐 아니라 일본인은 포교의 자유를 미끼로 하여 본심으로는 무역에 의한 이익만을 추구하고 있다는 것도 아울러 말씀드립니다. 또한 벨라스코 신부는 일본에 있는 선교사인 우리 중 어떤 누구와도 협의하지 않고 단독으로 일본의 한 영주를 설득하여 배를 건조하게 하고 수도사 파견을 청원하기 위해 앞에서 말한 사절을 보내려 하고 있습니다. 그렇기에 만약 이것이 주효하면 일본에 잔류해 있는 소수의 선교사 및 그리스도교도에 재앙이 미치고 불행한 결말을 초래할 거라는 것은 필연적인 일입니다. 과장되고 꾸며진 그의 획책은 모두 허위로 가득 차 있으니 아주 신중하게 대응하기를 희망합니다."

창틈으로 들어오는 바람이 작아진 촛불의 불꽃마저 꺼뜨렸다. 하지만 나는 다시 불을 붙이려고 하지 않고 오랫동안 어둠 속에서 두 손으로 얼굴을 받친 채 얼마 후 대결해야 하는 발렌테 신부의 모습을 생각했다. 일본에 간 선교사라면 이름을 모르는 사람이 없는 그 신부는 『일본 선교사(宣敎史)』

의 저자이고 규슈나 교토 부근을 구석구석 포교하고 다니며 도요토미 히데요시나 그의 신하, 고니시 유키나가(小西行長)나 다카야마 우콘(高山右近)의 존경을 받았던 인물이다. 하지만 그것뿐이라면 나는 이렇게 깊이 생각하지 않을 것이다. 그가 단순한 신부가 아니라 예리한 두뇌와 수완을 가진 변론가임은 익히 알려진 사실이다. 그러므로 나는 백부가 말한 것처럼 충분히 대비하지 않으면 안 되었다. 적의 공격이 어떤 형태로 어디서 올지 대비하는 군인처럼 그가 파고들 의문에, 그가 노리고 던지는 질문에 보기 좋게 해명하지 않으면 안 된다고 생각했다. 나는 어둠 속에서 엎드린 채 어느새 잠들고 말았다.

제6장

지금, 배는 과달키비르강을 거슬러 올라 세비야 근처에 있는 코리아(Coria)로 가고 있다.

대서양 여행이 그렇게나 시간이 걸린 것은 승선한 산타 베로니카호가 강풍을 만나 상당히 많이 파손되었고 수리를 위해 아바나에서 6개월이나 정박했기 때문이다. 그곳 아바나에서 다나카 다로자에몬의 종자가 가엾게도 숨을 거두었다. 무릎에 중상을 입은 그 사내다. 그를 묻은 후 다나카가 낙담하던 모습은 정말 딱할 정도였다. 마치 자신의 형제를 잃은 것처럼 그 오만한 사내가 어두운 얼굴로 카리브해를 바라보는 모습을 나는 종종 목격했다. 그리고 나서도 두 번이나 더 계절풍에 의한 폭풍을 만나고 드디어 조국 스페인의 산루카르항을 멀리서 바라본 것은 베라쿠르스를 떠난 지

사무라이

열 달만이었다.

　배 여행을 하는 동안 마드리드의 백부가 보낸 경고가 내 머리에서 떠난 적이 없었다. 얼마 후에는 주교들 앞에서 그와 토론을 해야만 하는 발렌테 신부의 모습이 계속 뇌리에 떠올랐다.

　나의 상상 속에서 발렌테 신부는 고행자처럼 볼이 야위고 비쩍 마른 장신의 남자였다. 칼날처럼 날카로운 두뇌가 눈빛에 나타나는 것처럼도 생각되었다. 그가 나지막한 목소리로 내 생각의 가장 약한 부분을 찌르고, 그렇게 찔린 상처를 차례로 벌려갈 듯한 기분이 들었다. 조금이라도 긴장을 풀면 교묘히 그 기회를 포착하여 공격해오거나 말에 함정을 놓아 이쪽의 논지가 모순되기를 기다리고 있을 것이다.

　그가 공격하며 들어올 것 같은 질문 하나하나를 예상해 보았다. 그는 반드시 이 사절들이 어떤 자격으로 파견되었는지를 물어올 것이다. 또한 도쿠가와 이에야스가 한편으로 기리시탄 신도를 박해하면서도 사절을 보낸 모순을 폭로할 것이다. 그리고 일본의 포교가 현재 절망적인 상황인데도 내가 그것을 숨길 뿐 아니라 낙관적인 전망을 주장하고 있다고 비판할 것이다.

　생각할 수 있는 질문을 하나하나 상정하며 나는 마치 시험을 앞둔 신학생처럼 그 답을 입 밖에 내보았다. 하지만 그

답을 말해보는 중에 갑자기 분노라고도 슬픔이라고도 할 수 없는 감정이 치밀어 올랐다. 같은 그리스도교 성직자인 그들은 왜 일본을 주님의 나라로 바꾸려는 내 의지를 좌절시키려고 하는 것일까. 왜 방해하려고 하는 것일까.

나는 이방인들에게 전도하기 위해 예루살렘의 사도들과 대립한 바울을 생각했다. 바울조차도 같은 그리스도교도의 방해를 받고 험담을 듣고 욕설을 들었다.

예루살렘을 본거지로 하는 그리스도교도들은 국경을 넘어, 민족을 넘어 주님의 가르침을 널리 알리려고 하는 바울을 사도로서 자격이 없다는 말을 퍼뜨리고 그 전도조차 비난했다. 마찬가지로 베드로회는 나를 일본에서 포교할 자격이 없는 신부로 보고 있다.

복받쳐 오르는 분노를 가만히 견디고 있으니 뭐라 말할 수 없는 슬픔이 가슴에 퍼졌다. 같은 하느님을 믿고, 같은 주 예수 그리스도를 사모하고, 같은 일본을 그 하느님의 나라로 바꾸려고 하면서도 우리는 서로 반목하며 다투고 있다. 인간이라는 것은 언제까지고 왜 이렇게 추하고 이기적인 것일까. 우리는 교단이라는 조직 안에서 맑아지기는커녕 속인 이상으로 추해지기도 한다. 성자들이 가진 순종과 인내심, 그리고 한없는 부드러움에서 나는 지금 멀리 떨어진 지점에 있는 것 같았다.

어젯밤 강한 비가 강을 거슬러 올라가는 배를 때렸다. 강한 빗소리에 잠에서 깼다. 부끄럽게도 나는 몽정을 했다. 꼭 묶은 손목은 이런 경우 죄를 범하지 않기 위해서였다. 젊을 때만큼은 아니지만 나는 밤사이 나 자신의 강한 육욕과 이런 형태로 싸우지 않으면 안 되는 것이다. 나는 무릎을 꿇고 기도했다. 이 얼마나 비참한 육체인가. 기도를 하다가 갑자기 엄청난 절망감에 휩싸였다. 거울 속 자신의 추악한 얼굴을 마주한 것처럼 나는 자신의 마음에 숨어 있는 독의 맛을 하나하나 느꼈던 것이다. 나의 육욕, 베드로회에 대한 분노, 일본의 포교에 대한 오만할 정도의 자신감, 정복욕—그것들 하나하나를 마음속에 떠올리니 주님은 내 기도나 절망에 결코 귀를 기울여주지 않을 거라는 생각마저 들었다.

'아니요, 아닙니다.' 나는 필사적으로 다투었다. '저는 일본과 일본인들에게 한없는 애착을 느낍니다. 그런 애착을 느끼기에 그들을 그 미지근한 물 같은 마음에서 불러 깨우고 싶습니다. 제 평생을 그 일을 위해 바쳐도 신부로서 여한이 없습니다. 저의 행위는 모두 당신을 위한 것입니다.'

하지만 책상에 놓인 작은 십자가, 그 십자가에서 주님은 두 팔을 벌린 채 나를 슬픈 듯이 바라보며 내 항변을 듣고 계셨다.

'그렇다면 주여, 저는 일본을 포기해야 할까요? 그만큼 뛰어난 재능과 힘을 가진 일본인을 그 미지근한 물 같은 마음인 채 살게 내버려 두어야 할까요? 그 민족은 어쩐지 저에게 성서에 쓰인 '차갑지도 않고 뜨겁지도 않은' 마음을 자신들의 특질로 완고하고 엄격하게 지키고 있는 것처럼 보입니다. 그런 그들에게 저는 당신을 찾는 열정을… 주고 싶습니다.'

발렌테 신부에 대항할 단 하나의 수단. 그것은 마드리드에서 일본인 사절들을 기리시탄으로 만드는 것. 바로 멕시코시티에서 일본인 상인들에게 세례를 받도록 한 것처럼. 그렇게 하면 주교들은 내가 말하는 것이 틀림없다고 생각할 것이다. 바로 멕시코시티의 총독이 그 훌륭한 세례에 의해 내 생각에 동의한 것처럼….

과달키비르강을 거슬러 올라가 사절들은 드디어 유럽에 상륙했다. 1년 반 전만 해도 그 이름도 존재도 몰랐던 스페인의 세비야에 발을 들여놓았다.

초가을이었다. 부드러운 햇살이 내리쬐는 들판에는 어디까지고 하얀 집이 이어져 있고, 그 하얀 덩어리들 안에 맑은 하늘을 찌르는 교회의 첨탑이 여기저기에 보였다. 강에는 수많은 배가 오르내리고 그 가장자리에는 햇빛을 받은 꽃들이 환하게 피어 있었다. 꽃향기는 도시의 곳곳에 떠돌고 집마다

사무라이

하얀 창가에는 항아리가 놓여 있으며 장식 무늬 문을 통해, 타일을 깐 바닥에 조각상과 화병을 늘어놓은 안뜰이 들여다보였다. 그 집들의 내부는 군청색의 자잘한 무늬가 있는 벽으로 둘러싸여 어둡고, 기묘한 냄새가 가득 차 있었다.

처음 보는 스페인의 도시. 교토도 에도도 모르고 영주의 성시밖에 본 적 없는 세 명의 사절에게는 이 큰 도시의 모든 것이 놀랍기만 했다. 이 도시는 옛날에 아랍인의 도시였으나 그리스도교도인 스페인인에게 정복당했다고 벨라스코가 말했다. 하지만 사절들은 아랍이라는 나라가 어디에 있는지, 이 도시 어디에 그 흔적이 남아 있는지도 알지 못했다. 그들은 왕궁 같은 찬란한 건물의 모습에 그저 한숨을 내쉬고 대성당의 거대한 덩어리에 압도되어 멍하니 입을 다물었다.

하루하루가 멕시코시티와는 비교가 안 될 정도로 바빴다. 이곳이 고향인 벨라스코 일족의 도움으로 사절들은 마차를 타고 시장을 만나러 가고 의원을 방문하고 귀족들이나 고위 성직자의 초대를 받았다. 알아들을 수 없는 말의 소용돌이에 휩싸여 낯선 음식을 억지로 먹으며 그들은 열심히 견디고 분투했다.

"이것이 유럽입니다."

벨라스코는 거대한 대성당 위에서 세비야의 거리를 내려다본 오후, 수많은 첨탑을 일일이 가리키며 저것이 산스테

파노 성당, 이것이 산페드로 성당이라고 가르쳐준 후 빈정거리는 말투로 이야기했다.

"이곳이 바로 일본 분들이 말한 스페인입니다."

그러고 나서 그는 소리를 내어 웃었다.

"여러분은 이 여행에서 세계가 넓다는 것을 알았겠지만 그 넓은 세계에서 특히 풍요로운 나라가 이곳 스페인이라고 말할 수 있습니다. 그리고 지금 여러분은 그 나라에 있습니다. 남만의 나라에 있는 겁니다."

다나카 다로자에몬은 팔짱을 낀 채 얼굴에 동요의 빛을 드러내지 않으려고 시선을 돌렸다. 니시 규스케만은 붓통을 꺼내 벨라스코가 가르쳐준 건물이나 교회의 이름을 열심히 적었다.

"하지만 이곳 세비야와는 비할 수도 없을 만큼 큰 곳이 스페인의 수도 마드리드입니다. 그 마드리드에서 여러분은 스페인의 왕을 만날 겁니다."

다나카와 사무라이가 몸을 떨었다는 것을 벨라스코도 잘 알 수 있었다. 메시다시슈인 그들에게는 설령 사절이라는 명목이라고 해도 강대한 나라의 왕을 만난다는 것은 파격적인 사건임이 분명하다.

"하지만 스페인의 왕도 그 앞에서 공손하게 무릎을 꿇어야 하는 분이 계시오. 그걸 아십니까?"

사무라이

세 명 중 아무도 대답하지 않았다.

"교황님이라는 기리시탄의 왕입니다. 그것을 일본에 비유하자면 도쿠가와 이에야스 님은 스페인의 왕이고 교토의 천자님은 교황님일지도 모릅니다. 하지만 교황님은 천자님과 비교할 수 없을 만큼 큰 힘을 갖고 계십니다. 그런데 그 교황님까지도… 한 분 앞에서는 종에 지나지 않습니다."

벨라스코는 미소를 지으며 사절들의 얼굴을 들여다보았다.

"그분은… 말씀드리지 않아도 아시겠지요…. 멕시코의 도처에서 여러분은 그분의 상을 봤을 겁니다. 멕시코만이 아닙니다. 이곳 스페인만이 아닙니다. 유럽의 모든 나라는 그분을 우러러 받들고 그분에게 엎드려 절합니다."

일요일, 벨라스코는 한 가지 목적을 위해 산 프란시스코 대성당에 세 명을 참석하게 했다. 그날 레르마 주교가 일본인 사절을 위해 특별 미사를 올리게 되어 있었다. 아침부터 돌이 깔린 길에 마차들이 바퀴가 삐걱거리는 소리를 내며 속속 대성당의 입구로 향하고, 잘 치장한 귀족이나 상인들이 돌기둥이 나란한 성당을 메우고, 수많은 촛대의 불꽃이 금색 제단에 비치고, 오르간 소리가 돌벽에 울려 퍼졌다. 소용돌이 같은 장식으로 꾸며진 설교대에서 레르마 주교가 사람들을 축복하며 이렇게 말했다.

"오늘 이 미사에는 세비야가 고향인 신부 벨라스코를 따라 동양의 일본에서 만리의 파도를 헤치고 오신 사절들이 참석해 있습니다. 그러므로 우리는 이 미사를 그 사절들과 일본인을 위해 올리고 싶습니다. 우리의 선조가 오늘날까지 수많은 이방인의 땅에 교회를 세우고 하느님의 나라로 만든 것처럼, 언젠가 사절들의 나라도 주님을 찬양하기를 기도합시다."

성당을 가득 메운 사람들은 모두 무릎을 꿇었고 합창대가 성가를 불렀다.

거룩하시도다, 거룩하시도다, 거룩하시도다,
온누리의 주 하느님
하늘과 땅에 가득 찬 그 영광

벨라스코는 두 손에 얼굴을 묻고 복받쳐 오르는 감동에 몸을 내맡겼다. '일본이여, 일본이여' 하고 그는 마음속으로 그 나라를 불렀다. '이 목소리를 들어라. 일본이여, 일본이여. 그대가 아무리 주님을 무시하든, 그대가 아무리 우리들 사제를 죽이든, 그대가 아무리 신도들의 피를 흘리게 하든 언젠가 그대는 주님을 따르게 될 것이다.' 그리고 그는 고개를 숙이고 기도했다. '주여, 그것을 위해… 싸움에서 이기게

해주소서. 발렌테 신부를 이기게 해주소서.'

미사가 끝나고 아직 감격이 가시지 않은 사람들이 일본인들을 에워싸고 격류처럼 대성당 밖으로 쏟아져 나갔다. 그들은 사람들 틈에 끼어 몹시 시달리는 일본인들의 어깨를 두드리고 악수를 청하며 레르마 주교가 벨라스코와 사절들을 대성당 지하실로 피난시킬 때까지 옆에서 떠나지 않았다.

"자, 내 아들이여."

사람들의 환성이 사라진, 축축하고 어두운 지하의 한 방에서 레르마 주교는 벨라스코에게 불안한 듯한 표정을 보이며 말했다.

"의식은 끝났네. 현실로 돌아가지 않으면 안 되겠지. 저 열광에 속아서는 안 되네. 상황은 자네에게 결코 좋지 않아. 마드리드에서는 자네를 위해 주교회의를 열 예정이고, 그 회의는 결코 자네에게 유리하지 않을 걸세."

"알고 있습니다." 벨라스코는 사절들에게 시선을 돌리고 나서 고개를 끄덕였다. "하지만 조금 전에 주교님도 오늘 미사를 이 사절들과 일본인을 위해 올린다고 말씀하셨습니다. 언젠가 일본이 주님을 찬양하는 나라가 되는 것도 함께 희망하셨습니다."

"분명히 언젠가, 라고 말했지. 하지만 그건 지금은 아니네. 일본인들이 지난 20년간 얼마나 선교사를 미워하고 신도들을 박해해왔는지는 멀리 있는 우리도 다 알고 있다네."

"상황은 변했습니다." 벨라스코는 멕시코시티의 대주교에게 말한 것과 같은 말을 빠르게 되풀이했다. "그렇지 않으면 일본은 이 사절들을 스페인으로 보내지 않았겠지요."

"내 아들이여, 베드로회의 수도사는 그 상황이 더 나빠졌다고 보고했네. 그리고 이 사절들은 일본의 한 영주의 기사들이지 결코 일본 황제의 공식 사절이 아니라고…. 우리는 더이상 그 나라에서 사제들의 피를 흘리게 하고 싶지 않은 거네."

"포교는… 전쟁과 같다고 믿고 있습니다. 저는 그런 일본과 싸우는 선교사입니다. 선교사는 주님을 위해 죽는 것을 두려워하지 않는 병사와 같습니다. 사도 바울은 이방인을 위해 피를 흘리는 것을 결코 마다하지 않았습니다. 포교는 수도원이나 햇빛이 비치는 곳에서 편하게 하느님의 사랑을 말하는 것과는 다르겠지요."

"그렇지, 포교가 전쟁과 비슷하다는 것에는 동의하네. 그리고 모든 병사가 그 지휘관에 따르는 것처럼 자네도 순종하지 않으면 안 되겠지."

주교는 벨라스코의 빈정거림을 깨달았다.

"지휘관이 전장에서 멀리 떨어져 전쟁의 실상에 대해 아무것도 모르는 때도 있습니다."

"자네는." 주교는 벨라스코의 얼굴을 가만히 쳐다봤다. "내 아들이여… 너무 격하네. 그 격함이 장래에 자네의 영혼을 손상하지 않도록 반성하지 않으면 안 되겠지."

벨라스코는 얼굴을 붉히며 입을 다물었다. 주교가 지적한 대로 격한 성격은 그가 오랜 수도 생활에서 상사로부터 늘 받아온 충고였다. '하지만 그 격함이 없었다면' 하고 벨라스코는 생각했다. '나는 왜 그 동양의 섬나라로 갔던 것일까. 일본이여, 그대와 싸우기 위해서 나는… 격하지 않으면 안 된다.'

"우리는… 앞으로 마드리드로 갑니다. 그리고 대주교님께 직접 부탁드리려고 합니다만…"

"뭘 말인가?"

"이 일본 사절들에게 왕을 알현하게 해달라고요…."

레르마 주교는 측은하다는 듯 벨라스코를 바라보며 손을 뻗어 그의 입맞춤을 받았다. 그러고는 체념한 듯한 목소리로 되풀이했다.

"대주교님이 자네의 희망을 들어주시기를…. 하지만 자네는 너무 격하네. 그 격함이 자네의 영혼을 손상하지 않기를."

군중이 떠나고 레르마 주교도 주교관으로 모습을 감추었다. 일본인들을 마차로 숙소인 수도원으로 돌려보낸 벨라스코는 혼자 대성당의 기도대 앞에 무릎을 꿇었다. 넓은 성당은 사방의 스테인드글라스에서 쏟아져 들어오는 몇 줄기 빛이 닿는 곳 외에는 어둡고 조용했다. 제단에는 성체 촛대가 붉게 켜지고 그 옆에서는 위엄으로 가득 찬 그리스도가 한 손을 들어 이쪽을 내려다보고 있었다. 그것은 바로 사도들에게 '가서 온 세상 사람들에게 복음을 전하라'고 말한 그때의 모습이었다.

'주여.' 벨라스코는 손깍지를 끼고 그리스도의 눈을 바라보며 호소했다. '당신은 복음을 세상 끝까지 전하라고 하셨습니다. 저는 그 목소리에 제 생애를 걸고 일본으로 건너갔습니다. 하지만 그 일본에서 당신은 손을 떼실 생각입니까?'

'주여, 대답해주십시오. 일본은 지금 당신의 그 목소리에서 버림받으려 하고 있습니다. 다름 아닌 당신이 만든 교회가 일본을 포기하려 하고 있습니다. 대주교도 주교들도 추기경도 그 나라를 두려워하고 그 나라에서 사제들이 더이상 피를 흘리는 걸 원치 않으며 남은 신도들을 내버려 두려 하고 있습니다. 주여, 대답해주십시오. 저도 그 교회의 명령에 따라야만 하는 걸까요?'

'주여, 저에게 싸우라고 명하십시오. 저는 외톨이입니다. 저를 방해하는 자, 질시하는 자와 싸우라고 말씀해주십시오. 저는 일본에서 벗어날 수 없습니다. 그 동양의 작은 나라야말로 제가 당신의 복음으로 정복하지 않으면 안 되는

나라입니다.'

이마에서 땀이 흐르고 그 땀이 눈에 스며들 때까지 벨라스코는 얼굴을 들고 그리스도의 얼굴을 응시하고 있었다. 그의 뇌리에는 수많은 일본인의 얼굴이 떠올랐다. 그들은 이 벨라스코를 조롱하는 엷은 웃음을 짓고 있었다. 그 모습들은 언젠가 그가 교토에 있는 사원의 어둑한 본당에서 본 불상의 얼굴과 많이 닮아 있었다. 그들은 입을 모아 이렇게 중얼거렸다. '일본에서는 기리시탄 신부가 오는 것을 기뻐하지 않는다. 일본은 교회를 세우는 걸 기뻐하지 않는다. 일본은 예수 없이 살 수 있다. 일본은….'

'가도 된다.' 갑자기 벨라스코는 귀 안쪽에서 하나의 목소리를 들었다. "'이제 내가 너를 보내는 것은 마치 양을 이리떼 가운데로 보내는 것과 같다. 그러므로 너희는 뱀같이 슬기롭고 비둘기같이 양순해야 한다."[42] "너희는 나 때문에 모든 사람에게 미움을 받을 것이다. 그러나 끝까지 참는 사람은 구원을 받을 것이다."[43] 뱀같이 슬기로워라.'

그것은 예수가 제자들을 유대 마을로 파견할 때 하신 말씀이었다. '뱀같이 슬기로워라.' 벨라스코는 오랫동안 얼굴

---

42) 「마태오의 복음서」 제10장 16절.
43) 「마태오의 복음서」 제10장 22절.

을 손에 묻고 움직이지 않았다. 이 말 안에는 앞으로 자신과 자신이 해야만 하는 일이 모두 포함된 것처럼 생각되었다. '나는 사람들에게 미움을 받을 것이다. 베드로회의 수도사들에게. 이곳 주교들에게. 하지만 나는 마드리드로 가서 거기서 열리는 주교회의에서 베드로회와 대결해야 한다. 그리고 그 대결에서 승리하기 위해서는 뱀같이 지혜를 짜내야 한다. 내 무기는 말이고, 데려온 일본인들이다. 내가 하는 말은 일본인들이 하는 말이고 내 희망이 일본인들의 희망이라고 주교들에게 믿게 해야 한다. 그렇게 하기 위해서는….'

벨라스코가 숙소인 수도원으로 돌아가 일본인들 방으로 가 보니 사절들은 종자와 함께 햇볕이 드는 발코니에 모여 이 도시 사람들이 자랑하고 있는 히랄다 탑 주위를 걷는 사람들의 움직임이나 마차가 왕래하는 것을 내려다보고 있었다. 과달키비르강에는 수많은 배가 모여 있고 뱃짐을 파는 상인들의 목소리도 활기차다.

벨라스코를 보자 종자들은 허리를 숙이고 슬쩍 방에서 나갔다. 발코니에서 벨라스코는 세 사절과 어깨를 나란히 하고 가을의 부드러운 햇볕에 오르락내리락하는 과달키비르강의 배를 가리키며 그곳에서 수많은 배가 여러 나라로 출발하던 무렵의 일을 이야기했다. 그리고 말을 이었다.

"이틀 후에 우리는 스페인의 수도 마드리드로 떠납니다.

스페인 왕을 알현하기 위해섭니다."

"왕을 알현하는 일이… 드디어 이루어지는 건가."

다나카 다로자에몬의 목소리가 활기를 띠었다. 영주도 만나 본 적 없는 사절들의 마음에는 이 파격적인 영광을 얻는 기쁨이, 흙에 스며드는 물처럼 번져나갔다.

"솔직히 말하지 않으면 안 될 것 같습니다…. 생각지도 못한 방해물이 생겼습니다."

벨라스코가 잠깐 망설인 후 입을 열었다.

"마드리드에는 우리를 좋게 생각하지 않는 사람들이 있습니다."

사절들은 얼굴을 마주 보며 벨라스코의 설명을 기다렸다. 벨라스코가 말하는 동안 다나카는 화난 듯이 허공의 한 점을 응시하고, 사무라이는 평소의 버릇대로 눈을 깜박일 뿐 참견을 하지 않았다. 두 사람의 얼굴에서는 무슨 생각을 하는지 읽어낼 수 없었지만, 젊은 니시 규스케는 불안한 듯 팔짱을 끼기도 하고 손을 꽉 쥐기도 했다. 그들은 벨라스코가 말하는 교회의 정세나 일본에서의 포교를 둘러싸고 두 회가 다퉈온 역사를 대략은 이해한 것 같았다.

"나는 그 때문에 토론의 장에 나가야만 합니다. 토론의 장에는 교회의 고위 성직자들이 입회하여 내가 말하는 것이 맞는지 비방하는 자들의 말이 옳은지 판정하게 됩니다."

벨라스코는 거기서 말을 끊었다. 그러고는 자기 자신에게 타이르듯이 중얼거렸다.

"나는… 이기지 않으면 안 됩니다."

사절들은 몸이 굳은 것처럼 움직이지 않았다.

"비방하는 자들은… 일본은 전국적으로 기리시탄을 금지했다고 말하며 신부를 맞이하겠다는 영주님의 서한도 거짓이라고 선전하고 있습니다. 그 의혹을 풀기 위해서도… 만약 여러분 중 한 사람이라도 기리시탄이 된다면….'

이렇게 말했을 때 무표정하던 다나카와 사무라이의 얼굴에 어린애처럼 놀라는 빛이 스쳤다. 그 얼굴빛을 뭉개듯이 벨라스코는 다그치며 말을 이었다.

"만약 그렇게 되면 그 지역 교회는 내가 말하는 것을 믿겠지요. 기리시탄을 소홀히 취급하지 않고 신부들을 기꺼이 맞이한다는 영주님의 약속도 진짜라고 생각할 겁니다. 스페인 교회는 일본이 기리시탄을 죽이고 신부를 괴롭히고 있다고 하는 자들의 말을 그대로 믿고 있으니까요."

사무라이는 벨라스코를 매섭게 노려보았다. 벨라스코는 처음으로, 순종 그 자체인 이 사내의 얼굴에 분노의 빛이 떠오른 것을 보았다.

"신부님." 사무라이의 목소리가 떨렸다. "멕시코에서 왜 그 말을 하지 않았습니까? 멕시코에서도 이런 일은 확실히 알고 있었을 텐데요."

"솔직히 비방이 이렇게까지 퍼져 있다고는 생각하지 못
했습니다. 아니, 우리가 멕시코에 있는 동안 그자들은 일본
에서 스페인으로 편지를 계속 보내 이 여행을 방해하려고
한 것입니다."

"나는…" 사무라이는 신음처럼 대답했다. "기리시탄이
될 수 없습니다."

"왜 그렇지요?"

"기리시탄을 좋아하지 않습니다."

"기리시탄의 가르침을 알지 못하면 좋아하고 싫어하는
것도 없겠지요."

"배운다고 해도 믿을 마음이 들지는 않을 겁니다."

"배우지 않으면 믿을 수 없는 겁니다."

벨라스코의 얼굴과 목이 점차 붉어졌다. 그것은 그의 감
정이 격해지고 있다는 신호였다. 그때 그는 한 사람의 책략
가가 아니라 자신이 믿는 것을, 그것을 모르는 자에게 불어
넣으려는 선교사로 변해 있었다.

"멕시코시티에서 일본 상인들도 마음에서 우러나서가 아
니라 이익을 위해 기리시탄에 귀의했습니다. 하지만 나는
그래도 좋다고 생각했습니다. 왜냐하면 주님의 이름을 한
번이라도 사용한 자는 결국 주님의 포로가 된다고 생각하기

때문입니다."

벨라스코의 귓가에 한 목소리가 들렸다. '네가 지금 하려는 것은, 주님을 믿지 않는 자에게 자신의 이익을 위해 세례를 받게 하는 신성 모독이 아닐까. 세례 성사로 믿지 않는 자의 죄까지 주님에게 짊어지게 하는 오만한 행위가 아닐까.'

벨라스코는 귓가에 들려오는 그 목소리를 지우려고 했다. 그는 성서에 쓰인 주 예수의 한가지 말을 그 방패로 삼았다. 그것은 아무것도 믿지 않는 자가 예수의 이름을 이용하여 병자를 낫게 하는 것을 본 요한이 화를 냈을 때 주님이 한 말이었다. "너희를 반대하지 않는 사람은 너희를 지지하는 사람이니 막지 마라."[44]

사무라이는 완강하게 입을 다물고 있었다. 소심한 그는 이럴 때면 그만큼 고집스러워지는 것이다. 그것은 골짜기 농부의 성격이기도 했다. 다나카도 여전히 허공의 한 점을 응시하고 있었다. 니시 또한 자신의 태도를 정하기 위해서라도 연상의 이 동료들의 대답을 불안한 듯 기다리고 있었다. 얼마 후 사무라이는 움직일 수 없는 묵직한 돌처럼,

"아니, 할 수 없습니다. 기리시탄이 될 수는 없습니다"

하고 강한 목소리로 대답했다.

---

44) 「루가의 복음서」 제9장 50절.

벨라스코가 방을 나간 후에도 세 사절은 의자에 앉아 오랫동안 움직이지 않았다. 열어놓은 창으로 트리아나 문의 웅성거림이 흘러들었다. 오후가 되자 세비야도 한동안 조용해졌다. 이 시간이면 다들 집에 틀어박혀 느긋하게 쉬는 것이다. "시라이시 님은" 하고 니시는 눈을 치떠 몹시 지친 다나카와 사무라이의 얼굴을 살피며 말을 이었다. "이 여행 동안 모든 일에 벨라스코 님의 지시를 따르라고 말씀하셨습니다."

"하지만, 니시" 하고 사무라이는 한숨을 내쉬었다. "일본을 떠나 지금까지 벨라스코 님이 우리를 얼마나 속여 왔나? 마쓰키가 말한 대로야. 멕시코로 건너가면 당장이라도 소임을 완수할 수 있을 것처럼 말해놓고, 멕시코에 도착해서는 다시 스페인으로 가지 않으면 확실한 대답을 들을 수 없다고 했지…. 그리고 오늘은 일이 순조롭게 진행되지 않고 있다고 말하네. 게다가 결과를 내기 위해서… 기리시탄이 되라고 권하고 있지 않나. 그 사람의 본심은 이제 믿을 수가 없어. 니시, 자네는 그렇게 생각하지 않나?"

사무라이가 이렇게 자신의 속마음을 털어놓기는 처음이었다. 입이 무거운 사람인만큼 그 말 하나하나에 묵직함이 있어 다나카와 니시는 사무라이가 말을 마친 후에도 침묵을 지키고 있었다.

"하지만 벨라스코 님한테 의지하지 않으면 우리는 아무 것도 할 수 없습니다."

"그게 벨라스코 님이 노리는 점이겠지. 그 사람은 우리를 억지로라도 기리시탄으로 만드는 것만을 바라고 있네."

"하지만 임무를 위해 형식적으로 기리시탄이 되는 것은 대수롭지 않은 일이겠지요."

"하지만 말이야." 사무라이는 얼굴을 들고 한숨을 내쉬었다. "하세쿠라 가는 봉토 교체로 벼도 보리도 제대로 거둘 수 없는 척박한 골짜기를 받았네. 하지만 그 산간으로 조상의 묘, 아버지의 묘를 이장했지. 조상이나 아버지가 모르는 남만의 종파로 나 혼자만 귀의할 수는 없는 일이네."

사무라이는 이렇게 말하며 눈을 깜박거렸다. 그는 자신의 몸에 하세쿠라 가문 대대로의 피와 관습이 흐르고 물들어 있는 것을 느꼈다. 자기 한 사람이 그 피와 관습을 멋대로 바꿀 수는 없었다.

"게다가…" 하며 그는 말을 이었다. "멕시코시티에서 마쓰키가 이렇게 말했지. 벨라스코는 너무 격하다고. 벨라스코의 격함에 이끌려 기리시탄만은 되지 말라고 말이야. 니시, 자네도 기억하지 않나?"

"기억합니다."

멕시코의 동해안을 향해 출발한 일행이 수도원을 떠나려

고 할 때 배웅하던 상인들 속에서 마쓰키가 달려와 사무라이의 눈을 응시하며 했던 말을 사무라이는 잊지 않고 있었다.

"기억하고는 있습니다만…."

사무라이의 이야기를 들은 니시는 꾸중 듣는 것이 두려워서인지 다나카와 사무라이의 기색을 살피며 말했다.

"평정소도 앞으로의 일본은 전쟁이 아니라 남만, 천축(天竺, 인도) 등의 나라들과 거래해야 한다고 생각하고 있을 겁니다. 더욱이 천축은 모르겠지만 남만 나라들과의 거래에는 기리시탄을 빼놓고 할 수 없다는 것도 잘 알고 있습니다. 그런 생각을 하는 한 우리가 기리시탄이 되어도 그건 소임을 완수하는 수단이었다고 이해해주겠지요."

그러자 다나카가 끼어들었다.

"자네는 귀의할 생각인가?"

"잘 모르겠습니다. 수도인 마드리드로 가는 길에 차분히 생각해보겠습니다. 하지만 이 여행에서 세계가 넓다는 걸 절감했습니다. 남만이라는 나라가 일본보다 풍요롭고 번영한 것도 알았습니다. 그렇다면 저는 남만의 말도 배우고 싶습니다. 그 넓은 세계 사람들이 한결같이 믿고 있는 기리시탄의 가르침에 눈을 감고 있을 수는 없다고 생각합니다."

늘 그렇듯 사무라이는 니시의 싱싱한 젊음이 부러웠다. 자신이나 다나카와는 다른 이 사람은 이국의 새로운 것, 놀

랄 만한 것을 아무런 저항 없이 충분히 맛보고 흡수하려고
한다. 한편 자신은 지금 다른 운명에 몸을 맡기려고 생각하
면서도 막상 그럴 상황이 되면 달팽이와 그 껍데기가 떨어
질 수 없는 것처럼 골짜기나 집과 결부된 것이 그것을 방해
하는 것이다.

"어떻게 생각하나요, 다나카 님?"

구원을 바라듯이 사무라이는 팔짱을 끼고 있는 다나카에
게 말을 걸었다. 뭔가 생각해야 할 때면 늘 팔짱을 끼는 것
이 다나카의 버릇이었다. 사무라이는 이 사내의 굵은 팔과
두꺼운 등을 살피며 그 몸에 자신과 마찬가지로 토착 무사
의 피가 흐르고 있는 것을 느꼈다. 토착 무사의 피―오랫동
안 조상이 지켜온 땅과 관습을 완고하게 지켜나가려는 그
피였다.

"나도… 기리시탄을 좋아하지 않네." 하지만 다나카는 여
느 때와 다르게 힘없는 한숨을 내쉬었다. "하지만 하세쿠라,
내가 이 임무를 맡은 것은 평정소의 지시가 있었기 때문이
아니네. 모두 니혼마쓰의 옛 봉토를 돌려받고 싶은 마음에
서였지. 그 마음으로… 낯선 배 여행에 나섰고 이국의 더위
와 음식도 견디고 있는데…."

사무라이도 같았다. 시라이시나 이시다의 말이 진심이라
면 이 괴로운 여행을 마친 후 구로카와의 땅이 은상(恩賞)으

로서 하세카와 가로 돌아올지도 모르는 일이다.

"그렇지 않으면 조상에게도, 일족에게도" 하며 다나카는 우는 듯이 중얼거렸다. "면목이 없네. 체면이 안 서지. 나는 기리시탄을 좋아하지 않네. 하지만 옛 봉토를 돌려받기 위해서는… 땅을 핥으라고 하면 나는 그렇게 할 걸세."

"임무를 위해서 말입니까?" 니시가 옆에서 끼어들었다.

"마쓰키는… 기리시탄이 되지 말라고 했네." 사무라이는 완강하게 고개를 가로저었다. "나는 마쓰키를 좋아하지 않지만… 기리시탄은 될 수 없네…."

그들은 마드리드를 향하여 다시 긴 여행을 계속했다. 멕시코 때처럼 강렬한 햇살이 내리쬐는 황야 대신 갈색을 띤 주황색 구릉과 올리브밭이 펼쳐져 있는 안달루시아의 평원을 일본인들과 짐수레와 짐마차가 일렬로 나아갔다.

언덕과 올리브밭은 파도처럼 차례로 나타났다. 구릉은 붉고 올리브 잎은 바람에 나부끼며 무수한 칼날처럼 은색으로 빛났다. 땅거미가 지기 시작하자 대지는 급격히 서늘해졌다.

여기서도 때때로 멕시코에서와 마찬가지로 소금 덩어리 같은 하얀 마을이 보였다. 하얀 마을은 마치 풀로 붙여놓기라도 한 듯 바위산 중턱에 찰싹 들러붙어 있었다. 낡은 성채가 그런 바위산 위에 위협적으로 우뚝 솟아 있었다.

올리브밭과 붉은 땅이 끝난 곳에서 지평선까지 활처럼 곡선을 그린 보리밭이 펼쳐져 있었다. 그 지평선 너머에 작은 바늘 같은 것이 보였다. 다가감에 따라 그 바늘이 교회의 첨탑이라는 것을 알 수 있었다. 첨탑의 끝은 파란 하늘을 찌르며 그곳으로 빨려들고 있었다.

"이게 바로 유럽입니다." 벨라스코는 그런 풍경을 만나면 말을 세우고 자랑스럽다는 듯 가리켰다. "땅에는 땅의 일이 있습니다. 그 일은 저 탑이 되어 하늘을 향해 주님을 찾고 있습니다."

세비야를 떠난 이후로 그는 두 번 다시 사절들에게 도움을 강요하지 않았다. 기리시탄이 되라고 암암리에 강요하지도 않았다. 그러나 그는 마치 그것이 기정사실인 것처럼 말 위에서 자신 있게 미소를 지었다. 사절들은 사절들대로, 그 문제를 언급하는 게 두려운 듯 화제로도 올리려 하지 않았다.

타호강의 색이 변해 갈색을 띤 물이 들판을 흐르는 것을 보았을 무렵 일행은 고도(古都) 톨레도로 들어갔다. 구릉 위에 지어진 이 도시의 역시나 큰 교회 첨탑이 멀리서도 일동의 눈에 보였다. 거대한 석양이 금빛으로 물든 하늘 속으로 가라앉는 시각에 그 빛을 받은 십자가가 눈부시게 빛나고 있었다. 땀범벅이 된 일본인들은 여느 때처럼 사람들의 호기심 어린 시선을 받으며 교회를 향해 돌이 깔린 언덕길을 묵묵히 걸어갔다.

"하포네세스"하고 길가의 한쪽에 늘어선 사람들 중 누군가가 소리쳤다. "메 안 엔콘트라도 콘 하포네세스 안테스 (Me han encontrado con Japoneses antes)."[45] 고르지 못한 치열의 사람 좋아 보이는 사내였다. 그 소리를 듣고 깜짝 놀란 벨라스코가 말을 세우고는 그 사내에게 말을 건넸다.

"이 사람은 어렸을 때 이곳을 방문한 일본인 소년들을 봤다고 합니다." 벨라스코는 사절들에게 알려주었다.

"일본인의…."

"30년쯤 전에 규슈 출신의 열네다섯 살 소년들이 여러분과 같은 기리시탄 사절로서 이곳 스페인에 왔다고 하는데요. 모르고 있었습니까?"

다나카도 사무라이도 니시도 처음 듣는 이야기였다. 세 사람은 자신들이 처음으로 이 남만의 나라들을 방문한 일본인이라고 멋대로 믿고 있었다. 하지만 네 명의 소년을 중심으로 한 일본인들이 30년쯤 전에 선교사를 따라 마드리드에도, 이곳 톨레도에도 왔고 또 로마 교황을 알현했다고 한다.

벨라스코는 사내와 아직도 이야기를 계속하고 있었다. 그 사내는 주위에서 사람들이 자신의 이야기에 귀를 기울이는

---

45) "전에 일본인들을 만났소"라는 뜻.

것이 기쁜 듯 득의양양하게 웃었다.

"일본인 소년들은 이 도시에서 시계를 만드는 투리아노라는 노인의 집을 방문하고 무척 기뻐했다는 겁니다. 그때이 사람은 그 노인 집에서 일을 배우고 있었다고 합니다."

중년의 사내는 누런 이를 보이며 자신의 얼굴을 가리키고 몇 번이나 고개를 끄덕였다. 사무라이 일행은 그 사내로부터 소년들 중 하나가 여기서 심한 열병에 걸렸지만 사람들의 극진한 간호와 기도 덕분에 회복하여 얼마 후 데리러온 사륜마차를 타고 동료들과 마드리드로 갔다는 이야기도들었다.

일본인들은 석양이 비쳐드는 돌바닥이나 집들을 둘러보았다. 자신들보다 먼저 이 언덕길을 걸었던 같은 나라 사람이 있었고 그들도 이 장밋빛 석양의 얼룩이 스며든 이국의집들을 바라봤을 것을 생각하니 뭐라 말할 수 없는 신기한기분이 들었다.

"열네댓 살 아이들이…."

다나카가 중얼거렸다. 다른 일본인도 자신들의 길고 힘들었던 지금까지의 여행을 생각하며 소년들이 그런 여행을 했다는 것이 믿기지 않는 기분이었다.

"그리고 그 아이들은 무사히 일본으로 돌아갔습니까?"

니시가 벨라스코에게 물었다.

"돌아가고말고요." 벨라스코는 크게 고개를 끄덕였다. "여러분도 언젠가 무사히 일본으로 돌아가겠지요."

벨라스코가 이렇게 대답하자 일본인들 사이에 깊은 침묵이 번졌다. 자신들도 언젠가 무사히 귀국할 수 있을까. 이는 모든 이들의 생각이었다. 웃는 듯 우는 듯한 미소가 일본인들 한 사람 한 사람의 얼굴에 스쳤다.

그들이 톨레도에서 마침내 마드리드에 도착한 날은 비가 내렸다. 비는 카스티야 광장을 적시고, 알카라 거리에도 소리 없이 내리고 있었다. 안개처럼 흐려 보이는 하늘에 에스코리알 궁전이 회색 신기루처럼 떠올라 있었다. 마차가 돌바닥에 흙과 물을 튀기며 지나갔다.

일본인들은 숙소로 할당된 산 프란스시코 수도원에서 하루를 돌처럼 정신없이 잤다. 스페인으로 온 후 누적된 육체적·정신적 피로가 드디어 최종 목적지인 마드리드에 도착하여 한꺼번에 드러났을 것이다. 수도원의 수도사들도 그것을 짐작했는지 그들의 수면을 방해하지 않도록 숙소 건물에 다가가지 않고 시간을 알리는 종도 울리지 않았다.

사무라이는 꿈속에서 여행을 떠나던 그날의 광경을 봤다. 말이 소리 높이 울고, 동네 노인들이 집 대문 앞에 늘어서 있으며 요조가 사무라이의 창을 들고 있고 세이하치, 이치스케, 다이스케는 짐을 실은 세 필의 말 고삐를 잡고 있었다. 사무라이가 말에 올라타고 숙부에게 고개를 숙였다. 그 뒤에 울음을 참고 있는 아내 리쿠가 서 있었다. 그는 장남 간자부로와 하녀가 안고 있는 차남 곤시로에게 웃어주었다. 그러자 문 앞에서 어쩐 일인지 이시다가 말에 탄 채 기다리고 있었다. 사무라이는 이시다가 왜 굳이 골짜기까지 데리러 와준 건지 이상하게 생각했다.

"됐나?" 이시다는 웃으며 고개를 끄덕였다. "다시 한번 말하지만, 이 소임을 꼭 완수하고 돌아오게. 이번에야말로 구로카와의 땅을 결코 나쁘게는 하지 않을 테니까." 자신은 두 번이나 이 힘든 여행을 되풀이하는 건가 생각하자 사무라이는 꿈에서도 숨이 막힐 지경이었다. 하지만 그것이 자신의 운명이라고 생각하고 그것에 따르지 않으면 안 되었다. 인내하는 것과 감수하는 것, 그는 골짜기의 농부와 마찬가지로 오랫동안 그것에 익숙했다….

잠에서 깨어난 후 자신이 일본이 아니라 남만 타국의 수도원에 있다는 것을 깨달을 때까지 약간의 시간이 걸렸다. 타국 도시에 있는 낯선 건물의 창에 비가 방울져 떨어지고 있었다. 고요했다. 사무라이는 울고 싶을 만큼 쓸쓸했다.

니시를 깨우지 않도록 옷을 입고 복도로 슬쩍 빠져나왔다. 요조 일행의 방을 들여다보자 요조 혼자 침대 가장자리에 멍하니 앉아 있고, 이치스케와 다이스케는 그 옆에서 여전히 자고 있었다.

"일어났나?" 사무라이는 조그만 소리로 요조에게 물었다. "나는… 골짜기 꿈을 꿨네."

"골짜기에서는 지금쯤 장작을 마련하고 있겠군요."

"그렇겠지."

여행을 떠난 지 거의 1년 반의 세월이 흘렀다. 사무라이는 2년 전 이맘때 잡목림에서 농부들과 장작으로 쓸 나무를 베던 나날을 떠올렸다. 도끼로 나무를 찍으면 그 소리가 잎이 떨어지기 시작한 침묵의 숲속으로 날카롭게 퍼져나갔다. 간자부로는 동생과 그 숲속에서 버섯을 따고 있었다.

"조금만 더 견디세." 사무라이는 비로 흐려진 창을 바라보며 중얼거렸다. "이 도시에서 임무가 끝나면… 골짜기로 돌아가기만 하면 되니까."

요조는 무릎에 손을 올린 채 고개를 끄덕였다.

"다만 모든 일이 순조롭게 진행되었을 때의 이야기이지만… 벨라스코 님은 그것을 위해 우리한테 기리시탄에 귀의하라고 했는데…."

요조는 깜짝 놀란 듯이 얼굴을 들었다.

"자네는 어떡하겠나?"

"세이하치가 죽었을 때부터…." 요조는 이렇게 말하고는 순간적으로 입을 다물었다가 말을 이었다. "아니, 나리의 말씀대로 하겠습니다."

"내 지시대로 한단 말이지?" 사무라이는 쓸쓸하게 웃었
다. "하세쿠라 가에 그런 일은 없었네. 숙부님이 허락하지
않을 거야."

사무라이는 조금 전에 본 골짜기 꿈을 음미하고 있었다.
찌부러진 듯 농가들이 엉겨 붙어 있는 골짜기. 그 골짜기에
서는 사무라이의 집을 중심으로 모든 사람이 함께 생활하고
있었다. 생활만이 아니라 삶의 방식도 모두 같았다. 어느 집
이나 똑같이 밭을 갖고 있고, 씨를 뿌리고 축제를 했다. 누
군가 죽으면 장례도 함께 치렀다. 사무라이는 숙부가 이로
리 옆에서 흉터가 있는 오른쪽 다리를 문지르며 이따금 외
는 아미타불 찬가를 떠올렸다.

아미타불이 성불한 지

弥陀成仏のこのかたは

이미 십 겁이 지났네

今に十劫をへたまえり

법신에서 나오는 빛은 한없이

法身の光輪きわもなく

세상의 어둠을 비추나니

世の盲瞑を照らすなり

숙부는 다 외면 늘 나지막한 목소리로 나무아미타불, 나무아미타불 하고 몇 번이나 되풀이하고는 안심한 듯한 표정을 지었다. 그런 숙부의 목소리가 지금 사무라이의 귀에 들려오는 것 같았다. 그렇다, 골짜기에서는 모든 것이 한몸이었다. 사무라이는 그런 찬가를 외지 않았지만 아버지나 숙부가 숭상한 믿음을 저버릴 수 없었다. 그것은 혈연을, 골짜기를 배신하는 일이었다.

나는 마차로 사촌 형인 돈 루이스의 저택으로 찾아갔다. 그 저택에 머무는 그의 아버지인 돈 디에고 카바예로 몰리나는 세비야의 전 시장이었다. 하지만 지금도 노인은 교회나 왕궁에 세력을 유지하고 있고, 돈 루이스는 종교재판소의 장관을 맡고 있다.

사촌 형의 저택에 도착하자 통지를 받은 모양인지 계단으로 많은 남녀와 아이들이 달려 내려왔다. 아이들은 달려들었고 여자들은 여전히 과장되게 나를 껴안았으며 남자들은 위엄을 잃지 않은 정도로 악수를 청해왔다. 그들은 동양의 낯선 나라에서 돌아온 일족인 나를 에워싸고는 차례로 체험한 이야기를 듣고 싶어 했다. 응접실에서도, 식당에서도 일동은 마치 조상인 정복자들이 대륙이나 미지의 섬들을 점령한 이야기를 듣는 것처럼 내 이야기에 심취했다.

만찬과 응접실에서의 잡담이 끝나자 백부 몰리나가 눈짓을 했다. 그리고 아들인 루이스와 함께 나를 서재로 데려갔다. 다른 사람들은 미리 들었는지 순순히 작별의 말을 해주었다.

우리는 오랫동안 앞으로의 대책에 관해 이야기를 나눴다. 야윈 장신의 백부는 방안에서 서성이며 곧 개최되는 주교회의의 전망이 밝지 않다는 것을 내게 알려주었다. 루이스는 호위병처럼 똑바로 선 채 가만히 그 이야기에 귀를 기울이고 있었다.

"너는 포교가 전쟁이라고 말했는데, 전쟁에서는 퇴각해야 할 때도 있는 거야. 지금 여기 주교들은 일본에서 퇴각하기를 바라고 있어. 만약 주교회의가 너한테 불리하다면 우리 일족이 너한테 해줄 수 있는 것은… 일본이 아니라 마닐라의 수도원장 자리야."

백부는 나를 위해 바울회의 마닐라 수도원장이 될 수 있도록 진력할 생각이라고 설명했다.

"그 가능성이라면 충분히 있지. 추기경도 주교들도 결코 반대하지는 않을 거야."

방안을 걷던 백부가 걸음을 멈추고 의자에 앉더니 두 손을 깍지 낀 채 자신의 말에 귀를 기울이고 있는 내 반응이 궁금한 듯 얼굴을 들여다보았다.

"저로서는 의미를 잘 모르겠는데요….."

"아무리 주님을 위한 일이라 하더라도 네가 위험에 노출되는 것은 아무도 바라지 않아. 마닐라의 수도원장이라면 네 재능을 좀 더 살릴 수 있을 거야."

나는 눈을 감고, 에도에서 디에고와 함께 거처하던 거지 움막 같은 곳을 떠올렸다. 나병 환자를 수용하는 그 병원에는 방이 세 개밖에 없었다. 여기저기에 바퀴벌레와 쥐가 돌아다니고 집 밖에는 더러운 물이 흐르고 있었다. 마닐라의 수도원이라면 분명히 바퀴벌레와 쥐 대신 뜰의 수목에서 새가 지저귈 테고, 우리는 썩은 생선과 냄새 나는 밥을 먹지 않아도 될 것이다.

"저는 선교사입니다." 나는 미소를 지은 채 중얼거렸다. "아마도 타고난 선교사이겠지요. 안전하고 아름다운 성당에서 기도하는 것보다 박해가 있는 지역에서 여전히 주님의 가르침을 전하도록 정해져 있습니다."

백부는 어깨를 으쓱거리며 한숨을 내쉬었다. 그 몸짓은 세비야의 주교가 내 대답을 들었을 때와 똑같았다.

"너는 어렸을 때부터 그랬어. 그때 너는 콜럼버스 같은 선원을 동경했지만…."

"만약 어머니가 저를 소신학교[46]에 보내지 않았다면 저는 아마 군인이나 선원이 되었겠지요."

나는 웃었다.

"네 어머니는 너의 그런 격함을 누그러트리기 위해 소신학교에 넣었는데 말이야…."

"제 몸에는 역시나 정복자였던 조상의 피가 흐르고 있습니다…."

일본을 본 적 없는, 그리고 일본을 모르는 백부와 사촌 형에게 내 본심을 이해시키기는 힘들었다. 게다가 호위병처럼 서 있는 사촌 형의 눈에는 나에 대한 불안이 드러나 있었다. 그는 나와 연루되어 자신과 자신의 집안이 마드리드의 귀족이나 교회에서 백안시당하는 것을 두려워하는 것이다.

"저는 대주교님을 만나고 싶습니다. 그리고 국왕 폐하가 일본 사절들을 만나주신다면…."

"대주교님의 비서한테는 이미 연락했지만 모든 것은 주교회의의 결과에 달려 있다는 답변이 왔어. 대주교님도 주교들의 의견을 무시하고 일본인의 알현을 중개할 수는 없다는 거지. 그것은 무역만이 아니라… 동양의 포교에 관련된 문제이기 때문이야. 하지만 노력해보지."

백부의 말에 나는 대주교 또한 내 문제를 회피하고자 한

---

46) 사제 양성을 목적으로 하는 가톨릭 최고 학부에 속하는 학교인 대신학교에 진학하기 위한 준비 과정 학교.

다는 것을 느꼈다. 나는 백부, 사촌 형과 악수를 하고, 마차를 대는 곳까지 전송을 받으며 마차에 올랐다.

차가운 비가 내리고 있었다. 돌이 깔린 길을 따라 숙소인 수도원으로 돌아왔다. 각 등의 불빛이 네거리나 벽에 박힌 성모상을 비추고 있는 것 외에 거리는 깜깜하고 쥐죽은듯 조용했다. 나는 눈을 감고 말발굽 소리를 들으며 만난 적 없는 발렌테 신부의 모습을 다시 상상했다. 그 신부가 어떻게 반박하고 공격해올지를 이리저리 생각했다. 어딘가의 창에서 여자 웃음소리가 크게 들려왔다.

숙소 문을 열고 들어가 현관에 놓인 촛대에 불을 켠 후 긴 복도를 걸어 방을 향해 가는데 내 침실 문 앞에 일본인들이 서 있는 것이 보였다.

"누구십니까?"

촛대의 불꽃이 세 사절의 얼굴과 옷을 비췄다. 나는 자신의 옷에서도 물방울이 빛나고 있을 것을 알았다.

"잠이 오지 않으세요?"

"벨라스코 님." 하세쿠라가 골똘히 생각한 듯한 목소리로 말했다. "국왕을 알현하는 일은 언제 기별이 오는 겁니까?"

"왜 그런 걸 묻습니까? 저도 힘을 다하고 있습니다. 한 달 후…."

한 달 반 후에는 주교회의가 열린다, 그 회의 석상에서 나

는 베드로회와 대결한다, 하고 나는 한 손에 촛대를 든 채
대답했다. 일본인 종자들은 이미 잠들어 있고 건물 안은 공
기가 찼다. 이 나라에서는 성직자들의 결정이 왕실 외교에
얼마나 영향을 주는지, 나는 얼굴이 굳어져 있는 세 사람에
게 설명했다.

"그 토론만 제대로 되면…."

"그렇게 바라고 있습니다. 국왕을 알현하는 일도 거기서
결정되겠지요."

"승산은 있습니까?"

"그건 모릅니다." 나는 웃음을 지었다. "하지만 설령 승산
없는 전쟁이라도 사무라이인 여러분은 출진하겠지요. 저도
마찬가지입니다."

"벨라스코 님." 니시가 한 발짝 앞으로 나왔다. "도움이
된다면… 저 혼자라도 기리시탄에 귀의하겠습니다."

촛대의 불꽃에 비친 다나카의 얼굴이 평소와 달리 자신
있는 듯 보였다. "다나카 님과 하세쿠라 님도 같은 생각입
니까?" 내가 물었다.

다나카도 하세쿠라도 아무런 대답을 하지 않았다. 하지만
나는 이 두 사람이 세비야에서 의논할 때만큼 완강하게 거
부하지 않는다는 것을 느꼈다.

주교회의가 열리는 날도 비가 내렸다. 종교재판소의 지붕에서 떨어진 빗물이 안뜰에 검은 웅덩이 여러 개를 만들었다. 흙탕물과 물보라를 일으키며 마차가 한 대 한 대 안뜰로 들어왔다. 머리에 빨갛고 동그란 모자를 쓴 주교들이 마차에서 내려 수위가 내민 우산에 몸을 구부려 넣으며 재판소 안으로 사라졌다.

두꺼운 문 앞에서 까만 제복을 입은 두 사람이 차례로 들어오는 주교들을 각자의 자리로 안내했다. 그들의 자리와 마주하여 벨라스코는 발렌테 신부와 나란히 앉았다. '이 사람이… 발렌테 신부인가.'

그는 가볍게 놀라며 무릎에 깍지 낀 손을 올려놓고 있는 왜소한 노인을 살폈다. 볼품없는 수도복을 입었으며 눈을 감고 지친 얼굴로 앉아 있는 그 노인이 발렌테 신부였다.

베라크루스에서 백부가 보낸 편지를 받고 나서 벨라스코는 곧 대결해야 하는 그 신부의 모습을 늘 상상했다. 상상 속의 발렌테 신부는 머리가 아주 비상해 보이는 얼굴로 이따금 빈정거리며 웃는 사람이었다. 이렇게 잔뜩 지친 표정으로 앉아 있는 노인이 아니었다. 하지만 지금 바로 옆에 있는 사람은 인생에 몹시 지친 것처럼 축 처진 어깨에 깍지 낀 손을 무릎 위에 올려놓고 있는 왜소한 노인이었다. 그 모습은 벨라스코를 안심시키기보다는 자존심을 상하게 했다. 이런 노인 때문에 계속 불안을 느꼈던 자신을 용서할 수 없을 지경이었다.

벨라스코의 찌르는 듯한 시선을 느꼈는지 발렌테 신부는 감고 있던 눈을 뜨고 얼굴을 이쪽으로 향했다. 그리고 위로를 담은 미소를 띠며 가볍게 고개를 숙였다.

제복을 입은 사람이 방울을 흔들었다. 토론의 시작을 알리는 신호였다. 독수리 같은 얼굴을 한 주교들은 각자 벨라스코와 발렌테 신부의 정면에 앉아 위엄 있는 헛기침을 하거나 서로 얼굴을 가까이 대고 뭔가 말을 주고받았다.

의장격인 주교가 일어나 손에 들고 있던 종이를 읽기 시작했다. 그것은 지금부터 마드리드 주교회의의 권한으로 베드로회와 바울회 사이에 일어난 일본의 포교 방법에 관한 알력에 대해 토의하고 아울러 마드리드에 도착한 일본 사절의 자격을 판단하고자 한다는 내용이었다.

나직한 목소리가 조용한 방에 흐르고 있는 동안 다른 주교들은 꼼짝도 하지 않고 죽은 사람 같은 얼굴로 벨라스코와 발렌테 신부를 응시하고 있었다.

"문제를 정리하자면" 하고 낭독을 마친 주교는 동료들을 위해 설명했다. "15년 전 교황 클레멘테 8세가 칙서 '오네로사 파스토랄리스(Onerosa Pastoralis)'를 공표하여 그때까지 베드로회에만 허락했던 동양인 일본에서의 포교를 다른 수도회에도 허가했습니다. 바울회는 곧바로 11명의 선교사를 일본에 보냈는데 이 벨라스코 신부도 그중 한 사람입니다. 그는 1549년 프란시스코 사비에르가 일본으로 건너간 이래 일본에서의 포교 쇠퇴를 베드로회의 실패라고 생각하고 그 개선을 바라며 희망은 충분히 있다고 말했습니다. 한편 베드로회는 일본 내 권력자의 급속한 교체가 일본에서의 포교를 어렵게 한다고 말하며, 그것은 포교 방법의 결함이 아니라 다른 이유 때문이라고 호소했습니다. 그러므로 이 양자로부터 더욱 상세한 사정을 듣고자 합니다."

한 줄로 나란히 앉은 주교들은 작은 소리로 좌우의 동료와 논의한 후 이 제안을 수락했다. 그사이 벨라스코는 여전히 오만하게 주교들을 바라보았고, 베드로회의 발렌테 신부는 깍지 낀 손을 무릎 위에 올려놓은 채 꼼짝도 하지 않았다.

자신이 지명되자 벨라스코는 자리에서 일어났다. 그는 일부러 볼에 미소를 띠었다. 그는 정중하게 일본에서의 포교에 관한 생각과 경험을 이야기할 수 있는 영광이 주어진 것에 감사하다는 뜻을 표했다.

"반세기 동안 확실히 베드로회 수도사들의 헌신으로 일본에서의 포교는 순조롭게 진행되었습니다. 그 점에 대해 저는 베드로회의 노력과 희생적인 행위에 깊은 존경심을 갖고 있습니다."

자신을 중상 모략한 자들에게 칭찬의 말을 하자니 기분이 상쾌했다. 그것은 나중에 할 자신의 말에 객관성을 더해줄 것이다. 베드로회의 업적을 하나하나 열거하며 그는 찬사를 아끼지 않았다. 주교들의 눈에 드디어 호기심의 빛이 나타났을 때 "하지만" 하고 강하게 말했다.

"하지만… 그런 베드로회도 모른 채 잘못을 저질렀습니다. 그들은 그 잘못이 일본의 포교에 얼마나 중대한 좌절을 가져올지 예상하지 못했습니다."

벨라스코는 이렇게 말하며 베드로회에서 온 발렌테 신부 쪽을 보았다. 하지만 발렌테 신부는 지금까지의 발언을 들었는지 안 들었는지 지친 듯이 눈을 감은 채 움직이지 않았다.

"베드로회의 잘못은 일본을 다른 나라들과 마찬가지로 생각한 데에 있습니다. 하지만 일본은 우리 조상이 정복한 다른 나라들과 다릅니다. 그 나라는 태평양이라는 큰 바다에 의해 보호되고 그리스도교를 알지 못하는데도 훌륭한 질서를 가졌으며 강력한 군대로 무장되어 있습니다. 나태한 인종과는 달리 일본인은 영리하고 교활하며 자존심이 강하고 자신이나 자신의 나라가 모욕당하면 벌처럼 일제히 반격합니다. 그런 나라에서는 그 나라에 적합한 포교 방법을 취하지 않으면 안 됩니다. 그들을 모욕해서는 안 됩니다. 그들을 화나게 해서도 안 됩니다. 그런데 베드로회는 그것에 반하는 행동을 해왔습니다."

벨라스코는 거기서 입을 다물었다. 그리고 조금 전까지 죽은 사람 같은 눈으로 자신을 응시하고 있던 주교들의 얼굴에 흥미와 관심의 기색이 도는 것을 확인하자 고개를 숙이고 질문했다.

"제가 그것을 구체적으로 말씀드려도 될까요?"

"그것 때문에 우리가 모인 겁니다."

한 주교가 이렇게 말하며 고개를 끄덕였다.

"예컨대 베드로회는 나가사키라는 항구에 쓸데없는 영지를 가졌습니다. 그들에게는 포교를 위한 재원입니다만, 이단의 일본인에게 그것이 불안과 의혹을 일게 하는 것 같습니다. 일본인은 좁은 자신의 섬들 어디에도 이민족이 식민지를 갖는 걸 허락하지 않기 때문입니다. 그뿐 아니라 베드로회 수도사 중에는 포교에 열중한 나머지 일본인 대부분이 믿는 불상을 태워버린 자도 있습니다. 확실히 멕시코에서는 인디오의 제단을 태워도 포교하는 데 방해가 되지 않았습니다. 하지만 일본에서 그런 행동은 앞으로 하느님의 자녀가 될 자에게 쓸데없는 반감을 갖게 할 뿐입니다. 도요토미 히데요시라는 권력자가 이 사실을 알고 그때까지의 관대한 태도를 버리고 박해하기 시작한 사실이 그것을 증명합니다. 박해는 오히려 그런 과실에서 생긴 것입니다. 베드로회는 그 책임에서 벗어날 수 없습니다. 하지만 그들은 그 책임에는 눈을 감고 로마나 이곳 마드리드에 자신들은 최선을 다했지만 포교가 어렵게 되었다고 말하고 있습니다."

단숨에 거기까지 말하고 그는 다시 공손하게 고개를 숙이고 침묵했다. 그 침묵은 듣는 사람에게 호기심을 불러일으키는 짬이었다. "그러나" 하고 벨라스코는 강한 어조로 이야기를 계속했다.

"그러나… 일본의 포교에는 아직 희망이 있습니다. 현 상황이 바람직하지 않은 것은 분명하지만 저는 그것이 개선될 거라고 생각합니다. 이 희망은 베드로회가 저를 비난한 것처럼 현실에서 벗어난 공상이 아닙니다. 그렇지 않다면 저는 서한을 가진 일본 사절을 여기까지 데려오지도 않았을 것입니다."

그때 고개를 숙이고 있던 발렌테 신부가 얼굴을 들었다. 벨라스코는 그의 얼굴에 천천히 쓴웃음이 떠오르는 것을 봤다. 그 쓴웃음은 서툰 어릿광대를 보고 가엾게 여기는 어른의 웃음과 비슷했다. 치밀어 오르는 분노를 억누르며 벨라스코는 이야기를 계속했다.

"사절들은—아니, 일본인들은 멕시코와의 무역을 통해 이익을 얻으려고 합니다. 일본은 작고 가난한 나라입니다.

사무라이

그래서 일본인은 이익을 위해서라면 무슨 일이든 하려고 합니다. 그것이 그들의 장점이자 약점이기도 합니다. 그들에게 작은 이익을 주고 그 대신 포교의 자유를 얻는 것은 교회에 결코 손해가 아닙니다. 그들을 모욕하지 않고, 그들의 반감을 사지 않고, 그리고 포교를 인정하게 하는 대신 이익을 주면 박해는 반드시 끝날 거라고 생각합니다."

그 방에서는 아직 빗소리가 들리고 있었다. 주교들은 침묵을 지키며 벨라스코의 말에 귀를 기울이고 있었다.

"일본인은 이익을 위해서는 어떤 것도 허락할 겁니다."

벨라스코가 이렇게 되풀이했다.

빗소리가 여전히 들려왔다. 사무라이는 침대에 앉아 당혹스러운 눈으로 방안을 둘러보았다. 이 방도 멕시코 이래 자신들이 늘 묵었던 여러 수도원의 방들과 같았다. 소박한 침대 하나, 소박한 책상 하나, 그리고 책상에는 덩굴무늬 도자기의 물병과 수반이 놓여 있다. 재질이 그대로 드러난 벽에는 십자가에 두 손이 못박힌 말라빠진 사내가 고개를 늘어뜨리고 있다.

'이런 사내가…' 사무라이는 늘 그렇지만 이때도 같은 의문을 품었다. '사람들은 무슨 이유로 여기에 배례하는 걸까.'

그는 언젠가 같은 죄인을 본 일을 떠올렸다. 두 손이 묶인

채 안장을 얹지 않은 말에 태워져 조리돌림을 당하던 죄인이
었다. 이 사내도 그 죄인과 마찬가지로 추하고 지저분했다.
갈비뼈가 도드라지고 오랫동안 먹지 못한 듯 배는 홀쭉하고
허리에는 작은 천만 둘러 있을 뿐이며 철사 같은 두 다리로
말 위의 자신을 지탱하고 있었다. 사무라이는 벽에 걸린 상
이 그 죄인과 비슷한 것 같았다.

'만약 내가 이런 자에게 배례하면… 골짜기 사람들은 어
떻게 생각할까.'

그러자 마음속에 그런 자신의 모습이 떠올라 견딜 수 없
는 부끄러움이 복받쳤다. 그는 숙부처럼 부처님을 마음속
깊이 믿지는 않았다. 하지만 절에서 참배할 때면 아름다운
불상에는 저절로 고개를 숙이게 되고, 깨끗한 물이 흐르는
신사 앞에 서면 합장할 기분이 들기도 했다. 하지만 이렇게
무기력하고 볼품없는 사내에게서는 거룩함도 고귀함도 느
낄 수 없었다.

'그 상인들은…'

멕시코에서 헤어진 일본 상인들도 사실은 자신과 같은
생각이었을 것이다. 하지만 그들은 멕시코와의 거래와 장사
건을 원활하게 허가받기 위해 교회에 기꺼이 무릎을 꿇었고
남만인에게서 세례를 받았다. 그 광경을 보며 사무라이는
멸시와 선망이 섞인 복잡한 기분을 느꼈다. 이익을 위해 마

음을 아무렇지 않게 팔아버리는 데는 경멸을, 이익을 위해 뭐든지 할 수 있는 뻔뻔함에는 선망을 느꼈다. 하지만 니시 규스케는 지금 사절의 소임을 완수하기 위해 형식적인 세례를 받자고 한다. 확실히 그것은 진심이 아니라 형식적인 일에 지나지 않는다. 사무라이도 영주를 위해 소임을 완수하기 위해서라면 어떤 거짓도 감히 해야 한다는 것을 알고 있었다. 알고는 있었지만 그렇게 할 수는 없었다.

'그건 할 수 없다….'

기리시탄이 된다는 것은 골짜기를 배신하는 일이다. 골짜기는 그곳에 살고 있는 사람만의 세계가 아니다. 살고 있는 사람들 모두의 조상이나 혈연이 그곳에서 은밀히 지켜보고 있다. 사무라이의 돌아가신 아버지도, 할아버지도 하세쿠라가가 있는 한 골짜기에서 떠날 리 없다. 죽은 그들은 사무라이가 기리시탄이 되는 것을 허락할 리 없는 것이다.

베드로회의 발렌테 신부는 천천히 의자에서 일어났다. 그도 주교들에게 고개를 숙이고 가슴 위에서 손을 깍지 꼈다. 그리고 약간 잠긴 목소리로 이야기하기 시작했다.

"30년 전 일본에서 살았던 저는 벨라스코 신부가 호소한 우리 베드로회의 잘못을 이 눈으로 봐왔습니다. 그러므로 지금 그가 말한 것을 부정하지는 않겠습니다. 확실히 우리 베드로회는 너무 초조하게 굴었습니다. 그래서 때로는 도를 넘는 일도 저질렀습니다. 하지만 일본의 박해는 모두 도를 넘은 일 때문만은 아닙니다. 벨라스코 신부님의 말에는 교묘한 과장이 들어 있습니다. 그리고 그 희망에도 안이한 전망이 있습니다."

벨라스코는 무릎 위에 놓은 주먹을 꼭 쥐었지만 억지로 미소를 지었다. 그는 주교들 앞에서 마음의 여유를 보이지 않으면 안 되었다.

"말씀드리지 않을 수 없는 것은… 벨라스코 신부가 데려온 사절은 일본의 쇼군이라 불리는 황제의 사절이 아닙니다. 그들의 주군은 일본 동쪽 지방에 영지를 둔 여러 귀족 중의 한 사람에 지나지 않습니다. 설령 이 사절의 파견이 일본 황제의 인가를 받은 것이라고 해도 그들이 모두를 대표하는 공식 사절이라고는 말할 수 없다고 생각합니다."

그는 입에 손을 대고 약하게 기침을 했다. 발렌테 신부는 벨라스코처럼 강한 목소리를 내거나 짬을 두어 주교들의 마음을 끌어당기려고 하지 않았다. 오히려 억양 없는 맥 빠진 어조로 사정을 이야기하고 있을 뿐이었다. 하지만 이 신부는 처음부터 벨라스코의 가장 아픈 부분을 공격했다.

"조금 전에 벨라스코 신부는, 일본인은 얄보기 힘들다고 말했습니다. 동양의 다른 나라들과 마찬가지로 취급해서는 안 될 만큼 그들은 지혜가 있고 교활하며 이익에 예민하다고도 말했습니다. 그것은 우리도 같은 생각입니다. 그러기에 이 자리에서 존경하는 주교 여러분이 생각해주셨으면 합니다. 벨라스코 신부와 함께 온 일본 사절은 공식 사절이 아닌 이상 그들이 지참한 서한에 포교에 관한 아무리 달콤한 약속이 쓰여 있다고 해도 일본인들은 나중에 이렇게 말할 수 있겠지요. 그건 황제의 약속이 아니라 한 귀족의 약속에 지나지 않았다고 말이지요. 그것은 공식 사절이 아니라 개인의 사절이었다고 말입니다."

발렌테 신부는 이렇게 말을 마치고 다시 약한 기침을 했다.

"저의 오랜 경험에서 볼 때 그것은 일본인이 흔히 쓰는 술책의 하나입니다. 언제든지 발뺌할 수 있도록 구실을 만들어두는 것, 그것이 일본인의 방식입니다. 예컨대 전쟁이 시작되어 승산이 보이지 않을 때 일본의 귀족은 형제가 각각 다른 쪽에 가세하는 일이 흔히 있습니다. 어느 쪽이 이기든 그 귀족 가문은 이렇게 변명할 수 있기 때문입니다. 자신의 형제가 적군에 붙은 것은 우리 가문의 책임이 아니다, 그 사람이 혼자 멋대로 한 일이다, 라고 말이지요. 그 사절도 일본인의 그러한 지혜로 멕시코에 보내진 것입니다. 다시 말해 일본인은 포교의 자유를 미끼로 다른 것을 노리는 것입니다."

"그렇다면 그들이 바라는 게 뭐죠?"

까만 독수리 같은 한 주교가 손으로 턱을 괸 채 물었다.

"멕시코와의 통상 외에 일본인이 뭘 노린다는 거죠?"

"태평양을 건너는 항로와 항해 기술을 훔치는 것입니다. 그들은 이번 항해로 그것을 훔쳐 알게 되었을 것입니다."

주교들 사이에 술렁거림이 퍼져나갔다. 그 술렁거림이 잦아들자 그들의 시선은 발렌테 신부에게서 의자에 앉아 굳은 얼굴을 들고 있는 벨라스코에게 쏠아졌다. 벨라스코는 한 손을 살짝 들고 발언을 요청했다. 주교 한 사람이 고개를 끄덕이자 그는 얼굴을 붉히며 떨린 목소리로 말했다.

"주교 여러분께 말씀드리겠습니다. 오늘날의 일본에서는 어떤 귀족도 황제의 허가 없이 억류된 스페인인을 석방할 수 없다는 것을 알아두셨으면 합니다. 저희는 억류된 스페인인 선원들과 함께 멕시코까지 갔습니다. 그것은 일본에서 온 사절 또한 황제의 허가를 받았다는 것을 증명하는 것입니다. 그리고 일본의 황제 자신도 멕시코와의 무역을 바란다는 것은 10년 전 필리핀에 직접 서한을 보낸 일로도 분명합니다. 이야기가 나온 김에 말씀드리자면 발렌테 신부가 속해 있는 베드로회가 지금으로부터 30년 전에 일본의 거지나 다름없는 아이들 네 명을 명예로운 귀족의 자제라고 속이고 공식 사절이라고 거짓말을 해서 우리나라와 로마로 보낸 일은 누구나 알고 있습니다."

벨라스코가 자리에 앉자 발렌테 신부는 삐걱거리는 소리를 내며 의자에서 천천히 일어났다. 이번에도 그는 가슴 위에서 손을 깍지 낀 채 헛기침을 두세 번 했다.

"확실히… 일본의 황제는 멕시코와의 무역을 바라고 있었습니다. 하지만 그때도 무역은 인정하지만 포교는 허락하지 않겠다는 방침으로 일관했습니다. 실제로 그 수도에서는 수많은 신도가 화형에 처해졌고 선교사는 모두 그 영지에서 추방되었습니다. 언젠가는 사절들의 주군도 그 방침을 따르지 않으면 안 된다는 것은 명백합니다. 그러므로 이 사절들의 주군이 선교사의 보호와 포교의 자유를 약속한다고 해도 그것이 바로 일본 황제가 약속한 일이 되지는 않습니다."

"당신은…" 자리에 앉은 채 벨라스코는 상대의 말을 잘랐다. "아니, 당신이 속한 베드로회는 그 박해를 멈출 수 없다고 생각하며 포기한 것 같군요. 하지만 저는… 당신들이 일으킨 그리스도교에 대한 일본인의 혐오를 다시 없앨 수 있다고 생각합니다."

주교들이 주목하고 있는 것을 잊고 벨라스코는 목소리를 높였다. 벨라스코의 벌게진 얼굴을 보고 발렌테 신부는 조금 전처럼 가엾게 여기는 듯한 쓴웃음을 지었다.

"없앨 수 있을까요? 저는 그것이 쉬운 일이라고 생각하지 않습니다."

"그건 어째서입니까?"

"그 일본인들은… 내가 오랫동안 머물며 알게 된 것입니다만… 이 세계 안에서 가장 우리의 신앙에 적합하지 않은 자들이라고 생각하기 때문입니다."

신부는 이제 빈정거리는 쓴웃음을 지우고 슬픈 듯한 눈으로 벨라스코를 쳐다봤다.

"일본인에게는 본질적으로 인간을 넘어선 절대적인 것, 자연을 초월한 존재, 우리가 초자연이라고 부르는 것에 대한 감각이 없습니다. 30년의 포교 생활에서… 저는 가까스로 그것을 깨달았습니다. 이 세상의 덧없음을 그들에게 가르치는 건 쉬웠습니다. 원래 그들에게는 그런 감각이 있습니다. 하지만 놀랍게도 일본인들은 이 세상의 덧없음을 즐기고 누릴 능력도 아울러 갖고 있습니다. 그 능력이 너무나도 깊어서 그들은 거기에 머무는 것을 즐기고, 그런 감정에서 수많은 시를 지었습니다. 하지만 일본인은 거기에서 결코 비약하려고 하지 않습니다. 비약하여 더욱 절대적인 것을 구하려고 생각하지 않습니다. 그들은 인간과 신을 구별하는 명확한 경계를 싫어하는 것입니다. 그들에게 만약 인간 이상의 것이 있었다고 해도 그것은 언젠가 인간이 될 수 있다고 생각해서입니다. 예컨대 그들의 부처란 인간이 미혹을 물리쳤을 때 될 수 있는 존재입니다. 우리에게 인간과는 전혀 다른 자연조차도 인간을 감싸는 전체인 겁니다. 우리는… 그들의 그런 감각을 고치는 데 실패했습니다."

주교들은 생각지도 못한 발렌테 신부의 말에 무겁게 침묵했다. 먼 나라로 보내진 선교사 중에서 이토록 절망적인 말을 한 사람은 지금까지 없었다.

"그들의 감성은 늘 자연적인 차원에 그쳐서 결코 그 이상 비약하지 않습니다. 자연적인 차원 안에서 그 감성은 놀랄 만큼 미묘하고 치밀합니다. 하지만 그것을 넘어서는 다른 차원에서는 파악할 수 없는 감성입니다. 그러므로 일본인은 인간과는 차원을 달리하는 우리의 하느님을 생각할 수 없습니다."

"그렇다면…" 하고 한 주교가 이해할 수 없다는 듯이 고개를 가로저었다. "한때는 40만 명이나 되었다는 일본 신도들은… 뭘 믿었다는 겁니까?"

발렌테 신부는 고개를 숙인 채 나지막하게 대답했다.

"모르겠습니다." 그는 괴로운 듯이 눈을 감고 "황제가 그리스도교를 금하자 그들의 절반은 안개처럼 사라지고 말았습니다."

"안개처럼 사라지고 말았다?"

"예, 지금까지 저희가 이 사람이야말로 좋은 신도라고 생각했던 일본인까지도 박해와 동시에 그 신앙을 버린 예는 한

없이 많습니다. 귀족인 영주가 기리시탄의 가르침을 버리자 그 일족이나 기사들이, 또는 촌장이 가르침을 버렸고, 이어 마을 사람들 대부분이 교회를 떠났습니다. 그리고 놀랍게도 그들은 마치 아무 일도 없었다는 듯한 얼굴을 했습니다."

"신을 버렸다는 양심의 가책도 없었다는 말입니까?"

"예전에 지도를 볼 때마다 일본은 때로" 하고 발렌테 신부는 눈을 감은 채 중얼거렸다. "그 모양이 저에게는 도마뱀 한 마리를 연상시켰습니다. 하지만 그 나라의 모양만이 아니라… 일본인의 본질도 그랬구나 하고 나중에야 깨달았습니다. 우리 선교사들은 도마뱀 꼬리를 자르고 기뻐하는 아이 같은 존재였습니다. 도마뱀은 꼬리를 잃어도 계속 살고, 잘린 부분은 곧 다시 원래대로 회복됩니다. 60년에 걸친 우리 회의 선교에도 불구하고 일본인은 전혀 변하지 않았던 겁니다. 원래대로 돌아간 거지요."

"원래대로 돌아갔다… 그걸 설명해주시오, 발렌테 신부."

"일본인은 결코 혼자서는 살지 않습니다. 우리 유럽인 선교사는 그 사실을 몰랐습니다. 여기 한 일본인이 있습니다. 우리는 그를 개종시키려고 합니다. 하지만 '그'라는 한 인간은 일본에는 없습니다. 그 배후에는 마을이 있습니다. 집이 있습니다. 아니, 그것만이 아닙니다. 거기다가 그의 돌아가신 부모나 조상이 있습니다. 그 마을, 집, 부모, 조상은 마치 살아 있는 생명처럼 그와 강력하게 묶여 있습니다. 그러므로 그는 한 사람의 인간이 아닙니다. 마을이나 집이나 부모나 조상 모두를 짊어진 총체입니다. 원래대로 돌아갔다는 것은 그가… 강력하게 묶여 있는 세계로 돌아갔다는 뜻입니다."

"발렌테 신부, 우리는 잘 이해가 안 됩니다."

"그렇다면 한 가지 예를 들겠습니다. 일본의 첫 포교자인 프란시스코 사비에르가 일본 남쪽에서 포교를 시작했을 때 그가 부딪힌 가장 큰 장애는 이것이었습니다. 일본인들은 이렇게 말했습니다. '기리시탄의 가르침은 선한 것으로 생각한다, 하지만 내가 조상이 없는 천국에 가는 건 조상을 배신하는 일이다, 돌아가신 부모나 조상과 우리는 강력하게 맺어져 있다.' 미리 말씀드리자면 이건 단순한 조상 숭배가 아닙니다. 강력한 신앙입니다. 우리는 그 신앙을 없애려고 했지만 60년으로도 부족했습니다."

"존경하는 주교님들." 벨라스코는 발렌테 신부의 말을 가로막으며 소리쳤다. "발렌테 신부가 방금 한 말은 심한 과장입니다. 일본에도 기리시탄의 가르침을 위해 목숨을 버린 순교자들이 있습니다. 일본인이 주님을 믿지 않았다고 어떻게 말할 수 있겠습니까? 일본에서 포교의 희망은 결코 사라지지 않았습니다."

그리고 그는 이때 자신의 말을 입증할 비장의 카드를 썼다.

"그 사실은 제가 멕시코까지 데려온 일본인 상인 38명이 멕시코시티의 산 프란시스코 교회에서 세례를 받은 것으로도 알 수 있습니다. 그리고 지금 주교님의 공평한 판결을 참을성 있게 기다리는 세 명의 일본인 사절 중 한 사람도 이곳 마드리드에서 교회의 자녀가 되겠다고 기꺼이 저에게 약속했습니다."

사무라이는 빗소리를 들으며 침대에 누워 두 손을 머리 뒤로 깍지 낀 채 벽에 걸린 사내의 벗은 몸을 바라보고 있었다. 방 안에는 사무라이와 그 사내밖에 없었다.

문을 열고 다나카 다로자에몬이 들어왔다. 옷에 묻은 빗방울이 이슬처럼 빛나고 있었다.

"수고하셨네요. 니시도 돌아왔습니까?"

사무라이는 침대에서 일어나 책상다리로 앉았다. 같은 메시다시슈지만 연상의 다나카에게는 조심스럽게 대했다.

"그는 이 빗속에서도 아직 거리를 돌아다니고 있소. 나는 사람들 눈이 부담스러워서 돌아온 거요."

딱 질색이라는 듯이 이렇게 말한 다나카는 허리춤에서 칼을 빼서 축축한 표면을 천으로 닦았다. 거리를 걸을 때 사람들이 쳐다보는 것은 멕시코에서도 같았으나 스페인에서는 좀 더 귀찮아졌다. 사람들이 따라오며 신기한 듯이 옷이나 칼을 만지고 뭔가 말을 걸어온다. 그중에는 돈을 달라는 아이도 있다. 더 심한 것은 일본인들이 길에 버리는 코 푼 휴지를 어른들까지 앞다투어 줍는 일이었다. 처음에는 그러는 것을 웃어넘기던 일본인들도 점차 염치없는 시선이나 질문에 난감해지기 시작했다.

"벨라스코의 토론은 끝났으려나?"

다나카는 비에 젖은 가죽구두를 벗고 혼잣말처럼 중얼거렸다. 그 가죽구두는 세비야에서 사무라이도 니시도 종자들도 모두 하나씩 장만한 것이다.

"아직이겠지요."

"마음이 조마조마하네."

사무라이는 고개를 끄덕였다. 다나카도 마찬가지로 침대에 책상다리로 앉았다.

"하세쿠라, 만약 그 토론에서 벨라스코가 지면 어떻게 되나…. 염치없이 이대로 일본으로 돌아가나?"

사무라이는 눈을 깜박이며 입을 다물고 있었다. 어떻게 대답해야 좋을지 알 수 없었다. 벨라스코는 국왕을 알현하는 것도, 서한을 바치는 것도 모두 오늘 토론의 성패에 달렸다고 말했다. 그리고 벨라스코가 오늘 아침 그 토론에 참석하기 위해 마차를 타고 나간 이후 세 사람은 마음이 진정되지 않았다. 니시가 지금 빗속을 돌아다니고 있는 이유도 알 것 같았다.

"그래도 되겠나, 그래도?"

다나카는 강렬한 눈으로 사무라이를 응시하고 다시 말을 이었다.

"난 싫네. 일가친척한테 체면이 안 서지. 옛 봉토를 돌려받는 것만 오래도록 바라온 친척한테도 면목이 없네."

사무라이도 마찬가지였다. 그는 창에 흐르는 빗물을 바라보았다.

"저기, 하세쿠라." 다나카는 골똘히 생각한 듯 중얼거렸다. "나는 니시와 마찬가지로 기리시탄이 되려고 생각하네. 기리시탄은 싫어. 하지만 이렇게 된 지금은… 어쩔 수 없을 거야. 나는 이렇게 생각했네. 전쟁에서는 깔보는 적 앞에 손을 짚고 고개를 숙이는 일도 있다고 말이야. 하지만 마음도 허락하는 것은 아니네. 어젯밤에도 내 마음에 이렇게 타일렀지."

"마쓰키 주사쿠는…."

"이제 와 마쓰키가 한 말을 믿으면 어쩌겠나. 마쓰키는 메시다시슈의 옛 영토를 돌려달라는 청원을 끝내려고 평정소가 우리를 이 여행에 보냈다고 했지만 나는 그렇게 생각하고 싶지 않네. 이 여행 동안 내 마음이 매달리는 것은 오직 시라이시 님과의 약속이야. 마쓰키한테는 시라이시 님에게 이의를 제기하는 중신의 입김이 닿아 있다고 생각하네…. 하세쿠라, 자네는 어떻게 생각하나?"

"기리시탄에 귀의하는 건… 방편이라고 해도… 하세쿠라
가나 조상을 배신하는 것 같아서…."

"그건 나도 마찬가지네. 나도 조상이 믿었던 종지(宗旨)를
버리고 싶지 않아. 하지만 진심으로 버리는 건 아니네. 게다
가 조상한테서 물려받은 땅을 되찾지 못하면 더 큰 불효가
아니겠나?"

사무라이는 마음이 무너질 것만 같은 것을 참았다. 빗소
리는 그에게 골짜기의 장마를 문득 떠올리게 했다. 계속 내
리는 비에 갇혀 집 안에는 이런저런 냄새가 차고 이로리에
넣은 삭정이가 잘 타지 않고 연기만 내어 아이들을 기침하
게 하는 골짜기의 장마. 그 비에 흙이 무너져 내린다….

"생각해보게, 하세쿠라."

사무라이는 벽에 걸린 사내의 모습을 바라봤다. 그 넓은
바다를 건너는 배 안에서 상인들은 매일 벨라스코의 이야기
를, 이 사내에 관한 이야기를 들었다. 벨라스코는 이 사람이
인간의 죄를 짊어지고 죽어갔다고 했다. 전쟁에 패한 성주
는 가신들의 목숨을 구하기 위해 기꺼이 자결한다고 벨라스
코는 미소를 지으며 설명했다. 이분은 하느님을 배신한 인
간들의 용서를 빌기 위해 돌아가신 겁니다, 그렇다면 이분
도 다른 사람과 손을 잡고 하느님을 배신한 걸까요? 아닙니

다, 그렇지 않습니다, 이분은 아무런 잘못도 저지르지 않았습니다, 하느님을 배신한 일은 한 번도 없었습니다, 그런데도 이분은 모두를 대신하여 돌아가셨습니다, 하고 말했다.

상인들은 이 황당무계한 이야기를 믿지 않는데도 고개를 끄덕였다. 그들에게 이 사내는 망치 대신 사용하는 길가의 돌과 같다. 길가의 돌은 용무가 끝나면 버리면 된다. 이 사내에게 합장하는 것이 남만인과의 거래에 도움이 된다면 배례하는 척하고 나중에 버리면 된다. 상인들의 본심은 결국 이러했을 것이다.

'이런 나와…' 사무라이는 눈을 깜박였다. '그 상인들 중 어디가 다른 것일까?'

추하고 비쩍 마른 사내, 위엄도 없고 돋보이지도 않고 그저 초라한 사내, 이용한 후에는 버리기 위해 존재하는 사내, 본 적도 없는 지역에서 태어나 이미 오랜 옛날에 죽어버린 사내와 자신은 아무런 관련도 없다고 사무라이는 생각했다.

"저는 그 세례 사실을 부정하지는 않습니다."

발렌테 신부는 한숨을 내쉬고 의자에서 일어났다. 그는 벨라스코에게 반박하는 것도 괴로운 듯 어깨를 움직이며 크게 숨을 쉬었다.

"하지만 동시에 그들이 진심으로 그것을 바랐는지 어땠

는지는 모르겠습니다."

"그건 어떤 의미입니까?" 조금 전의 주교가 물었다.

"이미 말씀드렸습니다. 박해가 시작되면 일본의 신도들 절반은 마치 안개처럼 사라져버린다고요. 박해가 좀 더 심해지면 나머지 절반도 아무 일 없었던 것처럼 기리시탄의 가르침을 버리겠지요. 세례를 받는 것보다 그 신앙을 어떻게 계속 지켜갈 것인가, 그리고 그 박해 속에서 일시적인 신도를 만들기보다는…."

"존경하는 주교님 여러분." 발렌테 신부의 발언이 계속되고 있는데도 벨라스코는 더이상 참지 못하겠다는 듯이 끼어들었다. "방금 발렌테 신부의 모욕적인 말에 대해 38명의 일본인과 또 기꺼이 개종하려는 사절들의 명예를 위해서도 항변하고자 합니다. 지금 그 말은 성직자로서 슬퍼해야 할 말입니다. 왜냐하면 그것은 그의 손에 의해 세례를 받은 수많은 일본인 신도까지 모욕하는 말이기 때문입니다."

"저는 모욕하지 않았습니다. 사실을 말하고 있을 뿐입니다만…."

"설령 그 말이 사실이라고 해도"하고 벨라스코는 소리쳤다. "세례라는 성사는 인간의 의지를 넘어 하느님의 은총을 주는 것이라는 사실을 당신은 잊고 있는 것 같습니다. 그래요, 그들의 세례에 만약 그런 불순한 동기가 있었다고 해도, 주님은 결코 그 사람들을 그날부터 문제 삼으실리가 없습니다.[47] 그때 그들이 주님을 유용하게 이용했다고 해도, 주님은 결코 그들을 내버리지 않을 것입니다. 그리고….."

그리고, 하며 그는 말을 끊었다.

"저는 지금 성서 안에서 요한을 일깨운 주님의 말씀을 떠올립니다. 주님의 이름을 이용하여 사람들의 병을 치료했던 사내를 요한이 비난하려고 했을 때 주님은 이렇게 말씀하셨습니다. '너희를 반대하지 않는 사람은 너희를 지지하는 사람이니 막지 마라'고 말이지요….."

돌연 벨라스코의 가슴은 한순간이지만 날카로운 칼로 도려내진 듯 아팠다. 그는 그 일본인 상인들이 자신의 설교를 믿어서가 아니라 무역의 이익을 좇기 위해 세례를 이용한 사실을 알고 있었다. 알았지만 그는 모든 것에 눈을 감았었다.

"주교회의는 세례에 대한 신학을 듣자는 자리가 아닙니다."

끝에 앉은 주교가 손을 들어 발언했다.

"우리는 이번 사절이 우선 일본의 공식 사절인가, 한 귀족의 사적인 사절인가를 판단해야 합니다. 그러나 그 전에

---

47) 원문에는 "문제를 삼지 않으실 리가 없습니다"라고 되어 있다. 맥락상 오기로 보여 고쳤다.

사무라이

일본에서 그리스도교에 대한 박해가 일시적인 건지, 아니면 지속될 건지 그 전망을 해야 합니다."

"저는 일본에서의 박해가 일시적이라고도, 항구적이라고도 생각하지 않습니다." 벨라스코는 그 주교를 주목하며 "현재 권력자의 큰 성이 있는 에도와 그 세력 범위에서는 그리스도교에 대한 박해가 있었다는 것이 사실입니다. 베드로회는 그 박해와 압박이 언제까지나 이어질 거라고 생각하고 있습니다만 저희는 그렇게 생각하지 않습니다. 이 권력자는 확실히 그리스도교를 혐오하고 있긴 합니다. 하지만 그는 동시에 마닐라, 마카오와의 무역에서 얻는 이익을 무시할 만큼 어리석지 않습니다. 멕시코가 마닐라나 마카오 이상의 이익을 줄 수 있다면 박해는 완화해도 좋다는 것이 그의 본심이라고 저희는 추측하고 있습니다. 이것은 몇 번이나 말씀드렸습니다. 다시 말해 이 권력자에게 이익을 줌으로써 우리의 포교 자유를, 설사 다소의 제한이 있더라도 인정하게 하는 것, 이것이 저의 의견입니다. 박해는 일시적인 것도 항구적인 것도 아닙니다. 우리가 그만두게 할 수 있는 것입니다."

"발렌테 신부의 의견을 듣고 싶습니다."

발언한 주교는 벨라스코의 말에 일단 고개를 끄덕이고 나서, 두 손을 깍지 낀 채 고개를 숙이고 있는 발렌테 신부에게 발언을 재촉했다.

"박해는 계속되겠지요." 발렌테 신부는 다시 기침을 하고 가래가 끓는 목소리로 울적하게 대답했다. "지금은 일부밖에 하지 않고 있는 포교 금지도 일본 전역으로 확대될 겁니다. 15년 전에는 그나마 희미한 희망이라도 있었습니다. 하지만 그것은 벨라스코 신부가 말한 권력자인 도요토미 히데요시라는 강적이 있었기 때문입니다. 하지만 도요토미 가는 점차 힘을 잃고 오사카라는 도시에 고립된 채 곧 멸망할 것이 틀림없습니다. 또한 이 권력자에 대항할 수 있는 귀족은 일본에 한 사람도 없습니다. 그는 확실히 무역의 이익을 노리고 있습니다만, 신교도 국가들에 접근하는 것이 낫다고 생각하기 시작했습니다. 신교도들은 그들에게 포교가 아니라 무역에만 전념하겠다고 약속했기 때문입니다."

"그렇다고 해서." 벨라스코는 큰 소리로 말했다. "신교도들에게 일본을 내맡겨도 되는 걸까요? 그것은 스페인의 동양 진출에도 영향을 미치는 문제이고…."

토론이 길게 이어져 밖은 이미 땅거미가 내려앉아 있었다. 주교들은 몹시 지쳐 하품을 삼키거나 어깨를 들썩였다. 벨라스코도 온몸에 피로를 느꼈다. 눈을 감은 그는 그리스도가 숨을 거둘 때 입에 담은 최후의 말을 마음속으로 중얼거렸다. '주여, 모든 것을 당신께 맡깁니다. 저는 모든 것을 다 했습니다. 나머지는 당신이 결정해주십시오.'

낡은 수도원 특유의 곰팡내 나는 축축한 계단을 내려갔을 때 얼이 빠진 잠긴 목소리가 들려왔다. "논 신령님, 잘 오셨소, 못줄 사이에 앉아 저녁이나 드시오." 이것은 사무라이도 잘 알고 있었다. 영주의 영지에서 모내기할 때 여자들이 모를 심으며 흥얼거리는 노래다. 계단참에서 사무라이는 잠시 그 서툰 노랫소리에 귀를 기울였다. 회색 벽에 기대어 노래하던 사내가 얼른 고개를 숙이고는 방으로 모습을 감췄다. 니시 규스케의 종자였다.

복도 안쪽에서 화난 목소리가 들렸다. 요조가 이치스케와 다이스케를 꾸짖고 있었다.

"누구나 다 돌아가고 싶어. 나리님도 하루빨리 소임을 완수하고 싶어 하시는데… 이 버릇없는 놈들이."

그러고는 손바닥으로 뺨을 때리는 소리와 울며 변명하는 목소리가 이어졌다.

어둠 속에 선 채 사무라이는 눈을 깜박이며 그 소리와 목소리를 듣고 있었다. 이치스케와 다이스케가 골짜기로 돌아가고 싶다고 푸념하는 것을 요조가 들었음이 틀림없었다. 사무라이는 돌아가고 싶다는 이치스케나 다이스케의 마음도, 이를 꾸짖어야 하는 요조의 마음도 가슴이 아플 만큼 충분히 알고 있었다.

'뭐에 집착하는 거냐.' 그는 귓속에서 또 하나의 목소리를 들은 것 같았다. '너 혼자 멋대로 하는 바람에 그 종자들이 골짜기로 돌아가는 것도 늦어지는 거다. 임무를 위해서도, 종자들을 위해서도 표면적으로만 기리시탄이 될 수도 있는 거 아니냐.'

"이 버릇없는 놈들이."

또 젖은 걸레를 내리치는 듯한 뺨 때리는 소리가 들렸다. '이제 됐다, 이제 됐어, 난 지쳤어' 하고 사무라이는 자신을 타일렀다. 제멋대로인 것은 이치스케나 다이스케가 아니라 자신이었다.

"요조."

그가 조용히 불렀다. 세 개의 회색 그림자가 이쪽을 향해 몸 둘 바를 모르겠다는 듯 고개를 숙였다.

"야단은 그만해. 이치스케나 다이스케가 집 생각을 하는 것도 무리는 아니야. 나도 같은 기분이니까. 요즘은 골짜기 꿈만 꾸거든…. 요조, 나도 다나카 님, 니시와 함께 기리시탄에 귀의하기로 했어."

그가 이렇게 말을 마치자 세 그림자는 떠는 듯이 움직였다.

"그게 이 나라에서 소임을 완수하기 위해서도… 너희들을 골짜기로 돌려보내기 위해서도… 도움이 되기 때문이야."

요조는 잠시 주인의 얼굴을 위로하는 듯 쳐다보았다.

"저도" 하고 그는 들릴락말락한 목소리로 대답했다. "귀의하겠습니다…."

별실에서 주교들이 결론을 내리는 동안 벨라스코는 작은 대기실의 딱딱한 나무 의자에 앉아, '주여, 모든 것을 당신께 맡기겠습니다' 하고 속으로 계속 중얼거렸다.

'주여, 모든 것을 당신께 맡기겠습니다. 만약 주님이 일본을 이 넓은 세계에서 버리지 않으신다면, 그리고 그 일본을 위해서도 십자가를 짊어지셨다면, 주여, 모든 것을 당신께 맡기겠습니다.'

'일본. 약삭빠른 일본. 교활 그 자체인 일본. 처신이 뛰어난 일본. 모든 것은 발렌테 신부가 말한 대로입니다. 그 나라에는 영원함이나 인간을 초월한 것을 간구하는 마음이 추호도 없습니다. 그렇습니다. 그 나라에는 당신의 이야기를 들을 귀가 어디에도 없습니다. 그렇습니다. 듣는 척하며 고개를 끄덕이고, 하지만 마음속에서는 다른 것을 생각하는 일본. 그렇습니다. 꼬리가 끊어져도 결국 원래대로 자라는 도마뱀. 저는 때로 도마뱀 같은 섬나라를 미워했습니다. 하지만 미워하는 것 이상으로 그런 나라이기에 정복하고 싶은 투지에 사로잡혔습니다. 만만찮은 나라이기에 그 일본과 싸우고 싶습니다.'

대기실 문이 살짝 열리는 소리가 났다. 사촌 형 돈 루이스가 챙이 넓은 모자를 들고 비에 젖은 채 서 있었다. 그는 모자의 챙을 손가락으로 만지작거리며 사촌 동생을 딱하다는 듯 쳐다봤다.

"주교들은 지금 돌아갔어."

"승산이 있을까요?"

벨라스코는 얼굴을 덮고 있던 손을 떼고 지친 듯 한숨을 내쉬었다.

"모르지. 세론 주교 등은 격렬하게 반대하고 살바첼라 주교는 일본 사절이 설사 공식적인 대표가 아니더라도 예의를 다해야 한다고 말했어."

"그건 폐하의 알현을 아뢰겠다는 뜻입니까?"

루이스는 뭐라고 말할 수 없다는 듯 어깨를 으쓱하며 말했다.

"어쨌든 자네가 이기기 위해서는 뭔가가 있어야 해. 주교들의 마음을 움직일 수 있는 뭔가가."

"일본인들이 세례를 받으면 주교들의 마음이 움직일까요?"

"몰라. 써볼 만한 수는 다 써봐야지. 우리도 도울 테니까."

제7장

　제단을 향해 맨 앞줄에 다나카 다로자에몬과 사무라이와 니시 규스케가 앉고 그 뒤에 주인과 함께 세례를 받을 종자들이 나란히 앉았다. 제단 좌우에는 세례를 받는 사람의 대부가 될 벨라스코의 백부나 사촌 형들, 그리고 갈색 수도복을 입고 허리에 띠를 두른 수도사들이 정렬했다. 일반 신도도 입장을 허락받았기에 입구 근처 자리까지 꽉 찼는데 그 대부분은 벨라스코 일족과 그들이 초대한 손님들이었다.

　다나카는 눈을 감고 있다. 니시는 제단에서 나방처럼 흔들리고 있는 수많은 촛대의 불꽃을 바라보고 있다. 배후에서는 요조 등의 종자들이 이따금 코를 훌쩍이거나 헛기침을 하는 소리가 들렸다. 사무라이는 그 한 사람 한 사람이 지금 어떤 심정으로 앉아 있을지 궁금했다.

사무라이 자신은 꿈속에 있는 듯했다. 골짜기에서 겨울에 대비하여 농부들과 얼굴에 가랑눈을 맞으며 나무를 베던 자신, 이로리 옆에서 숙부의 긴 푸념에 고개를 끄덕이던 자신, 그것이 먼 옛날의 일처럼 여겨졌다. 그때는 자신이 이렇게 먼 타국에 온다는 것, 기리시탄 교회에서 남만인들에게 둘러싸여 세례를 받는다는 것은 생각조차 하지 못했다. 숙부나 아내 리쿠가 이 광경을 본다면 얼마나 충격을 받을까를 생각해봐도 그 얼굴조차 상상할 수 없었다.

　　주홍색 옷에 하얀 상의를 걸친 소년이 촛대를 들고 나타났다. 이어서 이곳 산 프란시스코 교회의 주교가 벨라스코와 또 한 명의 주교를 거느리고 제단 앞에 무릎을 꿇었다. 일본인들은 먼저 배운 대로 대부들의 신호에 따라 낡고 금이 간 대리석 바닥에 두 무릎을 꿇었다.

　　무슨 뜻인지 모르는 라틴어 기도가 길게 이어졌다. 사무라이는 제단 뒤의 커다란 십자가를 직시하며 거기에 못 박혀 있는 그 말라빠진 사내를 바라보았다.

　　'나는 말이야… 너한테 배례할 생각이 안 들어' 하고 사무라이는 눈을 깜박이며 미안한 듯 중얼거렸다. '남만인들이 왜 너를 우러러 받드는지 잘 모르겠어. 너는 인간의 죄를 짊어지고 죽었다고 하는데 그 때문에 우리 생활이 편해진 것 같지도 않아. 나는 골짜기에서 농민들이 얼마나 비참한 생활을

하는지 잘 알고 있어. 네가 죽었어도 변한 건 아무것도 없어.'

사무라이는 가축의 움막처럼 찌부러진 집들에 바람이 지나가는 골짜기의 겨울을 떠올렸다. 기근 때 먹을거리를 찾아 마을을 버린 농민들 이야기도 떠올렸다. 벨라스코는 이 가여운 사내가 인간을 구원해줄 거라고 말했지만, 그는 구원이란 게 무슨 의미인지 도통 알 수가 없었다.

지난 며칠 동안 사무라이 일행은 아침부터 밤까지 벨라스코로부터 이 세례식을 위한 준비 교육을 받았다. 그때마다 벨라스코는 기리시탄의 가르침과 이 말라빠진 사내의 생애를 이야기했다. 일본인들과는 인연이 멀고 와닿지도 않는 이야기였다. 대부분 하품을 참고 있고, 누구는 고개를 숙인 채 졸기도 했다. 졸고 있는 사람을 바라보는 벨라스코의 얼굴에는 분노의 빛이 돌았지만 그는 그것을 참느라 억지로 미소를 지었다.

사무라이는 벨라스코가 말하는 예수의 생애가 기괴한 것으로 생각되었다. 그의 어머니는 남자를 접하지도 않고 마구간에서 이 사내를 낳았고 그 후 은밀히 목수의 아내가 되었다. 하지만 예수라는 이 사내는 태어날 때부터 사람과 나라를 구원할 왕이 되도록 정해져 있어 하늘의 목소리에 따라 고향을 버리고 요한이라 불리는 선지자 밑에서 수행했다. 예수는 머지않아 고향으로 돌아와 많은 제자를 거느렸고, 많은 사람에게 신기한 기적을 보여주고 살아갈 길을 가르쳤다. 그는 그 인기 때문에 유대교나 제사장들로부터 미움을 받고 많은 어려움을 당했으며 죄가 없는데도 극형에 처해졌다. 예수는 그것을 하늘이 정한 길이라고 생각하며 그 고통을 저항 없이 받아들였다. 그리고 죽은 지 사흘 후 다시 살아나 하늘로 올라갔다.

사무라이는 벨라스코 같은 사람이 왜 그렇게 기괴하기 짝이 없는 이야기를 믿는지 이해할 수 없었다. 벨라스코만이 아니라 남만인들 모두가 그것을 정말이라고 생각하는 것도 이해할 수 없었다. 그리고 일본에도 그렇게 어리석은 기시시탄의 가르침을 따르는 자가 있다는 것도 신기했다.

"인간이 죄에서 벗어나기 힘들다는 것은 여러분도 잘 알고 있을 것으로 생각합니다. 하지만 자력으로 구원받을지, 예수라는 분에 의해 구원받을지, 그것에 따라 길은 갈라집니다. 예수를 미워한 예루살렘 성전의 제사장들은 자신의 힘으로 구원받을 수 있다고 과신했습니다. 하지만 기리시탄은 예수의 보살핌이 있기에 천국에 갈 수 있다고 생각했습니다. 왜냐하면 예수는 구원하기 힘든 우리의 죄를 한몸에 짊어지기 위해 기꺼이 간난신고를 받아들였기 때문입니다."

사무라이는 벨라스코의 이야기를 멍하니 들으며 눈을 감고 있는 다나카나 니시를 슬쩍 엿보았다. '모든 것은 임무를 위해서다'라는 다나카의 목소리가 사무라이의 귓가에 되살아났다. 한 번 죽은 사람이 되살아나는―그런 것을 믿을 수 없었다.

"여러분은 죽음을 두려워합니다. 이 세상의 무상함을 한탄합니다. 일본의 승려들은 죽은 후의 윤회를 주장하며 영겁유전(永劫流轉)이라고 합니다. 하지만 기리시탄에서는 예수와 마찬가지로 누구나 천국에서 되살아난다고 말합니다. 그것도 예수의 조력이 있기에 말입니다. 예수는 우리에게 죄의 구렁텅이에서 기어 나올 힘과 죽음을 해탈할 희망을, 강력한 확신을 갖고 가르쳤습니다. 그렇기 때문에 예수는 우리를 이끄는 왕이라고 할 수 있습니다."

벨라스코는 여기서 갑자기 목소리를 낮추고 모두의 마음을 끌어당기듯 조용히 중얼거렸다.

"여러분이 영겁유전의 윤회를 좋다고 생각하며 이 세상을 살아갈지, 아니면 큰 복으로 가득 찬 천국에서 되살아나는 것을 바랄지, 일본 승려들이 말하는 것처럼 나무아미타불을 외는 것이 구원의 길이라고 생각할지, 아니면 자신의 힘이 부족하다는 것을 깨닫고 예수의 자비에 매달릴지, 어느 것이 현명한 길이고 어리석은 길인지 생각해보면 그 답은 분명할 것입니다."

하지만 벨라스코가 말하는 기묘하고 신기한 힘을 하늘이

예수에게 주었다고 어떻게 말할 수 있을까. 벨라스코는 그 것은 예수가 태어나기 전부터 전해진 것이고, 그 전언은 하 느님의 말이었다고 했다.

'임무를 위해서다' 하고 사무라이는 자신을 타일렀다. '모 든 것은 임무를 위해서다.'

양쪽에 나란히 늘어선 사절들 세 명의 대부가 일어나 몸 짓으로 다나카와 사무라이와 니시에게 제단 옆으로 나가라 고 지시했다. 수반을 든 벨라스코와 은 물병을 든 사제가 주 교를 한가운데에 두고 다가왔다.

영양이 충분한 것처럼 혈색 좋은 주교의 입술이 조금씩 움직이며 다나카와 사무라이와 니시가 알아들 수 없는 라틴 어로 뭔가를 물었다. 벨라스코가 빠른 말투로 그것을 일본 어로 통역하며 "믿습니다"라고 대답하도록 세 사람에게 속 삭였다.

"너는 주 예수 그리스도를 믿느냐?" 주교가 물었다.

"믿습니다."

"주 예수 그리스도의 부활과 영원한 생명을 믿느냐?"

"믿습니다."

벨라스코가 재촉할 때마다 다나카와 사무라이와 니시는 입을 모아 "믿습니다"라고 어리석은 앵무새처럼 되풀이했 다. 그러자 사무라이의 가슴에 후회되는 마음이 차올랐다.

진심이 아니다, 이것도 임무를 위해서다, 하고 자신을 타일러도 이 순간 아버지나 숙부나 리쿠를 배신한 것 같은 슬픔이 쓰디쓴 감정과 함께 솟았다. 그것은 사랑하지도 않는, 믿지도 않는 남자와 어쩔 수 없이 잠자리를 함께한 여자가 품는 혐오감과 비슷했다.

세 사람이 고개를 옆으로 기울이자 주교는 사제로부터 은 물병을 받아 각자의 이마에 물을 부었다. 이마에 흐르는 물은 사무라이의 눈과 코로도 흘러내렸고 벨라스코가 손에 든 수반도 적셨다. 그것이 세례였다. 사무라이 일행에게는 형식적인 것, 교회에는 부정할 수 없는 성사였다.

사랑하는 주 예수,
마음의 사랑을 내게 새기라.
바라건대 사랑의 불꽃을 태우고,
Jesu Deus, amor meus,
Cordis aestum imprime.
Urat ignis, urat amor,

그 순간 성당 입구 언저리에서 가벼운 술렁거림 같은 소리가 퍼져나갔다. 일본 사절들이 하느님의 영광 앞에 엎드린 것을 축하하며 참석자가 소리 모아 기도를 하기 시작했다. 주교는 다나카와 사무라이와 니시에게 불꽃이 흔들리는 촛대를 들게 하고 대부인 벨라스코의 친척들을 좌우에 따르게 하여 자리까지 돌아가게 했다. 그때 사무라이는 바로 옆에서 벨라스코가 예의 그 미소를 지으며 기도하고 있는 참석자와 자신들을 바라보고 있었다는 것을 알았다. '형식적인 일이다.' 사무라이는 손을 모아 씁쓸한 마음으로 자신을 타일렀다. '나는 진심으로 믿습니다, 라고 말한 것이 아니다. 오늘의 일은 곧 잊을 것이다. 오늘의 일은….'

종자들도 각자의 주인에 이어 수반 위로 이마를 내밀었다.

사람들이 일어나자 다나카도 사무라이도 니시도 일어났고, 사람들이 무릎을 꿇자 다나카도 사무라이도 니시도 무릎을 꿇었다. 세례식 미사로 옮겨가 주교는 제단에서 손을 펼치며 복음서를 읽고 빵과 성배 앞에 고개를 숙였다. 그것은 빵이 그리스도의 육체가 되고 포도주가 그리스도의 피가 되는 의식이었다. 하지만 성사의 의미도 내용도 모르는 세 사람에게는 신기하고 기묘한 동작으로밖에 보이지 않았다.

세 사람 옆에 무릎을 꿇은 벨라스코가 조그만 소리로 가르쳐주었다.

"저 빵이 바로 주님의 육체입니다. 저를 따라 주교가 받들어 올리는 빵과 성배에 배례하세요."

성당은 깊은 정적에 휩싸이고 주교는 하얗고 작고 얇은

빵을 두 손에 받들고 입안에서 뭔가를 빌었다. 수도사도 신도도 무릎을 꿇고 깊숙이 고개를 숙였다. 사무라이 일행은 그것의 의미를 전혀 이해할 수 없었지만 지금 자신들에게 엄숙한 순간이 왔다는 것만은 알 수 있었다.

'형식적인 일이다.' 사무라이는 기도하는 대신 다시 자신을 타일렀다. '나는 저 비참한 사내에게 배례할 마음이 들지 않는다.'

방울 소리가 울렸다. 정적 속에서 다시 주교는 빵을 놓고 순금의 성배를 두 손에 들고 머리 위로 올렸다. 그것은 포도주가 그리스도의 피가 되는 순간이었다.

'형식적인 일이다.' 모두가 머리를 숙이는 걸 따라 하며 사무라이는 되풀이했다. '나는 아무것도 믿지 않는다.'

말라빠지고 두 손이 못박힌 사내에게 왜 화가 나는지 사무라이는 자신도 이상했다. 만약 정말 형식적인 일이라면 이렇게 마음속으로 같은 말을 되풀이할 필요는 없다. 위액 같은 쓰디쓴 감정이 차오를 리도 없다. 아버지나 숙부나 리쿠를 배신한 듯한 슬픈 마음이 들 리도 없다.

사무라이는 눈을 깜박이며 벨라스코나 대부들이 알아챌 수 없도록 고개를 가로저었다. 고개를 가로저음으로써 이 집착을 마음에서 쫓아버리려고 했다. 곧 잊는다, 신경 쓸 일이 아니다, 하며 그는 몇 번이고 자신을 설득하려고 했다.

이리하여 길었던 세례식이 끝났다. 주교와 벨라스코, 대부인 벨라스코의 백부는 두 손을 내밀어 세 사절의 손을 잡고는 그 자세를 모든 참석자에게 과시하듯이 오랫동안 놓지 않았다. 일본인들이 출구로 향하자 주변에서 몇 개의 꽃다발이 날아왔다. 벨라스코가 사람들의 축사를 통역했다.

"당신들 나라, 일본이 하느님의 나라가 되게 해주소서."

세례를 받은 날부터 다시 안개비가 매일 마드리드의 돌깔린 언덕길을 적셨다. 그 안개비 속을 세 사절은 벨라스코를 따라 마차를 타고 다양한 유력자와 귀족을 방문하고 다녔다. 마차 안에서 벨라스코는 그들의 원조가 얼마나 필요한지를 되풀이해서 설명했다.

임무를 위해서라는 것은 충분히 알고 있지만 유력자 앞에서 고개를 숙이고 장황한 인사말을 하는 것은 골짜기에서 자란 사무라이에게는 고역이었다. 특히 오찬이나 만찬에 초대되었을 때는 늘 그렇듯 세 사람은 말도 모르는 가운데 면목을 잃지 않기 위해 계속 긴장하지 않으면 안 되었다.

방문의 마음고생이나 식탁에서의 괴로움은 그렇다 치고, 정말 견딜 수 없었던 것은 방문한 유력자나 성직자들이 일본에 대해 무지해서 하는 질문이었다. 그들이 일본인과 멕시코의 인디오를 똑같이 생각하고 있다는 것을 알았을 때 사무라이 일행은 굴욕감을 느꼈다.

"부처라는 미신과 사교의 신에서 벗어나 우리의 주님을 믿는 일본인들의 방문을 기쁘게 생각합니다."

성직자들이 얕보는 듯한 태도로 이렇게 말했을 때 사무라이는 가난한 자에게 은혜를 베푸는 부자의 방자함을 느꼈다. 불완전하게나마 아버지와 숙부와 리쿠가 믿어온 부처가 이렇게 경멸당하는 것은 썩 유쾌하지 않았다. '나는 기리시탄이 아니다.' 사무라이는 눈을 깜박였다. '이 자들이 숭배하는 그리스도 따위에 앞으로는 배례하지 않겠다.'

하지만 사람들 앞에서 세례를 받은 이상 일본인들은 숙소인 수도원에서 매일 아침 이루어지는 미사에 참석하지 않으면 안 되었다. 추운 아침, 아직 밤이 다 새기도 전에 종이 울리고 일동은 수도사들과 함께 촛대를 들고 긴 복도에 일렬로 서서 성당으로 들어간다. 촛대의 불꽃만이 주위를 밝히고 있는 제단에서는 그 말라빠진 사내가 두 팔을 펼치고 있다. 사제는 낮은 목소리로 라틴어 미사 기도문을 읊고 곧 빵과 성배를 머리 위로 받들어 올린다. 그때마다 사무라이는 골짜기를 생각했다. 골짜기의 산에 있는 아버지나 일족의 묘에 참배할 때의 자신을 생각했다. '이는 내가 아니다. 이는 내 본심이 아니다' 하고 사무라이는 자신을 타일렀다.

"자네는 기리시탄이 된 게 괴롭지 않나?"

사무라이는 미사가 끝난 후 니시 규스케에게 슬쩍 물었다.

그러자 니시는 태평하게 웃었다.

"미사도, 미사 노래도, 오르간도 모두 신기합니다. 노래나 오르간 가락을 들으면 가끔 취한 듯한 기분이 들기도 합니다. 서양을 알기 위해서는 기리시탄이 아니면 불가능하다는 것을 절감했습니다."

"그렇다면 그 사내한테 배례할 마음이 든 건가?"

사무라이는 이때도 자신처럼 위화감을 느끼지 않는 니시의 젊음과 호기심에 부러움을 느꼈다.

"배례할 마음은 없습니다. 하지만… 미사는 별로 싫지 않습니다. 그건 일본의 신사나 절에는 결코 없는 것이니까요."

벨라스코는 의기양양했다. 주교들이 일본인의 세례에 호감을 보이면서, 사절들을 공식 사절로 대우해야 한다는 목소리가 나날이 힘을 받고 있기 때문이었다. 그 결과 왕실도 정식 알현 날짜를 통보할 것이다, 그리고 사절들이 지참한 영주의 서한은 수리되고 그 요청은 공평하게 고려될 것이다, 하고 벨라스코는 사무라이 일행에게 알려주었다.

그렇게 되면 곧 귀국할 수 있게 된다. 그것을 생각하자 긴 겨울이 끝나고 골짜기의 농부가 대망하는 봄의 해빙을 맞이할 때와 같은 희열이 사무라이 일행의 가슴에 흘러넘쳤다.

"여러분의 세례가 보답을 받은 것입니다." 벨라스코가 예의 그 미소를 지었다. "주님은 주님의 교회 문으로 들어오는 사람에게 반드시 뭔가를 주십니다."

땅끝에서 이 나라로 온 일본인들이 그리스도교로 개종했다는 사실에 마드리드의 교회는 완강한 편견을 일거에 버렸다. 우리는 매일 고위 성직자를 방문하고 개종을 축복하는 말을 들었다. 이제 모든 것이 호전되고 있었다.

주교회의의 결론은 며칠 안에 공포되겠지만 백부와 사촌형의 느낌으로는 주교들 대부분이 사절들을 일본의 공식 사절로 인정하고 그것에 상응하는 대우를 하며 국왕 알현도 요청해야 한다는 의견으로 기울어지고 있다고 한다. 그것에 대해 발렌테 신부도 그의 배후에 있는 베드로회도 어쩐 일인지 침묵을 유지하고 있다. 그 기분 나쁜 침묵을 그들의 패배감이 표현된 것이라고 받아들여야 할지 아닐지는 아직 알 수 없다.

"그들은 진 거야. 그리고 나도 너한테 진 거지."

백부는 기분이 좋았다.

"장애가 있을수록 집요하게 싸우는 것이 우리 일족의 특징이지만, 그렇다 쳐도 너한테는 그 피가 특히 강해. 너는 정치가가 되었으면 좋았겠다고 생각할 때가 있어."

백부가 어깨를 안자 나도 마음이 놓였다.

"제가 주님의 제자들 중 우레라 불린 야고보와 닮았을지도 모릅니다. 그 격함을 주님도 주체하지 못했다는 그 야고보와요…."

오늘 사촌 형의 집에서 주교회의의 판결에 대한 의논을 마치고 나는 마차를 타지 않고 걸어서 숙소인 수도원으로 돌아왔다. 수도원으로 오는 돌바닥 언덕길을 오르며 비가 그치고 비구름이 흘러가는 것을 올려다보았다. 언덕길 옆에서 마부들 몇 명이 나무통에 앉아 이야기를 나누고 있었다. 그 밖에는 사람 그림자가 없어 나는 주님에게 감사하기 위해 평소의 버릇대로 호주머니 안의 묵주를 만지작거리려고 했다.

그때였다. 어딘가에서 웃음소리가 들리는 것 같았다. 뭔가에 숨이 막힌 듯한 웃음소리였다. 돌아보았더니 마부들은 이제 보이지 않고 언덕길에는 아무도 없었다.

그 순간 나는 내가 해온 모든 것이 눈사태처럼 무너져 내린 듯한 공허감에 사로잡혔다. 자신이 해온 것은 모두 헛고생이 되고 의도한 일은 모두 무의미해지며 신앙했던 것은 사실 자기만족을 위해서였다는 사실이 눈앞에 들이대진 것 같았다. 그때 다시 웃음소리가 들렸다. 전보다 더 큰 홍소가 울려 퍼졌다.

움직일 수 없었다. 그대로 서서 회색 구름이 흐르는 하늘

사무라이

을 응시했다. 그 안에서 나는 지금까지 본 적 없는 것을 감지했다. 자신의 전락이었다.

내가 주님으로부터 사랑받고 있는 것이 아니라 주님으로부터 버림을 받은 게 아닐까 하고 생각했다. '우리를 시험에 들지 말게 하소서' 하고 나는 기도했다. '지금도 임종 때도…'

논 신령님, 잘 오셨소, 못줄 사이에 앉아
저녁이나 드시오. 잘 오셨소, 그런데
노래의 계절은 빨리도 변하네.

다나카도 사무라이도 니시도 의자에 앉아 한 종자의 노래에 귀를 기울이고 있었다. 여행을 떠나온 날부터 종자들 얼굴에 이토록 희색이 돌았던 적이 없다. 지금까지 그들의 얼굴은 늘 피로와 체념으로 찌들어 있었다. 하지만 그 얼굴에 기쁨이 환하게 가득 차 있었다. 이제 곧 소임이 원활하게 끝날 것이고 나머지는 귀국할 일만 생각하면 된다고, 오늘 아침 종교재판소로 향하는 마차에 오를 때 벨라스코가 일동에게 자신 있게 말했기 때문이다.

"우리 동네에서는 지금쯤 액막이 축제를 한다네."

다나카도 평소의 무뚝뚝한 얼굴을 그만두고 니시에게 웃는 얼굴을 보였다.

"스미누리(墨塗り)라고 하는데 액년[48]인 사람을 기다렸다가 그 얼굴에 먹을 칠하는 거네. 그것으로 그 사람의 재액이 떨어진다는 거지."

"저희 동네에서도 그것과 비슷한 걸 합니다." 니시도 고개를 끄덕이며 말했다. "젊은이들이 새끼를 태운 재를 눈으로 뭉쳐 집마다 돌아다니며 누구누구 할 것 없이 얼굴에 처바릅니다. 시집가기 전의 여자는 이리저리 도망을 다닙니다만, 그것이 끝나면 모두가 '꽃이 시들었습니다. 올해는 풍년' 하고 서로 말하며 술잔치를 벌이지요."

"일본으로 돌아가는 것은 내년 이맘때쯤일까?" 다나카는 손을 꼽으며 고개를 갸웃했다. "그렇게 되면 액막이 축제 때쯤이겠군. 벨라스코가 말하는 대로 모든 일이 순조롭게 진행될 때의 이야기이겠지만 말이야."

"순조롭게 진행되겠지요."

니시는 사무라이에게 몸을 돌리고 말을 이었다.

"귀국할 희망이 생기니까 이상하게 이 나라를 떠나는 것이 아쉽습니다. 솔직히 이곳에 남아 말도 배우고 다양한 것을 견문하고 배워서 돌아가고 싶습니다."

---

48) 일생 중 재난을 맞기 쉽다고 하는 해로, 남자는 만으로 25, 42, 60세, 여자는 19, 33세를 말한다.

"젊다는 게 부럽네." 사무라이가 웃었다. "다나카 님이나 나는 하루라도 빨리 고향으로 돌아가 쌀밥과 된장국이 먹고 싶네. 요즘에는 꿈에서 나의 그런 모습을 자주 본다네."

종교재판소의 홀에서 벨라스코는 발렌테 신부와 얼마 전과 같은 자리에 앉았다. 그들 맞은편에는 검은 옷을 걸친 주교들이 그날과 마찬가지로 위엄 있게 나란히 앉았다. 그리고 신호인 방울소리가 울리고 심의가 시작되었다.

중앙의 주교가 자리에서 일어나 상아색 종이를 들고 주교회의의 결론을 읽었다.

"우리는 앞서 이루어진 베드로회의 동양순찰사 로페 데 발렌테 신부와 바울회의 프라이 루이스 벨라스코 신부의 보고를 검토한 결과, 1월 30일 마드리드 주교회의의 권한으로 다음과 같은 회답을 당사자 및 국왕 폐하 종교심의회에 제출하기로 한다. 주교회의는 프라이 루이스 벨라스코 신부의 제안을 인정하고 일본인 사절을 공식 일본 사절로 승인한다. 그리고 그들에게 그 자격에 맞는 대접을 하고 그 체재비를 지급하며 안전한 귀국을 보증할 만한 모든 방법을 강구하도록 요청한다. 또한 이들 일본 사절이 국왕 폐하를 알현할 수 있도록 하고 그 서신에 충분한 고려를 할 것도 요청한다."

주교는 더듬고 막히며 판정문을 읽었다. 발렌테 신부는

얼마 전과 마찬가지로 고개를 숙인 채 이따금 기침을 했다. 어쩐 일인지 자신과는 관계가 없는 이야기를 듣는 것처럼 무심한 표정으로 지켜보고 있었다. 벨라스코는 가능한 일이라면 뒤를 돌아다보고 싶었다. 등 뒤의 방청석에서 백부와 사촌 형, 그리고 다른 일족이 듣고 있기 때문이었다. '주여, 감사합니다' 하고 그는 무릎 위에 올려놓은 손을 꼭 쥐었다. '당신은 이렇게 선한 일밖에 하지 않으십니다. 당신은 역시 저를 필요로 하십니다.' 이상하게도 기쁨이 강하게 솟아나지는 않았다. 그 대신 잔물결이 물가를 적시듯 가슴의 주름을 천천히 적셔갔다. 그에게는 마치 이 결론이 오래전에 결정되어 있고 자신도 그것을 미리 알고 있었던 것 같은 기분마저 들었다.

"이상의 판정을 주교 여러분이 다시 승인하기 전에 벨라스코 신부와 발렌테 신부에게 판정에 대한 이의 제기를 듣기로 하겠습니다."

주교는 상아색 종이를 말며 두 사람을 내려다보았다. 그것은 관례이고 형식적인 일이었다. 종교재판소에서는 판정문 또는 판결문이 낭독된 후 이의 제기되는 일이 없는 게 일반적이었다. 벨라스코는 고개를 가로저었고 발렌테 신부는….

발렌테 신부는 천천히 의자에서 일어났다. 주교들은 신부가 낡은 수도복에서 접힌 종이 한 장을 꺼내는 것을 의아한 시선으로 바라보았다. 입에 손을 대고 헛기침을 한 발렌테 신부는 늘쩍지근하게 입을 열었다.

"주교회의의 판정을 삼가 받아들이기 전에 여기서 일주일 전에 마드리드의 베드로회 본부로 송달된 마카오의 베드로회 데 비베로 신부의 긴급 서한을 읽어주었으면 합니다."

접힌 종이는 중앙의 주교에게 전해져 책상 위에 펼쳐졌다. 주교는 잠시 그 편지를 묵독했다. 발렌테 신부는 다시 의자에 앉아 조금 전과 마찬가지로 고개를 숙인 채 눈을 감고 있었다.

중앙의 주교는 그 편지를 옆자리의 주교에게 건넸다. 그리고 그가 다 읽기를 기다리고 나서 조그만 소리로 대책을 협의했다.

"이 편지를 주교 여러분 앞에서 낭독하는 것을 허락하고자 합니다." 중앙의 주교는 좌우를 둘러보았다. "저는 이 편지에 그만한 의미가 있다고 생각합니다."

그는 다시 자리에서 일어나 더듬고 막히며 천천히 읽기 시작했다.

"일본에서는 두 가지 새로운 정세 변화가 일어났습니다. 하나는 우리의 적인 영국이 종종 일본 왕에게 우리나라에 대한 중상을 말해왔습니다. 그런데 국왕은 그 중상을 듣고 당장 루손, 마카오와의 무역을 단절할 준비로 영국과의 통상을 인정한다고 포고하고 일본의 서남쪽에 있는 히라도(平戶)에 그 상관(商館)을 만드는 걸 허가했습니다. 또 하나의 변화는 지금까지 비교적 포교에 관대했던 도호쿠 지방의 귀족으로, 이전에 멕시코로 개인적인 통상 사절을 보낸 유력한 영주가 박해를 시작했다는 것입니다. 우리가 그 지역에서 받은 보고에 따르면 소수이지만 이미 순교자가 나왔습니다. 그런데 그것은 그 귀족이 우리나라와 짜고 일본 국왕에게 반역할 의지가 있다는 일반의 소문을 없애기 위한 것이라고들 합니다."

벨라스코는 웃음소리를 들었다. 그것은 며칠 전 비가 갠 언덕길에서 마부 몇 명이 나무통에 앉아 이야기를 나누고 있는 곳을 지날 때 어디선가 갑자기 들려온, 뭔가에 숨이 막힌 듯한 여자의 웃음소리였다. 그 웃음소리는 회색 구름이 흘러가는 하늘을 뚫고 지나갔다. 지금 그 웃음소리가 귓속에서 들린다.

논 신령님, 잘 오셨소, 못줄 사이에 앉아
저녁이나 드시오. 잘 오셨소, 그런데
노래의 계절은 빨리도 변하네.

종자들의 웃음소리가 갑자기 뚝 그쳤다.

사무라이

비에 흠뻑 젖은 비참한 모습으로 벨라스코가 입구에 서 있었다. 일본인들의 시선이 쏟아지는 가운데,

"벨라스코 님"

하며 니시가 기쁜 듯이 의자에서 일어났다.

"다들 좋은 소식을 기다리고 있었습니다."

그러고 나서 그는 자신이 앉아 있던 의자를 가리켰다.

벨라스코는 여느 때와 같이 미소를 지었다. 하지만 그 미소는 약하고 슬픈 듯했다.

"사절 여러분." 힘없는 목소리로 그는 대답했다. "꼭 말해야 하는 일이… 일어났습니다."

사무라이는 벨라스코를 응시했다. 가슴에 일어난 불길한 예감을 떨쳐버리려는 듯 그는 바닥에 무릎을 꿇고 앉아 있는 종자들에게로 얼굴을 돌렸다. 모두가 어떤 기미를 느끼고 두려워하듯 벨라스코를 올려다보았다.

"어떻게 되었습니까, 벨라스코 님?"

사무라이는 떨리는 목소리로 물었다. 그리고 니시를 제지하는 몸짓을 하며 등을 돌리고 있는 벨라스코의 뒤를 따라갔다. 다나카도 일어났다. 세 사람은 겨울 햇살이 약하게 비쳐드는 오후의 복도를 묵묵히 걸어 벨라스코의 방으로 들어갔다. 단단히 닫힌 그 문은 그 후 언제까지고 열리지 않았다. 종자들의 방에서도 다시는 웃음소리도, 노랫소리도 들

리지 않았다.

그날 밤 수도원은 일찌감치 등불이 꺼지고 일본인들이 숙박하는 건물은 어둠에 묻힌 채 쥐죽은 듯 조용했다. 열한 시가 되자 돌이 깔린 얼어붙은 언덕길을 여느 때처럼 커다란 망토를 뒤집어쓴 채 한 손에 철로 된 램프를 들고 허리에 수많은 열쇠를 늘어뜨린 야경꾼이 나막신 소리를 울리며 천천히 걸어갔다. 길모퉁이까지 가자 그 사람은 느닷없이 "안다도 라스 온세 이 세레노(Andado, las once y sereno)"[49]라고 모두가 잠든 집들을 향해 소리쳤다.

---

49) "순찰이오, 열한 시이고 안전하오"라는 뜻.

제8장

　책상에서 촛불이 흔들리고 있었다. 흔들리는 불꽃은 몹시 초췌한 벨라스코의 얼굴에 그림자를 만들었다. 여느 때의 자신에 찬 표정은 모두 사라지고 심한 타격을 입은 사람의 풀 죽은 표정이 그것을 대신하고 있었다.

　"희망은…" 벨라스코는 얼빠진 듯 중얼거렸다. "사라졌습니다."

　세 사절도 임종 때처럼 파닥이고 있는 촛불을 힘없이 바라보았다. 불꽃은 마치 힘을 다 쓰고 죽어가는 나방처럼 열심히 발버둥치고 있었다.

　"일본으로 돌아가는 것 외에 방법이 없습니다."

　조금 전 종자들이 불렀던 모내기 노래가 사무라이의 귓가에 희미하게 들렸다. 고향으로 돌아갈 기쁨에 취해 종자들은 그 노래를 불렀던 것이다. 골짜기로 돌아갈 수 있다. 하지만 조금 전과 지금은 모든 것이 근본에서부터 다르다. 일본은 기리시탄 금지로 들어선 것이다. 금지로 돌아섰다는 것은 멕시코와의 통상도 버렸다는 뜻이다. 자신들에게 맡겨진 소임도, 여행도 모두 헛되고 무의미하게 변했다는 뜻이다.

길었던 여행. 크고 드넓은 바다. 타는 듯한 멕시코의 평원. 하얀 원반 같은 태양. 용설란과 선인장 외에 아무것도 자라지 않는 황무지. 바람이 지나가는 마을. 그 하나하나가 눈에 어른거리고 스쳐 지나간다. 무엇을 위해, 무엇을 위해, 무엇을 위해─이 말이 북소리처럼 같은 가락으로 반복해서 귓가에 들려온다.

니시 규스케가 오열했다. 이 젊은이는 분함과 원한을 가득 담아 어깨를 떨고 있었다.

"희망은 모조리 사라진 건가?" 다나카 다로자에몬이 멍하니 중얼거렸다.

벨라스코는 대답하지 않았다. 이 남만인도 자신의 괴로움과 싸우고 있었다.

"그 편지에 쓰인 것은 사실입니까?"

"사실이라고 생각합니다. 어떤 신부도 거짓 보고를 하지는 않습니다."

"잘못 들을 수도 있는 거 아닙니까?"

"그건 저도 생각했습니다. 하지만 일본에서 먼 마드리드에서는 일의 진위를 확인할 방법이 없습니다. 어쩌면 교황님이 계시는 로마에는 다른 소식이…."

"그 로마라도, 땅끝까지라도 저는 갈 겁니다."

다나카는 단숨에 이 말을 내뱉었다. 벨라스코는 얼굴에서 두 손을 떼고 말했다.

"로마에 갈 수 있는…."

"하세쿠라나 니시가 어떻게 할지는 모르겠지만 저는… 저는… 이제 아무런 성과도 없이 일본으로 돌아갈 수 없습니다. 그냥 돌아갈 거라면 마쓰키와 함께 멕시코에서 귀국선에 탔을 겁니다." 다나카의 목소리는 신음 같았다. "이곳 스페인까지 여행을 견디며 온 것도… 오로지 소임에 대한 일념 때문이었습니다. 저는 이제 아무런 성과도 없이 일본으로 돌아갈 수 없습니다. 땅끝까지라도… 저는 가겠습니다."

사무라이도 충격을 받았다. 이 사람이 옛 봉토를 돌려받고 싶은 바람이 무척 강하고, 일가친척에게서 큰 기대를 받고 소임을 떠맡았다는 사실은 알고 있었다. 하지만 그 바람, 그 일족의 기대가 얼마나 열렬하고 강한지는 지금에야 비로소 알게 되었다. 땅끝까지라도 가겠다고 다나카는 말했다. 그러나 만약 어디를 가더라도, 어디에 이르더라도 일을 성취하지 못하면 어떻게 할 것인가. 불현듯 마음속에 불길한 예감이 산골짜기를 스쳐지나는 큰 새처럼 가로질렀다. 만약 일을 성취하지 못하면 일가친척에 사죄하기 위해 이 사람이 할 일은 하나밖에 없었다. 성실하고 정직한 그의 성격으로 볼 때 다나카는 그것 이외의 일을 생각하지 않을 것이다. 자결하여 자신의 힘이 부족했던 것을 사죄하는 일. 할복하는 것. 사무라이는 다나카의 옆얼굴을 응시한 채 어두운 상념을 서둘러 떨치려고 했다.

"하세쿠라 님은 어떻게 하시겠습니까?"

"다나카 님이 간다면… 저도 가겠습니다." 사무라이가 대답했다.

벨라스코는 다시 입가에 엷은 미소를 지었다.

"신기한 기분이 듭니다. 여행을 떠나기 전에도 여행하는 동안에도 저는 여러분과 다른 길을 걷고 있는 것 같았습니다. 솔직히 마음이 통하지 않는다는 것을 늘 느꼈습니다. 하지만 오늘 밤 처음으로 여러분과 어쩐지 하나의 끈으로 묶여 있다는 느낌이 듭니다. 앞으로 여러분과 저는 같은 비를 맞고, 같은 바람을 맞고, 같은 길을 어깨를 나란히 하고 걸어갈 것 같은 기분이 듭니다."

양초의 불꽃이 흔들리고 하루의 마지막을 알리는 종이 울렸다. 사무라이는 눈을 감고 아직 아무것도 모르고 있는 종자들에게 다시 여행해야 한다는 것을 어떻게 알릴지를 생각했다. 요조는 차치하고 다른 두 사람이 고개를 숙이고 어두운 얼굴을 하는 것은 견딜 수 없었다. 그리운 골짜기의 풍경, 이로리의 냄새, 아내와 아이들의 얼굴, 그것들이 썰물처럼 멀어져 간다.

'하지만 내일은 말하지 않으면 안 된다. 오늘 밤은 다 잊고 자는 거다. 나는 이제 지쳤다.'

그날 밤 사무라이는 다시 골짜기 꿈을 꿨다. 겨울의 흐린 하늘에 백조 두 마리가 나는 모습을 바라보는 꿈이었다. 두 마리의 백조는 기류를 타고 느긋하게 선회하며 늪 쪽으로 천천히 멀어져갔다. 요조가 갑자기 총을 겨누었다. 사무라이가 말릴 틈도 없었다. 귀를 먹먹하게 하는 총소리가 마른 숲속에 울려 퍼지고 철새는 갑자기 중심을 잃고 검은 소용돌이를 그리며 돌멩이처럼 늪으로 떨어졌다. 화약 냄새 속에서 사무라이는 요조를 응시하고 어쩐 일인지 그에게 희미한 분노를 느꼈다. 가엾은 살생이야, 하고 그에게 말하고 입을 다물었다. 왜 쏘았어? 저 새는 우리처럼 먼 나라로 돌아가야 하는데….

일본인과 나는 안주할 땅을 찾아 방랑하는 유랑민과 비슷했다. 비 내리는 깜깜한 밤에 인가의 불빛을 찾아 헤매는 나그네 같기도 했다. "사람의 아들은 머리 둘 곳조차 없다"[50]는 주님의 말은 마드리드를 떠나고 나서 매일 밤 내 마음에 자주 떠올랐다.

주교회의의 결론이 나면서부터 사람들은 우리를 손바닥을 뒤집듯 냉대했다. 이제 아무도 초대하지 않았고 한 사람의 방문자도 없었다. 숙식하고 있는 수도원의 원장까지 더 이상 장기에 걸쳐 일본인에게 건물 일부를 내주는 것은 다른 수도사의 생활에 방해가 된다는 편지를 주교단에 보냈을 정도였다.

소소한 원조자는 백부와 그 일족이었다. 그리고 신기하게도 그때까지 우리에게 냉담했던 한 공작이 우리를 도와주었다. 그는 어떤 사정이 있든 그리스도교도인 스페인인이 같은 종교로 귀의한 일본인을 냉대하는 것에 반대하여 우리를 위해 로마의 유력자 보르게세 추기경에게 도움을 요청해주었다. 그 때문에 백부도 어쩔 수 없이 바르셀로나에서 이탈리아로 가는 범선과 2천 두카트의 여비를 마련해주었다. 그런데 만약 교황청이 일본인의 바람을 재가하지 않을 때는 내가 모든 것을 포기하고 멕시코나 필리핀의 수도원에서 얌전히 지낸다는 조건도 내밀었다.

겨울의 마드리드를 떠난 우리는 초목이 말라버린 과달라

---

50) 「마태오의 복음서」 제8장 20절.

하라의 고원을 지나 사라고사와 세르베라를 거쳐 바르셀로 나로 향했다.

바람이 쌀쌀하고 대기는 차가웠다. 일본인들이 묵묵히 여행하는 걸 보니 이루 말할 수 없는 후회와 가책이 섞인 고통이 내 가슴을 스쳤다. 감정을 드러내지 않는 일본인의 얼굴이 오히려 괴로웠다. 나는 정처 없이 방랑의 길을 떠도는 나 자신이, 백성을 데리고 걷는 이스라엘의 거짓 예언자처럼 여겨지기도 했다. 로마에서 과연 교황청이 우리를 받아들여 줄지, 우리의 희망이 수락될지도 이제 자신이 없었다. 일본인들도 나도 그저 하나의 기적을 믿고 걸을 뿐이었다.

우리는 함께 좌절한 자였다. 불확실한 샘을 찾아 오늘도 내일도 사막을 여행하는 유랑민과 비슷했다. 입 밖에 내서 말하지는 않아도 그들은 믿고 있던 영주와 평정소에 배신당했다는 슬픔을 가슴에 안고 있었다. 마찬가지로 나도 내가 꿈꾸는 것을 주님이 버린 고통을 맛보았다. 지금에야 비로소 배신당한 자와 버림받은 자 사이에 서로를 위로하고 서로의 상처를 핥아주는 듯한 우정이 생긴 것 같은 기분이 든다. 나는 이 일본인들과 이루 말할 수 없을 만큼 마음이 통하는 것을 느꼈다. 사절들과 나 사이에 지금까지 느낀 적 없는 절실한 연대감이 생긴 듯했다. 지금까지 나는 나 자신의 은밀한 목적을 위해 계략을 써서 그들을 끌어들이려고, 말도 할 줄 모르고 행선지도 모르는 그들의 약점을 이용해왔다. 그리고 그들 또한 때로는 교활한 마음으로 나를, 임무를 위해 이용해온 것이다. 이제 나와 사절들 사이에는 그런 차가운 마음의 간격이 없어진 것 같았다.

하지만 주 예수는 정말 나를 내버린 것일까. 회색으로 펼쳐진 하늘을 보며 나는 주님 또한 아버지인 하느님에게 버림받은 것 같은 고독을 맛보았다는 사실을 생각했다. 그렇다. 주 예수는 평생 결코 영광과 축복에 가득 찬 여행을 해온 것이 아니었다. 주님은 사람들의 오해와 비난 속에서 쫓기는 자로 트란스요르단을 걷고, 티레와 시돈을 돌아다닌 적도 있었다. "오늘도 내일도 그다음 날도 계속해서 내 길을 가야 한다."[51] 슬프게도 그때 주님은 이렇게 중얼거렸다. 옛날에 나는 주님의 그 비참한 말에 그리 깊은 인상을 받지 못했다. 하지만 지금 일본인들과 함께 바르셀로나로 가면서 그때 주님의 괴로웠을 마음을 생각했다.

오늘도 내일도 그다음 날도 계속해서 내 길을 가야 한다. 하지만 일본인들은 어떻게 그런 절망을 견디는 걸까. 한순간의 기쁨은 송두리째 무너졌고 그들은 다시 긴 여행을 계속하여 낯선 나라를 방문해야 한다. 일본인들이 내게 환멸

---

[51] 「루가의 복음서」 제13장 33절.

을 느끼고 원한과 증오를 지닌다고 해도 전혀 이상한 일이
아니다. 하지만 그들은 그것을 결코 입 밖에 내지 않았다.
웃는 얼굴은 사라지고 말수도 적어지고 그저 내 뒤를 묵묵
히 따라오는 그들을 보며 나는 얼마나 자책했는지 모른다.
그렇게 해서 우리는 바르셀로나의 항구에서 조그맣고 엉성
한 브리건틴선에 올라탔는데, 그날 바다에는 얼음 같은 비
가 내렸다.

　바다로 나간 지 이틀째 되는 날, 폭풍으로 우리는 프랑스
의 생트로페 항구로 대피했다. 이 작은 도시 사람들은 처음
으로 목격하는 일본인들에게 놀라면서도 따뜻한 마음으로
영주의 성을 숙소로 내주었다. 영주 부부도, 주민들도 호의
에 찬 호기심을 억누르지 못하고 온종일 일본인들의 일거
수일투족을 가만히 지켜보았다. 그들은 사절들의 의복에 손
을 대보고 검을 보고 싶어 하고 그것을 터키의 신월도(新月
刀) 같다고 했다. 니시 규스케가 모두를 기쁘게 해주려고 두
꺼운 종이 한 장을 칼날 위에 올려 조용히 움직여 종이를 잘
라 보이자 모두가 감탄의 소리를 냈다. 우리는 폭풍이 지나
가자 생트로페 항구를 떠났는데, 이틀을 머무는 동안 그때
까지 어두웠던 일본인들의 얼굴에는 모처럼 희미한 겨울 햇
살 같은 미소가 떠올랐다.

　하지만 생트로페가 시야에서 사라지고 다시 지중해가 눈

앞에 펼쳐지자 갑판에 쭈그리고 앉아 있는 일본인들의 얼굴에는 우울한 표정이 돌아왔다. 특히 모두에게서 떨어져 혼자 바다를 바라보는 하세쿠라의 얼굴을 보고 나는 그가 그다지 기대도 없이 여행을 계속하고 있다는 것을 알았다. 그 표정은 모든 것을 운명으로 받아들이며 체념하는 일본인 특유의 것이었다.

"내일 일은 아무도 모릅니다." 나는 그에게 이렇게 말했다. "로마에 가면 비가 오다가 갑자기 해가 비치듯 모든 것이 환하게 바뀌지 않는다고 누가 말할 수 있겠어요? 저는 희망을 잃지 않습니다. 마지막까지 희망을 잃지 않을 겁니다. 하느님이 생각하는 것은… 우리가 짐작할 수 없습니다."

수평선에 눈길을 주며 나는 중얼거렸다. 나는 하세쿠라가 아니라 나 자신의 초췌한 마음에 이런 격려의 말을 해주었다. 솔직히 지금 나는 하느님의 마음을 알 수 없게 되었다. 일본에 주님의 가르침을 심어주려는 이 의지를 하느님이 허락하는 것인지, 아니면 거부하는 것인지 파악할 수 없게 되었다. 그런 내가 마지막으로 기대는 것은, 하느님의 깊은 의지는 인간이 헤아릴 수 없다는 한 가지뿐이었다. 우리에게 좌절로 보이는 것은, 사실 하느님의 역사 안에서는 의미 있는 씨앗이고 미래의 성과를 위한 포석일지도 모른다. 요즘 나는 매일 밤 기도하며 자신에게 그렇게 타일렀다. 하지만 내 마음은 그것만으로 위로받지 못하고 만족할 리도 없었다.

'신이여' 하고 지금 나는 마음속 깊은 데서 외친다. '가르쳐주소서. 제가 일본을 내버리는 것을 바라셨습니까? 아니면 마지막까지 희망을 잃지 말라고 하시는 겁니까? 그것을… 알고 싶습니다.'

하지만 내 앞에는 침묵밖에 없다. 깊은 어둠 속에서 하느님은 잠자코 계신다. 이따금 들리는 것은 그 웃음소리다. 여자의 목소리 같은 그 조소.

하느님은 모든 질서의 중심이고 모든 역사의 목표이기도 하다. 하느님은 또 인간 역사의 배후에 하느님의 생각에 의한 역사를 예정하고 있다. 그것은 나도 잘 알고 있다. 그러나 하느님이 생각하고 있는 역사 안에는 내가 했던 일, 의도한 일, 꿈꾼 일이나 일본은 포함되어 있지 않다. 나는 따돌림을 받는 사람이고 방해가 되는 사람이었을까.

하지만 주 예수도 그의 생애에서 지금 내가 느끼는 이 절망을 맛보았다. 그는 십자가에 매달려 이렇게 소리쳤다. "엘리 엘리 레마 사박타니?(나의 하느님, 나의 하느님, 어찌하여 나를 버리셨나이까?)"[52] 그때 예수는 지금의 나처럼 하느님의 의지를 파악할 수 없었던 게 틀림없다. 그러나 그는 숨을

---

52) 「마태오의 복음서」 제27장 46절.

거두기 직전 그 절망을 이길 수 있었다. 그리고 하느님에게 "아버지, 제 영혼을 아버지 손에 맡깁니다"[53]라는 어린아이 같은 신뢰의 말을 했다. 나는 그것을 알고 있다. 나는 그렇게 되고 싶다.

"벨라스코 님."

갑자기 그런 나의 상념을 깨고 하세쿠라가 말을 걸어왔다. 그것은 어두운 마음의 비밀을 사제에게 털어놓는 신도처럼 망설이는 어조였다.

"전부터 물어봐야겠다고 생각만 했습니다만… 만약 로마에 가서도 바람을 이룰 수 없을 때 당신은 스페인에 남는 겁니까?"

"제가… 저도 여러분과 마찬가지로 일본으로 돌아갑니다. 지금 제게는 일본 외에 다른 나라는 없습니다. 태어난 고향보다, 자란 나라보다 일본이 바로 제 나라라고 생각합니다."

나는 자신의 나라라는 말에 힘을 주어 말했다.

"마지막까지 함께하겠습니다."

"벨라스코 님, 눈치채지 못했습니까? 만일 로마에서 모든 희망이 헛되게 되면."

---

53) 「루가의 복음서」 제23장, 46절.

사무라이

하세쿠라는 마음에 담아두었던 것을 과감히 토해내듯이
말했다.

"다나카 님은… 할복할 겁니다."

그리고 그는 두 번 다시 이 말을 입 밖에 내지 않기 위해
회색 바다로 눈길을 돌리며 입을 다물었다.

"기리시탄인 이상 하느님이 주신 생명을 스스로 끊는 것
은 용서받을 수 없습니다."

"우리는 본심으로 기리시탄에 귀의한 것이 아닙니다. 임
무를 위해, 영주님을 위해 마지못해 기리시탄이 된 것에 지
나지 않습니다."

하세쿠라는 지금까지 보이지 않았던 냉담함을 처음으로
내게 보였다. 그것은 마치 나에 대한 앙갚음처럼 생각되었다.

"무엇을 위해 할복을 하는 겁니까? 그럴 말한 가치가 없
는 일입니다."

"다나카 님은 하지 않으면 면목이 서지 않는 겁니다. 일
가친척을 볼 낯이 없기 때문이지요."

"면목이나 낯이 뭔가요? 여러분이 이번 소임을 위해 얼
마나 고생을 했는지 제가 잘 알고 있습니다. 저는 여행의 증
인으로서 시라이시 님과 평정소 분들에게 모든 것을 말하겠
습니다."

"벨라스코 님은 일본인을 잘 모르시는군요."

하세쿠라는 한숨을 내쉬었다.

하세쿠라가 떠난 후 나는 바다의 색보다 어두운 마음으로 갑판에 남았다. 그 갑판 끝에서 다나카가 종자들과 뭔가 이야기를 나누고 있었다. 그의 모습에서는 방금 하세쿠라가 말한 듯한 기색은 털끝만치도 엿보이지 않았다.

생트로베를 떠난 지 이틀째가 되는 날 오후, 드디어 사보나 왕국의 항구도시 제노바가 멀리 바라보였다. 흐린 날의 해를 받은 옅은 갈색의 산들을 배경으로 하얀 도시가 보였다. 그 한가운데에 낡은 회색 성탑이 서 있었다. 그것을 가리키며 나는 거기서 태어난 크리스토퍼 콜럼버스라는 사람이 동양에 있는 황금의 나라를 찾아 일찍이 바다를 여행했다는 것과 그 사람이 찾던 황금의 나라가 바로 일본이었다는 것을 사절들과 종자들에게 가르쳐주었다.

오후의 해가 한 모퉁이에만 환하게 비치는 항구도시 제노바. 갑판에 기대어 나도 콜럼버스와 마찬가지로 황금의 나라를 생각했다. 콜럼버스에게 그것은 정복해야 할 신비한 동양의 보물 나라이고, 나에게 그 섬은 언젠가 하느님의 말을 불어넣어야 할 보물의 나라였다. 콜럼버스는 황금의 나라를 찾았으나 끝내 얻을 수 없었고, 나도 황금의 나라에 받아들여지지 않았다. '일본이여, 이 얼마나 오만한 나라인가.

빼앗는 것만 알고 결코 주는 일이 없는 나라.'

닷새 동안 이탈리아 연안을 남쪽으로 내려가 로마의 외항인 치비타베키아 항으로 다가갔다. 그곳에 도착한 때는 밤이었다. 안개비가 내리고 있었다. 연무에 휩싸여 비에 빛난 안벽에 석유등을 든 사내 몇 명과 마차 네 대가 그림자처럼 참을성 있게 우리를 기다리고 있었다. 보르게세 추기경이 보낸 사람들이다. 예의 바르기는 하지만 따뜻함이 없는 태도에서 나는 그들이 난처해하는 정도를 상상할 수 있었다. 주어진 숙소는 추기경이 소유하고 있는 산타세베라성이었는데 그 성에서 받은 대우는 결코 외국인 사절에 어울리는 수준이 아니었다.

마드리드에서 우리에 대해 어떤 편지가 왔고 어떤 지시가 내려졌는지 이미 명백했다. 나는 매일 밤 잠에서 깨어 그것을 생각하는 일이 많았다.

"일본인 사절 일행은 다소곳하고 온화했다. 다들 키가 작고 얼굴은 햇볕에 그을려 있었다. 다나카, 하세쿠라, 니시는 코도 작고 납작했으며 긴 머리끝을 하얀 천으로 묶고 있었다. 그들은 그것이 일본 기사의 표지라고 말했다. 세 사람은 외출할 때 짙은 보라색 일본옷을 입었지만 평소에는 목에 작은 칼라를 단 수도복을 걸치고 스페인풍의 모자를 썼다. 그들이 차고 있는 크고 작은 두 자루의 검은 무척 예리하게 만들어졌고 살짝 위로 휘어져 있었다. 식사할 때 그들은 두 개의 가느다란 막대를 교묘하게 사용하는데 파를 섞은 양배추 수프를 좋아했다."(제노바 해안에 사는 한 과부의 견문기)

마드리드에서 우리가 받은 것과 같은 의혹의 눈빛. 되풀이되는 똑같은 질문, 같은 대답. 지난 며칠 동안 이곳 치비타베키아에서 나를 심문한 사람은 보르게세 추기경의 비서관인 코스다쿠도 신부와 돈 파블로 알라레오네 수도사였다. 나와 두 사람은 처음부터 대립하는 의견을 몇 번이고 되풀이하고 있었다. 그들은 이미 일본에서의 포교는 절망적이고 더이상 선교사를 보내는 것은 불가능하다고 말하고, 나는 여느 때처럼 아직 희망이 있고 그 희망은 일본인들에게 무역의 이익을 주고 침략할 의지가 없다는 것을 보이면 가능하다고 주장했다. 한편 그들은 교황청이 어떤 나라의 내정에도 간섭하지 않는 전통을 유지해왔다고 말하며 교황이라 하더라도 스페인 국왕의 결정을 뒤집을 권리는 없다고 했다. 나는 나대로 이는 포교의 문제이고, 교황은 이제 주교와 교회로부터 버림받은 일본의 기리시탄들을 영원히 고립시키는 일을 하지 않을 거라고 반박했다.

사무라이

말을 할 수 없는 사절들은 물론 이러한 토론에 가담하지 않고 그저 산타세베라의 몹시 추운 성 안에서 기다리며 내게서 일의 추이를 들을 뿐이었다. 이제 어떤 낙관적인 말이나 예측도 다나카나 하세쿠라의 어두운 얼굴을 환하게 할 수 없었다. 무리도 아니다. 일본인들은 너무나 자주 환멸을 느꼈다. 니시는 고열이 났다. 애써 쾌활함을 가장하고, 다른 일본인들에 비해 왕성한 호기심을 보였던 이 사람도 몸과 마음의 피로에는 이길 수 없었던 모양이다. 그리고 나도 기진맥진해 있었다. 나이보다 어려 보이는 그의 잠든 얼굴을 보고 있으니 될 대로 되라는 기분이 들었다.

보르게세 추기경의 결정이 내려지기까지 다시 이삼일을 기다려야 했다. 그리고 닷새째에 나는 팔리도로에 체재하고 있는 추기경의 별장에 소환되었다. 교황 바오로 5세의 조카이고 교황청에서 가장 일을 민첩하게 처리하기로 유명한 추기경에게 심문을 받는다고 생각하니 온몸이 굳는 듯한 심정이었지만, 나는 이 사람이라면 혹시 일본에 대한 나의 정열과 일본 포교가 가지는 중대함을 이해해줄지도 모른다는 희미한 희망을 품기 시작했다.

손질이 잘 된 정원과 물새가 헤엄치는 연못이 내려다보이는 별장의 서재에서 망토를 걸치고 빨간 모자를 쓴 추기경은 의자에 앉은 채 나를 맞이했다. 나는 일부러 오랜 여행으로 색이 바랜 수도복을 입고 출두했다. 뭘 부끄러워하겠는가. 흙투성이 군복이 병사의 악전고투를 보여주는 것처럼, 변변치 못한 이 옷이야말로 로마의 고위 성직자 등이 체험하지 못한 일본 포교의 고난을 드러내는 것이라고 생각했다. 그러므로 나는 그 사람 앞에 무릎을 꿇고 그 반지에 정중하게 입맞춤을 했지만 도전하듯이 머리를 들었다.

"내 아들이여, 일어나시오."

보르게세 추기경은 나의 그런 마음을 알아채지 못한 척했다. 일어난 나를 지그시 쳐다보았지만 마치 자신에게 타이르는 듯 조용히 말했다.

"교황청은 항상 공평하고 편견 없는 판단을 하려고 애쓴다네. 우리는 자네와 자네가 속한 바울회가 일본에서 얼마나 힘들게 포교에 힘썼는지 잘 알고 있다고 생각하네. 그래서 적어도 자네한테 가해진 개인적인 중상 같은 내용은 말 그대로 받아들이지는 않았지."

그는 망토를 나부끼며 신뢰를 보여주는 것처럼 크고 두툼한 손을 내 어깨에 올려놓았다. 그리고 그 동작이 내 마음에 어떤 반응을 보이는지를 가만히 지켜보는 것 같았다.

"교황청은 자네들의 노력이 일본에서 결실을 맺기를 얼마나 바랐는지 모르네. 교황청이야말로 자네가 싸운 그 일본이라는 나라에 주님의 빛이 널리 미치기를 누구보다도 바

사무라이

랐지." 추기경은 거기서 말을 끊고 이번에는 그 포도색 눈으로 가만히 내 얼굴을 들여다보며 말했다. "하지만 지금은 인내하라고 말하고 싶네. 견디라고 권하고 싶어."

아주 짧은 한순간이었지만 나는 추기경의 이 목소리에 질 것 같았다. 그만큼 그의 포도색 눈과 목소리에는 아버지가 아들에게 보이는 자상함과 애정이 담겨 있었다. 그도 그 연기의 효과를 알고 있는 것 같았다. 하지만 곧바로 나는, 보르게세 추기경은 성직자라기보다는 교활한 정치가라는 것을 알았다.

"이해해주었으면 하네." 추기경은 내 어깨에 손을 놓은 채 타일렀다. "교황청은 더이상 박해하는 나라에 자네 같은 선교사들을 보내는 걸 참을 수가 없어. 패할 줄 알고 전장에 병사를 보내 무의미하게 죽게 하는 장군이 없는 것처럼…."

"아니요." 나는 흔들리던 마음을 다잡았다. "추기경님, 일본은 승산이 없는 전장이 아니라고 생각합니다. 포교가 순조롭지 않았다면 그것은 베드로회의 전술이 유치했기 때문입니다."

추기경은 희미하게 웃었다. 정색하고 대드는 소년에게 쓴웃음을 짓는 늙은 교사 같았다.

"추기경님, 선교사는 병사와 다릅니다. 병사의 죽음은 때로 무의미하지만 선교사가 박해 속에서 죽는 것은 사람들에

게 보이지 않는 씨앗을 뿌리는 일입니다. 하느님의 영광을
보여주는 씨앗을….'

"자네 말이 맞네. 일찍이 초대 교황 베드로도 로마에서
박해를 받을 때 순교로 사람들의 마음에 보이지 않는 씨앗
을 뿌렸었지."

"주님도 골고다 언덕에서의 죽음을 두려워하지 않으셨습
니다."

"자네 말이 맞네."

추기경은 몇 번인가 자네 말이 맞네, 하는 말을 되풀이했
다. 하지만 갑자기 그 미소가 사라지고 쓸쓸한 표정으로 말
했다.

"하지만… 우리는 주님이나 사도의 시대에 사는 게 아니
네. 내 아들이여, 우리는 큰 조직을 갖고 있지. 우리는 그리
스도국과 그 국민에게 책임이 있네. 조직인 이상 그 방침이
있고, 설령 그것이 자네들한테 겁쟁이 같고 불순해 보인다
고 해도 그것이 있으니까 조직이 지켜지지. 질서가 유지되
어야 그리스도국의 신도들은 신뢰를 갖고 신앙을 계속할 수
있다네."

"하지만 일본에도 수는 적지만 신도가 있습니다. 박해 속
에서 간신히 신앙을 지키기 위해 집을 버리고 재산을 버리
고 광산이나 산속에 몸을 숨기고 있는 신도가 있습니다."

나는 이렇게 대답하며 언젠가 오가쓰의 공사장에서 주뼛 주뼛 내게 고해 성사를 요청해온 거지나 다름없는 사내의 얼굴을 떠올렸다. 그 사내가 지금 살아 있는지 죽었는지는 알 수 없다. 하지만 나는 그 사내를 위해서도 추기경에게 말해야 하는 것을 말하지 않으면 안 되었다.

"그 신도에게는… 이제 교회도 없습니다. 격려하고 힘을 주고 모범을 보여줄 선교사도 없습니다. 교황청이 신도를 지키는 위대한 어머니라면, 그들도 그 부드러운 가슴에 안길 권리가 있는 게 아닐까요? 지금 그들은 성서에 쓰인, 무리에게서 떨어진 한 마리 새끼 양과 비슷하지 않을까요?"

"한 마리 새끼 양을 찾기 위해 다른 많은 양이 위험에 노출된다면…." 하고 추기경은 슬픈 듯이 말했다. "목자는 그 새끼 양을 버리지 않을 수 없네. 조직을 지키기 위해서는 그것도 어쩔 수 없는 일이지."

"저에게 그 말은 유대인 대제사장 카야파가 주 예수님을 죽일 때 한 말을 떠올리게 합니다. 전 국민을 지키기 위해서는 한 사람을 대신 죽게 하는 것도 어쩔 수 없는 일이다, 그때 카야파도 이렇게 말했습니다."

그렇다. 대제사장 카야파에게는 늘 질서와 안전이 중요했다. 질서와 안전을 지키기 위해서 그는 주 예수를 제물로 삼았다.

내 말에 추기경은 얼굴을 옆으로 돌렸다. 빨간 모자를 쓰고 큰 망토로 몸을 감싼 그는 오랫동안 입을 다물고 있었다. 나는 나의 무례한 말이 이 교황청 권력자를 분노하게 했다고 느꼈다. 하지만 나는 이제 조심할 생각이 없었다. 세계는 너무나도 질서와 안전만을 요구하고 있다.

"그 말이 맞네."

얼마 후 내 쪽을 향한 추기경의 얼굴에는 분노의 기색이 아니라 피로인지 비애인지 알 수 없는 것이 배어 나왔다.

"내 아들이여, 나는 대제사장 카야파의 그 말을 긍정하고 싶지 않네. 하지만 주님에게는 그때 조직이 없었고 카야파에게는 조직이 있었지. 조직을 지키는 자는 늘 카야파와 마찬가지로—대다수를 지키기 위해서는 한 사람을 버리는 것이 어쩔 수 없다—그렇게 말할 거네. 주님을 믿고 있는 우리도 교단을 만들어 조직을 가진 순간부터 대제사장 카야파의 입장이 되고 말았지. 성 베드로조차도 교단을 지키기 위해 동료였던 스테파노가 투석형으로 죽임을 당하는 걸 그대로 내버려 두지 않을 수 없었으니까."

나는 그 자리에 못박힌 채 그 말을 듣고 있었다. 나는 이런 말이 추기경의 입에서 나오리라고는 생각도 하지 못했다.

"나는 늘… 이것을 고민해왔네."

그는 괴로운 듯이 고개를 숙이고 혼잣말처럼 나지막한

목소리로 말했다.

"그것이 조직의 정의라는 걸까요?"

"그렇다네."

"교황청은 늘 그러는 겁니까?"

"그건 나도 모르네. 하지만 내가 책임을 지고 있는 한 나는 일본의 신도에 대해 카야파의 태도를 취할 수밖에 없지. 하지만… 그때 내 마음에 슬픔이나 가책이 없다고는 생각하지 말았으면 하네. 누군가는 그 괴로움을 받아들이지 않으면 안 되니까."

추기경은 얼굴을 들었다. 조금 전까지 자신에 차 있던 얼굴이 아주 볼품없게 일그러져 있었다. 말이 궁한 채 나는 아직 추기경의 마음을 의심하고 있었다. 추기경이나 되는 사람이 이토록 솔직하게 자신의 괴로운 마음을 털어놓을 거라고는 생각하지 못했기 때문이다.

"그것이 주님의 사랑의 가르침에서 벗어난 일이라는 걸 나도 잘 알고 있네. 그래서 나의 이 방침은… 다른 추기경에 의해 규탄당할지도 모르지. 그렇지만 지금의 나는 생각을 바꾸지 않을 거네."

"어째서죠? 주님의 사랑의 가르침에서 벗어난 일을 왜 굳이 계속하시는 겁니까?"

나는 눈앞에 있는 사람이 추기경이라는 사실도 잊을 만

큼 마음이 고양됨을 느꼈다.

"그렇다면 주 예수님은 무엇 때문에 십자가에서 죽은 걸까요? 추기경님은 조금 전에 조직을 위해서라고 하셨습니다. 하지만 저는 지금까지 교황청이라는 조직은 국가 같은 조직이 아니라고 믿고 있었습니다. 그것은 국가를 넘은, 인종을 넘은 사랑의 조직이라고 생각해왔습니다."

발끈한 나를 보르게세 추기경은 당혹스러운 듯 쳐다봤다. 그는 어떤 말을 하는 걸 주저하는 듯하다가 가슴에 건 십자가를 꼭 쥐고는 결심한 듯 입을 열었다.

"내 아들이여, 자네는 사랑만으로… 이 현실 세계를 헤쳐나갈 수 있다고 생각하나?"

"하지만 예수님은 사랑의 하느님이셨습니다."

"사랑의 하느님은… 그 때문에 정치의 세계에서 죽임을 당하셨네. 그리고 슬픈 일이게도 우리 조직은 그 정치의 세계에서 벗어날 수 없지. 교황청은 가톨릭 국가들의 힘을 약하게 하는 수단을 취할 수 없다네."

"그것이 일본의 포교와 무슨 관계가 있습니까?"

"영국이나 네덜란드의 신교도들도 일본을 노리고 있네. 그렇기에 일본에 더이상 포교 문제로 가톨릭 국가인 스페인이나 포르투갈을 증오하게 해서는 안 되겠지. 일본의 권력자를 더이상 자극하지 않고 한동안 조용히 지켜보는 것이 스페인이나 포르투갈을 위해서도 유리하다고 나는 판단했네. 교황청은 단독이 아니야. 그것은 신교도 국가들과 대립하여 가톨릭 국가들을 계속 유지할 조직의 의무네."

사랑의 하느님은 사랑 때문에 정치의 세계에서 죽임을 당했다. 추기경은 끝내 이 말을 쓰디쓴 독약이라도 내뱉듯 입 밖에 내었다. 나는 그의 지위를 상징하는 빨간 모자와 커다란 망토를 가만히 바라보았다.

"내 아들이여, 이해해주었으면 하네."

이것이 긴 여행의 결말이었다.

"나는… 앞으로도 항상 자네와 일본을 위해 기도할 거네."

나는 머리를 깊숙이 숙이고 방을 나왔다. 추기경은 의자에 앉은 채 창을 가만히 바라보고 있었다. 그가 그때 무슨 생각을 했는지는 알 수 없다.

비둘기 똥과 비바람에 지저분해진 산타 세베라의 성에서 누더기 조각 같은 일본인 무리가 나왔다. 그들은 최근에야 병이 나은 니시 규스케를 지키듯 그 주위를 둘러싸고 천천히 평지를 내려갔다. 다나카, 벨라스케와 나란히 선두에 선 사무라이는 이따금 젊은 동료가 걱정되는 듯 돌아보며 자꾸만 뒤처지는 일행을 참을성 있게 기다렸다. 멕시코를 여행했을 때는 강렬한 햇볕에도 불구하고 일동의 걸음에 희망과 힘이 담겨 있었지만, 그 희망이 꺾인 지금 일본인들은 발을 질질 끌 듯 걷고 있다. 그 누구도 로마라 불리는 수도에서 사태가 호전될 거라고는 생각하지 않았다. 로마에 가도, 다른 어떤 나라에 가도 이제 이 여행은 무의미하다는 사실을 다들 잘 알고 있었다. 다만 그들은 희망이 사라진 이 여행에 결말을 지어야만 했다. 결말을 짓지 않으면 일본으로 돌아갈 명분이 없었다. 오랫동안 계속해서 환영에 질질 끌려온 여행은 이제 종언을 고하려 하고 있다.

다시 봄이다. 밭의 가장자리를 따라 아몬드의 엷은 분홍색 꽃이 활짝 피었고 농부가 괭이질을 하고 있었다. 그 농부가 놀라 일을 하다 말고 이상한 외양의 행렬을 바라보았다. 아랍인 같은 긴 옷을 걸치고 띠를 매고 머리를 뒤에서 묶은 일본인들을 농부는 더운 나라에서 온 사람들인가 하고 생각했다. 괭이를 밭에 놔두고 그는 집으로 달려 돌아갔다.

하얀 사과 꽃이 피고 새소리가 들리는 풍경도 사무라이에게는 아무런 감개도 불러일으키지 못했다. 지금은 골짜기의 봄을 그리워할 기분도 들지 않는다. 그저 말의 움직임에 맡긴 채 벨라스코의 뒤를 따라갈 뿐이었다. 생각건대, 이 사람 때문에 몇 번이나 배신을 당하지 않으면 안 되었던가. 희망을 지녔으나 그 희망은 무너졌다. 그래도 다른 환영을 품

사무라이

고 여행을 계속해왔다. 하지만 이제 기진맥진한 마음에는 이 선교사를 원망할 마음조차 더이상 들지 않았다. 사무라이에게는 벨라스코 역시 자신과 마찬가지로 불쌍한 사람이라는 생각이 들었다.

몇몇 마을을 지날 때마다 길가의 사람들은 두려운 눈으로 쳐다보거나 때로는 쾌활한 목소리로 말을 걸어오기도 했지만 일본인들은 그 모두를 모르는 체하며 무표정하게 걸었다. 그것은 마치 관 뒤를 따라가는 장례 행렬 같았다.

저녁에는 봄비가 내렸다. 그 비가 그칠 무렵 그들은 토레베키아의 언덕 위에 당도했다. 영원의 수도는 다소 희미하게 보이고, 테베레강이 졸린 모양으로 꼬불꼬불 구부러져 있었다. 그리고 그 너머로 연두색 숲으로 둘러싸인 핀초 언덕이 보이고 갈색의 집들이 겹쳐 있으며 수많은 교회의 첨탑이 하늘을 찌르고 있었다.

그래도 벨라스코는 언덕에서 말을 세우고 의무처럼 저것이 콜로세움, 저것이 포룸 로마눔이라고 가르쳐주었으나 일본인들은 고개조차 끄덕이지 않았다.

"저게 교황님이 계시는 바티칸입니다."

갈색 집들 사이로 둥글고 하얀 큐폴라가 들여다보이고 사람들이 개미처럼 광장을 걸어 다니고 있었다. 일본인들은 경야(經夜)[54] 때처럼 음침하게 입을 다물고 있었다.

얼마 후 로마로 들어갔다. 그들이 비에 젖은 돌바닥 길을 걸어가자 아이들이 뒤에서 쫓아왔다. 호기심 많은 어른이 그 뒤를 따랐다. 일본인들은 카피톨리오의 긴 돌계단을 올라가 아라첼리의 수도원 안으로 사라졌다. 그리고 닫힌 문에서 두 번 다시 모습을 드러내지 않았다. 사람들은 그들이 헝가리에서 온 사절이라는 이야기를 하며 물러갔다.

일주일 동안 로마는 비가 자주 내리는 봄기운 속에서 부활절을 기다리고 있었다. 교회에서는 예수의 죽음을 애도하기 위해 제단을 모두 보라색 천으로 덮고 촛대의 불꽃도 끈 채 예수의 부활을 기도하고 있었다. 다만 성모 마리아 상 주변에만 수많은 촛불을 켜놓아서, 저녁이 되면 그 촛불 앞에 수많은 남녀가 모여 속죄의 기도를 올렸다. 하지만 아라첼리의 수도원에서 일본인이 나오는 걸 봤다는 사람은 없었다.

부활절 날 아침, 어둑한 가운데 바티칸의 산피에트로 광장에는 한 무리 또 한 무리, 사람들이 줄지어 모여들기 시작했다. 멀리서 순례를 떠나온 남자들이나 수도사 무리였다. 그들은 대성당 앞에 모여들어 참을성 있게 뭔가를 기다리고

---

54) 죽은 사람을 장사 지내기 전에 가까운 친척이나 친구들이 관 옆에서 밤을 새워 지키는 일.

있었다. 우윳빛 안개 속에서 사람들이 아침의 냉기를 견디며 나직하게 기도를 외는 소리가 언제까지고 계속되었다. 안개가 걷힐 무렵에는 광장 대부분이 그런 순례자나 수도사들로 메워졌고 돌계단에는 은빛 투구를 쓰고 빨간 제복을 입은 젊은 호위병들이 창을 비스듬히 들고 한 줄로 서 있었다.

8시, 첫 번째 종이 울렸다. 그 종소리를 신호로 로마 전역에 있는 모든 교회의 종들이 차례로 울렸다. 부활제가 시작된 것이다. 이윽고 장엄 미사에 초대받은 귀족들의 호화로운 마차가 산피에트로 광장 입구에 속속 도착했다. 그들은 군중 사이를 뚫고 대성당 안으로 차례차례 모습을 감추었다.

9시 조금 전, 대성당 좌우의 문이 열렸다. 돌계단 앞에 모여 있던 수도사나 순례자들이 앞을 다투어 그 입구로 몰려 갔다. 그들에게도 성스러운 교황의 축복을 받는 것이 허락되는 것이다. 쇄도하는 군중을 호위병들이 창으로 제지하며 줄을 세웠다. 줄 밖으로 밀려난 사람은 그대로 거기서 무릎을 꿇어야 했다.

대리석 기둥의 대성당은 이미 입추의 여지가 없었다. 금으로 장식된 모자를 쓴 고위 성직자들은 제단을 중심으로 좌우의 의자에 앉아 교황의 등장을 조용히 기다리고 있었다. 어제까지 보라색 천으로 덮여 있던 금색 제단에 오늘은 수많은 은촛대가 놓여 있었다. 보르게세 추기경도 상석에 앉아 기침 소리 하나 내지 않고 무릎을 꿇고 있는 군중의 머리를 냉담하게 내려다보고 있었다. 곧 대성당 입구 근처에서 웅성거림이 일었다. 교황이 통과하는 커다란 정면 문이 방금 열린 것이다. 오르간 소리가 나고 교황청 소속 합창대가 〈나는 물을 보았네〉라는 성가를 부르기 시작했다.

"우리들의 교황님, 우리들의 교황님."

대성당 한 귀퉁이에서 시작한 '우리들의 교황님'이라는 소리가 모든 곳으로 퍼져나가고 다시 광장에 모인 군중에게도 전파되어 이제 한목소리가 되었다.

"우리들의 교황님, 우리들의 교황님."

그 순간 돌연 바오로 5세의 모습이 파도에 올라탄 뱃머리의 상(像)처럼 떠올랐다. 하얀 법의를 걸치고 높은 모자를 쓴 교황이 사제들이 짊어진 가마 위에 앉아 위엄있게 한 손을 들고 나타났다. 그는 열광하는 좌우의 군중에게 축복의 표시를 보이며 인파를 헤치고 산피에트로 대성당을 향해 천천히 나아갔다.

"우리는 기도하네, 우리의 교황님을 위해."

인파 한 귀퉁이에는 합창처럼 목소리를 모은 수도사 일단이 있었다. 그 변변치 못한 수도복에 묻은 흙은 그들이 이 부활제를 위해 먼 지방에서 왔다는 것을 말해주고 있었다.

"주여, 바라건대 그를 지켜주소서."

교황은 그 수도사들에게 만족스러운 듯한 얼굴을 향하고 축복의 십자가를 그었다. 그것을 본 군중의 열이 흐트러졌다. 한 발이라도 가마에 다가가 그렇게 축복을 받으려는 사람들이 앞줄을 밀며 억지로 비집고 들어갔기 때문이다. 하지만 바다에 떠 있는 배 같은 교황의 가마는 쫓아오는 사람들을 뿌리치고 대성당을 향해 나아갔다. 가마가 돌계단을 천천히 오르자 몰려드는 순례자를 제지하기 위해 은색 투구를 쓴 빨간 제복의 호위병들이 한 줄로 담을 쌓았다. 그리고 가마는 산피에트로 대성당의 정면 입구로 빨려 들어갔다.

가마가 대성당으로 들어간 순간, 기다리고 있던 합창 소리가 눈사태처럼 대성당 안에 가득 울려 퍼졌다. 주님에 대한 찬가다. 강한 남자들의 굵은 노랫소리는 높은 돔의 천장과 넓은 사방의 벽에 부딪혔다.

찬양하라 주님을, 찬양하라 주님을
너희들, 주님을 찬양하라.

좌우로 무릎을 꿇은 귀족, 성직자, 순례자들은 가마가 지나갈 때 순백의 법의 사이로 손이 축복을 위해 움직이는 것을 보려고 보리 이삭처럼 고개를 들었다가 일제히 고개를 숙였다. 앞쪽에서는 사도를 상징한 열두 명의 추기경이 일어나 가마가 다가오는 것을 맞이하고 수십 개 은촛대의 불꽃이 제단 주위에서 흔들리며 모든 것들이 교황 바오로 5세의 장엄 미사가 시작되기를 기다리고 있었다.

돌연 왼쪽 사람들 사이에서 몇 명의 사람들이 일어났다. 그들은 지나치는 가마 옆으로 뛰쳐나왔고 그중 한 사람이 대성당을 가득 메운 사람들이 처음 들어보는 말로 뭐라고 외쳤다.

그때 교황은 오른손을 볼 가까이 올려 조용히 십자가를 그으려고 했다. 그러나 눈 아래에 늘어선 세 사람의 절박한 눈빛에 움직이려던 손을 멈췄다. 교황은 그들의 얼굴이 아랍인처럼 갈색이고 게다가 코가 낮고 머리를 뒤로 단단히 묶고 있는 것을 알았다.

동양인이었다. 그러나 어느 나라에서 온 사람인지는 알 수 없었다. 모두 발까지 닿는 하의를 입고 발에는 하얗고 짧은 양말 같은 것을 신었고 이상한 샌들을 신고 있었다. 교황은 그중 한 사람이 뭔가를 호소하고 있다는 것은 알았지만 그 말을 이해할 수 없었다.

"우리는 일본인입니다." 다나카가 정신없이 소리쳤다. "우리는 바다를 건너 일본에서 찾아온 사절들입니다."

세 수도사가 이 일본인들을 가마에서 떼어내려고 그들의 몸을 세게 끌어당겼다. 하지만 일본인들은 발로 버티며 움

사무라이

직이려고 하지 않았다.

"제발." 세 사람은 말문이 막혔다. 거기까지 말하자 세 사람은 가슴에 복받치는 것을 억누르지 못하고 바오로 5세의 얼굴을 올려다보았다. 세 사람의 목구멍에는 "직소를"이라는 말이 걸려 있었지만 입 밖으로 나오지 않는다. 다나카도, 사무라이도, 니시도 눈에서 눈물이 흘러나와 햇볕에 탄 광대뼈를 타고 흘러내렸다.

"제발…."

수도사들은 자신들이 등을 안은 이들 세 동양인이 그때 정중하고 깊숙이 고개를 숙이는 것을 보고 손을 늦추었다. 그들이 미친 사람들도, 적의를 가진 사람들도 아니라는 것을 알았기 때문이다.

교황은 동양인의 어깨 너머로 무릎을 꿇고 구원을 요청하는 것처럼 보이는 사람들에게 시선을 향했다. 교황은 그 사람들이 뭔가를 필사적으로 요구하고 있다는 것을 느꼈다. 그 바람이 무엇인지 듣고 싶었다.

사람들 사이에 섞여 있던 벨라스코는 그 시선을 받았으나 움직이지 않았다. 입도 열지 않았다. 대성당을 가득 메운 사람들 중 일본어를 아는 사람은 오직 그 한 사람뿐이다. 세 사람이 무엇을 호소하려고 하는지를 알고 있는 사람도 오직 그 한 사람뿐이었다. 그런데도 벨라스코는 뭔가에 강력하고 단단히 눌린 것처럼 꼼짝도 하지 않고 가마 위의 뚱뚱하고 온화한 교황을 가만히 보고만 있었다. 하얀 교황복을 걸치고 보석 반지를 낀 손가락을 살짝 들고 있는 노인. 벨라스코의 마음에 하나의 목소리가 속삭였다. '당신들은 이 일본인들의 슬픔을 모른다. 당신들은 일본에서 싸운 나의 슬픔을 모른다.' 복수와도 비슷한 감정이 그의 입을 단단히 막고 있었다.

누구 한 사람 이 사람들이 요구하는 것을 자신에게 가르쳐주지 않는다는 것을 안 교황은 다소 슬픈 듯한 시선을 보냈다. 교황에게는 이 동양인들 때문에 수많은 신도가 기다리고 있는 부활제 의식을 소홀히 할 수 없었다. 한 마리의 새끼 양 때문에 다른 양떼를 내버려 둘 수는 없었다. 그는 가마를 짊어진 사람들에게 조그만 소리로 앞으로 가자고 명했다.

"제발…."

다나카, 사무라이, 니시는 뒤따라가며 매달리듯이 마지막으로 소리쳤다. 그것을 뿌리치고 가마는 천천히 나아가기 시작했다. 교황은 다시 미소를 지으며 좌우의 귀족이나 성직자들에게 축복의 십자가를 그었다. 사람들은 일제히 고개를 들었다가 숙였다. 그리고 제단 앞에서는 보르게세 추기경이 크게 고개를 끄덕이며 가마를 맞이했다.

산피에트로 대성당의 어둑한 작은 방에서 벨라스코는 추기경을 기다리고 있었다. 면회는 그가 요청한 것이 아니라 추기경의 통달에 의한 것이었다.

작은 방은 이 건물의 다른 방과 마찬가지로 조용하고 춥고 고독했다. 바닥에는 대리석이 깔려 있고 천장은 커다란 날개를 펼친 대천사 미카엘의 창을 든 모습이 프레스코로 채색되어 있는데 그림에는 미켈란젤로의 작품 같은 박력이 없고 금이 가 있었다.

벨라스코는 추기경이 왜 불렀는지 알고 있었다. 일본인 사절들이 교황에게 무례를 범한 사건은 이미 로마 전역에 퍼졌고, 그것을 굳이 말리지 않았던 그가 성직자로서 그 책임을 추궁당하는 것도 당연했다.

'그때 나는 왜 말리지 않았을까….'

지금껏 일본인들이 겪은 고생을 누구보다 잘 알고 있는 벨라스코에게는 군중 안에서 뛰쳐나와 슬픔을 담아 소리쳤던 그들을 도저히 막을 수 없었다. 그도 역시 그 일본인들과 함께 교황에게 호소하고 싶었다. 원망과 생각을 모두 말씀드리고 싶었다. 변명의 여지가 없다고 해도, 보르게세 추기경으로부터 질책을 받는다고 해도 마음에 허물은 없었다.

멀리서 발소리가 들렸다. 추기경은 성실하고 정직해 보이는 젊은 신부를 데리고 얼마 전과 마찬가지로 빨간 모자를 쓰고 큰 망토를 몸에 걸친 채 기진맥진한 얼굴로 작은 방으로 들어와 의자에 앉았다.

"오늘 왜 명령을 받았는지는 알고 있습니다."

추기경이 내민 두툼하고 큰 손에 몸을 굽힌 벨라스코는 자진하여 먼저 사죄의 말을 했다.

"일본인들의 과실은 저의 책임이라고 생각합니다. 하지만 지금껏 그들이 겪은 고통을 알고 있는 저로서는…."

"책망하기 위해 자네를 부른 게 아니네." 추기경은 벨라스코의 발언을 가로막았다. "내가 모든 사정을 말씀드렸더니 교황 성하는 그들에게 깊은 동정을 표하셨네."

벨라스코는 고개를 숙인 채 잠자코 있었다. 동정이나 연민에는 대가가 필요하지 않았다. 사절들도, 그도 연민과 동정을 받기 위해 만 리의 파도를 헤치며 땅끝인 일본에서 바다를 건너고 대륙을 가로질러 여기까지 온 것이 아니었다.

"자네를 부른 것은."

추기경은 벨라스코를 슬픈 듯이 보며 말했다.

"자네한테 아직 희미한 희망이 남아 있다면 그것을 버렸으면 해서네."

"저번 말씀을 듣고 이미… 버렸습니다."

벨라스코는 자신의 목소리에 반항적인 어조가 담겨 있는 것을 느꼈다.

사무라이

"아니, 자네는 아직 포기하지 않았네." 추기경은 얼굴에 어두운 표정을 지으며 중얼거렸다. "아무것도 모르기 때문이야."

비서인 신부는 그 말을 듣자 손에 든 서류봉투에서 종이 한 장을 꺼냈다.

"교황청이 이틀 전에 받은 필리핀 총독의 편지네. 읽어보게."

햇볕에 탄 갈색의 편지 한 장을 받아든 벨라스코는 요동치는 듯한 글자에 시선을 떨어뜨렸다. 추기경은 그사이 잠자코 두 손을 문지르고 있었다.

"포기해야만 하네. 그 편지에 쓰인 것처럼 일본 국왕은 일본에 사는 모든 선교사와 수도사의 국외 추방을 단행했어. 게다가 앞으로 어떤 선교사도 일본에 상륙하는 것을 금지했고. 자네도 일본인 사절들도… 단념하지 않으면 안 되네."

그 편지는 1614년 11월이라는 날짜가 적힌 공식 문서였다. 총독인 후안 데 실바의 서명이 맨 마지막 행에 난쟁이처럼 요동치고 있었다. 벨라스코는 눈을 감은 채 이상할 정도로 평정심을 유지하고 있었다. 그때 그의 뇌리를 스친 것은 마드리드에서 있었던 주교들의 판정 광경이었다. 독수리 같은 얼굴의 한 주교가 마카오에서 보내온 편지를 벨라스코

앞에서 읽었던 그 광경이었다.

"교황청은 더이상의 위험을 무릅쓰고 싶지 않은 거네. 교황청으로서는 그리스도교를 완전히 거부하고 박해하는 일본과의 통상을 스페인이나 포르투갈에 권할 수는 없는 거지. 이런 상황에서 일본의 사절들이 가져온 서신은 무의미해졌다고 생각했으면 하네."

'주여, 뜻하시는 대로 하시옵소서.' 그는 그 기도를 떠올리려고 애를 썼다. '그것이 하느님의 의지라면 저는 따르겠습니다. 하느님이 계획하신 역사 안에 저의 의지는 포함되지 않았습니다. 지금 그것을 확실히 알았습니다.' 웃음소리가 들려온다. 여자인 듯한 사람의 웃음소리가 멀리서, 아주 멀리서 들려온다.

"그들은 죽겠지요."

몹시 약해진 병자가 입에 넣은 약을 흘리는 것처럼 벨라스코의 입술에서 돌연 이 말이 힘없이 흘러나왔다.

"이 소식을 들으면." 의아한 듯이 자신을 보고 있는 추기경에게 벨라스코는 말을 되풀이했다.

"그들은 그렇게 하는 수밖에 없겠지요."

"어째서?"

추기경은 놀라기보다는 분노에 가득 찬 목소리로 말을 이었다.

"어째서 그런 거지?"

"그들은 일본의 사무라이들입니다. 일본의 사무라이들은 체면이 손상당했을 때 죽는 거라고 배웁니다."

"그들은 의무를 완수했네. 게다가 자살을 금하는 그리스도교도가 아닌가."

벨라스코는 아무것도 모르는 얼굴을 하고 있는 추기경에게 증오심마저 느꼈다. 그 증오심 때문에 그는 상대를 위협하려고 했다.

"교황청이 결국 그들을 죽이는 겁니다. 그리스도교도가 된 그들에게 자살이라는 큰 죄를 범하게 하는 겁니다."

"자네가 그걸 말릴 수는 없는 건가?"

"저도… 이제 잘 모르겠습니다." 벨라스코는 고개를 가로저었다. "적어도 교황청은… 그들의 체면만이라도 지켜주었으면 합니다."

"자네는 뭘 요구하는 건가?"

"교황님을 알현하는 일입니다. 일본인들을 사절로서 대해주는 것을….."

"알현하게 해준다고 해도 일본인의 요청을 들어줄 수는 없네. 우리는 이미 방침을 정했으니까."

"요청을 들어달라고 말하는 건 아닙니다. 그저 사절들이 너무… 가엾습니다. 적어도 그들의 명예를 위해, 체면을 위해 교황님을 알현할 수 있도록….”

햇볕에 바랜 그의 수도복에 눈물 자국이 차례로 스며들었다.

“그것만이라도… 부탁드립니다.”

로마 교황이 일본 사절들을 접견하는 날이 왔다. 그들은 숙소인 수도원에서 미사와 아침 식사를 마친 후 종자의 도움을 받으며 일본에서 가져온 알현용 예복을 처음으로 입었다.

추기경이 보낸 마차가 이미 수도원 문 앞에서 그들을 기다리고 있었다. 비공식적인 알현이기 때문에 호위병은 없었지만 금으로 된 무늬가 장식된 칠흑의 마차에는 제모를 쓰고 제복을 입은 마부 세 명이 타고 있었다. 수도사와 종자들이 배웅하는 가운데 다나카, 니시, 벨라스코와 함께 마차에 올라탄 사무라이는 창문 너머로 요조가 신불에 배례하듯 합장하고 이쪽을 보고 있는 것을 알았다.

요조는 사무라이에게 마지막까지 희망을 버리지 말라고 격려하는 것 같았다. 무슨 일이 일어나든 어디까지나 따라가겠다고 말하는 것 같았다. 하지만 지금 형식적인 알현을 하러 가는 사무라이에게 희망 같은 것이 있을 리 없었다. 이 알현은 그저 긴 여행의 종지부를 찍기 위한 의식에 지나지 않았다.

그러나 사무라이에게는 요조의 그 몸짓이 울고 싶을 정도로 마음에 스며들었다. 모든 것으로부터 버려지고 배신당하여 암담한 기분인 지금 그에게는 어렸을 때부터 자신에게 충실했던 그 하인 단 한 사람만이 믿을 수 있는 사람이었다. 그는 눈을 깜박이며 요조에게 크게 고개를 끄덕여 보였다.

마차가 움직이기 시작했다. 돌바닥 길에 말발굽 소리가 날카롭고 규칙적으로 울렸다. 다나카도, 사무라이도, 니시도 그저 잠자코 앉아 있었다. 두 달 전부터 왕을 만나고 교황을 알현하는 일은 그들에게 꿈같은 영광으로 생각되었다. 영주조차 배알 한 적 없는 토착 무사인 그들에게 그것은 상상도 할 수 없는 파격적인 사건이었다.

하지만 지금 그들의 가슴에는 아무런 기쁨도 일지 않는다. 희미한 감격도 일지 않는다. 사절들은 이 알현이 벨라스코의 애원을 받아들인 추기경의 동정으로 이루어진 것이라는 사실을 알고 있었다. 자신들에게 단념이라는 결말을 내게 하기 위해 만들어진 마지막 장면이라는 걸 말이다. 길었던 여행은 그것으로 끝날 것이다. 그리고 그 후로 허무하고 공허한 긴 귀로가 남아 있을 뿐이다.

삿갓 모양의 소나무 가로수가 양쪽으로 이어져 있다. 말발굽 소리는 더욱 커진다. 흐린 하늘을 배경으로 산피에트로 대성당의 돔이 멀리서 보인다. 마차는 파리오네 거리에서 보르고 거리를 지나 교황청 앞의 광장으로 들어간다.

"교황님이 나오시면 세 번 오른쪽 무릎을 바닥에 대고 다리에 얼굴을 가까이 대는 겁니다." 벨라스코가 다시 한번 되풀이했다.

대성당의 오른쪽 철문을 통과할 때 빨간 제복을 입고 창을 든 호위병의 의례를 받았다. 마차가 멈추자 은색 가발을 쓰고 하얀 양말을 신은 사람이 무표정하게 문을 열고 벨라스코와 이상한 예복을 입은 사절들을 냉담하게 쳐다보았다.

돌계단을 올라가 대리석 바닥이 매끄럽게 빛나는 복도로 들어갔다. 검은 청동 입상이 그 옆에 늘어서 있었다.

회랑 안쪽에서 그들을 기다리던 두 신부가 말없이 객실로 네 사람을 안내했다. 벽에는 프레스코가 그려져 있고 두툼한 깔개를 깐 바닥에는 금색 팔걸이가 달린 호화로운 의자가 늘어서 있었다.

네 사람은 종이 울리기를 기다렸다. 종소리를 신호로 알현하는 방으로 들어간다는 말을 들었기 때문이다.

"제가 먼저 일어나고 다나카 님, 하세쿠라 님, 니시 님은 일렬로 따라오십시오." 벨라스코가 매우 신경을 쓰며 되풀이했다.

길고 긴 시간처럼 여겨졌다. 다나카와 사무라이는 의자에 앉은 채 눈을 감고 있었고 니시는 두건을 고쳐 썼다. 긴 시간이 지나고 드디어 멀리서 종소리가 들리더니 문이 열렸다.

"침착하게, 니시."

다나카는 니시에게 나직한 목소리로 말했다. 그것은 평소의 그 사람답지 않게 보살피는 듯한 마음이 담긴 목소리였다.

알현이 이루어지는 추기경 회의실 양쪽에 고위 성직자들이 늘어서 있었다. 그들이 걸친 빨간 법의와 빨간 모자 사이를, 벨라스코를 따라 세 사람이 나아갔다. 좌우에서 많은 시선이 느껴졌다. 멀리서 유일하게 하얀 모자를 쓴 교황이 키가 큰 의자에 앉아 있었다.

교황은 키가 작고 약간 통통하며 친밀함이 담긴 부드러운 눈으로 이쪽을 보고 있었다. 왕의 왕이라는 위엄은 어디에도 없고 의자에서 일어나 이쪽으로 다가오지 않을까 생각되었다.

벨라스코가 발을 멈추고 오른쪽 무릎을 바닥에 댔다. 세 명의 일본인도 그것을 따라 하려고 했으나 그때 니시가 살짝 비틀거리는 것을 보고 사무라이는 서둘러 그의 몸을 떠받쳤다. 교황 옆에 똑바로 선 채 보르게세 추기경이 몸을 굽히고 뭐라고 말했다.

"읽으십시오… 영주의 서신을."

멍하니 서 있는 다나카를 벨라스코가 서둘러 재촉했다.

다나카는 서신을 꺼내 두 손으로 펼쳤다.

"전 세계의 성주(聖主), 로마 교황 바오로 5세 성하께 드립니다."

다나카의 목소리가 막히고 손이 떨리는 것을 사무라이도 알 수 있었다.

"애초에 바울회의 수도사 벨라스코가 우리나라에 와서 예수교를 강술할 때 우리 고장을 지나다 들러서 내게 설명하며 예수교에 관한 비결을 활용했습니다. 그것으로 나는 비로소 그 가르침의 취지를 알고 결연히 이를 받들어 모시기로 결심했습니다. 그렇지만 현재 아주 큰 불행한 일이 있었습니다. 그것이 방해를 해서… 아직… 그 뜻을 이루지 못하고 있습니다."

다나카의 목소리가 다시 막혔다. 다나카의 목소리가 막힐 때마다 사무라이의 가슴에는 이루 말할 수 없는 허무한 감정이 복받쳤다. 알현하는 방에 있는 수많은 성직자는 지금 일본인 사절이 읽고 있는 말도 내용도 알 리 없었다. 그것을 알 수 있는 사람은 사무라이 일행과 벨라스코뿐이었다.

"생각건대, 나는 이 교회의 수도사를 경애함으로써 사원을 설립하고 힘을 다해 인덕(仁德)을 베풀려고 합니다. 성하께서도 혹시 성무(聖務)의 확대를 위해 필요하다고 단정하는 일이 있다면 아무쪼록 이를 우리나라에 설치하고 시행하십시오. 그 비용과 사령(寺領)은 충분히 기부하고 공급함으로써 성하께서 우려하지 않도록 하겠습니다."

이제 됐어, 하고 사무라이는 목구멍까지 올라온 이 말을 삼켰다. 이제 됐어, 이 어리석은 연극을 가련한 다나카에게 하게 하고 싶지 않았다. 의미 없는 이 서신의 말. 그것을 잠자코 듣고 있는 하얀 모자를 쓴 사람. 그 사람도 그 옆에 있는 보르게세 추기경도 이 어리석은 연극을 견디고 있는 것 같았다.

"나는 또 멕시코가 우리나라에서 멀리 떨어져 있다고 하더라도 교류하는 것을 간절히 바라기 때문에 이와 아울러 성하의 위엄으로 그 뜻을 이룰 수 있기를 간청합니다. 바라건대, 성하께서 만약 조력을 아끼지 않는다면 그 일은 반드시 이루어질 수 있습니다."

더듬고 말이 막히면서 다 읽은 다나카의 이마에는 보기 흉하게 땀이 배어 있었다. 벨라스코는 다나카가 서신을 받들어 올리는 것을 기다려 그 서신의 통역이라는 형태로 사절들의 인사를 대신 말하기 위해 한 발 앞으로 나아갔다.

갑자기 교황이 일어났다. 그것은 예정되어 있던 의식 순서에 없는 것이라서 알현하는 방에 가벼운 술렁거림이 일었고 성직자들은 일제히 교황 쪽으로 몸을 향했다.

"나는."

바오로 5세는 다나카와 사무라이와 니시에게 몸을 기울이듯이 하며 속삭였다. 그 목소리는 슬픔에 잠겨 있었다.

　"일본과 경들을 위해… 오늘부터 닷새 동안 미사 때마다 기도하는 것을 약속한다. 나는 하느님이 일본을 결코 버리지 않을 거라고 믿는다."

　그러고 나서 교황은 의자에서 내려와 다시 한번 사절들을 가만히 바라보았다. 보르게세 추기경과 다른 세 명의 추기경을 거느리고 교황은 전원에게 축복의 손을 들며 별실로 사라졌다.

　성직자들이 지켜보는 가운데 사절들과 벨라스코는 다시 대기실로 물러났다. 두꺼운 문이 소리를 내며 닫힌 후 네 사람은 각자 무너지듯이 털썩 의자에 앉았다. 네 사람은 각자의 생각에 빠져들었다. 깊은 침묵 속에서 벨라스코는 무릎에 손을 올린 채 고개를 숙이고 있었다.

　　　　　　　　　　　　　　　　사무라이

제9장

오랫동안 이 수기를 쓰지 않았다. 희망이 끊기고 바다 멀리 비에 부옇게 흐려 보이는 유럽 대륙을 바라보며 떠난 우리의 모습을 이야기하려니 너무나도 괴로웠다.

치비타베키아항의 부두에서 우리를 배웅해준 사람은 보르게세 추기경의 비서관 신부 한 사람뿐이었다. 그 신부는 추기경의 호의라면서 세 사절에게 각각 로마시 공민증을 건넸다. 두 번 다시 이 나라를 방문할 리 없는 사절들에게 그 세 장의 증서는 아무런 가치도 없는 휴지나 마찬가지였다. 우리가 의미 없는 서신을 교황에게 바친 것처럼 추기경도 이 무가치한 증서를 답례로 준 것이다.

게다가 스페인 정부도 손바닥을 뒤집는 듯한 냉담한 처사를 했다. 우리가 마드리드에 들르는 것조차 받아들이지 않고 직접 세비야로 가도록 명한 것이다. 세비야에서도 나의 일족 외에 맞아주는 사람이 없어, 모든 특권을 잃어버린 일본인들은 가난하게 유랑하는 나그네에 지나지 않았다. 그리고 비용이 부족한 우리에게 3천3백 두카트의 귀국 여비를 마련해준 우리 회와 내 일족은 그 조건으로 내가 멕시코나 마닐라의 수도원에서 일할 것을 요구했다. 요컨대 나는 모든 일에서 패배한 것이다.

지금의 나는 하느님이 무엇을 바라셨는지 알 수가 없다. 오랫동안 내게는 하느님이 일본에 주님의 복음을 전하기를 바라셨고, 그런 이유로 내게 인생을 주었다는 확신이 있었다. 그랬기에 어떤 괴로움도 견딜 수 있었다. 하지만 이제 나는 자신이 없을 뿐 아니라 끔찍한 일이지만 하느님에게 농락당한 것 같은 기분이 들기도 한다. 인간의 역사는 하느님이 계획한 역사로 이어진다고 나는 늘 생각해왔다. 그러나 하느님의 역사는 내 생각이나 의지와는 별도로 존재했음이 틀림없다.

치비타베키아에서 세비야까지 한 달, 다시 세비야에서 대서양으로 나가 두 번의 폭풍을 만나며 석 달. 항해하는 동안 내가 굴욕에 꺾인 나날을 보낸 것에 비해 일본인들은 처음에 감정을 결코 겉으로 드러내지 않는 그 무표정한 눈으로 멍하니 바다를 바라보았다. 하지만 나 같은 서양인과 달리 그들은 불운을 받아들이고 체념하는 것도 빨랐다. 때로는 갑판에 모인 그들에게서 웃음소리가 들려오는 일도 있었다. 길고 힘든 여행에서 해방되어 드디어 고향 땅을 밟는다는 기쁨이 일본인들에게 때로 그런 명랑함과 쾌활함을 주었는지도 모른다.

사절들 중 니시 규스케는 태평양을 건넜을 때와 마찬가지로 선원들에게 다가가 서툰 말과 몸짓으로 다양한 질문을 던졌다. 이 청년은 문명과 기술에 대한 호기심이 굉장히 강해서 선원으로부터 배운 것을 꼼꼼히 필기하는 것 같았다.

다나카 다로자에몬은 이제 그런 니시를 꾸짖지 않았다. 그는 오히려 지금까지와 같은 완강한 태도를 버리고 종자들이 갑판에서 노래를 하면 거기에 손장단을 치기도 했다. 하세쿠라 로쿠에몬이 염려했던 그 행위를 할 거라는 것은, 그렇게 손장단을 치는 다나카의 모습에서는 상상도 할 수 없었다. 해야 할 일은 다 했다는 생각이 지금 그 사람의 마음에 조용한 체념을 가져다준 것처럼 보인다.

하지만 일본인들 대부분은 내가 배에서 매일 드리는 미사에도 출석하지 않는다. 그들이 본심으로 세례를 받은 것이 아니라 단지 임무를 위해 받았다는 것을 알고는 있었다. 하지만 성당으로도 사용하는 식당에서 단 한 명의 일본인만이 미사 기도문을 외며 기도하고 있는 것을 볼 때 나는 정말 말할 수 없는 굴욕감을 느낀다.

'모두… 당신 탓입니다. 당신이 만약 그런 결과를 주지 않았다면 아마 귀국하는 배는 기쁨으로 가득 차고 당신을 찬양하는 일본인의 목소리가 흘러나왔을 겁니다. 하지만 당신은 그것을 바라지 않으셨습니다. 당신은 일본인을 버리는 걸 선택하신 겁니다.'

단 한 사람의 일본인만은 슬쩍 미사를 드리러 온다. 그 사내는 동료에게 들키지 않도록 미사 도중에 나타나고 성체를 받으면 곧장 사라진다. 그 가엾은 모습은 오가쓰의 목재 적치장에서 만난 거지와 같았던 기리시탄을 떠올리게 한다.

그 일본인은 사절이 아니다. 다나카도 하세쿠라도 니시도 로마 교황을 알현한 날부터 한 번도 미사에 참석하지 않았다. 그들은 겉으로는 내게 분노의 말을 퍼붓지 않았지만 미사에 결석함으로써 자신들의 마음을 분명히 보여주었다. 슬쩍 미사에 오는 사람은 하세쿠라의 종자인 요조다. 나는 그의 눈을 보면 개의 눈이 떠오른다. 주뼛주뼛 쓸쓸해 보이는 그의 눈. 하지만 그는 한번 충성을 맹세한 주인을 저버리지 않는다. 나는 긴 여행 동안 그가 늘 하세쿠라 옆에 붙어 있던 모습을 떠올리는데, 마찬가지로 지금 그는 주님을 저버리지 않는 건지도 모른다.

또다시 오랫동안 붓을 들지 않았다. 우리는 대서양에서 두 번 폭풍을 만난 후 가까스로 베라크루스 땅을 밟았다. 오는 길에 이 도시에는 계절풍이 큰 소리를 내며 지나갔는데 지금도 여전히 인적이 드물고 모든 것을 체념한 우리의 마음처럼 황량하기만 했다.

아무것도 변하지 않았다. 숙소인 수도원도 마찬가지다. 그 수도원에서 가까운 작은 광장에서는 여전히 두 시간마다 시간을 알리는 종소리가 들려온다. 인사하러 간 산 후안 데 울루아 요새의 사령관이 벗어진 이마에 군모의 흔적을 남기고 있는 것도 그때 그대로였고, 선물로 받은 일본도는 집무실 벽에 자랑스럽게 장식되어 있었다.

그가 우리를 저녁 식사에 초대했다. 연회에는 장교나 부인들도 참석하여 우리를 아주 친밀하게 맞아주었다. 일본인들도 그때보다는 스스럼없는 태도로 포도주를 마시고 맛없는 음식을 먹었다. 시시한 질문이나 이야기가 길게 이어졌고 연회가 끝났을 때 다나카가 모두를 대표하여 정중하게 감사의 뜻을 표했다. 우리는 소기의 목적을 이루지 못했지만 많은 나라, 다양한 지역을 보는 기쁨을 얻었기 때문에 이제 후회되는 일은 없다고 그는 분명히 말했다.

돌아가는 마차가 수도원에서 가까운 광장에 이르렀을 때 한 술집에서 챙이 넓은 모자를 쓰고 하얀 옷을 입은 세 사람이 악기를 연주하고 있었다. 다나카는 그 곡이 그의 고향에서 자주 부르는 노래를 떠오르게 한다며 갑자기 혼잣말처럼 중얼거렸다.

사절들은 각자 깜깜한 수도원의 방으로 물러갔다. 나도 촛불을 켜고 방 안의 책상에 앉아 편지 두 통을 썼다. 한 통은 세비야의 백부에게, 또 한 통은 멕시코시티의 수도원장에게 보내는 것이었다. 원장에게는 일본인들을 귀국시키기 위해 필리핀으로 가는 배를 마련해달라고 부탁했다. 나도 그들과 함께 마닐라로 가고, 상사가 시키는 대로 평생 그 수도원에서 일할 거라는 사실을 알리는 편지였다.

편지를 다 쓰고 나자 마음이 이상할 만큼 고요했다. 내 삶의 보람이었던 정열이 이것으로 다 타버렸다는 깨달음이 로마를 떠난 이래 얻을 수 없었던 고요함을 주었다. 거위의 깃을 비스듬히 잘라 만든 펜을 놓고, 흔들리고 있는 촛불의 불꽃을 바라보며 이것으로 일본에 대한 나의 긴 집착도 끝났다고 생각했다.

내가 일본이라는 나라의 이름을 처음 들은 것은 세비야의 산 디에고 수도원에 있던 1595년의 일이다. 당시 나는 상사로부터 멕시코에서 포교하라는 권유를 받고 있었는데 왠지 늘 희미한 불만이 있었다. 그것은 내가 일족으로부터 물려받은 성격 탓이었을 수 있다. 이 성격에는 충분히 평화로운 멕시코에서 안전하고 평온한 인디오를 상대하는 포교가 맞지 않을 것 같은 기분이 들었기 때문이다.

탄압과 박해가 있는 나라로 가서 주님의 병사로 싸우고 싶다는 욕구가 내 마음속 깊은 곳에서 꿈틀대고 있었다. 상사들은 그런 나의 성격을 순종과 복종이라는 덕을 거스르는 것으로 늘 경계했다.

2년 후인 1597년, 일본이라는 이름과 존재가 나와 가까워졌다. 그 1년 전인 1596년에 일본의 권력자인 도요토미 히데요시라는 인물이 그리스도교도를 박해했다는 보고가 현재의 베드로회에게서 왔기 때문이다. 체포된 선교사와 일본인 신도 26명이 교토에서 규슈의 나가사키로 보내져 화형을 당했다. 이 사건은 세비야에서도 화제가 되었는데 그때 나는 일본이야말로 나의 뼈를 묻어야 할 나라라고 생각했다. 내 귀에는 그 사도들에게 명해진 '가서 복음을 전하라'라는 주님의 음성이 들린 것이다.

1600년 교황 클레멘테 8세의 칙서 〈오네로사 파스토랄리스〉가 공표되었다. 내게는 주님의 한없는 은혜였다. 이 칙서에 의해 그때까지 베드로회에만 허락되었던 일본 포교가 모든 수도회에 허가되었기 때문이다. 필리핀에 있는 우리 바울회는 그것을 위해 본국에서 일본 포교 지원자를 받아 필리핀에서 일본어를 익히게 했다.

하지만 일족은 내가 일본에서 포교 활동을 하겠다는 희망에 찬성해주지 않았다. 특히 어머니와 백모 등의 여성들은 내가 안전한 멕시코의 수도원으로 가기를 희망했고 그렇게 되도록 분위기를 몰고 갈 만큼 내 마음을 바꾸려고 했다.

그해 나는 후안 데 산 프란시스코 신부가 모집한 필리핀행 선교단에 가담하여 6월 12일 세비야에서 필리핀으로 향하는 범선에 올라탔다. 그 항해는 일본인들을 데리고 온 이번 항해보다 훨씬 힘든 것이었다. 폭풍, 물과 식량 부족, 역병 등의 시련을 거치며 나는 거의 반 병자 상태로 마닐라에 도착했다. 그러나 주님이 지신 십자가의 고통에 비하면 그 항해의 고생 따위는 대수롭지 않았다.

처음으로 보는 동양의 도시는 불결하고 추잡하며 떠들썩함으로 가득 차 있었다. 마닐라는 스페인인, 흑인, 토착 필리핀인, 중국인이 용광로처럼 들끓는 가운데 북적거리고 소리치고 바쁘게 움직이는 도시였다. 우리의 형제들은 이 도시에 많이 사는 중국인 포교에 애를 먹고 있었다. 당시 세례를 받은 중국인에게는 10년간 조세가 면제되는 특권이 제공되기 때문에 신도 수는 많았지만, 그들이 본심으로 그리스도교도가 된 것이 아니라는 사실은 분명했다. 그들은 세례를 받아도 그리스도교도로서의 생활은 지키지 않고, 자기들끼리 괴상하고 불쾌한 미신과 배례에 빠져 있었다.

마닐라에서 처음으로 만난 2만 명의 중국인에 비하면 일본인의 수는 적어서 그 10분의 1에 지나지 않았고 그 대부분은 무역에 종사하고 있었다. 그리고 그들 중에는 2백 명 정도의 그리스도교도가 섞여 있었다.

　나는 그들 일본인 기리시탄으로부터 일본어를 배우며 일본인이 어떤 사람인지도 알게 되었다. 외견상 일본인은 머리 회전이 빠르고 지식욕과 호기심이 풍부했다. 스페인인도 미치지 못할 정도의 강한 자존심과 예절을 갖추고 있었다. 그런 사람들이 오랫동안 하느님의 은총을 모르고 살아온 것이 이상하게 생각될 정도였다.

　마닐라에서 지낸 2년 반 동안 언젠가 건너갈 일본이 여름날의 구름처럼 마음속에 그려졌다. 콜럼버스가 황금의 나라를 찾아서 큰 바다를 건넜던 것처럼 내 꿈속에서 일본은 황금의 나라가 되고, 하느님을 위해 정복해야 할 섬이 되고, 싸워야 할 전장이 되어갔다. 그동안 일본에서는 권력자가 죽고 새로이 도쿠가와 쇼군이 실권을 장악했다. 하지만 그 황제도 그리스도교를 탄압하는 방침을 취하고 있었다. 베드로회의 선교사들은 규슈로 내몰려 숨이 곧 꺼질듯한 상태로 간신히 포교 활동을 이어가고 있다고 들었다. 하지만 그런 이야기가 차례로 마닐라에 전해질 때마다 나는 의지가 꺾이기는커녕 더욱 투지가 불타올랐다.

1603년 6월, 기회가 찾아왔다. 필리핀 총독이 우호를 요청하는 일본 황제에게 답례 사절을 보내게 되어 나는 선교사로서가 아니라 통역으로 거기에 가세했다. 우리의 배가 조류를 타고 북상한 지 한 달 후 나는 수평선 너머에서 마침내 동경하던 일본을 볼 수 있었다. 바다에는 새들이 떠돌고, 수많은 어선이 여름 햇볕이 내리쬐는 파도 위에서 고기잡이를 하고 있었다. 얼마 후 부드럽고 완만한 산들과 섬 그림자가 그 바다 너머로 서서히 나타났다. 그것이 일본이었다. 박해와 탄압의 나라라는 이미지와는 너무나도 다른 느낌이었다.

　하지만 배가 후미로 들어가자 갑자기 작은 배 몇 척이 나타났다. 거만한 얼굴을 한 지휘관이 총을 든 부하를 데리고 우리 배로 올라왔다. 그들은 죄수를 끌고 가듯 우리를 상륙시키고 오랫동안 해변에서 기다리게 한 뒤에야 우리가 필리핀 총독의 사절이라는 것을 인정했다. 우리가 상륙한 곳은 황제가 사는 에도에서 가까운 아지로(網代)라는 만이었다.

　촛불의 불꽃을 보며 내 뇌리에 떠오른 것은 그때 바다에서 처음으로 본 일본의 아름다운 산과 바다다. 햇살 속에서 얼핏 평화 그 자체의 섬처럼 보였다. 그때 나는 이 나라야말로 주님이 "온유한 사람은 행복하다"[55]라고 축복하시기에

---

55) 「마태오의 복음서」 제5장 5절.

어울리는 땅 같다는 생각이 들었다.

하지만 현실의 일본은 그렇게 온유한 나라가 아니었다. 그 얼마 후 따라간 에도성 안에서 벨벳 의자에 앉아 있던 한 노인의 모습도 뇌리에 떠오른다. 서양의 어떤 도시에 못지않은 질서를 유지한 도시, 에도. 다이묘나 무사의 거주 구역에는 검고 긴 담장이 이어졌고, 위협적으로 노려보는 장대한 성을 검은 운하가 몇 겹이나 둘러쌌다. 우리가 따라간 그 성의 내부는 마드리드의 화려한 왕궁과 달리 어둡고 까맣게 빛나는 음험해 보이는 복도와 볕에 그을린 듯한 금박을 입힌 맹장지의 연속이었다. 개미집처럼 뒤얽힌 몇 개의 복도를 지난 후에야 우리는 벨벳 의자에 앉아 있는 예순쯤 되는 중키의 노인에게 이르렀다. 노인은 당시 일본에서 최고의 영주를 만나고 있었는데, 그 영주는 마루에 노예처럼 납죽 엎드려 마치 바닥에 키스라도 하는 것처럼 몸을 구부리고 물러났다. 노인은 가만히 우리를 응시할 뿐 거의 입을 열지 않았다. 질문을 도맡아 하는 사람은 그 노인의 자리에서 오십 보쯤 떨어진 곳에 있는 서기관이었다. 그 입을 통해 우리는 일본의 황제가 필리핀과의 무역만이 아니라 멕시코와의 통상, 그리고 스페인인 광부들을 매우 필요로 한다는 사실을 알았다. 사절은 그것에 대해 마닐라에 문의해보겠다는 약속을 했다.

사절이 일본을 떠날 때 나는 이미 일본에 와 있던 몇 명의 바울회 신부 및 수도사와 의논하여 에도에 남았다. 사절이 남기고 간 일을 처리하고, 앞으로 일본에 오는 외국인 사절의 통역을 맡는다는 명목이었다. 일본인들은 내가 그리스도교 신부라는 사실을 알고 있었기에 서기관은 특히 1602년 황제가 마닐라에 서한을 보낸 사실을 내게 엄히 상기했다. 외국인이 일본 국내에 거주하는 것은 허락하되 그 종교를 포교하는 것은 금한다는 명령 내용이었다.

물론 나는 기세가 꺾이지도 않았고 그 명령에 따르지도 않았다. 버림받은 나환자를 위해 아사쿠사에 변변치 않은 병원을 세운다는 명목으로 두 동료와 함께 병자를 돌보며 은밀히 포교를 시작했다. 숨어 있던 일본인 신자들이 얼마 후 연락을 해오게 되어 그것이 최초의 활동이 되었다. 하지만 그런 제한된 비밀 행동으로 내 이상이 충족될 리 없었다. 그 성의 안쪽 방에서 벨벳 의자에 앉아 멕시코와의 무역을 간절히 원했던 노인의 모습이 늘 마음속에 떠올랐다.

그 노인과 싸울 일은 이제 없어졌다. 삶의 보람이었던 일본은 손이 닿지 않는 먼 곳으로 사라져버렸다. 패배한 나는 마닐라로 가서 하얀 담장으로 둘러싸이고 안뜰에 잘 손질된 화단이 있는 수도원에서 살 것이다. 수도사들에게 어련무던하게 충고를 하고 회계장부를 조사하고 보고서를 쓰는 나날. 어머니들을 축복하고 아이들의 머리를 쓰다듬는 온화한 수도원장으로 사는 길. 그것이… 나의 생애에 대한 주님의 '뜻'이었던 것이다.

바닥에 무릎을 꿇고 손목을 끈으로 묶은 나는 '뜻대로 하소서'라고 기도했다. 뜻대로 하소서, 라고 기도하다 어느새 묶은 주먹이 젖어 있는 것을 느꼈다. 나는 복받치는 격정을 열심히 억눌렀다.

그때 입구에 누군가 서 있는 것을 알았다.

"무슨 일입니까, 하세쿠라 님?"

"다나카 님이…" 하세쿠라는 움직이지 않고 조용히 대답했다. "자결했습니다."

하세쿠라는 그 말을 마치 출발 시각이라도 알리는 것처럼 말했다. 다나카가… 자결했다. 무릎을 꿇은 채 나는 그가 든 촛대의 불꽃만 가만히 바라보고 있었다. 불꽃은 하세쿠라의 손 위에서 경련하듯 움직이고 있었다. '뜻대로 하소서.' 그러나 그 뜻은 지금 얼음보다 냉혹했다.

하세쿠라는 말없이 나를 다나카의 침실로 데려갔다. 깜깜한 복도의 벽에 두 개의 그림자가 비쳤지만 나도 그도 입을 다물었다. 안쪽의 한 방에만 불이 켜져 있고 방 앞에 니시와 몇 명의 종자가 서 있었다. 방으로 들어가자 피투성이의 시트 위에 얼굴을 옆으로 한 채 눕혀진 다나카의 몸이 보이고 머리맡에는 할복에 사용한 단도와 칼집이 단정히 놓여 있었다. 다나카의 종자 두 사람이 촛대 옆에 무릎을 꿇고 앉아 주인의 죽은 얼굴을 명령을 기다리듯 지켜보고 있었다.

종자들은 나를 보자 조용히 자리를 비웠지만 그들도 오래전부터 주인의 자결을 예상했던 듯 흐트러진 모습을 보이지는 않았다. 그것은 마치 약속된 의식을 진행하는 것 같았다. 수도원에는 이 층을 제외하면 누구 한 사람 깨어 있는 기색이 없다. 사실 아무도 모르고 있었다.

죽은 얼굴은 평온해 보였다. 여행하는 동안 그가 자주 드러낸 오만하고 무뚝뚝한 표정은 사라지고, 이제 그를 괴롭히던 모든 여행의 고민에서 해방된 것 같았다. 내게는 주님보다 죽음이 더 그에게 안식을 주었다고 생각될 정도였다.

종자 한 사람이 머리맡에 작은 불상을 놓으려고 했는데, 나는 다나카가 세례를 받았으며 내가 명색이나마 신부라는 것을 떠올리고 말했다.

"불상은 필요 없습니다. 다나카 님은 기리시탄이었습니다."

종자가 원망하듯 나를 쳐다봤지만 그대로 불상을 들어 자기 무릎 위에 놓았다.

"영원한 안식을 주소서."

언젠가 이곳 베라크루스에서 가까운 바나나 숲의 움푹

사무라이

팬 곳에서 나는 상처 입은 인디오의 손을 잡고 똑같은 기도를 했다. 그러나 그 인디오와 달리 다나카는 자살이라는, 교회에 결코 용서받지 못하는 큰 죄를 범하고 죽은 것이다. 교회는 자살한 자에게 장례식을 허락하지 않는다. 하지만 이때 내게는 교회의 그런 규칙 같은 건 아무래도 좋았다. 나는 다나카가 겪은 여행의 고통을, 다나카나 하세쿠라나 니시가 지금까지 어떤 마음으로 방랑해왔는지를 너무나 잘 알았다. 다나카가 왜 이 작은 칼로 배를 갈라야 했는지도 알고 있었다. 나는 젊은 인디오 청년의 죽음을 내버려 둘 수 없었던 것처럼 다나카의 죽음을 내버려 둘 수 없었다.

"죽은 자에게 평안한 안식을 주시옵소서."

나는 인생의 마지막 문을 닫는 것처럼 크게 뜬 다나카의 눈을 감겨주었다. 그러는 동안 종자들과 출입구에 선 하세쿠라와 니시는 내 기도를 방해하지 않으려고 구석에 모여 움직이지 않았다.

잠시 후 종자가 주인의 수염과 손톱을 잘라 가슴에 늘어뜨린 주머니에 넣었다. 그러고는 피투성이 시트 대신 아주 새것인 비단 천으로 시신을 덮었다. 하세쿠라는 그런 처리를 다 지켜보고 나서 내게 물었다.

"아침이 되면 이곳 신부님, 수도사들께 사죄를 드려야 합니다. 도와주시기 바랍니다."

일본인들은 불교 의식대로 날이 밝아올 때까지 사자 옆에서 기다렸다. 나도 그들도 하얀 천으로 덮인 시신 옆에서 함께 밤을 새웠다.

하얗게 아침이 밝았다. 수도원의 특별 허가를 받아 도시와 산 후안 데 울루아항을 잇는 인디오 묘지 옆에 그를 묻었다. 수도원에서는 아무도 입회하지 않았다. 그들은 자살이라는 큰 죄를 범한 자의 장례에 참석하는 것을 달가워하지 않았다. 나는 두 개의 마른 나무를 서로 교차시켜 십자가를 만들어 봉분 위에 꽂았다. 아침 해가 숲을 물들이고 바로 옆에서 벌거벗은 인디오 아이들이 손가락을 물고 이상한 듯 이쪽을 바라보고 있었다. 니시는 쭈그리고 앉아 움직이지 않았고, 똑바로 선 하세쿠라는 가만히 눈을 감고 있었다.

드디어 산 후안 데 울루아 요새의 사령관이 부관을 데리고 말을 타고 와주었다.

"인디오도 같습니다만."

그는 말에서 내려 땀을 훔쳤다.

"열등한 인종일수록 자살하고 싶어 하는 법입니다."

"일본인은 수치를 견디는 것보다 죽음을 선택하는 걸 덕으로 여깁니다." 나는 그를 매섭게 쏘아보며 말했다. "이 일본의 사절은 죽지 않으면 사절로서의 소임을 완수할 수 없다고 생각했던 겁니다."

"나로서는… 잘 이해가 안 가는데…."

사령관은 놀란 것처럼 어깨를 들썩이고는 말을 이었다.

"하지만 신부님의 말은 교회가 금하고 있는 자살을 인정한다는 것처럼 들립니다만."

그의 눈에는 나에 대한 당혹감과 경계심이 숨겨져 있었다. 어쩌면 본국에서 온 편지로 나를 교회에 따르지 않는 야심가로 알았는지도 모르겠다.

그렇다, 확실히 나는 혼란스럽고 자포자기하는 심정이 되어 주님의 의지가 어디에 있었는지 이해할 수 없게 되었다. 그런 탓에 내 신앙이 흔들리는 것에 이루 말할 수 없는 두려움을 느꼈다.

이번 여행은 모두 일본을 주님의 나라로 만들자는 일념에서 시작한 것이었다. 하지만 거기에는 형편에 맞는 자기 변호가 있었고 이기적인 정복욕이 숨어 있지 않았을까. 내 마음속 깊은 곳에는 조만간 일본의 주교가 되어 일본의 교회를 이 손으로 움직이고 싶다는 야심이 있었던 게 아닐까. 그리고 주님은 그런 내 마음을 꿰뚫어 보시고 벌을 내리신 게 아닐까.

'교회는 확실히 자살을 큰 죄로 여깁니다.' 고개를 숙인 채 나는 중얼거렸다. '하지만 주님이 자살한 이 일본인을 내

버리실 거라고는 생각하고 싶지 않습니다… 그렇게 생각하
고 싶지 않습니다.'

사령관은 목이 쉰 나의 중얼거림을 이해할 수 없었다. 만
약 다나카에게 자살이라는 큰 죄를 범하게 했다면 그것은
내 탓이다. 나의 오만한 계획이 그를 죽음으로 내몬 것이다.
다나카를 벌한다면 나야말로 벌을 받지 않으면 안 된다. '주
여, 그의 영혼을 버리지 말아 주십시오. 그렇지 않으면 저에
게 그 죄에 대한 벌을 물어주십시오.'

"나는 이 세상에 불을 지르러 왔다. 이 불이 이미 타올랐다
면 얼마나 좋겠느냐?
내가 받아야 할 세례가 있다. 이 일을 다 겪어낼 때까지는
내 마음이 얼마나 괴로울지 모른다."[56]
"사실은 사람의 아들도 섬김을 받으러 온 것이 아니라 섬
기러 왔고 많은 사람을 위하여 목숨을 바쳐 몸값을 치르러
온 것이다."[57]

주님이 이런 말을 입에 담았을 때 주님은 분명히 죽음을

---

56) 「루가의 복음서」 제12장 49~50절.
57) 「마태오의 복음서」 제20장 28절.

각오하고 계셨다. 이 세상에는 죽음으로 완수되는 사명이 있는 것이다.

베라크루스에서 코르도바까지의 도정. 산악 지대는 뇌운으로 뒤덮여 있고 이따금 번개가 쳤다. 용설란과 선인장이 마치 기괴한 문자처럼 자라고 있는 황야. 이 황야를 일본인들과 묵묵히 나아가며 나는 죽음을 결의하고 예루살렘을 향해 역시 이런 황야를 걸어가신 주님을 생각했다. 주님은 그때 자신의 죽음을 예감하고 "내가 받아야 할 세례가 있다. 이 일을 다 겪어낼 때까지는 내 마음이 얼마나 괴로울지 모른다"고 말씀하신 것이다. 이 세상에는 죽음으로 완성하는 사명이 있다. 다나카 다로자에몬의 자결은 내게 그것을 가르쳐준 것 같다. 하지만 다나카의 죽음과 주님의 죽음은 한 가지 점에서 확실히 다르다. 그 일본인은 사절로서의 사명을 완수하지 못한 것을 속죄하기 위해 자살했다. 하지만 주님은 많은 사람을 '섬기기' 위해 죽음을 받아들인 것이다.

번개, 그리고 그 직후 멀리서 천둥소리가 들렸다. 내 마음에도 지금 번개가 친다. 내게도 역시 섬겨야 하는 많은 사람이 있다. 신부란 이 지상에서 사람들을 섬기기 위해 사는 것이지 자신을 위해 사는 것이 아니다. 나는 오가쓰의 해안에서 누더기를 걸친 어깨에 목재의 대팻밥을 묻히고 주뼛주뼛 고해 성사를 요청해온 사내를 떠올렸다. 내가 섬겨야 하는 이는 그 사람이고, 그 사람 같은 일본인들이다. "사실은 사람의 아들도 섬김을 받으러 온 것이 아니라 섬기러 왔"다는 것을 나는 발을 질질 끌며 나 자신에게 타일렀다. "많은 사람을 위하여 목숨을 바침으로써 몸값을 치르러 온 것이다."

주님은 무의미한 일을 하지 않으셨다. 다나카의 죽음도, 내게 이것을 가르쳐주었기 때문에 결코 무의미하지 않았다.

"우리는 앞으로 어떻게 되는 걸까요?"

니시 규스케는 코르도바의 집회소에서 침대에 걸터앉아 창을 바라보며 중얼거렸다. 할당받은 방은 비가 갠 후 이 집회소에 숙박했던 올 때와 같았지만, 그때는 다나카 다로자에몬이 살아 있었다. 하지만 그 외에는 아무것도 달라지지 않았고 벽에는 두 손이 못박힌 그 말라빠진 사내가 촛대의 어두운 불빛에 비치고 있었다.

"앞으로… 라고 하면…?"

사무라이는 몹시 지친 듯한 목소리로 물었다. 육체만이 아니라 마음속 깊은 곳까지 기진맥진한 것 같았다. 앞으로의 일은 생각하는 것만으로도 울적하고 귀찮았다.

"일본에 돌아간 후의 일 말입니다."

"나도 잘 모르겠네. 영주님도, 중신들도 우리의 고생을 이해해주지 않을 리 없겠지."

사무라이

"아무런 보람 없이 돌아가도 말인가요?"

사무라이는 니시의 생기발랄했던 예전 모습을 떠올렸다. 거무스름한 얼굴에 흰 이를 드러내며 웃던 눈은 사무라이가 때로 질투심을 느낄 만큼 호기심으로 빛났었다. 이제 그 빛 남은 사라지고 병자처럼 혈색도 안 좋고 생기도 없었다.

"가능하다면 저는 스페인에 남아 다양한 것을 배우고 싶었습니다."

니시는 촛대를 향한 채 힘없이 말했다. "그리고 정말 세계는 넓다고 생각했습니다. 이렇게 돌아갈 거라고는 꿈에도 생각하지 못했습니다."

그 말을 들었을 때 사무라이는 돌연 쓰키노우라에서 출발하던 순간을 마음에 또렷이 되살렸다. 용총줄이 갑자기 삐걱거리고, 파도가 배허리를 때리고, 바닷새가 날카로운 소리를 지르며 배 끝을 스치고, 드넓은 바다를 향해 배가 움직이기 시작했을 때 그는 자신의 운명이 앞으로 변할 것 같은 느낌이 들었다. 그때 그는 세계가 이렇게 넓을 줄은 생각도 해보지 않았다. 하지만 생각도 해보지 않았던 넓은 세계를 본 후에는 그저 피로만 남고 지금은 마음속 깊은 곳까지 지쳐 있다.

"다나카 님도 역시 앞으로의 일을 두려워했던 게 아닐까요?"

"뭘 두려워했다는 건가?"

"영주님도, 중신들도 우리를 단념하는 게 아닐까 하는 것이지요."

평소의 버릇대로 사무라이는 눈을 깜박였다. 사무라이는 다나카의 죽음을 깊이 생각하는 것이 괴롭고 두려웠다. 다나카는 죽음으로 일가친척에게 자신의 체면을 지키려고 했다. 사무라이도 이로리 옆에서 자신의 귀국을 손꼽아 기다릴 숙부의 홀쭉한 얼굴을 떠올리면 사실 죽고 싶은 마음이었다. 자결한 다나카가 부러웠다. 하지만 그는 죽을 수 없었다. 니시나 고생한 종자들을 위해서도 평정소에 여행의 모든 것을 말하지 않으면 안 된다. 사무라이는 누군가가 보고자의 임무를 맡아야 한다면 그건 자신이어야 한다고 생각했다.

"버림받을 리 없어." 사무라이는 평소와 달리 강한 어조로 "힘을 다해도 할 수 없는 일이 있네. 중신들에게 그걸 말하지 않으면 안 되겠지."

하지만 자신에게는 그렇게 말하면서도 그는 사실 자신이 없었다. 그 이상 골똘히 생각하는 것도 두려웠다. 앞으로의 일을 이것저것 상상한다고 뭐가 달라지겠는가. 사무라이는 씁쓸한 체념을 삼켰다.

활짝 열어둔 창문으로 밤공기가 흘러들었다. 흙냄새가 또 골짜기를 떠올리게 한다. 설령 구로카와의 땅을 돌려받지 못한다고 해도 사무라이에게는 골짜기만으로 충분했다. 아버지나 숙부와 달리 그의 몸과 마음은 구로카와보다는 그 골짜기와 이어져 있었다.

"하지만 평정소는 스페인 국왕의 답변서 하나 받지 못했다고 책망하지 않을까요?"

니시는 집요하게 물었다.

"이제 됐네. 생각해도 어쩔 도리가 없으니까. 어쩔 수 없는 일이라면 생각하지 말아야 하네."

사무라이는 이야기를 끝내기 위해 자리에서 일어났다. 니시가 귀찮았고, 안뜰로 나가 흙냄새가 깃든 밤공기를 맡고 싶어서였다.

낮 더위가 이상하게 여겨질 정도로 안뜰의 공기가 차가웠다. 세 사내가 쭈그리고 앉아 뭔가 이야기를 나누고 있었다. 요조와 두 종자였다. 요조가 두 사람을 엄한 목소리로 나무라고 있었다.

"잠이 안 오나?"

세 명의 종자들은 겸연쩍은 듯 일어났다. 방금 나눴던 이야기를 들은 게 아닐까 하는 걱정스러운 마음으로 주인을 바라보았다.

"밤공기가 골짜기를 생각나게 해서 말이야." 사무라이는 세 사람을 위로하듯 일부러 웃었다.

"골짜기의 밤도 이런 흙냄새, 나무 냄새가 자욱했지. 이제 곧… 그 냄새를 맡을 수 있을 거야."

사무라이는 피로나 초조함이 니시만이 아니라 종자들 사이에도 전염되어 있다는 것을 방금 세 사람이 주고받던 소리만으로 충분히 알 수 있었다. 그는 자신이라도 마음을 강하게 먹어야 한다고 스스로를 타일렀다.

이튿날 아침, 코르도바를 떠났다. 또다시 더운 황야. 그것이 끝나면 올리브밭이나 인디오의 오두막과 스페인풍 지붕을 인 지주의 저택. 올 때 바라봤던 풍경이 되풀이되었다. 여행에 익숙한 일본인들에게는 이제 더이상 호기심을 일으키지 않는 풍경이었다. 자신들의 한 발짝 한 발짝이 일본으로 다가가는 것이라고 생각하지만 어쩐 일인지 감동은 없었다.

사무라이는 말 위에서 흔들리고 있는 벨라스코의 얼굴에서 예의 그 미소가 사라진 지 오래되었다는 것을 눈치채고 있었다. 솔직히 사무라이는 예전에 이 남만인의 자신 있는 듯한 미소가 유쾌하지 않았다. 자신 뜻대로 일본인을 거느리고 갈 때 벨라스코는 늘 얼굴에 미소를 띠고 있었다. 뭔가를 꾸미고 있는 듯한 미소를 볼 때마다 사무라이는 항상 그의 진의를 의심했고, 사실 그 미소 때문에 몇 번이나 속기도 했다. 하지만 로마를 떠난 이후로는 벨라스코의 얼굴에서 오만한 미소가 사라지고 그 대신 골똘히 생각하는 듯한 고독한 표정이 드러났다.

'지금은 속수무책인 게 아닐까.' 사무라이는 말 위에서 벨라스코에게 그렇게 말하려다가 입을 다물었다. 불안한 데다 분노나 증오심까지 품게 된 남만인은 침울하게 비구름이 뒤덮인 산악 지대만 바라보고 있었다. 그 모습을 보자 가련한 생각마저 들었다. 이 사람이 이제 일본으로 돌아가지 않는다는 것은 사무라이도 충분히 알고 있었다. 중신들에게 맹세한 그의 약속은 지켜지지 못했다.

푸에블라를 둘러싼 회색 성벽을 빠져나간 것은 열흘 후 저녁 무렵이었다. 올 때와 마찬가지로 성벽 옆에 장이 서고 변발한 인디오가 도자기나 직물이나 과일을 바닥에 늘어놓고 석상처럼 양팔로 자기 무릎을 껴안은 채 잠자코 앉아 있었다.

"하세쿠라 님, 그 일본인 기억하고 있습니까?"

"전 수도사 말인가?"

니시가 물어보기 전부터 사무라이도 멕시코시티에서 자신들을 찾아온 동포를 떠올리고 있었다. 테칼리의 피처럼 빛나는 늪 주위에 인디오 여자와 갈대로 지붕을 인 오두막에 살고 있던 전 수도사. 두 번 다시 만날 수 없을 거라고 말했는데, 그게 만약 사실이라면 이곳 멕시코의 어딘가로 떠났을까.

"저는… 그 늪에 다시 한번 가볼 생각입니다."

니시는 벨라스코에게 들리지 않도록 사무라이에게 귓속말을 했다.

"가도 허사겠지. 인디오는 같은 밭을 두 번 다시 경작하지 않는다고 그 사내가 말했었네."

"그 사내를 만나지 못해도 상관없습니다."

"그럼 왜 가려고 하나?"

"그 사내가⋯." 니시는 슬픈 듯이 웃었다. "일본에 돌아가지 못하는 그 사내의 마음을 지금은 왠지 알 것 같아서요."

"자네도 여기에 남고 싶은가?"

"넓은 세계를 본 터라 일본이 답답하게 느껴졌습니다. 메시다시슈나 하급 무사 집안에 태어난 사람은 평생 그대로 살아가야 하는 일본을 생각하면 마음이 꽉 막힙니다. 하지만 저에게도⋯ 기다리고 있는 사람들이 있습니다."

제멋대로 구는 것은 허락되지 않는다. 기다리고 있는 사람들이 있다. 사무라이도 같은 생각이다. 일족의 총령인 그를 의지하고 있는 숙부나 가족이나 농부들이 그 골짜기에 산다. 자신은 골짜기로 돌아갈 것이다. 그리고 지금까지와 마찬가지로 살아갈 것이다. 골짜기를 떠나 넓은 세계로 나가는 일은 두 번 다시 없을 것이다. 이것은 꿈이다. 사라질 꿈이라 생각하면 된다.

이튿날 새벽, 저번과 마찬가지로 사무라이는 니시와 함께 아직 어두운 가운데 하룻밤을 지낸 수도원을 나섰다. 길은 이미 알고 있다. 더위가 아직 엄습하지 않아 사막처럼 모두 잠들어 고요하고, 시원한 도시를 빠져나가 숲으로 갔을 무렵에는 하늘이 장밋빛으로 갈라져 있었다. 작은 새들이 성가실 정도로 울어댔다. 물이 맑고 차가운 계곡을 말이 물보라를 일으키며 지나갔다. 나무들 사이로 아침 햇살이 화살처럼 지면에 내리쬐는 테칼리의 늪은 여전히 조용하고, 갈대가 희미한 소리를 내고 있었다. 말에서 내린 니시가 손을 입에 대고 전 수도사를 부르자 변발한 인디오 남자 두세 명이 상반신을 벌거벗은 채 오두막 입구에서 얼굴을 내밀었다. 그들은 사무라이와 니시를 기억하는 듯 찌그러진 코를 벌름거리며 웃었다.

고깃덩어리처럼 뚱뚱한 아내의 어깨에 기댄 전 수도사가 비틀거리며 나타났다. 병이 든 듯한 그는 아침 해에 고통스러운 듯이 눈을 감고, 그러고 나서야 비로소 사무라이와 니시를 알아보고 오오, 하고 소리쳤다.

"야아… 돌아오셨군요." 그는 생이별한 혈연이라도 재회한 듯 두 손을 내밀었다. "살아서는 두 번 다시 만날 수 없을 거라고 생각했는데…." 돌연 그는 말을 멈추고 가슴에 손을 대고 어깨를 들썩이며 괴로운 듯 숨을 쉬었다.

"걱정을 끼치는군요. 금방 찾아들 겁니다, 금방."

하지만 발작이 멎을 때까지 꽤 시간이 걸렸다. 아침 해가 다 올라 늦에 햇빛이 나른하게 퍼져 하루의 더위가 시작되었다. 인디오들은 멀리서 그런 세 사람을 이상한 듯 바라보고 있었지만 곧 지루해졌는지 모습을 감췄다.

"루손까지 가는 배가 있는 대로 귀국길에 오르네. 일본의 지인에게 보낼 물건이라도 있으면…."

"아무것도 없습니다." 전 수도사는 쓸쓸한 듯 웃었다. "기리시탄 수도사가 친구라는 것이 알려지면 오히려 불편해지실 겁니다."

"우리도 부득이 기리시탄이 되었다네. 진심은 아니지만…."

"지금은 믿지 않습니까?"

"믿지 않네. 다 임무를 위해서였지. 자네야말로 정말 예수라는 사내를 믿고 있는 건가?"

"믿습니다. 전에도 말씀드렸습니다만 제가 믿는 것은 교회나 신부들이 말하는 예수가 아닙니다. 주님의 이름으로 인디오의 제단을 불태우고, 주님의 가르침을 널리 알리기 위해서라며 인디오를 마을에서 쫓아낸 신부들과 저는 마음이 같지 않습니다."

"그렇게 초라하고 비참한 사내를 어떻게 공경할 수 있나? 왜 그렇게 말라빠진 추한 사내한테 배례할 수 있는지난 그걸 잘 모르겠네만…."

그때 사무라이는 처음으로 진지하게 물었다. 니시도 쭈그리고 앉은 채 전 수도사의 얼굴을 올려다보며 가만히 대답을 기다리고 있었다. 늪에서는 빨래하는 인디오 여자들이 내는 기묘한 소리가 들려왔다.

"저도… 옛날에 같은 의문을 가졌습니다. 하지만 지금은 그분이 이 세상에서 누구보다도 초라하게 살았기 때문에 믿을 수 있습니다. 그분이 추하고 말라빠진 분이기 때문입니다. 그분은 이 세상의 슬픔을 너무나도 잘 알았습니다. 사람의 비탄이나 괴로움에 눈을 감을 수 없었지요. 그래서 그분은 그렇게 마르고 추해졌습니다. 만약 그분이 저희 손에 닿지 않을 만큼 고상하고 강하게 사셨다면 이런 마음이 들지 않았겠지요."

사무라이는 전 수도사가 하는 말을 이해할 수 없었다.

"그분은 평생 비참하게 계셨기 때문에 비참한 자의 마음을 알 수 있었습니다. 그분은 초라하게 돌아가셨기 때문에 초라하게 죽은 자의 슬픔도 알고 계십니다. 그분은 결코 강하지 않았습니다. 아름답지도 않았습니다."

"하지만 교회를 보게. 로마의 도시를 보게." 니시가 반박했다. "우리가 본 교회는 모두 금전옥루(金殿玉樓) 같고 교황이 사는 저택은, 멕시코시티에서는 생각도 하지 못할 만큼

요란하게 꾸며져 있었네."

"그분이 그런 것을 바라셨을 거라고 생각합니까?" 전 수도사는 화난 듯 고개를 가로저었다. "그분이 그렇게 꾸며진 교회에 계실 거라고 생각하나요? 그렇지 않습니다. 그분이 사시는 곳은… 그런 건물이 아닙니다. 이 인디오들의 가련한 집 안이라고 생각합니다."

"왜 그런가?"

"그분의 생애가… 그랬습니다."

전 수도사는 깊은 확신을 가진 목소리로 대답하고는 눈을 땅바닥으로 떨어뜨리고 혼잣말처럼 되풀이했다.

"그분의 생애가 그랬습니다. 그분은 한 번도 마음이 교만한 자, 풍족한 자의 집에는 가지 않으셨습니다. 그분은 추한 자, 비참한 자, 초라한 자, 가엾은 자만을 찾으셨습니다. 하지만 지금 이 나라에서는 주교도, 사제도 마음이 부유하고 흡족해 있습니다. 그분이 찾던 사람의 모습이 아니게 되었지요."

전 수도사는 단숨에 거기까지 말하고 갑자기 가슴에 손을 댔다. 그의 발작이 다시 시작되었고, 그것이 진정될 때까지 사무라이와 니시는 잠자코 그를 바라보고 있을 수밖에 없었다.

"인디오들은 이런 저를 위해 늪에 머물러주었습니다. 그렇지 않으면 저도 테칼리에서 멀리 옮겨갔겠지요. 이따금 이 인디오들 안에서 예수의 모습을 봅니다."

그는 쑥스러운 듯 웃었다.

이 일본인의 수명이 그리 많이 남아 있지 않다는 것은 부은 얼굴이나 거무칙칙한 안색만으로 충분히 알 수 있었다. 그는 아마 숨 막힐 듯 더운 늪 주위에서 숨을 거둘 것이다. 그리고 옥수수밭 구석에 묻힐 것이다.

"하지만 나는 아무래도 자네처럼 그 사내를 생각할 수가 없네."

사무라이는 미안하다는 듯 중얼거렸다.

"당신이 그분을 마음에 둘 수 없어도… 그분은 당신을 늘 마음에 두고 계십니다."

"그 사내를 생각하지 않고도 살아갈 수 있네."

"정말 그럴까요?"

전 수도사는 가엾게 여긴다는 듯 사무라이를 바라보고는 옥수수 잎을 떼어냈다. 햇살은 더욱 강해지고 늪의 갈대 안에서 벌레가 숨 막힐 듯 시끄럽게 울어대기 시작했다.

"사람이 혼자 살아갈 수 있는 존재라면 왜 세계 곳곳에 탄식의 목소리가 넘쳐날까요? 당신들은 많은 나라를 갔습니다. 바다를 건너고 세계를 돌아다녔지요. 하지만 그 모든 곳에서 탄식하는 자, 우는 자가 뭔가를 찾고 있는 것을 눈으로 보았을 것입니다."

그가 말하는 것은 틀리지 않았다. 사무라이는 자신이 방문한 모든 지역, 모든 마을, 모든 집에서 두 손을 펼치고 고개를 떨어뜨리고 있는 그 말라빠진 추한 사내의 상을 봤다.

"우는 자는 자신과 함께 울어줄 사람을 찾습니다. 탄식하는 자는 자신의 탄식에 귀를 기울여줄 사람을 찾습니다. 세계가 아무리 변하더라도 우는 자, 탄식하는 자는 늘 그분을 찾습니다. 그분은 그것을 위해 계시는 겁니다."

"나는 잘 모르겠네."

"언젠가 아시게 될 겁니다. 그걸 언젠가는 아시게 될 겁니다."

사무라이와 니시는 말의 고삐를 쥐고 두 번 다시 만날 리 없는 이 병자에게 인사말을 했다.

"고향 사람에게 전할 말은 없나?"

"없습니다. 저는 간신히 저의 마음에 맞춰 그분의 모습을 파악할 수 있었습니다."

늪은 햇빛에 반짝이고 있었다. 그 물가를 따라 말이 천천히 걸어가기 시작했다. 말 위에서 돌아보자 인디오들은 흙덩이처럼 뭉쳐 아직 이쪽을 지켜보고 있었다. 그중 누더기를 걸친 전 수도사가 꼼짝도 하지 않고 여자에게 기대어 있는 것이 보였다.

11월 3일, 찰코. 멕시코시티를 향해 올 때와 같은 황야를 지났다.

11월 4일, 멕시코시티 교외에 숙박하고 멕시코시티로 들어갈 허가를 요청하는 심부름꾼을 보냈다.

거기서부터는 교회의 첨탑이 우뚝 서 있는 멕시코시티가, 그리고 시내를 둘러싼 하얀 성벽이 멀리 바라보였다. 파란 하늘을 찌르고 있는 첨탑에는 일본 상인들이 세례를 받은 산 프란시스코 교회와 우리가 숙박한 수도원도 섞여 있다.

하지만 우리는 멕시코시티를 통과하지 말고 직접 아카풀코항으로 향하라는 총독의 요청을 받았다. 멕시코시티에는 일본인들을 맞이할 준비가 되어 있지 않다고 하지만, 그것은 물론 우리를 피하기 위한 구실이라는 걸 잘 알고 있었다. 모두 마드리드에서 온 훈령에 따른 것임이 틀림없었다. 하지만 멕시코시티의 우리 회 수도원장은 우리를 가엾게 여겨 포도주와 음식을 이곳 숙박소까지 날라주었다. 당나귀에 그 짐을 싣고 찾아온 두 수도사는 내게 수도원장이 보낸 편지를 건넸다. 거기에는 로마에서 들은 것보다 상세한 일본의 정세가 쓰여 있었다. 마닐라의 우리 회 부속 수도원에서 보고받은 것을 베낀 것이다.

나는 일본에서의 전국적인 기리시탄 탄압이 우리가 일본에서 출발한 이듬해 2월부터 시작된 것을 알게 되었다. 바로 우리가 아바나에서 배의 출항을 기다리고 있었을 때다. 그 무렵 일본에서는 벨벳 의자에 앉은 노인이 갑자기 모든 선교사만이 아니라 일본인이 대부분인 신도까지 국외로 추방하고, 어디에서도 기리시탄을 신봉하는 것을 금한다는 포고를 발령했다.

아무것도 몰랐던 나와 사절들. 아무것도 모른 채 오로지 하나의 꿈을 찾아 스페인으로 가려고 했던 우리들. 그러나 그것은 신기루의 성이었던 것이다.

포고가 발령되자 모든 선교사는 가축처럼 일본 각지에서 나가사키로 내몰렸다고 한다. 에도의 오두막에서 내가 돌아오기를 기다리고 있던 디에고 신부도 아마 그중 한 사람일 것이다. 늘 울고 난 것처럼 눈이 빨갰던 그 선량한 동료가 주뼛주뼛 어쩔 수 없이 에도를 떠났을 모습이 눈에 선하다.

선교사와 일본인 수도사들은 나가사키 옆에 있는 후쿠다(福田)에 모여 8개월 가까이 가축 움막이나 다름없는 초가집에서 생활했다. 나가사키는 미증유의 혼란을 드러내며 종교를 버리는 자, 숨어서 살려는 자로 나뉘었다. 그리고 우리 회와 도미니크회, 아우구스티누스회는 이틀에 걸쳐 기도대회를 열었고, 부활절 날 시중을 행진하며 순교를 외쳤다고 한다.

11월 7일. 비가 내리는 가운데 연금되어 있던 선교사와 일본인 수도사 88명이 다섯 척의 정크에 태워져 일본을 떠나 마카오로 향했다. 다음 날인 8일 30명의 신부와 수도사, 신도가 작고 낡은 배를 타고 마닐라로 떠났다. 모두 영구 국외 추방이며 마닐라로 가는 배에는 다카야마 우콘(高山右近)이나 나이토 조안(內藤如安) 같은 유력한 기리시탄 군인들도 섞여 있었다고 한다.

베긴 글을 읽으며 나는 벨벳 의자에 앉아 있던 노인의 얼굴과 모습을 떠올렸다. 중국인과 비슷한 그 통통한 권력자는 정치의 세계에서 네로가 사도들을 이긴 것처럼 끝내 우리 그리스도교도를 이긴 것이다. 하지만 그가 승리를 거둔 것은 정치의 면이고, 그리스도교도가 싸움에서 이긴 것은 정치의 세계가 아니라 영혼의 세계에서다. 철저한 추방에도 불구하고 사실 42명의 선교사가 일본인 신도의 은밀한 비호를 받으며 그 섬나라에 잠복해 있는 사실을 그 노인은 아직 모를 것이다. 잠복한 선교사들은 정치나 현실의 세계에서 패배한 것을 인정한 상태에서 자신의 피를 그 나라에, 도마뱀 같은 모양을 한 그 나라에 바치려 하고 있다.

모든 것은 주님이 수난을 받던 상황과 똑같다. 주님 또한 대제사장 카야파가 사는 정치의 세계에서는 농락당하고 버림받아 골고다 언덕에서 십자가에 매달렸다. 하지만 그렇게 패배를 당한 주님이 승리를 얻은 것은 영혼의 세계에서다.

이번 여행에서 나도 확실히 정치의 세계에서는 졌다. 하지만 도마뱀 같은 그 나라가 나를 격파한 것은 오직 그 면에서다.

주여, 주님이 제게 무엇을 바라시는지 알려주시옵소서.
주여, 주님의 뜻이었으면 좋겠나이다.
주여, 지금 제 마음에 싹트기 시작한 것이 주님의 의지라면
그것을 알려주시옵소서.

아카풀코. 둔하게 빛나고 있는 만 안에 우리를 태우고 마닐라로 향할 갤리언선 한 척이 정박해 있다. 만을 둘러싼 곳과 만 안의 작은 섬은 모두 올리브 숲으로 뒤덮여 있다. 이곳은 고지대인 멕시코시티에 비해 덥다.

일본인들은 숙소인 아카풀코 요새의 병사(兵舍)에서 낮에도 죽은 듯이 잤다. 길었던 고생과 피로가 한꺼번에 분출한 것처럼 그들은 밖에도 나가지 않고 정신없이 자기만 했다. 병사 주위는 조용하다. 그리고 그 정적을 깨듯 이따금 바닷새의 날카로운 울음소리가 만 안에서 들려온다.

배는 앞으로 한 달 후에 출항할 예정이다. 다시 그 태평양을 가로질러 거친 파도에 견디고 폭풍을 뚫고 나가 하느님의 가호가 있다면 우리는 초봄에 마닐라에 도착할 것이다. 그리고 나는 그곳 마닐라에 남고 일본인들은 배와 선원을

사무라이

구해 귀국할 것이다. 그들과 헤어진 나는 백부와 상사들이
명한 대로 손질이 잘된 화단이 있는 새하얀 수도원에서 살
게 될 것이다.

아니면….

주여, 주님이 제게 무엇을 바라시는지 알려주시옵소서.
주여, 주님의 뜻이었으면 좋겠나이다.
주여, 지금 제 마음에 싹트기 시작한 것이 주님의 의지라
면….

제10장

해 뜰 무렵, 누가 흔들어 깨웠다. 몽롱한 눈에 요조의 얼굴이 천천히 비쳤다. 요조는 아이를 내려다보는 어머니처럼 미소를 띠고 있었는데 사무라이는 그 표정으로 이 하인이 지금 무슨 말을 하려 하는지 알 수 있었다.

"오오."

튕기듯 벌떡 일어나 옆에서 정신없이 자고 있는 니시 규스케를 흔들었다.

"리쿠젠(陸前)[58]이야….."

이 한마디에 사무라이는 만감을 담았다.

일본인들은 구르듯이 갑판으로 뛰어 올라갔다. 해가 바다

---

58) 지금의 미야기현(宮城県)의 대부분과 이와테현(岩手県)의 일부.

가득히 비치고 있었다. 주황색 바다는 평온하다. 가까이에
본 적 있는 섬이 보인다. 섬 저편에 담홍색으로 희미하게 보
이는 긴카산(金華山)이 이어져 있었다. 긴카산에는 본 적 있
는 나무가 무성하다. 본 적 있는 해변에 배가 떠 있다.

오랫동안 다들 잠자코 섬, 해변, 배를 바라보고 있었다.

어쩐 일인지 기쁨이 솟아나지 않는다. 눈물조차 흐르지
않는다. 그렇게나 오랫동안 이 순간을 생각해왔는데도 여전
히 꿈속에서 이 풍경과 마주하고 있는 것 같다. 여행하는 동
안 몇 번이고 몇 번이고 이런 장면을 꿈꾸었다.

돛대에서 중국인 뱃사람이 섬을 가리키며 뭐라고 소리쳤
다. 도착했다고 말했는지도 모른다. 쓰키노우라라고 가르쳐
주었는지도 모른다.

다들 말이 없고 움직이지도 않는다. 저마다 각자의 생각
이나 감개를 음미하며 눈앞에서 천천히 움직여가는 고향의
풍경을 멍하니 보고 있다. 배에 부딪히는 파도만이 둔한 소
리를 내며 유리 파편처럼 빛나다가 사라졌다. 바닷새 몇 마
리가 그 파도의 물마루를 스치며 나뭇잎처럼 날아오른다.

순간, 몇 겹으로 겹쳐진 사무라이의 여행 기억 속에서 출
발하던 때가 되살아났다. 그때 용총줄이 삐걱거리고 파도가
배허리를 때리고 조금 전과 마찬가지로 바닷새가 배 끝을
스치며 날아갔었다. 그때 그는 엄니 같은 물마루가 흔들리

고 있는 먼바다를 바라보며 이제부터 미지의 운명이 시작되는 거라고 생각했다.

그 미지의 운명, 그것을 끝내고 마침내 돌아왔다. 기쁨도 없고, 공허한 기분과 피로감만 남아 있는 건 왜일까. 너무 많은 것을 봤기 때문에 보지 않은 것과 같은 것일까. 너무 많은 것을 맛보았기 때문에 맛보지 않은 것과 같은 것일까.

"관리들이다."

누군가 소리쳤다. 번(藩)의 문장(紋章)이 표시된 장막을 두른 배 한 척이 만 뒤에서 다가왔다. 장막 사이로 키가 작은 관리가 이쪽을 쳐다보고 있다. 그 뒤에서 뱃사공이 작은 배 두 척을 저어 온다. 관리는 빛을 가리듯 손을 눈 위에 대고 자신들을 내려다보는 일본인 한 사람 한 사람을 바라보았다. 배와 배 사이에서 한동안 문답이 이어지고 드디어 그는 모든 것을 이해했다.

작은 배로 옮겨 탄 사무라이 일행의 눈에 쓰키노우라의 후미가 점차 가까이 다가왔다. 양쪽의 곶에는 다 쓰러져가는 초가집이 점점이 늘어서 있다. 배후에 붉고 작은 도리이[59]가 보이고, 도리이에는 붉은색 노보리[60]가 세워져 있다. 아이

---

59) 전통적인 일본의 문으로, 두 개의 기둥이 서 있고 기둥 꼭대기를 서로 연결하는 가로대가 놓인 형태이다.

들이 길을 달리고 있다. 그 모습은 틀림없이 일본이고, 일본의 풍경이었다.

'돌아왔구나….'

사무라이는 그제야 비로소 격렬한 기쁨을 느꼈다. 그는 무심코 니시의 얼굴을 봤다. 요조나 이치스케, 다이스케의 얼굴도 봤다.

"일본의… 해변…." 니시는 숨을 들이쉰 것처럼 말문이 막혔다.

검은 해초가 흐트러진 해변에 발을 내려놓았을 때 투명한 잔물결이 밀려와 일본인들의 발을 조용히 적셨다. 그래도 그들은 오랫동안 음미하듯 눈을 감은 채 가만히 물의 감촉을 느끼며 서 있었다. 파수막에서 나타난 관리들이 그 모습을 의아한 듯 쳐다보았다. 그중 한 사람이 오오, 하고 소리쳤다.

"오오."

그 사람은 갑자기 해변의 모래를 차듯 달려왔다. "돌아온 건가?"

그는 사무라이와 니시의 손을 잡고 한동안 떨어지지 않았다. "돌아온 건가?"

---

60) 좁고 긴 천의 한끝을 장대에 매달아 세우는 것.

관리들은 사무라이와 니시의 귀국에 대해 아무것도 모르고 있었다. 일본으로 오는 배가 없어서 1년 이상이나 체재한 루손에서 마카오를 경유하여 보낸 편지가 역시 일본에 도착하지 않은 것 같았다. 갑작스러운 사건에 관리들은 놀라서 어찌할 바를 몰랐다.

화려했던 출발일에 비해 모든 것이 조용했다. 사무라이나 니시 일행을 맞이한 것은 이 관리들과 멀리서 이쪽을 바라보는 아이들, 그리고 나른하게 해변을 씻는 파도뿐이었다. 사무라이는 그날 자신들을 태운 성채 같은 큰 배가 떠 있던 바다를 다시 바라보았다. 지금은 온화하게 빛나는 해면이 펼쳐져 있을 뿐이다. 그때는 이 해변에 짐을 실은 수많은 작은 배가 매여 있고 인부들이 분주하게 움직이고 있었다. 그 모든 것이 지금은 없다.

출발하던 날 다 같이 묵었던 절로 향했다. 절은 그때와 전혀 달라지지 않았다. 그들을 기억하는 주지가 방을 안내해주었을 때 햇볕에 타서 불그스름한 갈색으로 퇴색한 다다미를 보고 사무라이는 문득 다나카 다로자에몬을 생각했다. 이 다다미 위에서 다나카, 마쓰키까지 네 사람이 하룻밤을 보냈다. 지금은 다나카의 모습도, 마쓰키의 모습도 보이지 않는다. 베라크루스의 숲속에 두고 온 가련한 다나카의 묘. 머리카락과 손톱을 일본으로 가져왔다.

관리는 연달아 방을 들락거린다. 휴식할 틈도 없다. 평정소에 귀국을 알리는 파발마는 이미 쓰키노우라를 출발했다. 평정소의 지시에 따라 사무라이와 니시는 내일이라도 여기서 성까지 갈 생각이었다.

모든 것이 반갑다. 일본의 방 냄새도, 방에 있는 세간도, 차려준 밥상도 오랫동안 꿈꾸었던 일본 것이다. 별실을 할당받은 종자들 중에는 기둥을 쓰다듬으며 눈물을 흘리는 자도 있다.

주지나 관리들은 니시가 말하는 남만 나라들의 동정을 믿을 수 없다는 얼굴로 듣고 있었다. 4층, 5층이나 되는 석조 건물들이 늘어선 거리나 하늘을 찌를 듯한 교회의 모습을 이야기만으로 그들에게 전달하기는 어려웠다. 걸어도 걸어도 용설란과 선인장밖에 자라지 않는 멕시코의 황야를 이야기하는 것도 허사였다.

"세계는 일본에서 생각할 수 없을 만큼 넓었습니다."

니시는 체념한 듯 웃으며 말했다.

니시의 말이 끝나자 이번에는 주지와 관리들이 출발 이후 영내의 사건을 이야기해주었다. 사무라이 일행이 로마를 뒤로했을 무렵, 일본에서는 최후의 큰 전쟁이 있었다. 도쿠가와 이에야스가 도요토미 가문을 멸망시킨 것이다. 하지만 다행히 영주는 후방 부대로서 병사를 교토에 보냈을 뿐, 오사카의 전장에는 가세하지 않았다. 중신인 이시카와가 세상을 떠났다. 그리고 사무라이 일행과 동행한 상인, 뱃사람들이 루손에서 나가사키를 거쳐 도착한 것도 그 무렵이었다고 한다. 그 큰 배는 루손에 남기고 다른 남만선을 타고 돌아온 것이다.

"마쓰키 님도 말인가?"

관리는 고개를 끄덕였다. 마쓰키는 귀국한 후 평정소의 감찰로 등용되었다고 한다. 메시다시슈로서 평정소에 근무한다면 출세한 것이다.

'기리시탄 금지는….'

사무라이는 다시 묻고 싶었다.

그리고 자신들을 멕시코로 보낸 시라이시 같은 사람들이 아직도 평정소에서 힘을 지니고 있는지 묻고 싶었다. 하지만 그 물음이 목구멍까지 올라왔으나 사무라이도 니시도 입 밖에 내지 않았다. 왠지 피하고 싶은 어두운 기분이 작용했다. 주지도 관리도 그것에 대해서는 아무 말도 해주지 않았다.

밤이 왔다. 니시와 베개를 나란히 하고 잠자리에 들었지만 마음이 흥분되어 쉬이 잠이 오지 않았다. 멀리서 파도 소리만 들려온다. 4년 만에 일본으로 돌아와 처음 맞이하는 밤이다. 사무라이는 대엿새만 지나면 돌아갈 골짜기의 모습을 뇌리에 생생하게 떠올렸다. 눈물을 흘릴 숙부의 주름투성이 얼굴, 잠자코 이쪽을 쳐다보는 리쿠의 얼굴, 달려드는 아이들의 얼굴. 그는 조금 전 자신이 쓴 편지를 떠올렸다. "급히 소식 전합니다. 쓰키노우라에 도착했습니다. 다들 건강합니다. 용무를 마치고 서둘러 돌아가겠습니다. 자세한 말씀은 드리지 못하지만…."

니시도 잠이 오지 않는 듯 자꾸 몸을 뒤척였다. 사무라이가 가볍게 기침을 하자 니시가 조그만 소리로 말했다.

"돌아왔다는 게… 아직 믿기지 않습니다."

"나도 그렇다네."

사무라이는 탄식인지 한숨인지 알 수 없는 숨을 내쉬었다.

이튿날 오후 파발마가 돌아왔다. 평정소의 지침을 가져온 것이다.

무릎을 꿇고 앉아 지침을 받았다. 평정소의 중신이 올 때까지 쓰키노우라에서 기다릴 것, 그사이 가족과 면회하거나 소식을 전하지 말 것, 하고 관리가 전했다.

"그 지침은 어떤 분이 내렸습니까?"

사무라이가 살짝 안색을 바꾸고 물었다.

"쓰무라 가게야스(津村景康) 님입니다."

쓰무라는 시라이시, 아유가이, 와타리와 마찬가지로 중신 중 한 사람이다. 그런 쓰무라의 명령이라면 따를 수밖에 없다.

"걱정되시겠군요." 관리는 서둘러 두 사람을 위로했다. "돌아온 상인, 뱃사람들도 마찬가지로 조사를 받았습니다."

이해가 되지 않았다. 자신들이 영주의 사절로서 먼 나라로 건너갔다는 것은 누구나 알고 있다. 중신이라면 당연히 그 점을 잘 알고 있을 것이다. 상인, 뱃사람과 같은 취급을 당하는 것은 의외였다.

게다가 관리들은 어제와는 확 달라져서 방으로 가까이 다가오지 않았다. 그런 분위기를 통해, 우리와 가벼운 마음으로 이야기를 나누지 말라는 명령을 받은 것을 알 수 있었다.

"감방에 갇힌 거나 마찬가지 아닙니까?"

니시는 눈에 분노의 빛을 띠며 툇마루에서 밖을 내려다보고 있었다. 관리들이 넌지시 우리를 경계하는 것이 느껴졌다.

석양이 비쳐드는 방에 앉은 사무라이는 왜 이런 처사를 당하는지 희미하게 상상할 수 있었다. 자신들이 사절로서의 소임을 완수하지 못했기 때문일까. 하지만 완수하지 않은 것이 아니라 완수할 수 없었던 사정을 이야기하면 평정소도 납득해줄 것이다.

이렇게 절에서 한 발짝도 밖으로 나가지 못한 지 나흘째 되는 날 아침, 얼굴을 보이지 않던 관리가 분주하게 방으로 들어와서 알렸다.

사무라이

"오늘 쓰무라 님이 오십니다."

그날 오후 사무라이는 니시와 각각의 종자와 함께 절 앞에 늘어서서 쓰무라 일행을 기다렸다. 드디어 해변에서 절로 올라오는 언덕길에서 사람들의 발소리와 말발굽 소리가 들리더니 쓰무라와 대여섯 명의 종자가 쓴 삿갓이 보였다. 그 중신은 고개를 숙이고 있는 사무라이와 니시 옆을 말없이 지나쳐 절 안으로 모습을 감췄다.

그러고는 오랫동안 기다려야 했다. 쓰무라는 절 안에서 다시 사무라이 일행의 귀국 상황, 그 인원수, 이름 등을 상세히 묻는 것 같았다. 얼마 후 관리가 데리러 와서 두 사람은 조사를 받게 되었다.

객실로 들어가자 좌정하고 있는 쓰무라가 가만히 그들을 바라보았다. 여러 번의 전쟁으로 단련된 눈빛은 날카롭고 강렬했다. 옆에 세 명의 종자가 대기하고 있었는데 그중에서 사무라이는 멕시코시티에서 헤어진 마쓰키 주사쿠의 야윈 모습을 발견했다. 어쩐 일인지 마쓰키는 놀라움과 반가움이 담긴 사무라이의 시선을 피하며 툇마루 쪽으로 얼굴을 돌리고 있었다.

"긴 여행, 수고했네. 하루라도 빨리 고향으로 돌아가고 싶겠지." 쓰무라는 우선 두 사람을 위로했다. "하지만 번에서는 도쿠가와 막부에 의해 작년부터 이국에서 돌아오는 자는 누구든 조사하기로 했다네. 직무상의 일이니 이해해주게."

그러고 나서 쓰무라는 우선 사무라이 일행을 태운 배가
왜 나가사키에도, 사카이에도 들르지 않고 그대로 쓰키노우
라로 왔는지 물었다. 사무라이는 그 배는 타이완이라는 중
국의 섬에서 짐을 내리고 그대로 북상해서 멕시코로 돌아가
는 배였다고 대답했다.

그 배에는 선교사나 수도사인 듯한 사람이 없었나, 도중
에 은밀히 일본에 상륙한 자는 없었나, 하고 쓰무라는 차례
로 물었다.

"없었습니다."

사무라이는 차츰 자신이 오랫동안 일본에 없는 동안 번
이 기리시탄 금지를 얼마나 심하게 했는지를 중신의 표정과
목소리로 절절하게 느꼈다. 자신과 니시가 스페인에서 기리
시탄에 귀의한 것을 솔직하게 말해야 할지 말지 그는 동요
하기 시작했다.

"벨라스코는 어떻게 되었나?"

"마닐라에서 헤어졌습니다."

"벨라스코는 마닐라에서 뭘 하던가?"

쓰무라는 집요하게 벨라스코에 관해 물었다.

"다시 일본으로 온다고 하던가?"

사무라이는 강하게 고개를 가로저었다. 벨라스코가 멕시

코시티나 마닐라에서 했던 고백을 분명히 기억하고 있지만, 지금 말해서는 안 된다고 생각했다.

"번은 이제 벨라스코에게 용무가 없네. 에도는 기리시탄을 신봉하는 것을 일본 전역에 금했지. 영주님도 기리시탄을 포교하는 자는 영내에 들여놓지 않네. 벨라스코도 마찬가지지."

사무라이는 이마에서 땀이 배는 것을 느꼈다. 옆에 무릎을 꿇고 앉은 니시의 무릎이 경련을 일으킨 것처럼 움직이는 것도 느꼈다.

"종자들 중에 기리시탄에 귀의한 자는 없나?"

"없습니다."

사무라이의 목소리는 날카로워져 있었다.

"확실하겠지?"

사무라이는 고개를 숙인 채 잠자코 있었다.

"그러면 됐네." 쓰무라는 그제야 비로소 미소를 지었다. "자네들과 여행을 함께한 상인들은 그 지역에서 기리시탄에 귀의했다고 했는데, 그건 장사의 이익을 위한 것이고 방편이었다는 서약서를 쓰고 용서를 받았지. 하지만 자네들은 사무라이네. 그래서 그걸 특히 걱정했지."

사무라이는 쓰무라 옆에 앉은 마쓰키의 시선을 따가울 정도로 느꼈다. 그는 멕시코시티를 떠날 때 마쓰키에게 들은 말을 씁쓸하게 떠올렸다. 마쓰키는 여전히 눈길을 피하고 있다.

"영주님의 생각도, 평정소의 의견도 달라졌다고 생각하게. 번은 이제 남만의 배를 맞아들여 이익을 얻으려고 생각하지 않네. 멕시코와 거래할 생각도 버렸고."

"그렇다면…." 사무라이는 짜내는 듯한 목소리로 말했다. "저희를 사절로 삼았던 사정도…."

"세상이 변한 거지. 자네들이 남만으로 떠난 긴 여행은 분명 쓰라린 고생이었을 거야. 하지만 평정소는 이제 멕시코에 용무가 없네. 바다를 건널 큰 배도 필요하지 않지."

"그렇다면… 저희의 임무는…."

"임무 따위는 이제 없는 거네."

사무라이는 무릎이 떨리는 것을 감췄다. 분노의 목소리와 신음이 목구멍으로 나오는 것을 억눌렀다. 분함과 슬픔이 복받쳐 오르는 것을 손을 꽉 쥐고 참았다. 쓰무라는 자신들의 그 여행이 아무 의미가 없고 도움이 되지도 않았다고 아무렇지도 않게 태연히 말한다. 그렇다면 무엇 때문에 자신들은 멕시코의 한없는 황야를 가로지르고 스페인을 돌아다니고 로마에까지 갔던 것일까. 베라크루스의 숲속에서 쓸쓸하게 묻힌 다나카 다로자에몬. 다나카의 죽음. 그것은 대체 무엇을 위한 것이었을까.

"저도…" 사무라이는 고개를 숙인 채 말했다. "저도 니시 규스케도 거기까지는… 생각이 미치지 못했습니다."

"알 수가 없었겠지. 평정소도 자네들한테 알릴 수단이 없었으니까."

만약 아무도 없다면 사무라이는 자신들이 한 무의미한 일을 소리 내서 웃고 싶었다. 그때 그와 마찬가지로 주먹을 무릎에 올려놓고 고개를 숙이고 있던 니시가 소리쳤다. 그의 얼굴은 새파랬다.

"어리석었습니다, 저희들은."

"자네들 잘못이 아니네." 쓰무라가 위로하듯 말했다. "도쿠가와 막부가 기리시탄을 금지한 것이 모든 것을 바꿨다네."

"저는 그 기리시탄에 귀의했습니다."

니시의 절규에 쓰무라는 돌연 얼굴을 들었고, 흥이 깨진 분위기가 객실에 흘렀고 침묵이 이어졌다. 마쓰키만이 그 침묵 속에서 처음으로 눈길을 이쪽으로 돌렸다.

"정말인가?" 쓰무라는 곧 낮은 목소리로 물었다. "그 건…."

"본심에서가 아닙니다." 사무라이는 계속 뭐라고 소리치려는 니시를 필사적으로 제지했다. "소임을 완수하기 위해서는 사정에 맞춰야 한다고 생각했기 때문입니다."

"하세쿠라도 귀의했나?"

"예. 하지만 상인들과 마찬가지로 본심에서가 아니었습니다."

쓰무라는 침묵한 채 날카로운 눈으로 사무라이와 니시를 응시했다. 잠시 후 그가 종자에게 손으로 신호를 하자 앉아 있던 한 사람이 방에서 먼저 나갔다. 쓰무라는 자리에서 일어났고 다른 사람들이 그 뒤를 따라갔다. 의복이 마른 소리를 냈다. 마쓰키는 마지막으로 방을 나가다가 갑자기 발을 멈추고 사무라이를 힐끗 보더니 사라졌다.

남겨진 사무라이와 니시는 조금 전과 마찬가지로 무릎에 손을 올린 채 똑바로 앉아 있었다. 방안은 조용하고 햇빛은 툇마루에서 마루방으로 뻗고 있었다.

"저는…" 니시의 눈에는 눈물이 그렁했다. "말해서는 안 될 말을 하고 말았습니다."

"괜찮네. 평정소가 언젠가는 알아낼 일이었어."

'자네가 큰 소리로 기리시탄에 귀의했다고 소리친 마음은 나도 잘 안다.' 속으로 이렇게 덧붙인 사무라이는 입을 다물었다. 자신도 이루 말할 수 없는 분함과 원통함을 쓰무라와 그의 배후에 있는 평정소, 그리고 평정소 배후에 있는 큰 권력에 내던지고 싶었다.

"앞으로 어떻게 될까요?"

"몰라. 쓰무라 님이 결정하시겠지."

"이게…" 니시는 울었다 웃었다 하는 얼굴을 보였다. "우리한테 주는 은상(恩賞)인 걸까요?"

'아니, 우리의 운명이었던 거야.' 사무라이의 마음속으로 이렇게 중얼거렸다. 그 운명은 쓰키노우라에서 배를 타고 떠날 때부터 정해져 있었다. 사무라이는 자신이 그것을 아주 오래전부터 알고 있었다는 생각마저 들었다.

요조 등 종자들을 쓰키노우라에 남겨두고 사무라이와 니시는 쓰무라 일행을 따라 평정소에 여행의 경과를 보고하고 슈몬아라타메야쿠(宗門改役)[61]에게 기리시탄을 버린다는 서약서를 제출하기 위해 출발했다. 모두 쓰무라의 명령에 따른 것이다.

영주의 성은 그들이 일본을 떠나 있는 동안 확장되었다. 해자 주위에는 새로운 새하얀 망루가 세워졌고, 규슈의 나고야성(名護屋城)에서 옮겨왔다는 정문이 그 입구를 위압적으로 지키고 있었다. 그곳을 지나자 칼날처럼 뒤로 젖혀진 돌담과 기분 나쁜 총구멍이 있는 벽이 앞길을 몇 겹으로 가로막고 있었다. 사무라이와 니시는 한 건물로 안내되었다.

---

61) 에도 막부의 직명으로, 기리시탄 신앙을 금지하기 위해 두었다.

마루방은 검게 빛나고 있다. 대낮인데도 어둡고 아무 소리도 나지 않는다. 내부는 수직에 가까운 계단이 있는 것 외에는 텅 비어 있다.

"지금은 이 어둠이 고통스럽게 느껴집니다."

니시가 중얼거렸다.

"무슨 뜻인가?"

"멕시코나 스페인의 건물은 이 성과 달리 환하게 햇빛이 들어왔습니다. 남자도 여자도 웃으며 이야기했고요. 하지만 여기서는 함부로 이야기하지도 웃지도 못합니다. 영주님도 어디에 계신지 알 수가 없습니다."

니시는 진심으로 깊은 한숨을 내쉬었다.

"그리고 우리는 살아 있는 한 이 어둠에서 벗어날 수 없습니다. 이 어둠 속에서 중신은 중신, 고이치몬슈는 고이치몬슈, 주군은 주군, 저 같은 메시다시슈는 평생 메시다시슈로 살아가겠지요."

"우리는 봐서는 안 되는 것을… 보고 만 것이겠지."

그렇다. 이것이 일본이었다. 총구멍처럼 작은 창밖에 없는 벽. 창은 오는 자를 감시하기 위해 있는 것일 뿐 넓은 세상을 보기 위해서가 아니었다. 사무라이는 시라이시를 만나고 싶었다. 시라이시나 이시다라면 쓰무라처럼 자신들을 심하게 의심하지 않을 것이다. 사절의 역할을 완수하지 못한 사정도 이해해주고 따뜻한 위로의 말도 해주었을 것이다.

하지만 발소리를 내며 모습을 드러낸 것은 슈몬아라타메야쿠인 오쓰카와 관리였다. 숙부처럼 비쩍 마른 노인은 새삼스럽게 두 사람에게 왜 기리시탄에 귀의했는지 물었다.

"멕시코에서도, 스페인에서도 기리시탄에 귀의하지 않으면 소임을 순조롭게 완수할 수 없었기 때문입니다."

사무라이는 상세히 설명했다. 벨라스코에 관해서도, 다나카의 죽음에 관해서도 이야기하고 나서 호소했다. "모든 것은 임무를 위해서였습니다."

"기리시탄에 귀의한 것도 표면적으로만 그런 것입니다. 종자들도… 마찬가집니다."

"지금은 털끝만치도 믿는 마음이 없는 거지?"

"신심은 처음부터 없었습니다."

"서약서에 그것을 쓰면 되네, 그것을 말이야."

오쓰카는 두 사람을 가엾게 여기는 듯 바라보며 "그것을 말이야"라고 되풀이해서 말했다. 관리가 작은 책상과 종이와 붓을 두 사람 앞에 놓고 서약서를 쓰게 했다.

붓을 움직이며 사무라이는 두 팔을 펼친 말라빠지고 추한 그 사내의 모습을 떠올렸다. 긴 여행 동안 가는 곳마다 묵었던 수도원에서 매일 밤낮으로 보지 않을 수 없었던 그 사내. 처음부터 그 사내를 믿었던 적은 없다. 그 사내를 공경하는 마음이 든 적도 없다. 그런데도 지금 그 사내 때문에 이런 괴로움을 당하고 있다. 그 사내가 자신의 운명을 바꾸려 하고 있다.

서약서를 쓴 후 건물에서 나와 평정소가 있는 다른 건물로 안내되었다. 하지만 중신들은 한 사람도 보이지 않았고, 단 세 명의 관리가 사무라이와 니시에게 사무적으로 여행 이야기를 물었을 뿐이다. 위로하는 기색도 없고 그들의 입에서는 노고에 대한 치하의 말도 나오지 않았다. 두 사람을 그렇게 대하라고 평정소에서 지시한 모양이었다.

"시라이시 님이나 이시다 님으로부터 전언은 없습니까?"

더 이상 참지 못하고 사무라이가 묻자 관리가 쌀쌀맞게, 없습니다, 만나 뵐 필요도 없습니다, 하고 대답하고 그 대신 이렇게 말했다.

"두 분은 앞으로 당분간 교제해서는 안 될 거라고 생각합니다."

이것이 평정소의 명령이라고 전했다.

"저와 교제를 해서는 안 되는 이유가 뭔가요?"

니시가 주먹을 쥐고 따져 물었다.

"잠깐이라도 한번 기리시탄에 귀의한 자는 서로 교제하지 못하도록 번에서 정했습니다."

관리는 엷은 웃음마저 띠며 내뱉었다. 그리고 이대로 숙소로 돌아가 귀향하는 것도 알아서 하라고 말했다.

　성 안의 모든 이들이 두 사람의 귀국을 성가셔하고 무시하는 것을 이 말과 대우로 충분히 알 수 있었다. 중신들이 두 사람을 접견하는 것을 피하고 있는 것도 확실히 느껴졌다. 정문까지 배웅해주는 사람조차 없었다. 사무라이와 니시는 돌멩이처럼 버려진 채 건물에서 나왔다. 돌을 깐 길에 햇살이 나뭇잎 사이로 비치고, 총구멍이 차갑게 이쪽을 가만히 보고 있다. 영주가 이 성 안 어디에 있는지 알 수가 없다. 두 사람이 귀국한 것도 모르고 있을지도 모른다.

　정문까지 인적 없는 언덕길을 묵묵히 내려갔다.

　"구로카와의 땅인가…."

　사무라이는 돌연 혼잣말을 했다. 이 소임을 순조롭게 완수하면 구로카와의 땅을 생각해보겠다고 한 이시다의 말을 떠올렸다. 시라이시, 이시다는 자신들의 귀국을 알고 있을 텐데 왜 접견을 하지 않는 걸까.

　사무라이와 니시는 검은 물이 가득 담긴 해자 옆의 숙소로 돌아왔으나 이야기할 기력조차 없었다. 아무것도 알 수가 없었다. 내일 자신들은 쓰키노우라로 돌아가 거기서 각자의 종자들을 데리고 봉토로 돌아간다.

　"당분간 서로 만날 수도 없는 건가?" 사무라이는 눈을 깜박거렸다. "하지만 그게 지시라면 따를 수밖에 없겠지. 언젠가는 알아줄 거야."

"납득할 수 없습니다. 이번 평정소의 처사는 너무 원통합니다."

숙소에 와서도 젊은 니시는 저녁때까지, 말해야 소용없는 말과 원망해도 어쩔 도리가 없는 불평을 되풀이했다.

밤이 되었다. 저녁을 마친 후에도 무릎을 안고 침울하게 있는 니시 옆에서 사무라이는 촛불에 의지하여 여행 일기를 적었다. 하나하나의 글자에 잡다한 생각이 오가고 다양한 풍경과 그 풍경의 색채나 냄새까지 되살아났다. 하나하나의 글자와 행간에는 한없는 감개나 슬픔이 스며들었다. 촛대의 불꽃이 흔들리고, 때로 조그맣게 건조한 소리를 냈다.

손님이 왔다. 새의 그림자 같은 손님의 모습이 비가 얼룩진 벽에 움직였다. 마쓰키 주사쿠였다.

"작별 인사를 하러 왔네."

마쓰키는 얼마 전과 마찬가지로 눈길을 돌리고 벽에 기댔다. 눈길을 돌리고 있는 것은 자신이 두 사람과 운명을 같이하지 않았던 것이 신경 쓰이는 건지, 아니면 지금의 두 사람을 보는 것이 견딜 수 없기 때문인지 알 수 없었다.

사무라이도 니시도 잠자코 있으니 마쓰키가 변명하듯 말했다.

"앞으로는 여행 같은 건 전혀 없었던 것처럼 행동하게."

"그렇게 할 수 없습니다." 니시의 눈에는 원망이 담겼다. "평정소의 감찰이 되었다면서요? 출세하셨네요. 우리는 마쓰키 님처럼 능숙하게 살아갈 수 없습니다."

"니시, 응석 부리지 말게. 배 안에서도 몇 번이나 가르쳐 주었을 거야. 평정소에서는 여행에 대해 의견이 갈렸는데 시라이시 님과 아유가이 님의 생각이 달랐다고 몇 번이나 경고했어. 그 말을 듣지 않았던 것은… 자네 아닌가?"

"시라이시 님은 어떻게 되었나?"

옆에서 사무라이가 두 사람을 달래듯 끼어들었다.

"아직도 필두에 계시나?"

"평정소를 떠나셨네. 지금은 아유가이 님 등이 번을 도맡아 관리하고 있지."

"그래서 우리가 이런 대접을 받는 겁니까? 평정소에서는 위로의 말 한마디 듣지 못했습니다."

니시는 볼을 일그러뜨리며 다시 대들고 나왔다. 마쓰키는 그런 니시를 무시하듯 쳐다봤다.

"그게 정치라는 거 아니겠나?"

"정치란 뭔가요?"

"새로운 평정소는 시라이시 님 등이 생각했던 것을 모조리 부정하지 않으면 안 되네. 시라이시 님이 계획했던 것은 몽땅 없애지 않으면 안 되지. 딱하지만… 그 계획의 징표가 된 사람도, 비록 전혀 알려지지 않았다 하더라도 심판하고 부정하네. 그게 정치의 세계야."

"메시다시슈인 저는… 정치 같은 건 모릅니다. 그저 사절이 되라는 지시에 따라…."

니시는 다시 고개를 숙이고 양어깨를 떨기 시작했다. 마쓰키는 그것을 못 본 것처럼 얼굴을 돌렸다.

"니시, 자네는 지금도 사절이라고 생각하나? 사절을 가장한 미끼에 지나지 않았다는 것을 깨닫지 못한 거야?"

오히려 위로하듯이 중얼거렸다.

"미끼라는 건 무슨 뜻인가?"

사무라이는 너무 놀란 나머지 무심코 말했다. 마쓰키는 멈칫했다.

"에도도 번도 그때―멕시코와의 거래를 첫 번째 계획으로 생각하지 않았다네. 나는 일본으로 돌아와서야 그것을 알게 되었지만 말이야…."

"무슨 말인가?"

"들어보게. 게다가 기리시탄 신부를 불러올 생각 같은 것도 전혀 없었다네. 에도가 번을 이용해서 알고 싶었던 것은 우선 큰 배를 건조하는 방법, 큰 배를 움직이는 방법이었지. 그랬기 때문에 큰 배가 건너가는 바닷길에 상인에 섞어 수많은 뱃사람을 태운 거네. 상인도 우리도 그것을 위한 미끼였던 거지. 남만인이 수상하게 여기지 않게 하기 위한 미끼였기 때문에 거기에 적합한 사람들이 아니라 어디서 썩어문드러져 죽어도 전혀 상관없는, 신분이 낮은 메시다시슈를 사절로 고른 거네."

"그게 정치인가요?" 니시는 미친 듯이 무릎을 주먹으로 쳤다. "그것이 정도(政道)라는 건가요?"

"정치란 그런 거네. 지금의 나는 그렇게 생각해. 4년 전에는 선이라고 했던 것도, 오늘에 도움이 되지 않으면 악으로 심판하지 않으면 안 되지. 그게 정치야. 시라이시 님이 그때 영내의 부강을 생각한 것은 번을 위해 옳았네. 하지만 도쿠가와 막부가 하나의 번이 부강해지는 것을 기뻐하지 않는 지금에 와서는 시라이시 님의 생각은 악이 된 거지. 시라이시 님은 평정소에서 쫓겨났고 봉토도 줄었다네. 당연한 일이지. 정치란 그런 거야."

니시와 마찬가지로 사무라이도 손을 꽉 쥐고 촛대의 불꽃을 노려보았다. 손톱이 파고들 정도로 손을 꽉 쥐지 않고서는 이 분함을 억누를 수 없었다. 이시다의 가슴 따뜻한 그 말. 이시다의 다정한 미소.

"메시다시슈도 사람이야."

그제야 비로소 사무라이는 상처 입은 짐승처럼 신음을

냈다.

"사람이지, 메시다시슈도."

"정치란 전쟁처럼 치열한 거야. 메시다시슈의 슬픔까지 생각하고 전쟁을 할 수 없네."

"영주님도… 그런 마음인가?"

사무라이는 평정소나 중신이야 그렇다 하더라도 영주까지 그런 생각을 품고 있다고는 생각하고 싶지 않았다. 사무라이는 영주를 멀리서밖에 본 적이 없다. 영주는 사무라이 같은 메시다시슈의 손이 닿지 않는 곳에 있다. 하지만 그런 영주를 위해 사무라이 일족, 사무라이의 아버지, 사무라이의 숙부는 몸이 가루가 되도록 싸웠다. 일족 중에는 그 영주를 위해 목숨을 잃은 자도 있다. 영주는 결코 두 팔을 펼치고 있는 비참하고 말라빠진 그 사내처럼 무력하지 않다. 그 모든 것을 알고 있을 것이다.

"영주님?" 마쓰키는 가엾다는 듯 중얼거렸다. "영주님이야말로 정치가가 아닐까?"

구름이 빈틈없이 하늘을 뒤덮고, 이따금 숲이 몸서리를 치며 빗방울을 떨어뜨렸다. 그 숲속에서 도롱이를 쓴 농부 한 사람이 가지를 자르고 있었다.

이로리 옆에서 사무라이도 마른가지를 꺾고 있었다. 옆에서 숙부가 이로리 불을 가만히 바라보고 있다. 두 손으로 꺾은 마른가지는 둔한 소리를 내며 두 개가 된다. 그것을 이로리 안으로 던져 넣는다. 작은 혀 같은 불꽃이 타오른다.

'여행 같은 것은 전혀 없었던 것처럼 행동해야 한다.'

마쓰키 주사쿠가 가엾다는 듯이 한 말을 아직도 분명히 기억하고 있다. 잊어버릴 것, 모두 없었던 것처럼 생각할 것. 그 방법 외에는 우울한 마음을 없앨 수 있는 것은 아무것도 없다. 자신들이 명예로운 사절이 아니라 그저 남만의 나라들을 속이기 위한 미끼에 지나지 않았다는 것, 그것을 생각해도 지금은 어쩔 수가 없다. 평정소 안에서 시라이시와 다른 중신들 사이에 불화가 있었고, 시라이시가 힘을 잃었다는 것, 정치란 그런 거라는 마쓰키의 말을 지금은 사무라이도 납득할 수 있었다. 어쩔 도리가 없는 일이라고 생각했다.

하지만 그토록 조카의 공적에 모든 기대를 걸었던 숙부의 어두운 얼굴을 보는 것—그것이 슬펐다. 아내 리쿠는 쓸쓸한 미소를 지을 뿐이다. 성에서의 자초지종에 대해, 앞으로의 일에 대해 아무것도 묻지 않는다. 아무 일도 없었던 것처럼 행동해준다. 그러나 사무라이는 그런 리쿠의 자상함을 알기에 오히려 괴로울 때도 있다.

"이시다 님은…."

어느 날 밤 마른가지를 꺾는 사무라이 옆에서 숙부가 참을 수 없다는 듯 물었다.

"이시다 님에게서는 아직 아무 이야기도 없는 거냐?"

"누노자와도 지금은 수확 철입니다. 아마 바쁜 시기가 지나면 부르시겠지요."

주군인 이시다조차도 사무라이가 귀국한 후 아무런 시달을 내리지 않았다. 어쩐 일인지 하세쿠라 가문과 관련된 일을 피하는 것처럼 보인다. 요조를 심부름꾼으로 보내 인사와 접견을 부탁했지만 때를 보아 알려준다는 답만 돌아왔다. 모두가 데면데면하게 대하더라도 이시다까지 자신을 멀리한다고는 도저히 생각하고 싶지 않았다.

'세계는 넓었습니다. 그러나 저는 이제 사람을 믿을 수 없게 되었습니다.'

이것은 성에서 쓰키노우라로 돌아가 헤어질 때 니시 규스케가 복받치는 원한을 억누르려고 두 손으로 고삐를 꽉 쥐고서 했던 말이다. 분노에 찬 그 목소리가 사무라이의 귀에 되살아날 때가 있다. 그렇다. 우리 두 사람은 아무것도 모르고 아무런 눈치도 채지 못하고 넓은 세계를 걸어가야 했다. 에도는 번을 이용하려고 하고, 번은 벨라스코를 이용하려고 하고, 벨라스코도 번을 속이려고 하고, 베드로회는 바울회와 추하게 경쟁하는 그런 기만과 다툼 속에서 자신들

두 사람은 아무것도 모른 채 그 긴 여행을 계속한 것이다.

"혹시 이시다 님도…" 숙부는 힘없이 중얼거렸다. "우리 집안을 버린 게 아닐까?"

예전의 숙부는 이렇게 약한 소리를 하지 않았다. 숙부는 이로리 옆에서 늦가을의 벌레처럼 힘없이 움직이는 불꽃을 늘 공허하게 바라본다. 몸이 예전보다 훨씬 작아졌다. 사무라이는 믿지도 않는 말을 열심히 하며 노인을 위로한다. 리쿠는 그 옆에서 눈을 내리깔고 두 사람의 대화를 듣고 있다. 그녀는 모든 말이 거짓임을 알면서도 거짓말을 해야 하는 남편이 너무 가여워서인지 자리를 뜬 적도 있다. 그러나 갑자기 약해진 숙부를 하루라도 더 길게 살게 하려면 사무라이는 계속 거짓말을 해야만 한다. 구로카와의 땅, 선조 대대로 물려받은 땅으로 돌아가 죽는 것만이 이 노인의 고질 같은 욕망이다.

그리하여 사무라이는 숙부와 마주하는 것이 너무 힘든 날은 농부들에 섞여 아침부터 밤까지 아무 생각도 하지 않고 몸을 움직였다. 집 주위에 담장처럼 쌓아둔 장작을 등이 휘도록 짊어지고 어깨의 통증을 견디며 산길을 걸어 숯막까지 옮기는 것이 지금은 단 하나의 도피처였다. 요조도 마찬가지로 일옷을 입고 장작더미를 짊어지고 그의 뒤를 묵묵히 따라온다. 귀국한 후 사무라이는 요조에게 지금 어떤 생각을 하는지 물어본 적이 없다. 하지만 묻지 않아도 풀숲에 쓸쓸한 금빛 햇살이 떨어지고 밤이 여기저기 널려 있는 움푹 팬 땅에 앉아 잠깐 쉴 때 잠자코 한 점을 응시하고 있는 그의 시선만으로 다 알 수 있다.

'이런 나보다도' 하고 사무라이는 버섯을 손으로 집으며 생각한다. '요조 같은 종자들이 더 불쌍하다.'

사무라이는 그 여행에서 요조나 이치스케, 다이스케가 겪은 고생에 대해 아무런 보답도 해줄 수 없었다. 평정소가 하세쿠라 집안에 은상을 주겠다는 아무런 기별도 해주지 않았기 때문이다. 요조 등은 어쩌면 죽은 세이하치를 부러워했는지도 모른다. 세이하치는 그 나름의 자유를 얻었다. 하지만 요조 등은 앞으로 사무라이와 마찬가지로 평생 옛날 그대로의 운명 속에서 살아가지 않으면 안 된다.

차츰 가을이 깊어졌을 때 드디어 이시다의 심부름꾼이 왔다. 여러 가지로 이야기할 일이 있으니 눈에 띄지 않게 오라는 지시였다.

요조만 데리고 누노자와로 갔다. 이시다의 저택을 둘러싼 해자의 물은 탁하고 썩은 연꽃이나 수초가 지저분하게 떠 있다. 평정소에서 힘을 잃고 실의에 빠진 쓸쓸함이 갈색으로 퇴색한 연잎이나 수초에서 분명하게 느껴졌다.

"잘 왔네."

이시다는 콜록거리며, 엎드려 있는 사무라이를 가만히 바라봤다. 얼굴을 든 사무라이는 이시다도 숙부와 마찬가지로 상당히 늙었고, 풍채 좋았던 몸이 많이 야윈 것을 알았다.

"여북이나…" 잠깐 침묵한 후 이시다가 지친 목소리로 말했다. "여북이나 원통했을까."

사무라이는 이를 악물고 복받치는 감정을 참았다. 귀국하고 나서 처음으로 다정한 위로의 말을 들었기 때문이다. 소리를 내서 울고 싶었다. 원통합니다…. 그 충동을 꾹 참고 두 손으로 무릎을 짚은 채 고개를 숙이고 있었다.

"하지만… 어쩔 도리가 없네. 자네가 없는 동안 번의 결정이 바뀌고 영주님도 모든 꿈을 버리셨네. 자네도… 구로카와의 땅은 단념하게."

각오는 하고 있었지만 이시다로부터 그 선고를 받았을 때 이 빠진 숙부의 얼굴이 뇌리를 스쳤다.

"조금이라도 불복할 생각을 하면 안 되네. 그건 숙부한테도 분명히 말해두는 게 좋을 거야. 일시적이라도 기리시탄에 귀의한 자의 집안이 그대로 용서받은 것은 고마운 일이라고 생각하지 않으면 안 되네."

"그것은 임무를 위해서… 였습니다."

나는 기리시탄 따위는 믿지 않았다. 결코 믿으려고도 하지 않았다. 사무라이는 모두 임무를 위해서였다고 눈물이 그렁한 눈만으로 이시다에게 필사적으로 호소했다.

"하지만 기리시탄이라는 이유로 센마쓰(千松) 님, 가와무라(川村) 님의 집안도 봉토를 몰수당했다는 사실을 기억하게."

"센마쓰 님, 가와무라 님의 집안이."

금시초문이었다. 센마쓰와 가와무라 가문은 하세쿠라가보다 훨씬 격이 높은 혈통이다. 특히 가와무라가의 가와무라 마고베(川村孫兵衛)는 번 내의 관개, 식수조림에 공을 세워 사루사와(猿沢), 하야마타(早股), 오가키(大鉤) 등의 봉토 3천여 석을 받은 분이다. 그런 집안까지도 기리시탄이었다는 이유로 봉토를 몰수당했다는 사실을 사무라이는 모르고 있었다.

"그건 알고 있게." 이시다는 타이르듯이 말했다. "앞으로는 죽은 듯 조용히 살아야 할 거야."

"죽은 듯이… 조용히 말인가요?"

"그래, 눈에 띄지 않게. 무슨 일이 있어도 기리시탄으로 의심받아서는 안 되네. 그리고 나도 앞으로는 자네를 비호할 수가 없어. 옛날에는 영주님이 전쟁터에서 병사의 진퇴를 결정할 때 이 이시다 집안에 물으셨지만 세상이 변하니 돌멩이처럼 내버렸네. 원망하는 게 아니야. 영주님은 정치라는 걸 잘 알고 계시네." 이시다는 가래가 목에 걸린 목소리로 자조하듯 웃었다. "자네도 같지 않은가. 그해에 메시다 시슈인 신분이면서 남만으로 가는 사절로 뽑혔지만 지금은 눈에 띄지 않게 살지 않으면 안 되지. 사람과 사람 사이란 그렇게 냉정하고, 그렇게 잔혹한 거라는 걸 잘 기억하게…. 자네한테 그 말을 하고 싶어서… 오늘 이렇게 부른 거야."

사무라이는 고개를 숙인 채 주군의 가라앉은 목소리를 가만히 듣고 있었다. 주군은 사무라이에게가 아니라 자신의 슬픔과 분노를 억누르기 위해 말하고 있는 것 같았다.

저녁 무렵 누노자와를 떠났다. 귓전에 이시다의 잠긴 목소리가 아직 남아 있다. 요조가 말 뒤를 터벅터벅 따라온다. 그 골짜기에서 죽은 듯이 눈에 띄지 않게 살아가는 것, 그것이 앞으로 사무라이의 인생이었다.

그날 밤 아무것도 모르는 숙부에게는 그저 남만의 나라들 이야기를 해드리고 왔다고 전했다. 사실 이시다는 그 나라들이나 여행에 대해서는 한마디도 묻지 않았다. 이시다만이 아니라 번의 모든 사람이 이제 먼 나라의 일에는 흥미를 잃은 것 같았다.

"그렇다면 구로카와의 땅은 고사하고 은상에 대해서도 한마디도 안 하시더냐?"

숙부는 각오했는지 눈을 감았다.

"지금은 어쩔 도리가 없으니 적당한 시기를 기다리라고

하셨습니다."

사무라이는 숙부의 삶의 보람을 잘라버릴 수가 없다. 아직 희미한 희망이 남아 있는 것처럼 말하지 않으면 안 된다. 거짓말은 입에 썼지만 사무라이는 그 말을 억양 없는 목소리로 말했다. 희로애락을 드러내지 않는 그의 얼굴이 이럴 때는 도움이 되었다.

모두가 잠들어 조용해진 이로리 옆에서 여행에서 가져온 손궤를 열었다. 몇 번이나 바닷물을 뒤집어썼고 멕시코의 더운 햇빛에 노출된 손궤다. 이시다의 분부에 따라 기리시탄 냄새가 나는 물건은 모두 태워 없애지 않으면 안 된다. 손궤 안에는 가는 곳의 수도원에서 신부나 수도사가 추억으로 자신의 이름과 여행의 안전을 비는 말을 써준 종이나 그들이 기도서에 넣는 작은 성화가 들어 있다. 그런 시시한 물건이라도 귀국하면 여자나 아이들이 놀라고 좋아할 거라고 생각해서 버리지 않고 가져온 것이다.

사무라이는 그 종이와 그림 들을 찢어 이로리의 재에 던졌다. 평정소가 이 종이나 그림까지도 의심하여 구실로 삼을지 모르기 때문이다. 그것들의 가장자리가 감겨 올라가고 갈색으로 변하더니 드디어 작은 불꽃이 일며 움직이다 사라졌다.

골짜기의 밤은 깊었다. 골짜기의 밤을 모르는 사람은 진정한 어둠과 어둠의 침묵을 모른다. 정적이란 소리가 나지 않는 것이 아니다. 정적이란 뒤쪽 숲의 초목이 스치는 소리, 때때로 들려오는 새의 날카로운 울음소리, 그리고 가만히 이로리의 작은 불꽃을 향하고 있는 사내의 모습이다.

"세계는 넓었습니다. 하지만 저는 이제 사람을 믿을 수 없게 되었습니다." 사무라이는 이로리의 불꽃을 응시하며 니시 규스케의 말을 음미하고 있다. "앞으로는 죽은 듯이 눈에 띄지 않게 살아가야 한다." 그는 이시다의 말도 생각한다. 오늘 밤 니시와 이시다가 지금 자신과 마찬가지로 잠자코 고개를 숙이고 있는 모습도 떠올렸다.

손궤 바닥에서 작고 닳은 종이 꾸러미가 나왔다. 멕시코 테칼리의 늪 옆에서 그 일본인이 헤어질 때 슬쩍 준 것이다. 머리를 변발로 한 그 사내는 인디오들과 이미 그 늪을 떠나 어딘가로 떠났을까. 아니면 숨 막힐 듯 더운 그 늪 부근에서 숨을 거두고 말았을까. 세계는 넓었지만, 결국 그 넓은 세계에서도 사람은 이곳 골짜기와 마찬가지로 슬픔에 짓눌려 있었다.

그분은 우리 곁에 계십니다.
그분은 우리의 괴로운 탄식에 귀를 기울이시고,
그분은 우리와 함께 눈물지으시며,

그분이 우리에게 말씀하시기를,

이 세상에서 우는 자야말로 행복하다, 그런 사람은 천국에

서 웃게 되리라.

그 사람이란 철사처럼 야위고 힘없이 두 팔을 벌리고 못
박힌 채 고개를 떨구고 있는 사내였다. 사무라이는 다시 눈
을 감고 멕시코나 스페인의 숙소에서 매일 밤 벽에서 자신
을 내려다보던 그 사내의 모습을 떠올렸다. 어쩐 일인지 지
금은 예전처럼 멸시나 거리감은 느껴지지 않는다. 오히려
가련한 그 사내가 이로리 옆에 우두커니 앉은 자신과 비슷
한 것 같은 느낌도 든다.

"그 사람은 이 세상에 계실 때 많은 여행을 했는데 교만
한 사람, 힘 있는 사람을 찾아가지 않고 오로지 가난한 사
람, 병든 사람만 찾아갔고 그들과만 이야기했다. 병든 사람
이 죽으면 옆에 앉아 날이 샐 때까지 그 손을 잡고, 살아남
은 사람과 함께 눈물짓고⋯ 자신은 사람들을 섬기기 위해
이 세상에 왔다고 하시며⋯."

"여기에 오랜 세월 몸을 팔아 사는 여자가 있다. 호수를
건너 그 사람이 오신다는 말을 전해 들었다. 숙소로 달려가
그 사람 옆으로 가서 한마디도 하지 못하고 그저 눈물만 흘
릴 뿐이다. 눈물이 그 사람의 발을 적신다. 그 사람이 말하

기를 그 눈물로 족하다. 하느님은 너의 가련함, 슬픔을 알고
있다. 이제 걱정하지 마라."

어디선가 새가 미친 듯이 한두 번 우는 소리가 들렸다. 마
른가지를 꺾어 이로리에 던져 넣자 작은 불꽃이 나른한 듯
몸을 일으키고 마른 잎을 먹기 시작했다.

사무라이는 테칼리의 움막 안에서 변발을 한 그 사내가
이 종이에 글을 쓰는 모습을 상상했다. 테칼리 늪의 밤은 이
곳 골짜기의 밤과 마찬가지로 칠흑같이 어두울 것이다. 변
발한 그 사내가 왜 이런 것을 쓰지 않으면 안 되었는지 이
제 사무라이는 막연하게 알 것 같았다. 그 사내는 자신만의
'그 사람'이 필요했던 것이다. 멕시코의 교회에서 풍요로운
사제들이 말하는 그리스도가 아니라 버림받은 자신과 인디
오들 옆에 있어 주는 '그 사람'을 원했던 것이다. "그 사람은
우리 옆에 계십니다. 그 사람은 우리의 괴로운 탄식에 귀 기
울이고, 그 사람은 우리와 함께 눈물짓고…" 사무라이에게
는 이 변변찮은 글자를 적어나간 그 사내의 얼굴이 보이는
것 같았다.

귀국하고 나서 맞는 첫 겨울이 다가왔다. 집을 둘러싼 잡
목림에서는 매일 마른 잎이 가랑눈처럼 떨어졌다. 어느 날
정신을 차리고 보니 숲이 훤히 들여다보이고 은색의 벌거벗

은 가지가 그물망처럼 교차하고 있었다.

사무라이는 여전히 요조 등 하인들을 데리고 산으로 나무를 베러 갔다. 벤 나무는 장작으로 만들어 집 주위에 성채처럼 쌓거나 숯으로 굽는 것이 이곳 골짜기의 관례다. 모두와 마찬가지로 통소매 윗옷에 잠방이를 입은 그는 온종일 손도끼로 마른 가지를 치고 톱으로 줄기를 잘랐다. 몸을 쓰고 있으면 아무것도 생각하지 않아도 되었다. 자른 마른 가지 더미를 짊어지고 요조 등과 집으로 돌아올 때 그는 한 발짝 한 발짝 다리를 움직이며 이시다의 말을 중얼거렸다. "죽은 듯이 눈에 띄지 않게, 죽은 듯이 눈에 띄지 않게."

일하는 동안 사무라이는 묵묵히 일만 하는 요조를 가끔 바라보았다. 골짜기의 모든 남자와 마찬가지로 희로애락을 드러내지 않는 이 사람은 주인과 얼굴이 마주쳐도 무표정하게 되받아 볼 뿐이다. 하지만 사무라이는 요조의 눈에 자신과 같은 체념이 깊이 가라앉아 있는 것을 알고 있었다.

이 충실한 사람에게도 사무라이는 귀국 이후 받은 처사에 대한 원망을 털어놓은 적이 없었다. 요조 역시 아무것도 묻지 않았다. 하지만 사무라이는 요조만이 자신의 슬픔을 누구보다―아내 리쿠보다―잘 알고 있다고 생각했다. 긴 여행의 고생을 함께한 요조가 곁에 있는 것만으로 미약하지만 마음의 위로를 받았다.

사무라이

그 시기 골짜기에서는 피를 거둬들이는 일도 무 수확도 이미 끝나서 벌거벗은 논밭에는 마구간에 깔 마른풀 다발이 추녀 끝에 매는 종이 인형 같은 모습으로 세워져 있었다. 머지않아 그 마른풀을 옮기고 나면 설날까지 숯 굽는 일 말고는 큰일이 없다.

추수라는 마지막 일이 드디어 끝난 어느 날 사무라이는 골짜기의 하늘에 하얀 그림자가 춤추고 있는 것을 봤다.

그의 옆에서 차남 곤자부로가,

"백조다"

하고 소리쳤다.

"그렇구나."

사무라이는 고개를 끄덕였다. 그는 여행하는 동안 이 커다란 백조가 나는 것을 꿈속에서 여러 번 봤다.

그 이튿날 사무라이는 요조를 데리고 시로야마 기슭의 늪까지 산길을 올라갔다. 옛날에 지방 토착 무사의 작은 성채가 있던 이 구릉은 마른 관목으로 뒤덮여 있고 그 한 귀퉁이에 늪이 조용히 숨어 있다. 늪까지 다가가자 쇠오리 네다섯 마리가 날아올랐다.

모두 꿈에서 본 것과 같은 풍경이었다. 약한 햇볕이 닿는 수면에 수많은 쇠오리가 모여 피리 같은 소리를 내며 부리와 부리를 부딪치고는 떨어지고, 열을 지어 물가까지 헤엄쳐온다. 이 작은 쇠오리 떼에서 조금 떨어진 곳에 암녹색 물오리 떼가 있다. 쇠오리와 달리 이 오리는 떼를 지어 날아오르지 않는다. 한 마리씩 날아오르는 것이다.

백조는 그들 작은 오리 떼와는 달리 늪 안쪽에서 유유히 헤엄치고 있었다. 헤엄치다가 이따금 긴 목을 좌우로 흔들고는 물속으로 넣는다. 그리고 머리를 들면 그 노란 부리에 은색의 빛나는 작은 물고기가 물려 있다. 다시 헤엄쳐 물가에 닿은 후 날개를 크게 펼치고 깃을 가다듬는다.

새들이 어디서 온 것인지, 왜 이런 작은 늪을 길고 추운 겨울의 거처로 고른 것인지 알 수 없지만 여행 도중에 힘이 다해 굶주려 죽은 새도 있을 것이다.

"이 새도 넓은 바다를 건너 많은 나라를 봤겠지."

사무라이는 눈을 깜박이며 중얼거렸다.

요조는 두 손을 무릎 위에서 깍지 끼고 수면을 바라보고 있었다.

"생각하면… 긴 여행이었어."

말은 그것으로 끊겼다. 이 말을 중얼거렸을 때 사무라이는 이제 요조에게 말할 만한 것이 아무것도 없는 것처럼 여겨졌다. 힘들었던 것은 여행만이 아니었다. 자신의 과거도 요조의 과거도 마찬가지로 괴로운 인생의 연속이었다고 사무라이는 말하고 싶었다.

바람이 불고 햇빛이 비치는 늪의 수면에 작은 물결이 일자 오리도 백조도 방향을 바꿔 조용히 이동하기 시작했다. 사무라이는 고개를 숙인 채 눈을 꼭 감고 있는 요조가 만감이 교차하는 심정을 참고 있다는 것을 잘 알 수 있었다. 그에게는 이 충실한 하인의 옆얼굴이 문득 그 사내와 닮은 것처럼 생각되었다. 그 사내도 요조처럼 고개를 숙이고 모든 것을 참고 있었다.

"그 사람은 우리 옆에 계십니다. 그 사람은 우리의 괴로운 탄식에 귀 기울이고…." 요조는 옛날에도 지금도 사무라이를 결코 내버리지 않았다. 사무라이의 그림자처럼 뒤를 따라와 주었다. 그리고 주인의 괴로움에 한마디도 말참견하지 않았다.

"나는 형식적으로만 기리시탄이 되었다고 생각해왔네. 지금도 그런 마음에는 변함이 없어. 하지만 정치가 뭔지를 알고 나서 이따금 그 사내를 생각해. 왜 그 나라들에는 어느 집에나 그 사내의 가련한 상이 놓여 있는지 알 것 같은 기분도 들어. 사람의 마음 어딘가에는 평생 함께해줄 사람, 배신하지 않을 사람, 떠나지 않을 사람을—설령 그것이 병들어 쇠약한 개라도 좋아—찾고 싶은 바람이 있는 거겠지. 그 사내는 사람에게 그런 가련한 개가 되어주는 거야."

사무라이는 자신을 타이르듯 되풀이했다.

"그래, 그 사내는 함께하는 개가 되어주는 거야. 테칼리의 늪에서 그 일본인이 쓴 종이에 그렇게 쓰여 있었어. 그 사내가 생전에 동료에게 이렇게 말했어. 자신은 사람들을 섬기기 위해 이 세상에 왔다고 말이야."

그때 고개를 숙이고 있던 요조가 처음으로 얼굴을 들었다. 그리고 방금 주인이 한 말을 음미하는 듯 늪을 바라보았다.

"믿고 있나, 기리시탄을?"

사무라이는 조그만 소리로 물었다.

"예."

요조가 대답했다.

"사람들한테는 말하지 말게."

요조는 고개를 끄덕였다.

"봄이 되면 말이야, 철새는 여기를 떠나가지만 우리는 평생 골짜기에서 떠날 수 없어." 사무라이는 화제를 돌리려고 일부러 웃음소리를 섞어 말했다. "골짜기는 우리가 살아갈 장소야."

수많은 나라를 걸었다. 드넓은 바다도 횡단했다. 그런데도 결국 자신이 돌아온 것은 척박한 땅과 가난한 마을밖에 없는 이곳이라는 실감이 새삼 가슴에 차오른다. 그것으로 됐다고 사무라이는 생각한다. 넓은 세계, 수많은 나라, 드넓은 바다. 하지만 사람은 어디서나 다르지 않았다. 어디에도 전쟁이 있고 흥정이나 술책이 작동하고 있었다. 그것은 영주의 성 안에서도, 벨라스코 등이 살아가는 종파 세계에서도 마찬가지였다. 사무라이는 자신이 본 것이 수많은 땅, 수많은 나라, 수많은 도시가 아니라 결국 인간이 어떻게 해볼 도리가 없는 업이라고 생각했다. 그리고 인간의 그 업 위에 말라빠진 추한 사내가 손발이 못 박히고 고개를 떨구고 있었다. "우리는 슬픔의 계곡에서 눈물을 흘리며 당신에게 매달립니다." 테칼리의 수도사는 그 책자의 마지막에 이런 말을 썼다. 이 가련한 골짜기와 넓은 세계는 어디가 다를까. 골짜기는 세계이고 우리 자신이라고 사무라이는 요조에게 말하고 싶었으나 제대로 말할 수 없었다.

'일본. 박해의 폭풍이 불어 하느님에게 적의밖에 품지 않는 일본. 그런데도 나는 왜 마음이 끌리는 걸까. 왜 그곳에 돌아가려고 하는 걸까.'

6월 12일, 중국인의 정크를 타고 나는 1년간 살았던 루손을 떠났다. 마닐라로 추방되어 온 일본인 신도들 몇 명이 은밀히 필요한 돈을 마련해주었다. 그 돈으로 나는 흰개미가 파먹은 낡은 정크를 사고 선원을 고용하여 루손을 출발할 수 있었다.

주 예수가 나의 폭거를 어떻게 생각할지 알 수 없다. 주의 바람이 내 생애를 마닐라 수도원장 자리에 묶어두시는 건지, 아니면 다시 일본에 가서 싸우게 하시는 건지 지금의 나는 내다볼 수조차 없다. 하지만 나는 확신하고 있다. 얼마 후 주님이 그 답을 확실히 보여주실 거라고. 그리고 주님이 그 답을 제시해주면 나는 모든 것을 얌전히 따를 것이다.

나는 자신의 이 행위를 폭거라고 썼다. 기리시탄에게 박해와 탄압을 가하는 일본으로 다시 돌아간다. 타인의 눈으로 보면 그것은 확실히 어리석은 짓임이 틀림없다. 마닐라로 추방당한 일본인들도 내 계획을 들었을 때 처음에는 고개를 저으며 폭거라고 했다. 만약 상륙해서 곧바로 붙잡히면 아무런 도움도 안 되는 어리석은 행위라고 했다.

하지만 만약 내 행위가 폭거이고 어리석은 짓이라면 주 예수가 예루살렘으로 간 것 역시 폭거가 아니었을까. 주님은 대제사장 카야파 등에게 죽임을 당할 거라는 사실을 알면서도 유대의 황야에서 제자들의 선두에 서서 예루살렘으로 갔다. 그때 주님은 자신이 흘리는 피가 인간을 위해 도움이 될 거라고 생각했기 때문이다. "벗을 위하여 제 목숨을 바치는 것보다 더 큰 사랑은 없다."[62]

나는 지금 그 말을 생각한다. 내가 목숨을 바치지 않으면

---

62) 「요한의 복음서」 제15장 13절.

사무라이

안 되는 벗이란 마닐라 수도원 안에서 조용히 기도하고 있는 동료 수도사들이 아니다. 내 벗은 오가쓰의 해변에서 누더기에 톱밥을 묻히고 고해 성사를 부탁하러 온 사내 같은 일본의 신도들이다. "안심하게. 이제 곧 누구도 자네의 신심을 비웃지 못하게 될 날이 올 거네." 나는 그에게 이렇게 말했다. 그 사내는 지금 어디서 살고 있을까. 나는 그에게 거짓말을 했다. 일본에는 기리시탄이 자긍심을 갖고 기리시탄이라고 말할 수 있는 날이 끝내 오지 않았다. 하지만 나는 그 사내를 잊지 않았다. 그를 위해서도 마닐라의 수도원에서 안온하게 미사를 드리고 아름다운 설교를 하고 있을 수만은 없었다.

순조로운 항해가 이어진다. 매일 나는 일본을 위해 기도한다. 루손에서 헤어진 그 일본인 사절들을 위해 기도한다. 남루한 옷을 입은 사내를 위해 기도한다. 지금까지 나의 반생은 그 불모의 땅과 이어져 왔다. 나는 거기에 하느님의 포도나무를 심으려고 했다가 실패했다. 그런데도 그 땅은 내 땅이다. 하느님을 위해 내가 정복하지 않으면 안 되는 땅이다. 불모의 땅이라서 나는 이 일본에 마음이 끌린다.

동쪽에 우뚝 솟은 바위섬이 점점이 보였다. 파도는 그 바위에 높은 물보라를 튀기며 안개가 되어 흩어졌다. 옛날에

이곳을 지난 적이 있다. 타이완 남쪽 끝이다. 얼마 후 우리
는 류큐의 섬들 옆을 지나 험한 곳으로 알려진 시치토(七島)
열도를 통과하여 일본의 사쓰마 남쪽으로 다가갈 것이다.

항해는 여전히 순조롭다. 지난 며칠 나는 사도행전에 쓰
인 성 바울의 마지막 배 여행을 떠올렸다. 바울은 마지막 여
행에서 로마에서 자신이 순교할 것을 예감하고 폭군 네로가
지배하는 그 나라로 죽음을 각오하고 갔던 것일까. 사도행
전은 그것을 노골적으로 쓰지는 않았지만 나는 행간에서 배
어 나오는 것으로, 바울이 수난과 비참한 죽음을 예감하고
있었다고 생각한다.

젊었을 때부터 나는 12사도보다는—예컨대 주님이 사랑
한 베드로보다는—어쩐지 바울에게 훨씬 더 마음이 끌렸
다. 왜냐하면 이 성자에게는 나와 비슷한 격렬한 성격과 심
한 정복욕과 열렬한 정열이 있기 때문이다. 그리고 나와 똑
같은 결점도 있기 때문이다. 그는 그 강렬함과 격렬함 때문
에 베드로를 비롯한 많은 사람에게 상처를 입혔다. 신념을
위해서는 12사도와 다투는 것도 마다하지 않았다. 그 생애
를 살펴보면 거기에는 나와 똑같은 장점과 결점이 많이 보
인다. 게다가 바울은 무사안일하고 우유부단한 12사도를 결
코 마음속 깊이 인정하려고 하지 않았다. 그것은 일본의 포

사무라이

교에 대해 완전히 겁쟁이가 된 베드로회를 내가 용서할 수 없는 것과 똑같다. 12사도는 이 바울에게 음험한 중상을 했는데 이것도 베드로회가 내게 취한 태도와 아주 비슷하다. 사도들은 이런 바울의 노력, 이방인에 대한 그의 엄청난 포교 덕분에 결국 교회의 힘을 유대 이외의 세계로 확대할 수 있었던 것이다. 마찬가지로 베드로회의 수도사들이 나를 아무리 탄압하더라도 내가 일본의 포교에 도움이 되지 않았다고 어떻게 말할 수 있을까.

　사도행전의 마지막에 쓰인 바울의 설교, 특히 그가 인용한 이사야서의 아름다운 말을 나는 오늘 갑판의 바람 속에서 몇 번이고 되뇌었다.

　이 백성에게 가서 말하여라.
　너희가 듣고 또 들어도 알아듣지 못하고
　보고 또 보아도 알아보지 못함은
　이 백성이 마음의 문을 닫고
　귀를 막고
　눈을 감은 탓이니,
　그렇지 않았더라면
　그들이 눈으로 보고
　귀로 듣게 되고

마음으로 깨달아 돌아서서

마침내 나한테 온전하게 고침을 받으리라.[63]

그제 폭풍이 우리를 쫓아왔다. 파도는 하얀 엄니를 드러
내며 거품을 일게 하고 강한 바람은 용총줄을 삐걱거리게
했다. 하늘은 온통 납빛으로 구름의 갈라진 틈조차 없다. 중
국인들은 아마 시치토 열도 근처에서 이 폭풍에 휩쓸릴 거
라며 떠들어대고 있었다. 나는 만약의 경우를 대비하여 절
대로 필요한 성무일도 책과 그 메모와 미사를 위한 빵과 포
도주를 작은 꾸러미에 싸서 그것만은 내 몸에서 떨어지지
않게 했다.

오후에 바다가 다시 거칠어지기 시작했다. 그러자 중국인
들은 시치토 열도의 구치노시마(口之島)로 피난하기로 하고
그 방향으로 정크의 진로를 바꿨다. 오후 3시경부터 엄청난
비바람이 퍼붓기 시작했다. 돛은 이미 날아가 버렸고 정크
가 파도에 높이 치솟나 싶더니 바로 깊은 골짜기로 떨어진
다. 우리는 바다에 내던져지지 않도록 서로 몸을 끈으로 묶
고 갑판으로 덮쳐오는 파도를 견뎠다.

네 시간 동안 폭풍은 우리의 정크를 농락한 끝에 일본 방

---

63) 「사도행전」 제28장 26~27절.

향으로 사라졌다. 정크의 키는 이제 못쓰게 되었다. 우리는 어두운 바다에서 어떻게 해볼 도리도 없이 해 뜰 무렵까지 떠다녀야만 했다. 그리고 어제와는 확 바뀐 조용한 아침이 찾아왔을 때 아침 햇빛에 반짝이는 바다 저편에 드디어 구치노시마가 보였다. 머지않아 일본인 어부들이 작은 배를 저어 도와주러 왔다.

나는 지금 그 어부들의 오두막에 있다. 나를 본노쓰(坊ノ津)로 가는 상인이라고 생각한 그들은 먹을 것을 주고 입을 것도 빌려주었다.

폭풍이 지나간 후 모든 것이 씻겨나간 듯한 파란 하늘이 나타났다. 이곳은 사화산의 섬으로, 세 개의 봉우리로 갈라진 거대한 산이 눈앞에 우뚝 솟아 있다. 화산재로 생겨난 단 하나의 작은 해변에 서른 채 정도의 오두막이 있고, 그들이 이 섬의 모든 주민이다. 이곳에는 일본의 관리들이 없다. 섬 주민의 이야기에 따르면 1년에 한 번 사쓰마에서 관리가 오지만 그들은 곧바로 류큐로 순찰하러 떠난다고 한다.

아무것도 모르는 섬 주민들은 우리가 기운을 회복하면 자신들의 배로 본노쓰까지 보내주겠다고 말해주었으나 중국인들은 정크의 키를 수리할 수 있을 것 같다고 했다.

'돌아왔습니다. 구치노시마를 떠나 나흘째, 지금 일본을

눈앞에 두고 있습니다. 주님을 위해 복종해야 할 일본을.'

조금 전 동쪽에 원추형의 산이 보였다. 작은 후지 같은 산이다. 산 이름은 모른다. 바다는 뜨거운 햇빛을 반사하고 하얀 해변에는 사람 그림자도 보이지 않는다. 섬의 배후는 정글 같은 관목으로 뒤덮여 있다.

잠시 후 정크가 해변을 따라 서쪽으로 이동하자 곶 뒤에 열 채 정도의 초라한 집들이 늘어서 있고 해변에는 세 척의 배가 매여 있다. 왼쪽에 검은 화산암을 쌓은 돌계단과 선착장이 있다. 여기에도 사람의 모습은 없다. 마치 역병이나 뭔가로 주민 모두가 사라져버린 것 같다.

중국인들은 여기서 내리라고 권했지만 나는 망설였다. 쥐죽은 듯 고요한 이 마을의 분위기가 어쩐지 섬뜩했다. 오두막의 검은 그림자 안에 누군가 숨어 가만히 우리의 움직임을 엿보고 있는 것처럼도 느껴졌다. 그자들이 몰래 관리에게 연락하러 갔을 수도 있다. 나는 이런 경우 일본인의 교활함과 기민함을 잘 알고 있다.

상당한 시간이 지났다. 그사이 모든 것이 마치 이 더위와 침묵의 시간 속에 응고된 것처럼 움직이지 않는다. 드디어 나는 상륙할 각오를 하고 중국인들에게 알렸다. 배가 조금씩 선착장 쪽으로 움직이기 시작하고 챙겨뒀던 작은 꾸러미를 들고 내가 배 가장자리에 섰을 때 동쪽의 곶 뒤에서 갑자

사무라이

기 배가 나타났다. 깃발에는 이곳 영주의 문장이 있고, 일어나서 이쪽을 응시하는 관리 두 명의 모습도 보였다.

그들은 조금 전부터 우리의 움직임을 주시하고 있었던 것이다. 나는 서둘러 성무일도 책과 미사를 위한 포도주 병 등 들키면 안 되는 물건들을 넣은 꾸러미를 바다에 버렸다. 나는 본노쓰로 가는 상인인데 배가 난파한 채 표류했다고 말할 것이다.

'지금 그들의 배는 이쪽을 향해 다가오고 있습니다. 이제 곧 주님이 정해주신 저의 운명이 확실해질 겁니다. 모두 주님께 맡깁니다. 하늘이여, 땅이여, 하느님을 향해 기쁨을 외쳐라. 주님의 영광을 찬양하고 하느님에 대한 찬미를 영광스럽게 빛나게 하라….'

하느님이 내게 무엇을 바라고 있는지 알게 된 이상 몸을 맡기자. 그것은 결코 허약한 체념이 아니라 주 예수가 십자가에서 몸으로 보여준 그 절대적인 신뢰니까.

나는 체포되었다. 본노쓰의 관리들은 우리에게 속을 만큼 우둔하지 않았다. 상인이라는 내 말을 믿는 척하며 조사가 끝날 때까지라는 이유로 감옥에 넣었다. 감옥 안에는 몇 명의 기리시탄 신도가 있었고, 관리들은 우리의 대화를 엿듣고 있었던 것이다. 한 늙은 병자가 내게 살짝 병자 성사를 요구했다. 그것이 모든 것을 들통나게 한 계기가 되었다.

나는 본노쓰의 감옥에서 가고시마로 끌려갔고, 그곳에서 겨울까지 조사를 받은 후 1월에 배로 나가사키의 부교쇼로 연행되었다. 지금은 나가사키에서 가까운 오무라(大村)라는 곳에 있다. 바다가 보이는 조용한 곳이다.

여기에는 우리 외에 도미니크회의 바스케스 신부와 일본인 수도사인 루이스 사사다[64]가 있다. 우리를 가두고 있는 옥사는 폭 16뼘, 길이 24뼘 정도의 넓이로, 통나무로 짜였으며 손가락 두 개가 들어갈 정도의 격자 귀퉁이에 옥졸이 들

---

64) ルイス笹田(1598~1624). 프란시스코회의 일본인 사제. 루이스 사사다는 1603년 경 교토에서 루이스 소텔로 신부로부터 세례를 받았다. 어머니는 루이스를 출산할 때 사망했고 아버지 미겔은 루이스를 데리고 에도로 이사했다. 하지만 그곳에서 루이스는 프란시스코회의 수도사 밑에서 자랐다. 스페인어와 라틴어를 배우며 성장했는데 1612년 에도에서 박해가 있자 아버지 미겔은 체포되었고 이듬해에 순교했다.
그해 다테 마사무네(伊達政宗)가 루이스 소텔로를 사절, 하세쿠라 쓰네나가(支倉常長, 1571~1622)를 부사절로 하여 스페인 국왕 펠리페 3세 및 로마교황 바오로 5세에게 게이초유구사절(慶長遺欧使節)을 보냈는데 거기에 열네 살 정도의 루이스도 있었다. 루이스는 1614년 5월 멕시코에서 프란시스코회에 입회하고 사절단이 여행하는 동안 동시에 수도 생활을 했다.
1617년 7월 마닐라에 도착하고 거기에서 일본으로 돌아올 생각이었으나 곧바로 돌아올 수 없어 루이스는 마닐라에서 사제가 되었다. 1622년 7월 마닐라를 떠나 9월 사쓰마에 상륙했지만 10월 오무라의 감옥에 수감되었다.
1624년 8월 25일, 같은 감옥에 있던 프란시스코회의 소텔로 신부와 루이스 사사다와 루이스 바바(ルイス馬場, ?~1624), 예수회의 미겔 카르발류(Miguel Carvalho, 1577~1624) 신부와 도미니크회의 페드로 바스케스(Pedro Vasques, 1590~1624) 신부는 호코바루(放虎原)로 연행되어 화형에 처해져 순교했다.

사무라이

락거리는 문이 있다. 물론 거기에는 자물쇠가 채워져 있다.

조사를 위해 밖으로 나갔을 때 알게 되었는데 감옥 주위는 끝을 날카롭게 깎은 말뚝으로 이중으로 둘러싸여 있고 말뚝과 말뚝 사이에는 가시나무를 심어 외부 사람이 들어오지 못하게 되어 있었다. 이 목책 바깥에 옥졸의 초가 움막, 옥졸 대장의 집, 그리고 취사장이 있었다.

취사장은 있어도 매일 음식으로는 밥 외에 푸성귀 한 접시, 그냥 무거나 소금에 절인 무가 나왔고 때로는 소금에 절인 정어리도 있었다. 이발이나 수염을 깎는 것이 허락되지 않았기에 우리의 모습은 마치 은자들 같았다. 바깥에서 빨래하는 것도 금지되어 있어서 불결 그 자체였는데, 특히 고통스러운 것은 용변을 그 안에서 해결해야 하는 일이다. 그 때문에 견디기 힘든 악취 속에서 매일 숨을 쉬고 있다. 밤이 되어도 촛대 하나 주지 않는다.

바스케스 신부 등으로부터 내가 체포된 이후 선교사의 박해 상황을 들었다. 바스케스 신부가 잠복해 있던 주위에도 열 명의 선교사가 숨어 있다고 한다. 그들은 소수지만 추방 이전과 마찬가지로 상사의 명령에 따라 행동하게 되어 있고 그 대부분은 동굴 같은 데 숨어 있다. 설령 신도의 집에서 밤을 보내는 일이 있어도 이중벽을 만들어 거기에 몸을 숨긴다.

"나도 그 이중벽 안에서 밤을 보냈네." 바스케스 신부는 이렇게 말했다. "밤이 되면 집을 나와 다음 집으로 가는데 어느 집에서나 하룻밤 이상은 머물지 않기로 정해져 있었지. 요청받은 집으로 가면 우선 병자의 고해 성사를 듣고, 은밀히 신도가 모이면 그들을 격려하고 죄를 용서해주네. 그것은 동네 집들의 대문이 닫히는 시각까지 이어지지."

하지만 그렇게 조심해도 나가사키 부교쇼 역시 팔짱만 끼고 있는 것은 아니었다. 대제사장 카야파가 주님을 판 유대인에게 상금을 준 것처럼 잠복한 사제나 수도사의 거처를 밀고한 자에게는 포상을 했고 또 반대로 방이나 거처를 빌려주거나 도피를 도운 자는 극형에 처했다. 기리시탄으로 발각된 자는 배교를 강요당할 뿐 아니라 선교사가 숨어 있는 곳을 자백하게 하기 위한 끔찍한 고문이 가해졌다.

"괴로웠던 것은 내 제자인 일본인 신도까지 믿을 수 없게 된 것이었네. 믿을 수 있다고 생각한 자라도 언제 배교할지 모르거든. 그래서 나는 신도에게도 내가 있는 곳을 알리지 않았네. 털어놓은 이튿날 부교쇼의 관리가 덮친 사례도 있었기 때문이지. 누구 한 사람 믿을 수 없는 나날, 그것이 지옥이었지."

바스케스 신부가 말했다. 나는 동료였던 디에고 신부의 생사를 물었다. 늘 운 것처럼 눈이 빨간, 무능하지만 아주 선량한 디에고의 얼굴을 나는 잊지 않고 있었다.

"디에고 신부는 병으로 돌아가셨습니다." 루이스 사사다가 알려주었다. "국외 추방을 위해 저희가 나가사키 근처의 후쿠다에 모였을 때입니다. 묘 같은 건 없습니다. 관리가 사체를 태워 바다에 버렸습니다. 그들은 기리시탄이었던 자가 조금이라도 뭔가를 남기지 않도록 재로 만들어 바다에 버리는 것입니다."

"우리도 머지않아 재가 되어 바다에 버려지겠지."

가을의 부드러운 햇볕을 빨아들이는 과일처럼 하느님이 주신 이 운명을 조용히 받아들이자. 나는 얼마 후에 다가올 나의 죽음을 이제 패배라고는 생각하지 않는다. 일본과 싸우고 일본에 패해… 나는 또 그 벨벳 의자에 앉아 있던 통통한 노인을 뇌리에 되살린다. 그 노인은 우리를 이겼다고 생각하는지도 모른다. 그러나 그는 우리 주 예수가 대제사장 카야파의 정치 세계에서 패해 십자가에 매달려 죽임을 당했지만 그 죽음으로 모든 것을 역전시킨 의미를 영원히 모를 것이다. 나를 태워 재로 만들어 바다에 던져버리면 끝날 것으로 생각할 것이다. 하지만 모든 것은 거기서 시작한다. 주 예수가 십자가에 매달려 죽음으로써 모든 것이 시작된 것처럼. 그리고 나는 일본이라는 수렁 안에 놓인 디딤돌 하나가 될 것이다. 머지않아 나라는 디딤돌 위에 서서 다른 선교사가 다음 디딤돌이 되어줄 것이다.

루손에서 헤어진 하세쿠라나 니시, 그리고 죽은 다나카를 위해 어둠 속에서 기도한다. 하세쿠라나 니시가 지금 어디에 있고 뭘 하고 있는지는 알 수 없다. 그들이 기리시탄의 신앙을 다소라도 마음에 간직하고 있는지 어떤지도 모른다. 다만 그 여행 동안 내가 그들에게 범한 여러 잘못을—설령 그것이 나의 선의나 신념에서 나온 것이라 해도—용서해주기를 진심으로 바라는 마음이 나날이 강해졌다. 확실히 나는 그들을 협박하고 어르고 달래고 이용했다. 그들을 기리시탄으로 만든 것도 어쩌면 그것을 이용하기 위해서였는지도 모른다. 그들은 결국 주님과 관계하고 말았다. 주님과 관계했다는 것, 그것만이 지금은 나에게 큰 위로가 되었다. 그들에게 미안하다는 통절한 후회와 함께 그래서 다행이었다는 감정도 차오른다. 왜냐하면 주님은 한번 주님과 관련된 자는 버리시지 않기 때문이다.

  '주여, 부디 하세쿠라나 니시나 다나카를 버리지 말아 주십시오. 그 대신 그들을 이용한 것에 대한 저의 속죄를 위해서도, 그들의 진정한 구원을 위해서도 제 목숨을 가져가십시오. 그리고 만약 그것을 허락하신다면 제가 획책한 것이 그들의 나라 일본에 빛을 주기 위해서였다는 것도 이해해주시기를 바랍니다.'

사무라이

바스케스 신부가 쓰러졌다. 감옥 안의 악취와 조악한 음식으로 인해 몸 상태가 좋지 않다고 호소해온 그는 사흘 전부터 음식을 토했고 일어날 수도 없게 되었다. 약을 달라고 부탁했으나 옥졸은 나무뿌리를 달인 물을 넣은 주전자를 가져왔을 뿐 의사를 불러주지 않았다. 어쩔 수 없이 나와 루이스 사사다가 바스케스 신부의 이마에 탁한 물로 적신 수건을 올려 열을 내렸다.

만약 처형이 지연되면 우리도 조만간 병으로 쓰러질 것이다. 그 운명을 받아들이려고 해도 때로는 죽음의 공포가 날카로운 칼날처럼 가슴을 찌른다. 주님도 죽음의 공포를 견디며 시간을 보냈으리라고 나는 필사적으로 생각한다. 요즘 그 시기 예수의 마음을 이것저것 생각해본다. 언제쯤부터 예수가 자기의 죽음을 예감했을지, 그리고 그것을 어떻게 견뎌냈을지 이리저리 생각하는 것이다.

주님은 자기의 죽음을 제자들에게 예고했다. "내가 받아야 할 세례가 있다. 이 일을 다 겪어낼 때까지는 내 마음이 얼마나 괴로울지 모른다."[65]

"이 일을 다 겪어낼 때까지는 내 마음이 얼마나 괴로울지 모른다." 이 말은 주님조차 지금의 우리와 같은 생각을 했

---

65) 「루가의 복음서」 제12장 50절.

다는 걸 말해준다. 나는 그것으로 겨우 위로를 받는다.

하지만 주님은 그 죽음을 통과함으로써 이 세계의 새로운 질서를 만들었다. 인간 세계의 배후에 영원한 질서를 창조했다. 나도 주님을 따라 이 목숨을 일본에 바침으로써, 이 피를 일본에 뿌림으로써 그 질서에 가담하는 것이다.

"나는 이 세상에 불을 지르러 왔다."[66]

이것도 주님의 말이다. '일본이여, 나도 불을 지르러 일본에 온 것이다. 지금까지 현세의 이익이나 현세의 복만 바란 일본이여. 이 세상에 일본만큼 그 이외의 것에 무관심하고 무감동한 나라는 없다. 그 교활함과 지혜를 늘 현세의 이익으로만 향하고 있는 일본이여. 도마뱀이 먹이를 노리듯 재빨리 움직이는 일본이여.'

'일본이여, 나는 일본에 불을 지르러 온 것이다. 지금의 일본은 내가 왜 모든 것을 버리고 이곳에 왔는지 모를 것이다. 지금의 일본은 모든 것에 실패한 내가 그저 죽기 위해 다시 일본에 나타난 이유를 모를 것이다. 지금의 일본은 주 예수가 불을 지르려고 적이 기다리고 있는 예루살렘에 모습을 드러내고 골고다의 언덕에서 죽은 이유를 모를 것이다.'

하지만 일단 주님은 주님과 관련된 자를 버리지 않는다.

---

66) 「루가의 복음서」 제12장 49절.

'주여, 부디 일본을 버리지 말아 주소서. 그 대신, 이 나라를 이용한 저의 속죄를 위해서도, 이 나라의 진정한 구원을 위해서도 제 목숨을 가져가소서.'

죽음의 공포. 바스케스 신부를 보살피는 낮에는 모든 운명을 받아들이겠다고 생각하지만, 사실 옥졸이 촛대도 주지 않는 밤이 오고 배설물의 악취가 가득한 어둠 속에서 바스케스 신부의 신음을 듣고 있으면 죽음의 공포가 가슴을 찌른다. 이 가슴을 날카로운 손톱으로 찌르는 듯하다. 땀이 맺힌다. 피 같은 땀이. '아버지의 뜻이 그러하다면' 하고 나는 신음한다. '내게서 이 죽음의 잔을 없애주소서.'

죽음의 공포. 한밤중에 바스케스 신부가 죽었다. 그것은 도미니크회의 뛰어난 선교사로서 일본에 와서 하느님을 계속 말해온 그에게 어울리지 않는 비참한 죽음이었다. 나와 수도사 루이스 사사다는 짐승 같은 그의 포효와 신음을 들었다. 그것이 그가 이 지상과 영원히 이별하는 최후의 소리였다. 손으로 더듬어 그의 눈을 감기고(보이지 않은 것이 다행이었다. 어쩌면 원망을 담아 크게 뜨고 있었을 것이다) 기도를 올렸다. 그 인디오 청년이나 다나카를 위해 한 것과 같은 기도를….

해 뜰 무렵 옥졸이 신부의 시신을 거적으로 싸서 가져갔다. 거적에서 비어져 나온 그의 손발은 철사처럼 바싹 말랐고 때에 찌들고 흙이 들러붙어 있었다. 그것을 본 순간 하늘의 계시처럼 내게 번뜩이는 것이 있었다. 이것이 지상의 현실인 것이다. 지상의 현실은 아무리 속이고 미화해도 때에 찌들고 흙이 들러붙어 있는 바스케스 신부의 시신처럼 비참한 것이다. 그리고 주님은 그 비참한 현실을 피하지 않았다. 주님도 땀과 때에 찌든 채 돌아가셨다. 그리고 그 죽음으로 그 지상의 현실에 별안간 빛을 주었다.

이제 와 생각하면 나의 모든 좌절은 주님이 내게 이 현실을 직시하게 하려고 주신 것 같다. 나의 자만, 나의 자존심, 나의 오만, 나의 정복욕이 어느새 미화했던 것을 분쇄하고 지상의 진정한 모습을 보게 하기 위해서였던 것 같은 느낌마저 든다. 하지만 주님의 죽음이 그 현실을 빛으로 관통한 것처럼 나의 죽음이 머지않아 일본을 관통하기 위해….

바스케스 신부는 불에 타 재가 되고 그 재는 바다에 버려질 것이다. 선교사 몇 명도 일본인에 의해 모두 똑같이 되었으니까.

오늘도 조사를 받았다. 조사라기보다는 나가사키의 슈몬아라타메 관리가 형식적인 배교를 (이를 일본인은 전향이라고 한다) 권했을 뿐이다. 하지만 그도 우리가 전향할 거라고는 생각하지 않았고, 이쪽도 그저 고개를 가로저을 뿐이었다. 하지만 오늘 관리는 다른 것을 조사했다. 나와 동행한 하세쿠라와 니시가 그 지역에서 기리시탄에 귀의한 것은 그들의 본심인가 아닌가를 물은 것이다. 나는 두 사람의 안전을 생각해서 말했다.

"그분들은 임무를 위해 귀의했을 겁니다."

"그렇다면 기리시탄이라고는 말할 수 없겠군."

관리는 가만히 내 눈을 보며 물었다.

나는 입을 다물고 있었다. 어떤 형태든 세례를 받은 자에게는 당사자의 의지를 넘어 성사(聖事)의 힘이 작용한다. 잠자코 있는 나를 보고 관리는 종이에 뭔가를 적었다.

"저기… 어리석다고 생각하지 않나?"

돌아갈 때 관리는 불쌍하다는 듯이 내 얼굴을 가만히 바라보았다.

"너도 얌전히 루손에 머물러 있었다면 기리시탄을 위해, 사람들을 위해 도움이 되었을 텐데…. 무익하게 체포되어 죽임을 당하기 위해 일본에 온 것이나 마찬가지야. 광기라고밖에 생각되지 않아."

"광기가 아닙니다." 나는 미소를 지으며 대답했다. "생각해보면 그것은 고칠 수 없는 내 천성입니다. 불교의 승려들이 말하는 업 같은 것이지요. 그래요, 업이었지요. 그런 생각이 듭니다. 하지만 지금은 하느님이 내 업을 일본을 위해 사용하셨다고 생각합니다."

"일본을 위해 어떻게 사용했다는 건가?"

관리는 다시 이상하다는 듯 물었다.

"당신의 물음이 이미 답입니다." 나는 힘을 주어 말했다. 그것은 그를 설득하기 위해서만이 아니라 내 자신에게도 확신을 주기 위해서였다. "당신은 나의 무익한 행위를 어리석다고 했습니다. 잘 알고 있습니다. 하지만 왜 그런 어리석은 업을 내가 알면서도 했을까? 왜 광기로 보이는 것을 내가 알고도 했을까? 죽음을 각오하고 일본에 왔을까?―언젠가 생각해주십시오. 그 물음을 당신이나 이곳 일본에 남겨두고 죽어가지만 내게는 이 세상에서 살았던 의미가 있습니다."

"이해가 안 가는군."

"나는 살았습니다… 나는 아무튼 살았던 것입니다. 후회는 없습니다."

관리는 말없이 돌아갔다. 감옥으로 돌아갈 때 옥졸에게 바다를 보여 달라고 부탁하자 허락해주었다. 감옥을 둘러싼 말뚝 옆에서 나는 겨울 바다를 응시했다.

오후의 햇빛을 받아 바다는 반짝이고 있었다. 동그란 섬 몇 개가 흩어져 있을 뿐, 배도 보이지 않고 조용했다. 그것은 바스케스 신부의 묘지이고 다른 많은 선교사의 묘지였다. 그리고 머지않아 내 묘지가 될 곳이었다….

첫눈이 내리면 골짜기에서는 소금을 넣지 않은 경단을 만들고 떡 세 개를 꽂아 불단에 바치는 풍습이 있다. 그렇게 바친 경단은 냄비에 쪄서 가족끼리 먹는다. 그것을 먹을 때 그 경단을 누구보다 빨리 꺼낸 사람에게 행운이 온다고 한다. 집에서도 리쿠가 여자들을 지휘하여 큰 냄비를 이로리에 걸었다. 차남인 곤시로가 그 경단을 제일 먼저 꺼내 오랜만에 이로리 주변에 웃음꽃이 피었다.

하지만 그 이튿날, 이시다가 보낸 심부름꾼이 와서 평정소의 분부가 있을 것이니 삼가 기다리고 있으라고 알려주었다. 성에서 메시다시슈에게 내리는 명령은 모두 직접 오지 않고 주군을 통해 오는 것이다.

늦가을부터 와병 중인 숙부는 어쩌면 구로카와의 땅에 관한 것이 아닌가 하고 여전히 같은 말을 되풀이했다. 아니면 저번 여행 때 고생했다고 영주가 치하하려고 하는 것이 아니냐고 하인을 통해 집요하게 물어왔다. 하지만 사무라이는 어쩐지 좋은 소식일 거라는 생각이 들지 않았다.

며칠 후 두 관리가 찾아왔다. 쓸어서 깨끗해진 집으로 관리가 들어왔고 의복을 갈아입기 위해 다른 방으로 들어가 있는 동안 사무라이도 리쿠의 도움을 받아 문장이 새겨진 옷으로 갈아입고 객실 끝에 무릎을 꿇고 앉아 기다렸다.

상석에 나타난 관리 중 한 사람은 "분부"라고 낮은 목소리로 말하고는 평정소의 결정 문서를 읽었다.

"하세쿠라 로쿠에몬, 남만에서 기리시탄에 귀의한 일을 신고하지 않은 점을 엄하게 문책해야 하나 각별한 배려로 근신할 것을 명하는 바다."

사무라이는 두 손을 바닥에 대고 엎드린 채 이 말을 삼가 들었다. 그렇게 들으면서도 그는 자신이 허공에 떨어지는 듯한 느낌이 들었다. 이제 분함도 느껴지지 않을 만큼 지쳐 있었다. 그는 평소의 버릇대로 움푹 팬 눈을 깜박이며 관리의 구두 설명을 들었다. 아유가이, 쓰무라의 자비에 의해 근신은 골짜기 밖으로 나가서는 안 된다는 것뿐이라는 것이다. 그리고 기리시탄을 버렸다는 서약서를 1년에 한 번씩 평정소에 제출해야 한다고 관리가 덧붙였다.

"심정은 충분히 이해합니다."

임무가 끝나자 관리들은 의무적으로 위로의 말을 했다. 그리고 그중 한 사람이 말을 탈 때 슬쩍 알려주었다.

"내밀한 일이네만 마쓰키 주사쿠의 전언이 있네. 벨라스코가 사쓰마에서 체포되었다는 통지가 에도에서 평정소로 왔다는 거야. 그런 통지만 없었다면 이렇게 엄격한 분부도 없었을지 모르지."

"벨라스코 님이."

그때도 사무라이는 눈을 깜박일 뿐이었다.

"지금은 나가사키 부교쇼로 보내졌고 오무라에서 다른 신부들과 함께 감옥에 있다고 하더군. 아직 전향은 하지 않았다고 들었네."

관리가 물러간 후 그는 문장이 새겨진 옷을 입은 채 저녁 어둠이 살며시 다가온 객실에 앉아 있었다. 불기가 없는 객실은 차가웠다. 사무라이는 관리의 말을 떠올리고 그 오만하고 자존심 강한 남만인이 전향할 리 없다, 그 사내라면 아무리 모진 시련이나 고문에도 자신을 버릴 리 없다고 생각했다.

'그렇구나, 일본에 왔구나….'

그것은 루손에서 헤어질 때부터 이미 안 일이었다. 그 남만인의 격렬한 정열이 조용하고 평온한 생활을 받아들일 리 없었다. 그리고 그 격렬한 정열은 여행하는 동안 수없이 사무라이나 다나카나 니시에게 상처를 주었다. 여행 동안 사무라이는 그 사람이 일본인인 자신들과는 다른 남만인이라는 걸 수시로 느꼈고 그래서 도저히 친해질 수 없었다.

희미한 기척을 느꼈다. 얼굴을 돌리자 복도에 리쿠가 앉아 있다. 저녁 어둠 속에서 리쿠의 어깨가 떨리고 복받치는 감정을 필사적으로 견디고 있다.

"걱정하지 마." 그는 아내에게 부드럽게 말했다. "하세쿠라 가문이 끊기지 않았다는 것과 요조 등에게는 문책이 없었다는 걸 다행으로 생각해야지."

그날부터 사무라이는 모두가 잠들어 조용해지면 혼자 마른 가지에서 움직이는 불꽃을 바라보는 일이 잦았다. 니시는 어떻게 지내고 있을까. 같은 처분을 받았겠지만 물론 아무런 연락도 없다. 감은 눈에는 니시 등과 나란히 말을 타고 가로질렀던 멕시코의 풍경이 하나하나 지나간다. 불타는 원반 같은 태양, 용설란과 선인장이 자라는 황야, 염소떼, 변발한 인디오들이 경작하던 밭. 자신이 정말 그런 풍경을 본 것일까. 꿈을 꾸었던 게 아닐까. 그리고 아직 꿈속에 있는 게 아닐까. 그가 묵었던 수도원 벽에는 늘 그 추하고 말라빠진 사내가 두 팔을 벌리고 고개를 떨구고 있었다.

'나는' 하고 사무라이는 마른 가지를 꺾으며 생각했다. '드넓은 바다를 가르며 왕을 만나기 위해 스페인까지 갔다. 그런데도 왕을 만나지 못하고 그 사내만 보게 되었다.'

그때 사무라이는 남만의 나라들에서 그 사내가 '주님'이라고 불린다는 것을 문득 떠올렸다. 하지만 그런 사내가 왜 주님이라든가 왕으로 불리는지는 여행하는 동안 끝내 알 수 없었다. 알게 된 것은 운명이 현실의 왕이 아닌 그를, 골짜

사무라이

기에도 때로 구걸하러 오는 부랑자와 비슷한 그 사내를 만나게 했다는 것뿐이었다….

　정월 초하루, 근신하는 몸이었지만 설날을 축하했다. 골짜기에서는 어느 집에서나 젓가락을 꽂은 주먹밥을 바구니 안에 담아 불단 앞에 둔다. 하지만 사무라이 집에서는 그것 외에 오곡을 관장하는 풍작의 신에게 떡을 바치고, 오타테기라며 다발로 묶어 한가운데에 어린 소나무를 꽂은 장작을 입구에 장식하는 것이 대대로 내려오는 풍습이었다.

　본가인 그의 집에는 분가하거나 별가에 사는 사람이 축하하러 오는 것도 관습이었지만 올해는 사정 때문에 그만두기로 했다. 평소라면 반드시 얼굴을 보이는 숙부도 병 때문에 오지 않았다. 다만 관례(冠禮)를 한 간자부로가 어른스럽게 새해 인사를 해서 사무라이를 기쁘게 했다.

　하지만 그래도 설날은 설날이었다. 지붕의 눈, 처마의 고드름에서 방울져 떨어지는 물이 경쾌한 소리를 냈다. 곤시로가 죽마를 타고 노는 소리가 마구간 주위에서 들려왔다.

　이따금 멀리서 총성이 골짜기에 메아리친다. 설날만은 철새를 쏘아 잡는 것을 번에서 허락하기 때문에 간자부로가 농부들을 데리고 늪으로 간 모양이다. 메아리치는 총성은 언제까지고 골짜기 안에 남는다.

농부가 잡은 오리를 가져왔다. 토방에 던져진 오리 몇 마리에 백조 한 마리가 섞여 있었다.

"백조는 쏘지 말라고 했잖아."

사무라이는 간자부로를 불러 꾸짖었다. 여행하는 동안 자신의 몸과 겹쳐 이 백조 꿈을 꾼 일이 생각났기 때문이다.

백조의 몸은 이미 굳어 살짝 악취를 내고 있었다. 집어 들자 복부의 하얀 털 두세 개가 눈처럼 토방에 떨어졌다. 검붉은 피와 흙으로 목이 더럽혀져 있다. 사무라이의 두 손에서 백조는 긴 목을 그 사내처럼 힘없이 늘어뜨리고 있었다. 눈에는 회색 막이 덮여 있다. 어쩐 일인지 사무라이는 이때도 자신의 불길한 운명을 생각했다.

정월 말 숙부가 돌아가셨다. 분가로 달려가서 보자 숙부의 몸은 어린애처럼 작고 볼 살도 완전히 홀쭉해져 있었으나 온화한 표정이었다. 그 어디에서도 구로카와의 땅에 대한 집착은 느껴지지 않았다.

간바코라 불리는 관을 한가운데에 둔 장례 행렬이 잔설이 뒤덮인 겨울 논길을 따라 산기슭까지 이어졌다. 아버지가 묻힌 묘지에 숙부의 관을 넣고 눈과 흙이 섞인 검은 흙을 끼얹었다. 사무라이는 주군인 이시다에게 심부름꾼을 보내 숙부의 죽음을 알렸다.

쌓인 채 딱딱하게 얼어붙은 골짜기의 눈 위로 바람이 우는 듯한 소리를 내며 지나가는 밤이 이어졌다. 그때 이시다로부터 급한 전갈이 왔다. 숙부가 돌아가셨을 때도 평정소에 조심하느라 그랬는지 위로 한마디 건네지 않았던 분이다. 그런데 느닷없이 말을 해온 것은 근신이 풀렸기 때문이 아닐까 하고 리쿠가 말해 나도 언뜻 그런 생각이 들었다. 골짜기 밖으로 나가서는 안 되는 나의 상황을 잘 아는 이시다가 한 사람을 데리고 누노자와로 오라고 특별히 지시했기 때문이다.

이번에도 요조를 데리고 누노자와로 향했다. 길은 춥고 이따금 눈이 내릴 듯한 납빛 하늘에서 엷은 빛이 비치기는 했어도 숲에서 불어오는 바람에 날린 가랑눈이 자주 그들의 얼굴에 닿았다. 얼음이 두껍게 언 강을 따라 말을 타고 나아가며 사무라이는 이 길을 몇 번이나 왕복했을까 하고 생각했다. 부역 지시를 받았을 때, 구로카와의 땅을 돌려달라는 탄원서를 냈을 때, 그 땅을 포기하라는 말을 듣고 무거운 마음으로 돌아왔을 때, 등 다양한 추억이 스며 있는 길이다. 그리고 어느 때나 요조와 함께 이 길을 지났다.

사무라이는 가끔 말 위에서 돌아보며 묵묵히 뒤를 따라오는 요조의 모습을 확인했다. 이 지역에서 가쿠마키라 불리는 망토형의 비옷을 입은 요조는 그 길었던 여행 때와 마찬가지로 그에게서 떨어지지 않았다. "춥지?" 사무라이는 위로의 마음을 담아 하인에게 말했다.

누노자와에 도착했을 때 바람은 불었지만 하늘은 개어 있었다. 갠 하늘 아래 하얀 산맥이 멀리까지 이어졌고, 한없이 펼쳐진 밭에 쌓인 눈은 딱딱하게 얼어붙어 있었다. 이곳은 골짜기와 달리 경작할 만한 땅이 넓고 물 사정도 좋다.

이시다 저택의 해자도 얼어 있었다. 눈을 묵직하게 뒤집어쓴 초가지붕 처마에 하얀 치아 같은 고드름이 매달려 있다. 요조를 뜰에 남겨두고 사무라이는 대기실인 마루방에서 오랫동안 기다렸다.

"로쿠에몬인가?"

잠긴 목소리로 이렇게 말한 이시다는 상석에 앉으며 말을 이었다.

"여러 가지로 원통했을 거야. 기회를 봐서 성묘도 하고 싶네. 하지만 하세쿠라 가문이 끊어지지 않은 것만도 다행이라고 생각해야 할 거야."

'제가 뭘 했다는 겁니까?' 사무라이는 그 말이 목구멍까지 올라왔지만 참았다. 입 밖에 내도 소용없는 일이었다.

"자네의 잘못이 아니네. 운이 나빴던 거지. 번이 말이야…."

이시다는 거기서 말을 잘랐다.

"번이 자네를 그렇게 다루지 않으면… 해명을 할 수 없게
되어서 말이야."

이시다는 코가 막힌 채 말을 이었다.

"해명을."

사무라이는 납득할 수 없다는 표정으로 원망스럽다는 듯
주군을 보며 물었다.

"해명이라고 하시면?"

"에도에 해명하는 일이네. 에도는 지금 여러 가지로 구실
을 붙여 영지가 넓은 번을 차례로 없애려 하고 있지. 영주님
이 관동 지방에서 도피해온 기리시탄을 오랫동안 머물게 한
일도, 벨라스코의 희망을 받아들여 멕시코에 보내는 서한에
기리시탄 신부를 돌봐주겠다고 쓴 것도, 에도는 이제 와 몰
아세우고 있다네. 그래서 번은 확실한 해명을 해야만 하는
거지."

차가운 바닥을 두 손으로 짚은 사무라이는 목소리도 제
대로 나오지 않았다. 굵은 눈물이 한 방울씩 뚝뚝 떨어졌다.

"자네는 정치의 변화에 운 없이 휩쓸린 거야."

한숨을 내쉰 이시다는 코가 막힌 채 말했다.

"원통하겠지. 자네의 원통함은 누구보다 내가 잘 알고 있
네."

사무라이는 얼굴을 든 채 이시다의 얼굴을 응시했다. 상

냥한 목소리, 다정한 얼굴에서 거짓을 느꼈다. 노인의 표정
에서도, 막힌 콧소리나 일부러 그러는 듯한 한숨에서도 거
짓을 느꼈다. 이분은 나의 원통함, 분함을 전혀 이해하고 있
지 않다. 이해하는 척하고 있을 뿐이다.

"하지만 말이야, 로쿠에몬. 하세쿠라 가문은 결코 끊어지
지 않네. 그것만은 평정소도 아유가이 님도 용서해주셨지."

이시다는 조금 전과 같은 말을 강한 어조로 되풀이했다.

"간자부로도… 충분히 배려할 테니까…."

사무라이는 노인이 왜 갑자기 이런 말을 하는지 의심스
러웠다.

"원망하지는 말게."

"원망 같은 건… 하지 않습니다."

"새로운 분부가 있네."

무거운 짐을 내던지듯이 단숨에 이렇게 말한 이시다는
비틀거리며 일어나 모습을 감췄다. 발소리가 났다. 그리고
저번에 골짜기로 찾아온 평정소 관리가 나타났다.

"분부네."

저번처럼 엎드린 사무라이의 머리 위에서 관리의 목소리
가 들렸다.

"기리시탄에 귀의했기 때문에 재조사를 하게 되었으니

이대로 평정소로 출두하도록….”

사무라이는 미닫이문을 닫은 복도에 몇 명의 사내들이 숨을 죽이고 있는 것을 알 수 있었다. 그것은 만약 사무라이가 그 분부에 숨겨진 뜻을 알아채고 이성을 잃어 흥분했을 경우 그를 체포하기 위해 기다리고 있는 사람들이었다.

아내와 간자부로에게 보내는 편지를 다 쓰고 머리를 조금 잘라 봉투에 동봉했다. 그리고 그 옆에서 기다리고 있는 이시다의 아랫사람에게 부탁했다.

“나랑 같이 온 요조를 불러주시오.”

아랫사람이 방을 나가자 그는 무릎에 손을 올리고 눈을 감았다. 평정소의 관리와 이시다는 안쪽 별실에 있는 것이 틀림없지만 저택 안은 조용했다.

이따금 초가지붕에서 무게를 견디지 못한 눈이 미끄러지며 떨어지는 소리가 들렸다. 그 둔한 소리가 사라지자 정적은 더욱 깊어졌다.

“자네는 정치의 변화에 운 없이 휩쓸린 거야.” 귓가에는 조금 전에 이시다가 한 말이 아직도 또렷이 남아 있다. “원통하겠지. 자네의 원통함은 누구보다 내가 잘 알고 있네.”

그리고 관리는 저번과 마찬가지로 마지막에 덧붙였다.

“임무라 하더라도 힘들었겠지.”

사무라이는 꼼짝도 하지 않았다. 이 저택 안은 기묘하게 조용했지만 그의 마음에는 어떤 감정도 생겨날 기력이 없었다. 재조사. 재조사라는 건 구실에 지나지 않았다. 변명도 해명도 이미 쓰무라, 오쓰카에게 몇 번이나 했다. "번이 자네를 그렇게 다루지 않으면 에도에 해명을 할 수 없게 되어서 말이야." 이시다가 했던 말도 귓가에 되살아났다. 모든 것은 처음부터 정해져 있었고, 자신은 그렇게 정해진 바퀴 자국 위를 가게 된다. 어두운 허공 속으로 떨어지는 것이다.

눈이 지붕에서 삐걱거리고 다시 미끄러져 떨어졌다. 그 소리는 사무라이에게 용총줄이 삐걱거리는 소리를 떠올리게 했다. 용총줄이 삐걱거리고, 하얀 괭이갈매기가 날카로운 소리를 내며 어지러이 날고, 파도가 배허리를 때리며 드넓은 바다를 향해 출항한 그 순간, 그 순간부터 운명은 이렇게 되기로 정해져 있었다. 긴 여행은 지금 그를 옮길 수 있는 데까지 옮기려 하고 있다.

어느새 요조가 눈 쌓인 뜰에 무릎을 꿇고 앉아 고개를 숙이고 있었다. 그는 이시다의 아랫사람에게 모든 이야기를 들었음이 틀림없었다. 사무라이는 눈을 깜박이며 충실했던 이 하인을 보고 "지금까지의 고생…" 하고 말하니 목이 멨다.

요조는 주인이 지금까지의 고생이 고마웠다고 말한 것인지, 지금까지의 고생이 원망스럽다고 중얼거린 것인지 알아

사무라이

들을 수 없었다. 그리고 머리 위에서 주인이 이시다의 아랫사람과 함께 일어나는 기색을 느꼈다.

사무라이는 지붕 너머로 눈이 흩날리는 것을 봤다. 흩날리는 눈이 골짜기의 백조처럼 여겨졌다. 먼 나라에서 골짜기로 와서 다시 먼 나라로 떠나는 철새. 수많은 나라, 수많은 동네를 본 새. 그것이 그였다. 그리고 지금 그는 아직 모르는 다른 나라로….

"여기서부터는… 저분이 함께하실 겁니다."

등 뒤에서 돌연 쥐어짜는 듯한 요조의 목소리가 들렸다.

"여기서부터는… 저분이 모실 겁니다."

사무라이는 발을 멈추고 돌아보며 크게 고개를 끄덕였다. 그리고 검게 빛나는 차가운 복도를, 그의 여행의 마지막을 향해 나아갔다.

처형이 집행되는 날이 정해졌다. 그 전날 벨라스코와 수도사인 루이스 사사다는 특별히 허락을 얻어 옥졸의 감시하에 몸을 씻고 새로운 옥의로 갈아입었다. 옥졸의 말을 빌리자면 그것도 부교쇼의 '각별한 자비'라는 것이었다. 때에 전몸은 홀쭉하게 야위어 갈비뼈가 뚜렷이 드러나 있다. 마지막 저녁식사에도 그 각별한 자비로 평소의 채소 한 그릇 외에 썩은 듯한 생선 한 마리가 더 나왔다. 옥졸의 설명에 따르면 그것이 마지막 식사라는 것은, 처형되는 날 아침에는 수인에게 식사를 주지 않는 것으로 정해져 있기 때문이다. 수인 중에는 공포 때문에 형장에서 위액을 토하는 자도 있기 때문이다.

"바라는 게 있나?"

이렇게 말해서 벨라스코도, 루이스 사사다도 새 종이를 달라고 부탁했다. 각자 유서를 쓰기 위해서다. 격자 사이로 새어 들어오는 어둑한 빛 속에서 벨라스코가 루손의 수도원 동료에게 쓴 유서는 다음과 같다.

"지금, 시시각각 최후의 시간이 다가오는 것을 느끼고 있네. 일본―바위투성이의 이 불모의 땅에 사랑의 비를 퍼붓는 하느님에게 축복 있으라. 그리고 당신들도 내 죄를 용서해주기를. 나는 평생에 걸쳐 너무 많은 죄를 범했네. 효과를 충분히 말할 수 없는 사람이 한꺼번에 문제를 해결하려고 하는 것처럼 나는 지금 순교를 기다리고 있네. 하늘에서 하느님의 뜻이 이루어지는 것처럼 일본의 길 없는 땅에도 뜻이 이루어지기를. 사제로서 하느님이 주신 소임을 충분히 완수하지 못했던 것을 용서해주었으면 하네. 나의 허영심, 나의 오만함 때문에 자네들에게 여러 번 상처를 준 일도 잊어주기를 바라네. 자네들이 주님의 밀밭 일꾼으로서 성과를 올리고 우리 모두를 천주의 영광 안에서 하나로 묶어주기를."

사무라이

유서를 적으며 벨라스코는 마음속 깊은 데서 자신의 허영심과 오만함이 지금까지 무수한 사람들에게 상처를 준 일, 그리고 그 속죄를 위해서도 자신은 내일의 고통을 견뎌야 한다고 생각했다.

유서를 옥졸에게 건넸을 때 평소처럼 땅거미와 추위가 조금씩 감옥으로 숨어들었다. 내일 이 시각, 이 감옥에 자신들은 이미 존재하지 않고, 이곳은 텅텅 비고 지금과 마찬가지로 저녁 어둠이 찾아들 거라고 생각하니 벨라스코는 문득 자신이 모욕당하고 있는 듯한 생각도 들었다.

루이스 사사다와 기도를 하고 있으니 감옥 안쪽에서 갑자기 발소리가 나더니 격자문이 열렸다. 촛불에 물고기처럼 평평한 옥졸의 얼굴이 떠올랐다.

"들어가."

옥졸의 목소리에 큰 그림자 하나가 몸을 굽히고 서투르게 들어왔다. 그리고 둘을 향해 라틴어로,

"주의 평안(pax domini)"

하고 속삭였다. 저녁 어둠 때문에 얼굴이나 모습은 보이지 않았지만 그에게서도 지금까지의 두 사람과 같은 악취가 배어 나왔다.

"신부님입니까?"

그는 쉰 목소리로 베드로회의 신부 카르발류라고 했다.

"스즈다(鈴田)의 감옥에 있었습니다. 내일 저도 두 분과 함께 처형됩니다."

그는 나가사키 근처에 잠복하다가 작년 말에 체포되어 오무라와 나가사키 사이에 있는 스즈다의 감옥에 있었고 내일 사형 집행을 위해 이곳으로 옮겨졌다고 했다.

어둠 속에서 벨라스코는 미소를 짓고 있었다. 늘 상대를 깔볼 때의 그 미소는 아니었다. 상대가 베드로회의 신부라는데도 아무런 원망이나 분노를 일으키지 않는다는 사실을 문득 깨닫고 자기도 모르게 미소를 지은 것이다. 그 여행 동안 그를 함정에 빠뜨리기 위해 온갖 험담을 해서 그의 계획을 방해한 베드로회. 지금 여기에 있는 사람은 그 회의 신부인데도 증오가 아니라 반가움마저 들었다. 자신들은 내일 죽음을 함께한다는 감정이 모든 것을 씻어냈을지도 몰랐다. 내일의 큰 죽음에 비하면 분노나 증오는 하잘것없는 것이었다.

"저는…"그는 자신의 이름을 말했다. "벨라스코 신부입니다만."

카르발류 신부는 잠자코 있었다. 벨라스코라는 이름도, 그에 관한 이야기도 예전에 들은 적 있는 모양이라는 것을 그 침묵으로 알 수 있었다.

"걱정하지 마시오."벨라스코는 다정하게 위로했다. "이제 아무것도 생각하지 않습니다. 내일 우리는 같은 나라에 있겠지요."

그는 카르발류 신부에게 가능하다면 자신의 죄 고백을 들어주었으면 좋겠다고 부탁했다. 그리고 악취가 떠도는 몸 옆에 무릎을 꿇었다. 자신의 목소리가 루이스 사사다에게 또렷이 들린다는 것을 알고 있었지만 이제 그것도 신경 쓰이지 않았다.

"지금까지 저의 오만함과 허영심은 많은 사람을 일그러뜨리고 상처를 주었습니다. 저는 하느님의 이름을 빌려 저의 허영심을 채우려고 했습니다."

"저는 하느님의 의지를 저의 의지와 혼동했습니다."

"저는 하느님을 미워한 적도 있습니다. 하느님의 의지가 저의 뜻대로 되지 않았기 때문에요."

"저는 하느님을 부정한 적도 있습니다. 하느님이 저의 의지를 무시하셨기 때문에요."

"저는 자신의 정복욕과 허영심을 깨닫지 못하고 그것을 하느님을 위해서라고 자만했습니다."

카르발류 신부는 구취를 토해내며 쉰 목소리로 훈계의 말을 하고 마지막으로 십자가를 그었다.

"이제 안심하십시오. 평화롭게 가십시오."

그 목소리를 들었을 때 벨라스코는 오가쓰에서 고해 성사를 들었던 사내의 옆얼굴을 떠올렸다. 그 사내가 지금 어디서 뭘 하고 있는지 모르지만 자신은 그 사내에게 거짓말을 한 채 죽어가는 것이다. 그 거짓말의 속죄를 위해서도 자신은 죽지 않으면 안 된다. 고해 성사를 마쳤는데도 그의 마음은 평화롭지 않았다.

한밤중에 루이스 사사다가 돌연 울음소리를 내기 시작했다. 오늘밤에도 죽음의 공포가 엄습한 것이다. 평소처럼 벨라스코는 사사다의 가느다란 손을 잡고 그 고통을 모두 자신에게 달라고 열심히 하느님께 기도했다. 카르발류 신부도 사사다 옆에 무릎을 꿇고 앉아 떨면서 우는 이 청년을 위해 기도해주었다. 잠시 후 조금씩 감옥 안이 밝아지기 시작했다. 처형하는 날 아침이 왔다.

아침.

화창했지만 바람이 셌다. 그들이 감옥에서 끌려 나왔을 때는 이미 옥사 뜰에 창이나 총을 든 하급 무사들이 늘어서 있고 오무라번의 문장이 바람에 드날리고 있었다. 막 앞에 서는 번의 무사들이 걸상에 앉아 있었는데 그중에는 부교쇼에서 온 저번의 그 관리도 섞여 있었다.

걸상에서 일어난 그가 세 사람에게 이름을 말하게 하고 상사인 듯한 사람에게 허리를 숙이고 뭐라고 속삭이자 나이가 지긋하고 통통한 사람이 형의 언도를 쓴 종이를 펼치고 읽었다.

바람이 차갑다. 멀리 보이는 바다가 추운 듯 하얗게 거품을 일으키고 있었다. 드디어 언도가 끝나자 옥졸들이 세 명을 에워싸고 두 손을 묶었다. 목에도 밧줄을 걸었지만 꽉 조이지는 않았다.

행렬이 출발했다. 관리들은 말을 타고, 수인과 옥졸들과 하급 무사들은 걸어서 밀감밭을 통과하는 길을 내려간다. 농부가 일손을 멈추고 놀란 듯이 이쪽을 쳐다보고 있다.

"주님은 우리를 위해 십자가를 지시고"

카르발류 신부가 언덕길에서 비틀거리며 갑자기 노래하기 시작했다.

"십자가를 견디신 분이여"

관리도 옥졸도 그가 노래하는 걸 제지하지 않았다.

밀감밭을 내려가자 오무라 읍내가 나왔다. 초가집이 늘어선 길 양쪽에는 바구니를 짊어진 남자, 아이를 안고 있는 여자가 멍한 듯 일행이 지나가는 것을 바라보았다. 벨라스코는 이따금 그의 몸에 쓰러질 듯이 비틀거리며 부딪히는 루이스 사사다를 격려했다.

"이제 곧… 이제 곧 모든 것이 끝날 거야. 주님이 기다리고 계셔."

초가집이 끝날 때까지 구경꾼 대열도 이어졌지만,

"아버지, 저 사람을 용서하여 주십시오."[67]

하고 카르발류 신부는 이 성구를 끝으로 노래하는 것을 그만두었다.

"그들은 자기가 하는 일을 모르고 있습니다."[68]

읍내가 끝난 부근에서 갑자기 바람이 강해졌다. 만의 파도가 거칠어져 있고, 배 한 척도 떠 있지 않았다. 방풍림으로 심어진 빈약한 소나무들이 어린 애들처럼 흔들리고 있었다.

멀리 대울타리가 보였다. 대울타리 주위에도 총을 든 한 떼의 하급무사들이 정렬해 있다. 이 주변이 호콘바루(放虎原)라 불리는 오무라번의 처형장이다.

벨라스코는 바다를 똑바로 바라보며 조개껍데기와 해초의 잔해가 지저분하게 흩어져 있는 모래사장을 걸었다. 바람이 그의 이마에 부딪혔다. 만 멀리에서 연보랏빛의 완만한 하리오지마(針尾島)의 산들이 보이고, 이쪽에서는 파도가 소용돌이치며 안개 같은 물보라를 작은 섬의 바위에 끼얹고 있다. 먼 바다가 그곳만 환하게 햇빛이 비치며 펼쳐져 있다. 그것이 벨라스코 일행이 보는 마지막 일본 풍경이었다.

대울타리가 열렸다. 행렬이 멈췄다. 해풍을 맞으며 죽음

67) 「루가의 복음서」 제24장 34절.
68) 「루가의 복음서」 제24장 34절.

을 기다리는 수인들의 얼굴은 모두 입술까지 핏기가 없다. 대울타리 한가운데에 짚과 장작을 발밑에 쌓은 세 개의 새로운 말뚝이 박혀 있고, 마치 키가 큰 집행인처럼 똑바로 서 있다.

옥졸들이 다시 세 사람의 두 손을 묶고 있으니 부교쇼의 그 관리가 다가왔다.

"자, 전향할 생각은 없나? 이게 마지막이야."

두 선교사는 강하게 고개를 가로저었고 루이스 사사다는 잠깐 침묵한 후 거절했다.

관리는 고개를 끄덕이고 두세 걸음 걸어가다가 문득 생각한 듯이 벨라스코 옆으로 돌아왔다.

"사실 비밀인데 말이야, 너하고 남만의 나라에 갔던 하세쿠라와 니시라는 자는 기리시탄이라는 이유로 처형당했어."

뚫어지게 바라보며 알렸다.

그러자 잠자코 있던 벨라스코의 납빛 입술에 기쁜 듯한 미소가 떠올랐다.

"오오." 그 입술에서 소리가 새어 나오더니 카르발류 신부를 돌아보며 소리쳤다. "저도 그들과 같은 곳으로 갈 수 있습니다."

세 사람은 입을 모아 '주기도문'을 외며 한 줄로 서서 말뚝까지 걸어갔다. 세 개의 말뚝은 멀리서 그들을 응시하며 가만히 기다리고 있었다. 한 사람 한 사람을 그 앞에 세우고 옥졸들이 몸을 단단히 묶었다. 바람 소리가 강하다.

"잘 가게."

다 묶은 옥졸은 이렇게 외치고 사방으로 흩어졌다. 그사이 관리들은 바람을 피해 대울타리 근처에서 이 작업을 바라보고 있었다.

하급무사 한 명이 횃불을 들고 말뚝 밑동에 쌓인 장작과 짚더미에 불을 놓았다. 바람을 타고 불꽃이 심하게 움직이고 연기가 올랐다.

저를 구원하소서
영원한 죽음에서
Libera me Domine
de morte aeterna

흘러가는 연기 속에서 각자의 기도가 크게 들렸지만 불길이 한층 거세진 순간 먼저 루이스 사사다가, 다음으로 카르발류 신부의 목소리가 돌연 그치고 그저 바람 소리와 장작이 무너지는 소리만 들렸다. 마지막으로 벨라스코의 말뚝을 감싼 하얀 연기 속에서 하나의 목소리가 울려 퍼졌다.

"살았다… 나는…."

오랜 시간에 걸쳐 불길이 잦아들 때까지 관리와 옥졸들은 멀리서 추운 듯이 서 있었다. 불이 꺼진 후에도 수인의 모습이 사라진 말뚝 세 개가 활처럼 뒤로 젖혀진 채 연기를 피우고 있었다. 옥졸은 뼈와 재를 모아 거적에 담고 돌을 넣어 바다에 버리러 갔다.

　거품을 일으키며 해변을 덮치는 파도가 옥졸이 떠내려 보낸 거적을 삼키고 부딪치며 물러간다. 아무 일도 없었다는 듯이 겨울 햇빛은 긴 모래사장에 내리쬐고 바다는 바람소리 속에 여전하게 펼쳐져 있다. 대울타리 안에 이제 관리나 옥졸의 모습은 보이지 않았다.

―『사무라이』에서의 사실과 진실

― 반 게셀(Van C. Gessel, 일본문학 전문가)

1613년 10월 28일, 하세쿠라 로쿠에몬(支倉六右衛門, 1571~1622)이 쓰키노우라항에서 일본을 떠난 그날부터 그는 외국에서의 경험을 일기에 적기 시작한다. 그 일기는 그의 사후 한동안 도호쿠 지방 그의 영지 내에 보관되어 있었다. 하지만 머지않아 그 여행과 관련된 거의 모든 자료와 마찬가지로 이 일기 또한 번 당국에 의해 말살되고 말았다. 이것은 우리에게 아주 큰 손실이라고 할 수 있다. 하세쿠라의 일기야말로 1613년의 그 여행을 둘러싼 수많은 수수께끼에 빛을 던져줄 수 있는 유일하고 신뢰할 만한 자료였을지 모르기 때문이다.

실제로 이 사절단에 대해 지금까지 알려진 사실은 너무 적고, 일본이나 서양의 역사가들 모두는 이 사건을 거의 무시해왔다. 이차적인 자료는 마드리드나 로마에 꽤 풍부하게 남아 있지만 애초에 이 여행의 동기가 뭐였는지, 그 의문은 아직도 풀리지 않았다. 1615년 8월부터 1616년 1월까지 사절단 일행에 통역으로 동행한 이탈리아의 기록 담당 시피오네 아마티(Scipione Amati)가 『다테 마사무네 견구사절기(Historia del regno di Voxv del Giapone, dell' antichita, nobilta, e valore del svo re Idate Masamvne)』라는 기록을 남기기는 했지만, 그가 자신의 눈으로 본 사실 이외의 내용에 대해서는 신뢰할 수 없다. 그 여행이 실현되기까지 일어난 여러 가지 사건의 상세한 내용이나 출발하고 첫 2년간의 사건은 아마티가 세비야 출신의 야심적인 프란시스코파 신부로부터 들은 바를 적은 것이다. 그리고 이 신부가 항해에 대한 자신의 기록을 아마티에게 구술했을 때의 마음에는 진실한 해명 이상의 것이 분명히 있었던 것 같다.

이 책에 나오는 벨라스코의 모델인 루이스 소텔로 신부(1574~1624)는 엔도 슈사쿠가 그린 계략에 뛰어난 열정가의 이미지와 아주 비슷했던 것 같다. 일본에서 해온 포교 노력에 대해 아마티에게 말한 소텔로의 과장된 보고는 자신이 그의 대리가 되고자 했던 '그 사람'보다 훨씬 설득력 있는 성공한 전도자의 이미지를 보여준다. 그런 까닭에 소텔로의 이야기를 말 그대로 받아들일 수는 없다. 그래서 이 사절단이 애초에 무엇 때문에 결성되었는지, 일본의 지배자인 도쿠가와 이에야스와 하세쿠라의 영주인 다테 마사무네가 손에 넣으려고 했던 것은 무엇이었는지, 그리고 어떤 까닭에 하세쿠라가 사절단장으로 뽑혔는지, 이런 의문에 대한 답을 선택하는 것은 어디까지나 우리 자신의 의지에 달린 일이다.

이런 점에서 이 책은 우선 아주 솜씨 있게 만들어진 픽션임과 동시에 역사적인 가설로 보더라도 가치 있는 작업이라고 할 수 있다. 『사무라이』는 같은 저자의 전작 『침묵』이 굳이 시도하지 않았던 방식으로 역사적 사실에 세심하게 충실하다. 이 책에서 하세쿠라에 관한 기술은 거의 모두 사실이다(전쟁에 참여한 적이 없다는 점만 빼고). 슬프게도 사실 그에 대해 우리가 아는 건 그 밖에는 없는 듯하다.

마쓰다 기이치(松田毅一)를 비롯한 일본의 역사가들의 꼼꼼한 연구 덕분에 우리는 하세쿠라가 다테번의 조총 부대 일원이었다는 것, 그리고 도호쿠 지방의 비교적 작은 땅의 소유자였다는 것은 확인할 수 있다. 하지만 그 외에 그에 대한 기록이 말하는 것은 백 명이 넘는 일본인과 40명쯤 되는 스페인인 선원이 탄 '산 후안 바우티스타'호의 갑판 위에 그가 나타난 이후의 일이다.

배는 1614년 1월 28일 아카풀코에 도착한다―아이러니하게도 도쿠가와 이에야스가 그 악명 높은 기리시탄 추방령을 발포한 것과 거의 같은 시기다. 이 금지령이야말로 일본에서 포교 활동이 종결되는 것의 시작이었다. 하세쿠라와 그의 종자들이 보인 행동은, 그들이 멕시코에 도착한 후라서 확실히 포착하지 못했다. 아마티는 78명의 일본인이 멕시코시티에서 세례를 받았다는 소텔로의 보고를 감동적인 표현으로 전하고 있지만, 그 지역 교회의 기록 어디에도 그 사건에 관한 내용은 보이지 않는다. 그리고 『다테 마사무네 견구사절기』는 사절단 일행이 멕시코에서 상당히 열렬한 환영을 받았다고 기술되어 있다. 하지만 이 공식 기록의 배후 조종자인 소텔로 본인은 동시에 스페인 국왕에게 보낸 편지에서 사절들이 온갖 방면에서 냉대를 받고 있다는 취지의 불만을 적었다.

1614년 6월 10일 스페인을 향해 베라크루스를 출항한 20명쯤의 일본인 그룹은 아마 대서양을 건넌 최초의 일본인이었을 것이다. 사절단에 대한 자료가 분명해지는 건 그들이 유럽에 도착하고 나서부터다. 소텔로의 고향 세비야에서 사절들은 아주 따뜻한 환영을 받았다. 스페인 국왕 펠리페 3세를 알현하기도 했다(이때 하세쿠라는 전형적인 일본식 예법에 따라 다음과 같이 말했다—암흑의 땅을 떠나 그리스도교 국가의 광명을 받을 수 있어 저는 '우리 국민 중 가장 명예를 얻은 자'라고 생각한다, 라고—). 2월 17일 하세쿠라는 국왕의 개인

부속 사제에 의해 세례를 받았고 영원의 도시 로마에 도착했을 때는 로마의 귀족 및 원로원 의원의 칭호도 받았다. 그러나 스페인 정부는 예수회 선교사들에게서 사절단의 진정한 목적에 의혹이 있다고 한 분노에 찬 보고서를 받았기 때문에 사절단의 요구에 대해 납득할 만한 회답을 줄 수 없었다. 사절단은 거의 열 달 동안 스페인에서 힘든 시간을 보냈다.

결국 소텔로는 그 어려운 상황에서 벗어나기 위해서는 교황을 만날 수밖에 없다고 생각했다. 1615년 11월 3일 사절단은 교황 바오로 5세를 알현했다. 이 회견 자체는 복잡하고 품이 드는 일이었음에도 구체적인 성과는 거의 얻을 수 없었다. 소텔로는 바라던 일본 주교에 임명되지 못했고, 멕시코와 일본 사이의 통상 문제는 교묘하게 빗나갔다. 교황은 프란시스코파 선교사들을 몇 명 더 일본에 보내는 데 동의했지만 일본의 정세가 점점 더 폭력적인 양상을 띠고 있다는 뉴스가 들어옴에 따라 그 약속은 곧바로 휴지가 되고 말았다.

엔도는 이 여행의 마지막 부분을 비극적 효과를 노리고 짧게 줄였다. 실제로 사절단은 1617년 여름까지 유럽에 머물렀다. 하지만 그동안 그들이 거기서 뭘 했는지는 명확하지 않다. 1618년 7월 사절들이 탄 배가 마닐라에 도착했을 때 도쿠가와 막부에서는 그들에 대해 추후 통지가 있을 때까지 그 지역에 머무르라는 명령을 내렸다. 1620년 가톨릭 교회의 인도 고문회의는 소텔로에게 멕시코로 돌아가 거기서 선교 일을 하라는 명령을 내렸다. 그해 하세쿠라는 마침내 고국에 돌아갈 허가를 받는다. 일본은 몇 년 전 그가 떠날 때와는 무시무시할 정도로 변해 있었다. 그리스도교는 조직적으로, 게다가 잔혹하게 숨통이 끊어지고 있었다. 그리고 불과 몇 년도 지나지 않아 막부는 대부분의 외국과의 통상을 금지하고 어떤 일본인도 국외로 나가는 것을 금하는 조치를 내렸다. 하세쿠라 등 사절단의 목적은 그가 일본을 떠나 있는 동안 완전히 포기되었다. 영주로부터 부여받은 임무를 충실히 완수하기 위해 그가 개종한 그리스도교는 위험한 사교(邪教)로 간주되었다. 그리고 하세쿠라는 17세기 적의에 가득 찬 일본의 고립주의 사회에서 그 존재 자체가 신경에 거슬리는 이색분자가 되어버린 것이다.

하세쿠라가 자신의 영지로 돌아간 기록을 마지막으로 그에 관한 일본의 공식 기록은 침묵에 빠졌다. 그동안 그의 만년에 대해서는 다양한 이야기들이 있었다. 필요를 위해 신봉한 그리스도교의 신앙을 그가 기꺼이 버렸다는 설, 자신의 새로운 신앙을 버리지 않았기 때문에 처형당했다는 설, 그리고 표면적으로는 이국의 종교를 부인했지만 은밀히 예배를 계속 해왔다는 설도 있다. 이들 중 어느 것이 진실인지 결정할 수단은 없다. 다만 하세쿠라의 손자가 썼다는 한 통의 편지가 엔도의 호기심을 부추겼다는 것은 분명하다. 그 편지에 따르면 1640년 도쿠가와 막부는 하세쿠라의 차남 곤시로가 금지된 종교의식을 은밀히 하는 걸 발견했다고 한다. 이런 사태를 방관한 죄로 하세쿠라의 장남 간자부로가 할복 명령을 받았다는 것이다.

이 편지의 진위는 별도로 하더라도 거기에 포함된 흥미로운 시사점은 엔도의 손에 의한 역사의 재구축을 더한층 재미있게 한다. 1622년 하세쿠라가 죽은 해에 소텔로는 변장하여 일본으로 돌아왔다. 1624년 8월 25일 그의 순교는 이 책이 서술한 대로다. 이들 두 사람의 죽음은 그들의 삶과 마찬가지로 그리스도교의 본질은 관료주의적 포고 등에 의해 결정되는 것이 아니라 모든 신앙인 각자의 개인적인 간절함으로 결정된다고 하는 저자의 근본적인 명제를 긍정하고 있다.

1980년 봄 『사무라이』가 발표되자마자 이 소설은 비평가들로부터 두루 절찬을 받고 널리 독자를 매혹했다. 엔도는 이 작품으로 일본에서 가장 중요한 문학상 중 하나인 노마문예상을 받았다. 하지만 이 책에 대해 비평가들이 말하는 것을 읽어보면, 많은 일본인은 이 소설을 매력적인 역사모험소

설 이상의 것으로는 보지 않았다고 느끼지 않을 수 없다.

내게는 아무래도 독자와 비평가 모두 과녁에서 벗어난 것으로 보인다. 엔도에게 사실이란 결국 개인이나 사건을 둘러싼, 보다 실재적이지 않은 진실만큼이나 마음을 끌어당기는 것은 아니다. 『침묵』에서 로드리고의 이야기가 이 책만큼 엄밀하게 역사적 사실에 기초하고 있지 않다고 해도, 더욱 넓은 의미에서는 분명한 '진실'이라는 것과 마찬가지로 하세쿠라의 인생을 해석한 엔도의 이 이야기 역시 한 인간이 마음속에서 더듬어간 정신의 항해를 그린 진실한 기록인 것이다. 이 소설에서 현실 여행기만을 기대한 독자들은 말 그대로 어찌할 바를 모를 것이다.

이 소설에서 저자의 관심이 오로지 어디에 놓여 있는가는 집필에 착수했을 때 마음에 그리고 있던 제목에 여실히 드러나 있다. 이 책은 당초 '왕을 만난 남자'라는 제목으로 될 터였다. 하세쿠라가—사실에서도, 픽션에서도—지상의 몇몇 왕과 대면할 기회를 얻은 것을 생각하면 이 제목은 무척 어울린다고 하지 않을 수 없다. 하지만 왕들과의 회견은 모두 실망으로 가득한 성과 없는 것이었다. 하세쿠라와 동료 무사들은 육체의 세계에서 완패하여 굴욕을 당하고 실패자로서 일본으로 돌아온다. 하지만 하세쿠라가 절망적인 상황에, 아마도 죽음의 심연 앞에 섰을 때 그는 또 한 명의 왕을 만난다. 그의 상처를 치유하는 것만을 요구하는 왕, 스스로도 '사람들로부터 경멸당하고 거절'당해온 왕 그분이다. 하세쿠라가 그 가엾은 왕을 만나고 받아들일 때 비로소 그 자신의 슬픔도 견딜 수 있게 된다.

비참하지만 동정 넘치는 그리스도의 이런 이미지는 엔도의 문학에서 아주 친숙한 것이다. 그야말로 로드리고에게 후미에[69]에 발을 올리도록 재촉한, 용서로 가득한 그 그리스도다. 다만 『사무라이』가 그의 다른 작품에 비해 다른 중요한 점은, 벨라스코가 품고 있는 그리스도교의 개념과 사무라이가 품고 있는 개념을 직접으로 대립시키지 않는다는 것이다. 『침묵』에서 서양 신부들은 자기 신앙의 문화적 장치를 떼어내고서야 비로소 그리스도의 진정한 성질을 파악할 수 있었다. 그러나 『사무라이』에서 저자는 신앙과 문화의 문제에 대해 그다지 교조적인 자세를 취하지 않는다. 여기서 벨라스코는 일단 자신의 자존심을 버리자마자 이성적 또는 공격적인 신앙으로 영광스러운 그리스도를 예배하고 섬기는 것을 허락받았고, 그의 순교는 그런 역동적인 서양 신앙의 순수한 반영으로 그려진다. 이에 반해 하세쿠라는

---

69) 에도 시대 그리스도교 신자를 색출하기 위해 예수상이나 성모 마리아상을 동판에 새겨 나무판에 끼워 넣은 것. 이를 밟으면 용서를 받고, 밟지 않으면 고문을 받거나 죽임을 당했다.

거의 수동적인 형태로 예수와의 교제를 받아들인다. 그의 신앙은 근본적으로 비이성적이고 완전히 내면적인 것이다. 하세쿠라의 죽음이 그렇게 어렴풋하고 희미한 윤곽인 것 역시 벨라스코의 죽음과는 다른—하지만 확실함에서는 같은— 신념에 어울리는 상징이다. 이 책에서 엔도는 이 두 사람에 대해 천국이라는 영원한 집에 앉을 자리를 주고 있다.

만약 하세쿠라의 좌절과 최종적인 신앙의 각성이 예수에 대한 거부와 그 최후의 승리라는 명제의 또 하나의 전형이라고 한다면 그것은 또 엔도에게 더욱 개인적인 것을 의미한다. 이 책이 발표되었을 때 어떤 대담 자리에서 저자는 이렇게 말했다.

이 소설은 저의 사소설 같은 것입니다. 저는 전후(戰後) 최초의 유학생으로 그 전쟁 후 처음으로 유럽에 갔습니다. 35일간의 상당히 힘든 배 여행으로요. 바다 묘사는 역시 그때의 체험을 반영했고 아까부터 이야기하는 현재 저의 심경은 하세쿠라의 삶의 태도, 죽는 방식에 투영되어 있고요.

「나미(波)」 1980년 4월)

이 책은 유럽으로의 항해라는 단순한 외면적인 차원을 넘어 더욱 자전적이다. 지구를 돌아 여행하는 자신에게 항

사무라이

상 따라붙는 것 같은 십자가를 보고 하세쿠라가 느끼는 불가해함과 강한 반감까지 포함한 감정은 저자가 젊은 시절 자신에게서 발견한 것과 다르지 않다. 『사무라이』에서 하세쿠라가 마드리드에서 세례를 받는 장면이 있는데 이는 열한 살 때 엔도 자신이 체험한 세례 의식을 섬뜩할 정도로 정확히 재현한 것이다. 하세쿠라와 마찬가지로 엔도 역시 자신의 의지로 그리스도교를 선택한 것이 아니었다. 처음에는 강요된 것이고 한동안 이에 대해 아주 거리를 두고 있었다. 그가 인생 항로의 다양한 시련을 거쳐 드디어 '왕을 만나는' 시점까지 끌려왔을 때 비로소 그는 이 책의 주인공처럼 이제 외국의 종교로서가 아니라 어디까지나 자신이라는 한 개인의 종교로서 받아들이기에 이른 것이다. 어떤 면에서 보면 이 책은 신앙으로 향한 그의 여행 이야기다.

『사무라이』에 궁극적인 생명을 불어넣고 있는 것은 엔도와 하세쿠라의 친근감이고, 저자와 작중인물의 삶이 예수의 삶과 뒤섞이고 뒤엉켜 있는 점이다. 이 책은 많은 점에서 저자가 그랬으면 좋겠다고 바란 대로의 작품이다. ─동과 서, 신앙과 불신, 열정과 묵종, 이것들을 관련시키며 수많은 풍부한 멜로디를 자아내는 대교향악이다. 그리고 이 음악적인 작품에서 출연자들이 각자 이질적인 전통을 짊어지고서 전혀 다른 악기를 연주하고 있는데도 불구하고 마지막에 완성

되는 후렴은 어디까지나 아주 맑고 보기 좋게 조화를 이뤄 울려 퍼지고 있다. 그것이 가장 중요하다.

(1986년 5월, 캘리포니아대학 조교수)

사무라이

사무라이

첫판 1쇄 펴낸날 2021년 8월 12일
첫판 2쇄 펴낸날 2022년 5월 2일

지은이 | 엔도 슈사쿠
옮긴이 | 송태욱
펴낸이 | 박남주

종이 | 화인페이퍼
인쇄·제본 | 한영문화사

펴낸곳 | (주)뮤진트리
출판등록 | 2007년 11월 28일 제2015-000059호
주소 | 서울시 마포구 토정로 135 (상수동) M빌딩
전화 | (02)2676-7117 팩스 | (02)2676-5261
전자우편 | geist6@hanmail.net
홈페이지 | www.mujintree.com

ISBN 979-11-6111-074-5 03830

* 책값은 뒤표지에 있습니다.